APÓCRIFA

APÓCRIFA
ACTO I

HENRY DOES

A mi yo más joven, que nunca renunció a su mente creativa.

Tabla de Contenido

PRÓLOGO

Eliot se limpió la cara con las manos una vez más; la nieve no dejaba de cubrirle los ojos, la nariz y la boca, lo que le dificultaba respirar y caminar. "Hemos estado escalando estas montañas durante dos días. Todo lo que hemos visto hasta ahora es nieve y más nieve," se quejó Eliot.

La tormenta de nieve comenzó esa mañana, haciendo que el ascenso fuera desafiante desde entonces. A ella no le sorprendían las quejas de Eliot; él solo tenía quince años y solía quejarse de todo en el campamento. Si no hubiera sido tan insistente, no le habría permitido unirse. No obstante, tener compañía en este viaje le parecía una decisión sabia, y estaba agradecida por cualquier ayuda disponible.

A la distancia, vio que el terreno delante volvía a nivelarse.

Además, el sonido de la tormenta de nieve comenzaba a disminuir. "Solo unos pasos más, Eliot. Puedo ver que la subida terminará pronto. Después de eso, podremos descansar un rato," dijo.

Una vez que terminaron de escalar, encontraron un lugar protegido rodeado de árboles donde pudieron descansar. Ella fue a recoger algunas ramas, mientras que Eliot salió a cazar comida. Él tenía fama de ser un gran cazador."

Ella regresó primero con algunas ramas y piedras para preparar una fogata. No encendió demasiadas ramas, prefiriendo una luz tenue. No era como si estuvieran escondiéndose, y había pocas probabilidades de que alguien los viera en un lugar tan desolado. Sin embargo, ella prefería ser cautelosa, un rasgo que había aprendido desde su infancia de otros.

"Marli, vamos a comer conejo de merienda," dijo Eliot al regresar, sosteniendo un conejo muerto entre sus manos.

Ella solo observaba mientras Eliot comenzaba a preparar el conejo para cocinarlo, ensartando la carne en palos y colocándolos cerca del fuego.

Ambos se acomodaron alrededor de la fogata, esperando que su comida se cocinara.

"No mires el fuego por mucho tiempo, Eliot. Mirar a las llamas directamente puede ser peligroso," advirtió en tono de broma.

Él sonrió y dijo, "Este pequeño fuego no nos quemará. Y si lo hiciera, estoy seguro de que tú podrías controlarlo."

Marli volvió a mirar el fuego. "Hubo un tiempo en que incluso un fuego modesto como este causaría terror en los ojos de la gente. No estoy tan segura de que hubiera sobrevivido en esos tiempos," reflexionó.

Notando que su trozo de carne estaba listo, tomó un palo y comenzó a masticar la carne sin sabor. No era gourmet, pero tener algo de comida le parecía satisfactorio. Eliot también había empezado a comer.

"¿Te refieres a la Guerra de las Cenizas?" preguntó Eliot entre bocados."

Sí, la guerra que ocurrió hace más de seiscientos años y que supuestamente duró cincuenta años. ¿Sabías que durante ese tiempo, estábamos en la Era de las Cenizas? Después de la Guerra de las Cenizas, las naciones sobrevivientes decidieron renombrarla como la Era del Renacer. Debido a la devastación causada durante la Era de las Cenizas, la humanidad reconstruyó las Tierras Bajas; de ahí el nombre Renacer. Aunque, algunas tierras se perdieron por completo. Algunos libros afirman que existían otros dos continentes, las Tierras Altas y las Tierras Medias, pero se perdieron bajo el océano hace mucho tiempo," explicó Marli.

"No tenía idea sobre la Era del Renacer. La bruja anciana no mencionó eso," comentó Eliot.

Se dio cuenta de que tal vez había compartido demasiado. "No te preocupes, esos tiempos peligrosos han pasado hace mucho. El dios del clan Shabrani, Shabranibodoo, que inició la Guerra de las Cenizas, fue derrotado."

"Todos sabemos eso. Pero nadie sabe cómo esas brujas trajeron a su dios al mundo. ¿Los dioses viven entre nosotros o vienen de otro mundo?" reflexionó Eliot.

Sus ojos encontraron los de Eliot quien parecía muy curioso. Marli sintió que, efectivamente, había revelado demasiado. Una vez que Eliot comenzaba sus preguntas, era difícil disuadirlo.

"Mira, lo único que sabemos es que las brujas Shabrani pagaron un precio terrible por traer a su deidad a este mundo. Después de que concluyó la Guerra de las Cenizas, todos los consejos de brujas acordaron unánimemente no repetir el mismo error. Durante más de quinientos años hemos vivido en relativa paz. No hay razón para pensar..." dejó de hablar, recordando que la fachada de paz entre ellos podría ser una mentira.

"Tal vez encontremos más información en esos manuscritos que llevamos. Quizás nos digan si hubo otros dioses antes de la Guerra de las Cenizas," dijo Eliot, señalando las alforjas que llevaban llenas de manuscritos.

Ella miró las alforjas que contenían los manuscritos, deseando que hubiera un método alternativo a su traducción. "Eso espero. De cualquier manera, es una tarea que me fue encomendada. Tú estás aquí simplemente porque no me dejas sola. Ahora, continuemos nuestro viaje; ya hemos descansado suficiente."

El camino adelante era menos desafiante que antes, sin más montañas por escalar. Sin embargo, la persistente nieve y el viento frío los estaban retrasando. Se preguntaba si alguna vez llegarían a su destino. Se sabía que otros habían pasado por aquí antes y nunca regresaron. Antes de que su clan de brujas de Dragani fuera diezmado, su Gran Consejo enviaba grupos de brujas experimentadas en parejas o tríos para encontrar a los traductores en estos lugares. Ahora, con su número drásticamente reducido, solo enviaron a una bruja: a ella.

"Entonces, ¿los manuscritos originales están más seguros en los pueblos de Hielo Salvajes?" preguntó Eliot.

Ella hizo una señal a Eliot para que se abstuviera de hablar mientras caminaban, enfatizando la necesidad de conservar energía. Sin embargo, el inquisitivo Eliot prestó poca atención.

"Los originales están bien asegurados. Como no entendemos el idioma, hemos estado tratando de replicar los símbolos en pergamino y llevarlos a esta parte de las Tierras Bajas, en busca de traductores. Una profecía una vez dijo que los traductores se podían encontrar en la Corona de Hielo," explicó, mirando a Eliot, quien escuchaba atentamente.

"¡Guau! No puedo esperar a descubrir lo que dicen una vez que los traduzcamos," exclamó él.

Su entusiasmo le pareció un poco extraño. "Te das cuenta de que, si no encontramos traductores en estas montañas, podríamos sucumbir al frío o convertirnos en comida de osos, ¿verdad?" le advirtió.

Eliot respondió con una gran sonrisa, "Mi vida es más emocionante que nunca ahora. No la cambiaría por nada, ni siquiera si hay una buena posibilidad de morir."

"Eres muy peculiar, Eliot," comentó Marli.

Siguieron caminando por algún tiempo. La noche se acercaba, y ella contempló detenerse para buscar refugio. Sin embargo, como predijo la bruja anciana, no había ningún lugar seguro donde refugiarse de la nieve. Decidió avanzar un poco más; no tenía otra opción.

Después de un tiempo, el clima seguía siendo peligroso. El viento frío le ardía en la cara, y la noche descendió sobre ellos. La luna colgaba en el cielo, con algunas nubes visibles.

Eliot se detuvo y cayó de rodillas. "Estoy bien. Solo, solo necesito recuperar el aliento," dijo Eliot débilmente.

Debí haberlo dejado en el campamento, pensó. *Esto es demasiado para él*. Se detuvo y miró a su alrededor. *Quizás también sea demasiado para mí*, reflexionó.

Ella ayudó a Eliot a levantarse y siguieron caminando.

No sabía cuánto tiempo había caminado; le parecía que podrían haber sido solo unos momentos o años. Finalmente, Eliot se rindió y se recostó en la nieve, temblando de frío. Ella aún tenía energía para seguir adelante. Pensando en su misión, comprendía la importancia de seguir adelante para encontrar a los traductores de los manuscritos, estuviera o no Eliot acompañándola. Consideró abandonarlo a su suerte, pero al final se dio cuenta de que no podía hacerlo.

Un poco de magia no hará daño, pensó ella.

Con la energía que le quedaba, hizo levitar a Eliot con magia y continuaron avanzando.

"O sois muy osada o muy necia para conjurar magia en un lugar como éste. ¿Non teméis al Gran Concejo de las Brujas?" escuchó un susurro en el viento.

La tormenta de nieve se detuvo de repente, y frente a ella se encontraba un hombre cubierto de ropas negras. Su rostro era la única parte de su cuerpo descubierta. Era calvo y pintado con glifos blancos.

"Una bruja que proviene de un linaje venerable, casi extinguido. Otros como vos han aventurado en la Corona de Hielo en busca de traductores. Los manuscritos que lleváis cuentan una historia de pavor, sangre y fuego," dijo el hombre, hablando de una manera antigua.

Su voz le resultaba áspera en los oídos, y la forma en que hablaba la ponía nerviosa y asustada. Percibía algo más dentro del hombre: magia, lo cual era imposible para los hombres.

"Me han encomendado la tarea de traducir estos manuscritos. Debo encontrar a los traductores. ¿Eres uno de ellos?" preguntó.

El extraño hombre se acercó a ella, lo que la hizo retroceder lentamente. La presencia y la magia del hombre eran abrumadoras.

"Puedo llevarte fasta ellos. Mas primero debes someterte a una prueba, una prueba en la cual ninguno jamás ha prevalecido. ¿Aceptaréis, mi querida bruja, este desafío?" preguntó el hombre con un tono aterrador.

Miró a su alrededor; aunque la tormenta se había detenido, solo podía ver rocas y hielo. No había a dónde ir. Además, se había comprometido a ayudar a Eliot a sobrevivir.

"Comencemos," dijo.

DEMORIA

Año 600 después de la Guerra de las Cenizas.

Era de la Prosperidad.

Mientras yacía en su cama, intentando dormir, nuevos y aleatorios pensamientos invadían su mente, impidiéndole cualquier posibilidad de conciliar el sueño. *Estos pensamientos van a ser mi fin*, se quejaba. Dando vueltas en la cama, intentó varias tácticas para dormir—contar, despejar su mente—pero nada parecía funcionar.

Incapaz de dormir con su corazón acelerado, Demoria contempló la posibilidad de que esto fuera una señal, como otros habían sugerido. Deseaba que estas señales llegaran en una hora más conveniente. Rindiéndose a sus pensamientos, abandonó la idea de dormir y se levantó de la cama.

Asomándose fuera de su tienda, esperaba una distracción—quizás un animal salvaje que caminaba buscando comida. Sin embargo, no había movimiento alguno. Todo lo que podía ver eran las otras tiendas pertenecientes a sus hermanas brujas. Miró hacia el cielo, notando lo oscuro que se había vuelto. La luna apenas era visible a través de las densas nubes. Consideró brevemente salir a caminar, pero decidió no hacerlo.

La oscuridad parece demasiado densa para andar caminando, pensó.

Mientras continuaba mirando hacia afuera, notó una sombra acercándose.

"Me sorprende que estés despierta, Demoria. Has sido convocada por el Gran Consejo. Te esperan en el Castillo Carmesí," dijo la figura sombría.

¿Ahora? Apenas acabo de regresar de una misión. Normalmente deberían convocarme nuevamente después de un buen relajo, pensó.

"Estaré allí en breve. Gracias," respondió Demoria.

Aunque no pudo identificar a la figura sombría, sabía que era una bruja de rango uno, que a menudo servían como mensajeras mientras completaban su entrenamiento.

Recordaba vívidamente sus días como bruja novicia cuando tenía que entregar mensajes a cualquier hora, lo cual era realmente agotador. No había nada más desmoralizante que ser regañada por despertar a brujas más poderosas de su sueño. Precisamente por eso no lo tomaba a pecho cuando las mensajeras traían noticias al medio de la noche; después de todo, eran simplemente mensajeras. Algunas otras brujas tendían a olvidar sus propios humildes comienzos. *Así es como funciona el mundo*, pensó.

Demoria se cambió a una túnica más adecuada, optando por una túnica roja oscura adornada con ornamentos morados y zapatos planos. Mirándose en el espejo, notó que su largo y grueso cabello negro estaba desordenado, y rápidamente pasó un peine por él. Enjuagó su boca con jugo de limón y roció una fragancia que tenía toques de madera y lavanda, su aroma favorito. Con los años, había aprendido a presentarse bien ante el Gran Consejo. *Ellos examinan cada detalle*, recordó.

El trayecto desde su tienda hasta el Castillo Carmesí no era una caminata particularmente larga. Aunque podría haber montado, optó por un paseo. El paisaje era limitado, principalmente compuesto por las tiendas de sus hermanas brujas. Ocasionalmente, un conejo o dos pasaban caminando.

La densa oscuridad en la noche ocultaba mirar hace adelante. *¿Habrá vuelto a expulsar humo el volcán?* Reflexionó,

Después de caminar un rato, avistó luces distantes emanando de las antorchas colocadas frente al Castillo Carmesí. Incluso en la noche, la silueta del Castillo Carmesí se veía imponentemente grande. A medida que se acercaba, distinguió más figuras sombrías merodeando en la oscuridad, probablemente más brujas reunidas cerca del castillo.

Caminó hacia un área donde las tiendas eran más grandes y de mejor calidad. Esta sección particular estaba designada para las brujas de rango tres y cuatro. A pesar de ser una bruja de rango tres, Demoria elegía residir entre las de rango uno. Lo encontraba más tranquilo allí, lejos de las brujas más pretenciosas. Las brujas de rango uno eran generalmente más amables y reservadas, lo que se adaptaba a su preferencia. Había poco drama en su vida entre las brujas de rango uno, al menos mientras estaba en el campamento.

Notó la llegada de la mañana mientras el cielo se iluminaba gradualmente. La luz emergente también reveló la enorme figura que se alzaba detrás del Castillo Carmesí: el volcán, Dukkah. Aunque ahora inactivo, el volcán emitía humo oscuro esporádicamente debido a su naturaleza, lo que hacía difícil que la vida prosperara en estas tierras y causaba dificultades respiratorias para los forasteros. Las brujas Shabrani, en cambio, estaban acostumbradas al humo.

Para las brujas de Shabrani, el volcán tenía un significado histórico. Desde tiempos antiguos, había estado vinculado a sus especialidades de magia de fuego. Demoria, sin embargo, dudaba de la veracidad de esta asociación, ya que nunca había sentido personalmente tal conexión. Otras brujas describían este vínculo de manera vívida, pero ella lo descartaba como una estratagema para obtener favoritismo de aquellas en rangos superiores. Incluso la propia maestra de Demoria creía que tal conexión no existía.

Al acercarse al castillo, notó un grupo de otras brujas hablando entre ellas. En general, las brujas Shabrani tendían a no ser muy sociables, salvo cuando deseaban algo. Demoria no era una excepción; prefería la soledad y mantenerse ocupada. Desde que alcanzó su tercer rango, había estado casi ausente dentro del clan Shabrani. Su tiempo se consumía principalmente en misiones y viajes a través de diferentes naciones.

Finalmente, llegó a las puertas negras del Castillo Carmesí, puertas que permanecían perpetuamente abiertas, ya fuera de día o de noche.

Las brujas Shabrani eran conocidas por su dedicación incesante a su arte. Al acercarse, notó a dos brujas cuidando la entrada, todas vestidas de negro con capuchas sobre sus cabezas.

Si alguna vez me convierto en miembro del Gran Consejo, propondré que se quiten esas capuchas, pensó. *Detesto no poder ver a la persona con la que estoy hablando.*

Las dos brujas en la entrada la saludaron, "Por favor, declare su nombre, rango y motivo de su visita al castillo."

"Soy Demoria, rango tres. He sido convocada por el Gran Consejo," respondió.

La bruja más baja a la izquierda habló, "Demoria, hemos recibido instrucciones de concederte acceso. El Gran Consejo te espera en la Torre Roja. Si posees habilidades de teletransportación, puedes utilizarlas una vez dentro del castillo."

¿Estás de rango uno piensan que no sé teletransportarme cuando soy de rango tres? pensó para sí misma. Demoria miró a la bruja, asintió en señal de reconocimiento y continuó caminando.

Dentro de los confines del Castillo Carmesí, se encontraba en el salón principal. Cientos de velas iluminaban el espacio, que estaba perpetuamente iluminado. Estatuas de brujas adornaban cada esquina, mientras que las paredes estaban decoradas con cuadros de paisajes de todas partes de las Tierras Bajas. En la pared principal colgaba un cuadro prominente: una vista cercana del volcán Dukkah desde arriba. *¿Quién podría haber pintado tal paisaje desde tal perspectiva? Debe ser una falsificación,* Demoria especuló.

Dominar la teletransportación era una habilidad difícil para las brujas; su uso estaba limitado a distancias cortas dentro de un rango visible. Sin embargo, un paso en falso podría llevar a consecuencias terribles, como quedar atrapada dentro de la tierra o confinada dentro de una pared. En el pasado habían ocurrido incidentes: brujas de rango uno desaparecían y luego eran encontradas enterradas dentro de las paredes del Castillo Carmesí después de meses, y a veces incluso años. Cuando finalmente las encontraban, no eran más que esqueletos, un testimonio inquietante de los peligros de control mal este tipo de magia.

Extendió su brazo hacia la torre más alta y murmuró, "A la Torre Roja." Una luz azul la envolvió, y de repente, los alrededores cambiaron. El salón principal desapareció, reemplazado por una antigua puerta de madera ante ella. Era una puerta que conocía bien, habiendo visitado numerosas veces recientemente. *La entrada a la cámara del Gran Consejo.*

Giró el pomo de la puerta y entró, encontrando a los miembros del Gran Consejo reunidas dentro. Todas estaban cubiertas con capuchas, ocultando sus rostros, reunidos alrededor de un gran fogón. La cámara tenía varias mesas con una modesta variedad de queso, uvas y copas de vino.

Qué festín, comentó en silencio para sí misma.

"Demoria, por favor, entra. Te hemos estado esperando, y hay mucho que discutir. Hermanas, comencemos," habló una de las brujas, con una voz cargada de años. En el contexto de las brujas Shabrani, ser anciana implicaba una edad mínima de doscientos años.

Una de las brujas dio un paso adelante y declaró, "Un cuervo ha traído noticias alarmantes. Los miembros del Gran Concilio han sido asesinados."

Otra bruja, notablemente la más baja entre ellas, dio un paso adelante y añadió, "No tenemos más detalles al respecto, pero esperamos recibir más información en los próximos días."

La noticia era realmente inquietante. El Gran Concilio era una orden antigua que supervisaba el comportamiento de todos los clanes de brujas. Preferían permanecer ocultos, siempre operando en las sombras. De hecho, nunca había encontrado a un miembro de este grupo secreto. Solo el Gran Consejo de su clan disfrutaba de ese privilegio. Con su presunta desaparición, tenía dos preguntas urgentes: ¿Quién ahora evitaría los conflictos significativos entre los clanes de brujas, y quién podría ser responsable del asesinato de los miembros del concilio?

Otra bruja habló, "Entendemos que debes tener preguntas, pero por ahora, te pedimos que mantengas esta noticia en secreto. Tras recibir esta inquietante información, la Llama de Eldoria nos habló, Demoria. Te espera una nueva misión, una con límite de tiempo que creemos está conectada con el asesinato del Gran Concilio. Escucha con atención,"

Demoria reconoció la voz de su maestra, Lenithia, miembro del Gran Consejo del clan Shabrani.

"Ve al Bosque Crepuscular y encuentra un río que llora. En veintiún días, al atardecer detrás de la montaña más alta, encontrarás a un hombre. Trae de regreso su brazo izquierdo," instruyó la bruja antes de quedarse en silencio. Todas las miradas parecían dirigirse hacia ella, con ojos fijos, esperando su reacción.

"¿Tienes alguna pregunta?" preguntó otra bruja, su voz cargada de años. "Entendemos que esta es una misión muy extraña. La llama ha hablado, y confiamos en que cumplirás con esta misión."

Tenía varias preguntas sobre la desaparición del Gran Concilio, pero sabía que no le proporcionarían respuestas. Suponía que la única razón para compartir las inquietantes noticias era aumentar la presión sobre sus hombros para cumplir con su nueva misión.

"Ninguna. Partiré de inmediato," respondió Demoria con firmeza.

Mientras se preparaba para retirarse, la voz familiar de su maestra resonó una vez más. "Un consejo. El Bosque Crepuscular sigue siendo desconocido incluso para nosotras, las miembros del Gran Consejo. Sé cautelosa, Demoria, pues un simple hombre no habitaría típicamente en esas tierras."

Demoria asintió y respondió, "Entendido. Con su permiso, partiré ahora." Las otras brujas le concedieron permiso para retirarse, y así salió de la sala del Gran Consejo.

Mientras salía, se detuvo para observar la tierra desde el punto de vista de la Torre Roja. Situada entre las cuatro torres más altas del castillo, la Torre Roja le ofrecía una vista panorámica de la mayor parte del territorio de Gorgon. Con la mañana acercándose rápidamente, el paisaje se hacía más claro, revelando las numerosas tiendas esparcidas cerca al castillo, las cuales fueron asignadas para el uso de las brujas Shabrani.

A diferencia de otros clanes de brujas, ninguna de las brujas Shabrani reclamaba una porción específica de tierra; al contrario, ellas compartían el territorio. Ellas residían en tiendas, lo que brindaba flexibilidad para misiones o reubicaciones. Al regresar de una misión, encontraban alojamiento entre sus compañeras hermanas en el clan. El privilegio de residir más cerca del castillo se otorgaba a las brujas de rango tres y cuatro, mientras que las de rango uno habitaban en las afueras de la ciudadela.

Demoria a menudo veía a las brujas de rango uno como escudos; en caso de una invasión, probablemente serían las primeras en recibir el impacto. Sin embargo, dudaba que alguna otra nación o clan de brujas fuera tan insensato como para intentar tal acto. La reputación de las brujas Shabrani como formidables y a no ser tomadas a la ligera era bien conocida.

Luego reapareció en el salón principal del castillo mediante teletransportación.

Para su sorpresa, débiles rayos de luz se filtraban en el salón principal, probablemente al alcance de la luz solar. *Las densas y oscuras nubes que cubren la tierra de Gorgon a menudo nos privan de la luz solar durante días, pero hoy parece ser una excepción*, pensó.

"¡Espera!" Alguien le agarró el brazo. "¿Partiendo hacia otra aventura, hermana?" preguntó una bruja de cabello negro corto, vestida con una túnica negra adornada con una cinta roja atada alrededor de la cintura.

"Mila, ¿eres tú? Ha pasado mucho tiempo sin verte," respondió Demoria. "Sí, el deber llama. Acabo de bajar de la Torre Roja. El Oráculo y el Gran Consejo han dado sus instrucciones."

"¡Oh, qué pena! Esperaba ponernos al día con nuestras vidas. Ha pasado tanto tiempo. Hay mucho de qué hablar. Dime, ¿aún eres considerada la mejor bruja del clan Shabrani?"

Demoria se rio. "Cuidado, hermana. Las brujas ancianas podrían escucharte y degradarte de nuevo a rango uno por difundir falsedades." Esta era una reputación que a menudo precedía a Demoria. Había ascendido al rango tres rápidamente, una hazaña que no ocurría en un siglo, según la bruja historiadora, Calcia. Aunque a Demoria le halagaban tales suposiciones, nunca se sintió genuinamente orgullosa de ello. Sentía un vacío dentro de ella, como si no mereciera el reconocimiento. No podía comprender del todo por qué.

"No tengo mucho tiempo, pero cuéntame de ti, Mila. ¿Dónde estuviste la última vez?" preguntó Demoria.

Mila entrelazó su brazo con el de ella, guiándola fuera del Castillo Carmesí. "He estado en algunos viajes. Un adinerado y obeso señor en Piedra de Plata nos contrató para investigar uno de los pueblos de Hielo Salvajes, sospechoso de estar bajo la influencia de una bruja Dragani, lo que hizo que el pueblo dejara de pagar impuestos," relató Mila, tomando un respiro profundo. "Tomó más de una semana llegar a ese lúgubre lugar; el terreno era accidentado y el frío intenso lo hacía aún más desafiante. Sin embargo, al llegar, descubrí que no era el control de una bruja Dragani, sino un pueblo en problemas por conflictos internos. La gente estaba en conflicto, luchando por derrocar al alguacil del pueblo. El caos llevó a la suspensión de sus pagos de impuestos."

Demoria no pudo evitar sonreír y soltar una carcajada. "¿Entonces qué hiciste? Déjame adivinar. Conociéndote, o te uniste al caos o eliminaste al señor obeso."

"¡Hermana! Cualquiera que te escuche podría tomarte en serio," respondió Mila en tono de broma. "Puse a toda la ciudad a dormir y recolecté suficiente dinero para cubrir sus impuestos durante los próximos tres años. Eso apaciguó al señor, y nuestra misión se cumplió."

"Buen trabajo, hermana. Nuestro Gran Consejo debe haber estado complacido," alabó Demoria.

Mila se rio. "Tú sabes cómo son. Solo dijeron, 'Espera la próxima misión.' Empiezo a pensar que nos ven como simple armas," dijo sarcásticamente.

"Tú nunca cambias, hermana. Me ausentaré unos días. Espero verte a mi regreso," dijo Demoria.

"Yo también lo espero, hermana. Tengo la intención de quedarme aquí por un tiempo. La última misión me dejó agotada. Escuché que nuestra hermana Ophelia fue enviada al sur de la Nación Dorada en una misión especial. Sabes cómo es ella con sus habilidades únicas. Su magia es popular, por lo que rara vez la vemos," dijo Mila.

Demoria reflexionó sobre su amistad con Ophelia, recordando su fuerte vínculo desde la infancia. La observación de Mila era precisa: los talentos únicos de Ophelia a menudo la mantenían alejada, trabajando en otros lugares. Ophelia poseía una habilidad incomparable en transmogrificación, la capacidad de transformarse en alguien más. Era un don fuera del alcance de las brujas Shabrani, pero Ophelia lo había dominado con destreza.

"Ophelia, la insaciable," recordó con una risita. "Así solíamos llamarla en nuestros días de entrenamiento. Nunca estaba satisfecha," dijo.

"Espero que las tres podamos ponernos al día pronto. Debo irme, hermana," dijo Mila, despidiéndose.

Demoria se despidió de Mila y se separaron.

"¡Demoria!" resonó la voz de Mila. Se dio la vuelta para ver un pergamino volando hacia ella, que atrapó con destreza. "Lo encontré en mi última misión, por pura casualidad. No tengo idea de su naturaleza. Confío en que una bruja hábil como tú descubrirá su propósito. Buena suerte, hermana," dijo Mila antes de partir.

Examinó el pequeño pergamino, atado con un hilo negro delgado, y se lo llevó a su tienda. Comenzó a hacer los preparativos para partir, decidiendo inspeccionar el pergamino más a fondo. Una vez lista, desplegó el pergamino, y una sensación de magia emanó de él. Dentro había un glifo misterioso, desconocido para ella. Vaciló brevemente, preguntándose si podría ser una trampa. *¿En qué estaba pensando Mila? Aun así, es intrigante. Me lo llevaré*, pensó.

A medida que el día declinaba y las nubes cubrían el sol más intensamente, un sentimiento de inquietud se apoderó de ella respecto a su nueva misión. A pesar de sus dudas, se mantuvo resuelta. "Sea lo que sea, tendré éxito," dijo.

EL SACERDOTE DE SANGRE

Se encontraba en un pueblo recientemente arrasado por bárbaros, quienes habían dejado tras de sí un rastro de muerte y sangre. El olor a muerte era intenso, pero ya se había acostumbrado. *Cuerpos inertes regados por las calles—niños, adultos—vidas tomadas, ¿por qué? Solo por unas pocas monedas*, reflexionó. Era un patrón recurrente a lo largo de sus viajes.

Esta vez, su camino lo había llevado a una pequeña villa al sur de las Altiplanos de Rocassombra, una región conocida por sus dispersas villas. Las montañas en esta región proporcionaban un escondite ideal, pero no ofrecían refugio cuando ocurrían incursiones. Las brujas de Sangre a las que él servía, a menudo lo enviaban a pueblos o aldeas devastadas por desastres naturales o ataques de ladrones y bárbaros, dejando cadáveres a su paso. ¿Cómo sus maestras, las brujas de Sangre, conocían las desgracias de estos pueblos? Seguía siendo un misterio para él. Sin embargo, había aprendido que las instrucciones de las brujas de Sangre siempre eran precisas, y este lugar no era una excepción.

El pueblo no tenía supervivientes. Pasó por varios lugares: la posada, los establos y la herrería, donde el hedor de la muerte era espeso en el aire. Dondequiera que miraba, solo había devastación y ruina. Mientras caminaba entre los restos del pueblo, recordó su misión. "Encuentra cadáveres intactos, de niños o adultos, y carga tu carreta con ellos," le habían ordenado las brujas de Sangre.

Mirando a su alrededor, veía montones de cuerpos humanos en cada rincón, muchos carbonizados más allá del reconocimiento. *Estos no sirven*, pensó. Entre las ruinas, encontró cuerpos sin extremidades— brazos, piernas, o incluso decapitados. *Ninguno servirá para los propósitos de las brujas*, pensó. Deambuló, examinando un cadáver tras otro, solo para descubrir que esta vez los bárbaros no habían dejado ningún cadáver intacto.

A menudo se preguntaba por qué las brujas exigían que los cuerpos fueran perfectos; hasta la menor imperfección los volvía inútiles para sus propósitos. Una vez, había traído cadáveres sin ojos y lenguas. "Te pedimos solo una cosa: cadáveres perfectos. Nuestra misión es divina. No debes jugar con nosotras," lo habían reprendido las brujas de Sangre.

Las brujas ordenaron cinco latigazos.

"Por favor, ¡tened piedad! Nunca antes les he fallado, no me di cuenta, perdonadme," suplicó.

Aun así, le administraron cinco latigazos, quemando su espalda y dejando carne cruda en su paso. Luego, lo arrojaron a una mazmorra.

Para el tercer día de su encarcelamiento—o eso creía—su salud comenzó a deteriorarse. Sus heridas supuraban, el hambre y la sed lo consumían, y su único sustento eran las ratas y el agua de lluvia. De repente, vio una figura blanca acercándose, radiante y luminosa.

A medida que la figura se acercaba, reveló ser una mujer—pálida y alta, vestida completamente de blanco, parecía flotar sobre el suelo. Al acercarse, sus rasgos se hicieron claros: ojos negros, tan profundos como la noche más oscura, largo cabello azul ondulado, una corona negra sobre su cabeza, y un rostro que no parecía mayor de veinte años. También parecía más alta que cualquier humano, con proporciones mucho más grandes que cualquier persona que hubiera conocido.

"Mi Sacerdote de Sangre, dóleme ver tu angustia. Debes perdonar a las demás. Nuestro deber es de origen divino; non hay lugar para error," le habló con un tono arcaico. Luego, extendió su mano y abrió la puerta de la celda. "Sal agora, mi Sacerdote de Sangre. Acompáñame y retoma vuestra labor," la mujer se inclinó y lo besó en la boca mientras él cerraba los ojos.

Su toque creó una oleada de energía que recorrió todo su ser, sanando milagrosamente sus heridas y calmando su hambre y sed. *Esto es brujería*, pensó. Con eso, ella lo guió fuera de las mazmorras. Más allá de las paredes de la mazmorra, el mundo seguía envuelto en oscuridad, pero la radiancia de su compañera traía calidez, como un pequeño sol.

"¿Quién eres? ¿Eres una diosa?" preguntó.

"So en este logar en busca de uno—o más bien, de uno entre muchos," respondió la mujer. El no entendió completamente sus palabras ni su significado.

Después de ese encuentro, nunca la volvió a ver. El campamento de las brujas de Sangre se extendía por una vasta área. En su centro se encontraba el núcleo del clan, rodeado por barreras hechas de huesos humanos. Se le prohibía entrar en este lugar sagrado, aunque estaba seguro de que allí residía su salvadora. Los cuerpos que entregaba también eran llevados a esta área prohibida.

"Algún día descubriré porque requieren cadáveres intactos. Algún día, la volveré a encontrar, a mi salvadora," se prometió a sí mismo.

Pese a búsquedas exhaustivas, no encontró cuerpos utilizables. Casi al borde de la desesperación, un sonido emanó de una de las pocas casas aún en pie. *Alguien está vivo*, sonrió. Lentamente, se acercó a la casa de donde provenía el ruido.

"Se que estás allí. No hay peligro aquí. Soy un sacerdote, y he venido a ofrecer ayuda. Sal y te llevaré a un lugar seguro," llamó.

El silencio persistió unos momentos. Luego, una voz respondió: "¿Cómo sabemos que no estás con esos salvajes?"

¿Sabemos? Ellos son más de uno, su sonrisa se ensanchó.

"Estoy solo y no soy un guerrero. Estoy aquí para ayudar a cuantos supervivientes sea posible," dijo.

"¿Quién te envió? No saldremos hasta que muestres alguna prueba," exigió la voz desconocida.

"Mira esto," dijo, mintiendo mientras presentaba un medallón dorado, supuestamente un símbolo de la Nación Dorada. "Me han enviado ellos," mintió.

En cuanto habló, un anciano y dos niños salieron de la casa. El anciano llevaba una camisa marrón andrajosa y pantalones de cuero desgastados, junto con botas tan deterioradas que se estaban pelando por todas partes. Su rostro estaba manchado de sangre, tal vez de una pelea o una herida. Los dos niños, cubiertos de tierra y barro, parecían no tener más de diez años—uno era un niño y la otra una niña.

Sacó un trozo de pan de su bolsa, extendiéndolo a los niños, quienes lo tomaron y devoraron con ansias, evidentemente hambrientos tras días sin una comida adecuada. El anciano también recibió un pequeño trozo de pan.

"La Nación Dorada envió ayuda. ¿Vinieron con un ejército?" preguntó el anciano.

"No he recibido información sobre la llegada de un ejército en esta región. No temáis; estoy seguro de que Su Majestad, el Rey, está decidido a eliminar la amenaza bárbara de estas tierras," volvió a mentir.

"¡Aleluya por el Rey y la Reina de la Nación Dorada! Soy Truinan, y estos jóvenes aquí—el niño es Searc y ella es Caitrin—los salvé cuando los salvajes atacaron nuestra villa. ¿Cómo te llaman, señor?" preguntó Truinan.

Él se detuvo un momento. Encontrarse con supervivientes en sus viajes era raro; nunca había tenido razón para revelar su verdadero nombre. Pero, al ver que no había daño, divulgó su nombre real. "Mi nombre es Alabaster. He venido a escoltaros a la Nación Dorada, donde encontrarán refugio bajo la protección de Su Majestad," volvió a mentir.

Alabaster—casi había olvidado ese nombre, pensó. Una punzada de nostalgia lo envolvió, recordándole su antigua vida como sacerdote de Balor en Duran, la capital de Piedra de Plata. Era querido en Duran, un confidente de todos los que buscaban consuelo, sirviendo como sacerdote del dios Trobalor.

Los sacerdotes de Balor eran conocidos como hombres que buscaban orientación espiritual y protección del dios Trobalor, una deidad venerada por muchos, especialmente en Piedra de Plata. Los clanes de brujas no tenían relación directa con los sacerdotes, ya que los hombres no podían controlar la magia. Sin embargo, se sabía que algunos sacerdotes eran nombrados por los clanes de brujas para difundir las enseñanzas de sus señores. Tal fue el caso de Alabaster; a principios de sus treintas, había viajado al Bosque Oscuro para unirse al clan de Balor en busca de empleo. Inicialmente relegado a tareas menores como limpieza y cocina, después de persistir, ascendió en las filas de la Orden de Sacerdotes de Balor, un grupo de hombres dentro del clan de brujas de Balor entrenados para difundir las enseñanzas de Trobalor en pueblos, aldeas y naciones.

La herramienta de enseñanza de los Sacerdotes de Balor era el Libro de Trobalor, que contenía principalmente revelaciones, recitaciones y cánticos. Alabaster, durante un tiempo, creyó fervientemente en las palabras de Trobalor. Su mensaje hablaba de salvación y amor, un sentimiento que él anhelaba. Al mismo tiempo, reconocía la ambición de las brujas de expandir su influencia, razón por la cual entrenaban a sacerdotes para difundir su mensaje a todos los rincones de las Tierras Bajas.

Tras su investidura como sacerdote de Balor, fue enviado a las afueras del norte de Piedra de Plata, a la ciudad capital de Duran. Situada cerca del Mar de Casda, Duran, aunque modesta, era conocida por su belleza y su abundancia de peces y fauna silvestre. El clan de Balor capitalizó estos recursos para el comercio e incluso erigió una iglesia para él. Vivió allí contento durante varios años, durante los cuales ocurrieron muchos eventos significativos.

Se enamoró y le dio la bienvenida a un hijo. Los tres encontraron felicidad residiendo dentro de la iglesia hasta esa terrible noche en la que le arrebataron a su familia. Alabaster, que no era un guerrero, no pudo hacer nada para defender a su nueva familia. No sabía cómo, pero juró vengarse del asesino. Los asesinos, envueltos en pieles negras de animales, posiblemente de lobo u oso, tenían objetos afilados atados a sus muñecas. Estaba demasiado oscuro para distinguir lo que eran, o incluso quiénes eran. Aquella noche alteró irreversiblemente a Alabaster; dejó de predicar las palabras de Trobalor a la gente de Durán, amargado por su inacción para ayudar a defender a su familia.

Al mismo tiempo, otro aquelarre de brujas llegó a Duran, prometiendo localizar a los culpables de los asesinatos de su esposa e hijo. Esto marcó su entrada al servicio de las brujas de Sangre. Forjó un contrato con ellas, atado por sangre y no fácilmente rompible por medios convencionales. Durante diez años, estuvo obligado a servirlas. Después de cumplir su plazo, a cambio, las brujas prometieron revelar el paradero de los asesinos de su familia. Su determinación había sido fuerte al principio, aunque las tareas ordenadas por las brujas de Sangre eran poco convencionales. Sin embargo, con el tiempo, le resultó difícil cumplir con sus exigencias. En ocasiones, lamentaba el día en que aceptó el pacto con las brujas, sintiendo que su humanidad se desvanecía lentamente.

"Ahora, es momento de partir. Estas tierras son peligrosas; los bárbaros podrían regresar en cualquier momento. Debemos irnos rápidamente," instó Alabaster.

"No podemos irnos aún. Necesitamos que encontrar a Aliune," dijo el joven Searc.

"¡No tenemos tiempo para estas tonterías, muchacho! ¿No escuchas al sacerdote? Esos salvajes que asesinaron a tus familiares volverán por ti si no nos vamos ahora," interrumpió Truinan enojado.

"¿Quién es esa Aliune? ¿Podría ser otro sobreviviente?" preguntó él.

"Aliune es mi gata, pero no es una gata cualquiera. Ella es la diosa de la luna, me lo dijo una vez. Tenemos que salvarla, señor, por favor. Searc y yo no nos iremos hasta encontrarla," suplicó Caitrin, casi llorando, tirando de su mano.

Aunque estaba tentado a desestimar la petición infantil, una parte de él quería ayudar a los niños. Quizás le recordaban a su propio hijo. "Miren ese alto pico hacia el sur," dijo, señalando. "Una vez que el sol lo toque, ese será todo el tiempo que tengamos para encontrar a su mascota. Después de eso, debemos irnos. ¿Entendido?" añadió calmadamente, esbozando una sonrisa.

Ambos niños asintieron. Escudriñaron su alrededor, buscando bajo piedras, entre escombros, e incluso cerca del montón de cadáveres humanos. Aprendió que Searc tenía doce años y Caitrin ocho. Truinan, el anciano, había sido un amigo cercano de sus padres. También aprendió que, durante el ataque bárbaro, el padre de los niños había encomendado a Truinan su seguridad mientras él se unía a los hombres de la villa para enfrentarse a los invasores.

Los aldeanos no pudieron resistir a los bárbaros por mucho tiempo, soportando apenas unos minutos contra la fuerza bárbara. Los bárbaros arrasaron el pueblo, matando y asaltando a las mujeres que encontraban. Truinan refugió a los niños y a su madre en su casa.

Cuando llegaron los bárbaros, la esposa se sacrificó, sucumbiendo al corte de una espada. Truinan, al presenciar la escena macabra, se escondió con los niños mientras los bárbaros cometían sus atrocidades, protegiendo a los niños de la totalidad del horror. Se abstuvo de contarles el destino de sus padres, aunque ellos al final descubrieron la verdad. Searc, mostrando valentía, instó a su hermana a no llorar, aunque ambos lloraron por la muerte de sus padres durante horas después de que los bárbaros se habían ido. Alabaster reflexionó sobre este trágico evento. Sabiendo que más sufrimiento aguardaba al anciano y a los niños, sintió que no tenía más opción que cumplir con las demandas de las brujas de Sangre.

"¡La encontré! ¡Está aquí, por favor, ayúdame!" exclamó Searc en voz alta. Escuchando con atención, notó los maullidos de la gata provenientes de debajo de una pila de piedras que se había derrumbado de una de las casas en ruinas. La gata parecía herida. Juntos, la desenterraron y encontraron una herida en su pata trasera izquierda. Alabaster sacó un trozo de tela de su bolsa y vendó cuidadosamente la herida.

"Esto ayudará a sanar la herida," dijo, mientras vendaba la herida de la gata y le ofrecía un poco de pan y agua.

"Es hora de irnos," dijo Truinan.

"Gracias, señor. Usted es un verdadero héroe," dijo Caitrin con lágrimas a Alabaster, quien le sonrió a la pequeña.

"Estoy tan feliz de haberte encontrado. Tú y Caitrin son la única familia que tenemos ahora. Te protegeré con mi vida," dijo Searc a la gata, y luego instó a su hermana a encargarse de la felina.

Los niños y Truinan recogieron algunos objetos útiles que encontraron entre las ruinas de la villa: alforjas, bolsas de agua, queso duro rescatado de los restos de una cocina comunitaria, piezas de ropa y algunos cuchillos.

"Estos servirán," dijo Truinan, distribuyendo un cuchillo a cada niño.

"En caso de emergencia, úsalo si es necesario. Usa el lado afilado," aconsejó Truinan. Searc aceptó el cuchillo, pero su hermana, Caitrin, estaba asustada del arma.

"Yo tomaré el cuchillo de Caitrin. Dos son mejores que uno, ¿verdad, amigo?" dijo Searc. Al mirar al niño, no pudo sacudirse la sensación de culpa por lo que el futuro les deparaba a los niños y a Truinan.

No puedo arrepentirme ahora. Si no entrego a estos tres a las brujas, nunca me ayudarán a encontrar a los asesinos de mi familia, pensó.

"Sí, claro. Serás un valiente guerrero cuando crezcas. El Rey Dorado seguramente hará de ti un buen capitán," aseguró al niño, quien le sonrió con orgullo.

El trío lo siguió hasta su carreta, que estaba estacionada en la entrada de la villa. La carreta, robustamente construida de acero y madera, era tirada por un caballo marrón maduro.

"Este es Patas Valientes. Me ha acompañado en muchas aventuras. Aunque ya mayor, aún es rápido. Así ganó su nombre," explicó, ocultando el hecho de que había nombrado al caballo después de que le ayudara a escapar de un pueblo al norte de la Nación Dorada. Los habitantes se volvieron hostiles hacia él después de que buscara cadáveres en su cementerio.

La carreta estaba cargada con varios suministros, con un espacio designado para los cadáveres, un detalle que también eligió no revelar.

"Hay espacio en la parte trasera para los tres. Yo caminaré al lado de Patas Valientes," dijo.

Ellos cumplieron sin quejas, excepto la gata, que le siseaba cada vez que podía. *Dicen que los animales sienten la intención. No es sorpresa que la gata sepa que los estoy enviando a su muerte*, pensó.

"El campamento de la Nación Dorada se encuentra al este. Nos tomará al menos cinco días de viaje para llegar. Por favor, pónganse cómodos y háganme saber si necesitan algo," dijo.

Sus expresiones irradiaban euforia, como si hubieran ganado una fortuna. *Es natural, creen que los he salvado. Si existe el infierno, seguramente hay un lugar especial reservado para mí*, reflexionó.

BASON

*D*esde la infancia, había vivido una vida de privilegios. Al crecer como miembro de la familia real en la Nación Dorada, estaba acostumbrado a tener todo lo que deseaba a su disposición. Todo lo que necesitaba hacer era pedir, y los sirvientes lo obedecían de inmediato. La Nación Dorada había fomentado una cultura en la que servir a la familia real era una tradición, lo cual era una de las razones por las cuales la nación era exitosa en muchos aspectos. Además, la pobreza prácticamente no existía. Incluso aquellos encargados de tareas humildes como limpiar la letrina eran generosamente recompensados por su trabajo. La población adoraba vivir en esta tierra próspera, lo que contribuyó a su reputación como la nación más influyente y amada de todas.

Las cosas no siempre fueron como son ahora. Durante la Guerra de las Cenizas, la Nación Dorada era conocida como la Última Nación. Era una ciudad construida para actuar como el último bastión en defensa del mundo contra Shabranibodoo, una deidad cuya presencia en las Tierras Bajas causó destrucción y muerte hace seiscientos años. En un esfuerzo unido, las brujas restantes de todos los clanes y las fuerzas de hombres se unieron para vencer a Shabranibodoo. Tras la derrota de la deidad, la ciudad de Solaris fue erigida apresuradamente. Muchos individuos valientes optaron por quedarse en la ciudad, mientras que otros se aventuraron a reconstruir las ciudades que habían perdido.

Entre todos los clanes de brujas, solo las brujas Starr permanecieron en la nación después de la guerra. Esta alianza marcó el único pacto conocido en el mundo entre brujas y hombres. Luego, renombraron la tierra como la Nación Dorada, expandiendo ambiciosamente sus fronteras a nuevos límites. Su compromiso era honrar y proteger a los menos privilegiados proporcionando salarios sustanciales a todos los que permanecieran leales a la nación. Y así fue como se estableció la Nación Dorada.

"Es hora de mi rutina de entrenamiento matutina, ¡Recaro, Valecio!" La voz de Bason resonó a través de la lujosa habitación.

"Mi señor, hemos traído su armadura y preparado su primera comida antes del entrenamiento: huevos escalfados, tocino y pan, junto con una porción de jugo de naranja," dijo Recaro respetuosamente.

"¿Prefiere tomar su desayuno aquí, o prefiere disfrutarlo afuera en el balcón?" inquirió Valecio cortésmente.

La habitación de Bason era lo suficientemente espaciosa como para acomodar veinte camas. La mayoría de sus muebles, incluidos los platos y las tazas, lucían un acabado dorado lujoso. Al abrirse hacia un balcón adornado con flores de varios colores, su habitación ofrecía una vista pintoresca de la ciudad capital de Solaris. En una esquina del balcón, una pequeña mesa elegante acompañada de una silla daba frente al sol matutino. Era su rutina desayunar en este lugar sereno la mayoría de las mañanas.

"Preparen mi desayuno en el balcón. Después, necesitaré ayuda para ponerme la armadura," dijo a sus dos sirvientes.

Sus sirvientes reconocieron sus instrucciones y de inmediato comenzaron a preparar su desayuno. Colocándose una bata de seda blanca sobre su piel morena desnuda, Bason salió al balcón. A sus veinticuatro años, tenía la piel suave y el cabello rubio, rizado y hasta los hombros, con una complexión en forma y una estatura promedio.

Recaro, de veintiún años, con piel morena, cabello oscuro y una complexión delgada, y Valecio, de veintiocho, con piel oliva, cabello rubio y una complexión musculosa, habían sido sus sirvientes desde la infancia. Ellos compartían un vínculo íntimo con él que, en ocasiones, llegaba a incluir el compartir camas. Bason siempre había estado seguro de sus preferencias. Desde joven, se inclinaba más hacia una afinidad por los chicos que por las chicas, aunque sus inclinaciones variaban en ocasiones. En la Nación Dorada, la libertad de elegir los afectos, sin importar el género, era celebrada.

Ocasionalmente, Bason se permitía juegos mentales con sus dos sirvientes. Solía llevar a uno a paseos por la capital durante días, dejando al otro en el Castillo de Solaris, creando intencionalmente tensión entre ellos, que a veces escalaba a peleas. Una vez, los celos de Valecio lo llevaron a encerrar a Recaro en sus aposentos, buscando tiempo exclusivo con Bason. Esto enfureció a Recaro, quien respondió con amenazas de muerte contra Valecio.

Fingiendo enojo, Bason amenazó con despedirlos a ambos si continuaban con sus disputas. En su lugar, resolvió el conflicto reconciliándolos a través de un momento íntimo.

Qué relación tan tumultuosa he creado aquí, pensó.

"¿Jugamos un pequeño juego? Si alguno de ustedes puede darme una respuesta que satisfaga mi curiosidad, los invitaré a pasar un día fuera," les dijo a sus sirvientes, notando sus expresiones sonrojadas pero ansiosas.

"Seguramente han escuchado varias historias sobre por qué el Señor del Fuego, Shabranibodoo, llegó a nuestro mundo. ¿Cuál es su opinión al respecto?" preguntó, observando cómo sus sirvientes intercambiaban miradas confusas.

"Oh, no sean tímidos. Entiendo que estos relatos han circulado por generaciones, desdibujando la verdad real," dijo, enfatizando lo vagamente que se habían contado estas historias.

"Mi señor, esta es una historia que escuché del tío de mi madre," dijo Valecio, cerrando los ojos brevemente antes de continuar hablando. "La historia dice que Shabranibodoo, la deidad de las brujas Shabrani, descendió a nuestro mundo en busca de un objeto poderoso oculto en estas tierras. En su búsqueda, destruyó los dos continentes que existían antes de la Era del Renacimiento: las Tierras Altas y las Tierras Medias, buscando este objeto. La leyenda dice que este objeto le otorgaría a él y a sus brujas un poder ilimitado, permitiéndoles conquistar tanto nuestro mundo como el mismo infierno."

"Una teoría familiar, una que no es tan descabellada como algunas otras que he escuchado. ¿Qué opinas tú, Recaro?" preguntó, mostrando interés en la opinión de Recaro.

Recaro emitió un sonido burlón que casi resultaba encantador. "Mi señor, esta es una creencia que tienen los plebeyos de otras naciones. La Nación Dorada, sin embargo, posee perspectivas diferentes."

Él levantó una ceja. "Continúa," dijo.

"El vínculo entre brujas y hombres era formidable. Shabranibodoo, sintiéndose amenazado, emergió del infierno para erradicarlos. Sin embargo, subestimó la fuerza de la Nación Dorada durante la Era de las Cenizas," explicó Recaro, detallando los eventos históricos.

¿Durante la Era de las Cenizas? pensó. Estaba a punto de divertirse un poco con Recaro.

"Espero que no estés sugiriendo que la Nación Dorada era más formidable en el pasado que ahora, ¿verdad? Dudo que, a mi padre, el rey, le agradaría que un sirviente del castillo albergara tales pensamientos," dijo, insinuando sutilmente las posibles consecuencias de tales sentimientos.

"Perdóneme, mi señor. No quise insinuar eso. Fue una elección desafortunada de palabras de mi parte," expresó Recaro, mostrando un sentido de remordimiento por su declaración.

El suspiró profundamente. "Olvidaré tu falta de respeto, querido Recaro."

Hizo una pausa, suspirando de nuevo. "La verdad sigue siendo un misterio. Ni la Nación Dorada ni las brujas Starr la poseen. La Guerra de las Cenizas se encargó de ocultar la verdad. La verdad murió con Shabranibodoo, supongo."

Continuando, agregó, "Mi mejor conjetura es que los dioses albergan animosidad hacia nuestro mundo." Levantándose de su asiento, continuó hablando, "Pero escuchen bien mis palabras: algún día desvelaré la verdadera razón detrás de la Guerra de las Cenizas. Hay numerosas ruinas y cuevas inexploradas en tierras distantes como Artoria o Celen. Incluso más allá del mar celeste, las respuestas esperan. Estoy seguro de ello."

Recaro y Valecio se arrodillaron ante él. "Estamos a su servicio, mi señor. Cumpliremos con cualquier petición y lo acompañaremos a donde vaya," prometieron con sinceridad.

Se sentó y comenzó a comer.

"¿Los bibliotecarios trajeron más libros de Echo?" preguntó, fijando su mirada en Valecio.

Valecio trajo una pila de libros nuevos y los colocó sobre la mesa donde él disfrutaba de su comida.

"Sí, mi señor. Aquí están los últimos libros traídos por los bibliotecarios. Ya han partido al Castillo de los Susurros para reunir más libros para usted," respondió Valecio.

Bason tenía numerosas obsesiones, entre ellas la belleza y el conocimiento. Estaba particularmente obsesionado con descubrir el verdadero motivo detrás de la Guerra de las Cenizas.

Su atención se centró en los libros, y comenzó a tomarlos uno por uno. Todos eran bastante antiguos. Esperaba descubrir algo intrigante sobre la Guerra de las Cenizas. Era bien sabido que el Castillo de los Susurros albergaba la biblioteca más grande de todas las Tierras Bajas. Nunca había tenido la oportunidad de visitar una biblioteca tan magnífica, pero aspiraba a presenciarla él mismo algún día. *El Castillo de los Susurros en Echo no está muy lejos; tal vez podría llevar a mis dos sirvientes en una pequeña aventura*, pensó.

"Toc, toc." Había un visitante en su puerta.

Antes de que pudiera responder, la puerta se abrió de golpe, revelando a un intruso inesperado.

"¿Quién se atreve a entrar en mis aposentos sin permiso?" exclamó, con la voz llena de indignación.

"Perdona la intrusión, Príncipe Bason, pero traigo noticias urgentes," habló una voz femenina.

Reconoció la figura que entró en su habitación: era la mujer casada con su padre.

"Reina Elise, qué visita tan inesperada. Quizás sea la primera ocasión en la que personalmente has tocado mi puerta. ¿En qué puedo ayudarte?" Bason intentó mantener un tono de cortesía.

Cuando tenía trece años, Bason perdió a su madre. Después de su fallecimiento, su padre, el Rey Delray, se casó con la Reina Elise, la hija del rey de una nación vecina en Echo. La nueva reina no llenó el vacío que dejó su madre. No había calidez ni afecto por parte de la Reina Elise; nunca fue maternal. En cambio, permanecía como una madrastra distante, y sus conversaciones giraban únicamente en torno a asuntos gubernamentales siempre que hablaban.

"Bason, se necesita tu presencia. Ven conmigo a la Torre Celestial de inmediato," dijo la reina con un sentido de urgencia.

Él miró a su madrastra. "¿La Torre Celestial, dices? ¿Qué travesuras están tramando las brujas Starr esta vez?" preguntó.

La Reina ignoró su pregunta y simplemente lo miró fijamente.

"Su Majestad, comprendo la urgencia respecto a las brujas, pero la elegancia no puede ser apresurada. Permitidme terminar mi comida, tomar una ducha caliente, y luego me dirigiré a la torre de las brujas," dijo con calma.

La Reina lo miró con un toque de enojo antes de enmascarar rápidamente su expresión. "Príncipe, el Rey ha convocado a toda la familia real a reunirse en la Torre Celestial de inmediato. Confío en que las noticias de las brujas apaciguarán tu sed de conocimiento," le informó.

De repente, al oír la palabra "conocimiento," una oleada de adrenalina lo recorrió.

"Deberías haberlo mencionado antes, madrastra," dijo con una sonrisa. "Te acompañaré de inmediato."

"Valecio, asiste a la Reina Elise mientras me visto. Recaro, ayúdame a vestirme," ordenó a sus sirvientes.

Se puso una camisa blanca adornada con acentos dorados y eligió pantalones de cuero azul. "Trae las botas, Recaro. Tráeme las botas de cuero púrpura con adornos dorados, las que me regaló mi querida tía Amina el año pasado," ordenó, y Recaro obedeció de inmediato.

Dirigiéndose a sus sirvientes, continuó, "Asegúrense de que mi armadura esté preparada según lo planeado. Retrasaré mi entrenamiento por un tiempo. Encuéntrenme en el área de entrenamiento," ordenó, y ellos asintieron en reconocimiento.

"¿Puedo acompañarte hasta la Torre Celestial, mi Reina? Permitidme tomarle del brazo," ofreció cortésmente.

"Claro, Príncipe Bason. Sería un honor," respondió la Reina con gracia.

Era muy consciente de la evidente aversión de la reina hacia sus intercambios, un hecho que solo avivaba su deseo de poner a prueba su paciencia aún más. Disfrutaba empujarla hasta sus límites.

Mientras caminaban hacia su destino, la hizo entrar en conversación. "Es sabido que Echo fue una vez el dominio del clan Dragani, un grupo de brujas que se cree que fue reducido a unas pocas," comentó a su madrastra. "A menudo me pregunto, ¿por qué no te enviaron al clan Dragani para iniciarte? Una princesa bruja podría ser bastante útil, ¿no crees?" la provocó.

La reina cerró los ojos, respiró profundamente, y respondió, "Conoces bien mi historia, Bason. ¿Debo repetirla para tu entretenimiento?" sus palabras transmitían el entendimiento de que él la estaba burlando.

Cuando era niña, la Reina Elise intentó varias pruebas realizadas por las brujas del clan Dragani, que en ese tiempo residían en el Castillo de los Susurros. La joven Princesa Elise aspiraba a dominar las artes de la magia gravitacional, la especialidad del clan Dragani. A pesar de sus intentos en varias pruebas administradas por las brujas Dragani, no tuvo éxito. Sus esfuerzos revelaron que carecía de cualquier habilidad mágica innata.

La transmisión de habilidades mágicas ocurría a través de generaciones, aunque sus patrones seguían siendo impredecibles. Curiosamente, no se conocía a ningún hombre que poseyera magia, lo que provocó numerosas teorías para explicar este fenómeno. Entre ellas,

las brujas Starr creían que los dioses antiguos habían maldecido a los hombres. En contraste, Bason se inclinaba hacia la creencia sostenida por otros clanes de brujas, sugiriendo que la magia provenía de otro reino a este mundo. Según esta creencia, solo las mujeres, capaces de crear vida, tenían la clave para acceder a este poder místico. Sin embargo, no todas las mujeres poseían la capacidad de controlar magia, dejando esta teoría con más preguntas que respuestas.

"No hay vergüenza en ello, mi Reina. Los hombres carecen de la capacidad de controlar magia, así que empatizo con su situación," dijo, disfrutando en molestarla. Sin embargo, la reina eligió no continuar la conversación.

La Torre Celestial se alzaba alta y ancha junto al Castillo de Solaris, su construcción atribuida a los esfuerzos de las brujas durante la Guerra de las Cenizas para combatir al Señor del Fuego. Asegurar un soporte robusto era una prioridad, lo que explicaba la considerable anchura de la torre. En su vasta extensión, la Nación Dorada había establecido la Biblioteca de Sol en la Torre Celestial, un espacio meticulosamente diseñado para albergar una variedad de libros y pergaminos. Además, servía como la residencia del clan Starr. Las habitaciones de la torre eran incontables, ocultando secretos incluso a la familia real, otorgando a las brujas una libertad absoluta dentro de sus muros.

Durante su infancia, Bason encontraba consuelo en la residencia del clan Starr, su lugar favorito. Disfrutando de los privilegios que se le otorgaban como miembro de la familia real, frecuentaba la torre, deleitándose en el placer de explorar el contenido de la biblioteca. Sin embargo, ciertas habitaciones sagradas le estaban prohibidas. A pesar de esto, las brujas le tenían cariño al joven príncipe, a menudo involucrándolo en actividades mágicas. Creaban luces brillantes para que las persiguiera, fomentando un vínculo que persistió a lo largo de su juventud. No fue hasta su adolescencia que Bason comenzó a comprender la verdadera magnitud de los poderes de las brujas, lo cual le infundió un cierto recelo hacia las brujas Starr.

"Su Majestad, Príncipe, bienvenidos a la Torre Celestial. Soy Serisa, hemos estado anticipando su llegada. El Rey y otros miembros de la familia real están reunidos ahora en la Sala de Cristal," saludó una joven bruja apostada en la entrada de la torre. El notó que la bruja llevaba su cabello rubio recogido en una cola de caballo, y llevaba una túnica plateada, zapatos blancos y un cinturón negro.

"Si fueran tan amables de seguirme, los transportaré hasta allí usando un hechizo de teletransportación," dijo Serisa.

Él conocía bien la habilidad de las brujas Starr para teletransportarse a cortas distancias dentro de sus dominios. Albergaba una profunda curiosidad sobre este tipo de hechizo en particular; siempre que lo lanzaban sobre él, sentía como si casi pudiera percibir su magia.

"¿Eres nueva por aquí? Me resultas desconocida," mintió, tratando de obtener información sobre la bruja. En realidad, no recordaba el rostro de ninguna bruja Starr, excepto los de sus líderes.

"Sí, Príncipe. Fui nombrada recientemente para este rol. Anteriormente, residía en la torre, profundizando en el estudio de la magia Starr. Recientemente me han otorgado una estrella," dijo Serisa.

A lo largo de los años, había reunido información sobre la jerarquía dentro del clan Starr. Las estrellas se otorgaban en función de la preparación de una bruja para asumir mayores responsabilidades o cuando sus poderes se fortalecían. A las brujas con una o dos estrellas se les asignaban tareas menores, administrando asuntos dentro de la Torre Celestial o la Nación Dorada. Aquellas con tres o cuatro estrellas realizaban misiones fuera de las fronteras de la nación. Sin embargo, desconocía los roles de las brujas con cinco y seis estrellas, aunque sabía que podían formar parte del Gran Consejo de Brujas, compuesto por diez miembros dentro del clan Starr.

De niño le contaron historias sobre las brujas Starr viajando fuera de las Tierras Bajas. Valecio y Recaro una vez compartieron cuentos de estas brujas siendo enviadas a las mismas estrellas para vigilarlas. Él, ya no siendo un niño, no creía mucho en esas ideas.

Serisa los guió hacia una cámara interior donde observaron a otras brujas teletransportándose dentro y fuera.

"Esta cámara es una de nuestras nuevas adiciones, diseñada para la teletransportación dentro de la torre. Por favor, tomen mi mano," les instruyó Serisa respetuosamente.

Obedecieron la petición de Serisa, y de repente, una luz azul brillante comenzó a envolverlos en un movimiento serpenteante. En solo tres rápidos parpadeos, su entorno se transformó. Se encontraban en una cámara diferente con ventanas amplias y paredes plateadas. Se acercó a una de las ventanas y miró hacia afuera, viendo toda la ciudad capital de Solaris extendida debajo. Se hizo evidente que ahora estaban en lo alto de la Torre Celestial.

"Qué magnífica vista. Todo esto será mío algún día," dijo orgullosamente.

"Debemos apresurarnos; nos están esperando," exclamó la Reina con urgencia.

Serisa los condujo fuera de la cámara y a lo largo de un pasillo estrecho, expuesto al aire libre, que conducía a otra cámara circular con una sólida puerta plateada. Al salir, los recibió un fuerte viento. Serisa rápidamente conjuró un hechizo para calmar el viento, asegurando una caminata más fluida. Delante estaba la Sala de Cristal, un lugar reservado para las reuniones del Gran Consejo del clan Starr. Sabía que, en ocasiones, el consejo extendía invitaciones a la familia real para reuniones importantes. El conocía bien esta sala, habiéndola visitado varias veces en el pasado.

"Debo retirarme ahora. No me está permitido acercarme a esta sala sagrada. Solo la familia real y el Gran Consejo pueden entrar. Fue un placer servirles," anunció Serisa antes de retirarse, regresando por donde habían venido, dejándolos ante la puerta plateada.

La Reina y el Príncipe entraron en la magnífica Sala de Cristal. Su grandeza era inconfundible, incluso para Bason, quien la había visitado antes. Las paredes y el mobiliario estaban hechos de cristal y diamante, con jarrones, platos, cubiertos y piezas decorativas adornadas con plata y oro. En el centro de la sala descansaba una colosal esfera de cristal, una herramienta vital utilizada por el Gran Consejo de las brujas Starr para observar el mundo exterior y recibir noticias de otras brujas dentro de su clan. La llamaban el Ojo de Meteora. Bason solía comparar la enorme esfera con un ojo colosal. Sin embargo, tenía sus limitaciones, ya que no podía ver otros clanes o naciones más allá de la Nación Dorada y el clan Starr.

El Gran Consejo del clan Starr consistía en diez brujas, pero solo una de ellas interactuaba directamente con la familia real: su nombre era Velaska. Algunos la llamaban Reina Velaska, aunque nunca en presencia de la familia real, especialmente de la Reina Elise. Velaska usualmente vestía un vestido plateado, a menudo cubriendo la mayor parte de su cabeza con una capucha plateada. Sin embargo, en esta ocasión particular, había dejado la capucha de lado en señal de respeto hacia la familia real. Tenía una piel clara, cabello rubio, una nariz pequeña y puntiaguda, rasgos felinos y ojos verdes penetrantes. Para él, no aparentaba más de treinta años, aunque sabía que las brujas a menudo parecían mucho más jóvenes de lo que realmente eran.

Velaska se acercó para saludarlos. "Buenos días, Su Majestad, y Príncipe," los saludó reverentemente.

"Tenemos noticias significativas esta mañana que alegrarán a la familia real. Por favor, acompáñenme," los instó, llevándolos más cerca del Ojo de Meteora donde los otros miembros de la familia real y el Gran Consejo estaban reunidos.

Las otras nueve brujas del Gran Consejo rodeaban el Ojo de Meteora, mientras que el Rey Delray Artois, su hermano mayor Terrence, y su hermana menor Beatrice, se sentaban pacientemente frente a las brujas reunidas. Su padre, el rey, de sesenta y cinco años, llevaba una camisa de cuero combinada con pantalones, botas y la corona dorada real. Su hermano Terrence, de veintiocho años, y su hermana Beatrice, de once, estaban vestidos con espléndidas vestimentas reales doradas junto al rey. Notó la ausencia de su tía, Amina Fitzroy.

"Buenos días, Padre. Parece que falta un miembro de la familia real: Tía Amina. Deberíamos esperarla," dijo.

"Bason, siempre demandante y llegando tarde a las reuniones reales. Debes saber que Amina salió de la capital esta mañana. Recibió una carta de Borraral; tu abuelo ha caído enfermo," dijo el rey.

Bason se mostró visiblemente sorprendido por la noticia. Había desarrollado un fuerte apego a su abuelo, el Rey Hendrik Fitzroy de Borraral. Desde muy joven, le costaba conectar con su propio padre, pero el Rey de Borraral siempre había sido cálido y acogedor con él. Recordando su tiempo en Barral, la capital de Borraral, conocida por sus vastos bosques y altos árboles. De niño, su abuelo solía contarle historias fantásticas sobre cómo esos árboles podían alcanzar el cielo y tocar otros mundos.

Durante su tiempo en el castillo de Barral, había aprendido a montar a caballo y le enseñaron los fundamentos de la esgrima junto a sus dos sirvientes. A pesar de las importantes responsabilidades de su abuelo como rey, siempre hacía tiempo para él, ya fuera para jugar o para lecciones de equitación. Sin embargo, en los últimos años, Bason no había visto a su abuelo con frecuencia, ya que el rey había estado en gran medida confinado dentro de los muros de su castillo.

"Espero que pueda recuperarse pronto, me gustaría verlo de nuevo," dijo.

El rey parecía indiferente a su preocupación. "Ya veremos. El anciano parece haberse caído de su caballo y se ha roto varios huesos. Sin embargo, el asunto del anciano puede esperar; es momento de noticias más importantes," comentó el rey.

Él estaba decepcionado por la falta de preocupación de su padre respecto a su abuelo.

"Velaska, con todos los miembros presentes, por favor, no demores más esta noticia. ¿Qué es lo que querías decirnos con tanta urgencia?" inquirió el rey, intentando mantener un tono respetuoso a pesar de la urgencia en su voz.

Velaska aclaró su garganta. Para él, parecía que llevaba la sonrisa triunfante de alguien que acaba de ganar una guerra.

"Rey, estimados miembros de la familia real. Tenemos tanto buenas como malas noticias. Las malas noticias son que los miembros del Gran Concilio han sido asesinados a sangre fría. Las buenas noticias son que ahora sabemos quiénes son los asesinos. Las semillas que plantamos en las brujas Shabrani hace muchos años finalmente han dado fruto. Ha sido confirmado: nuestros informantes han reportado que las brujas Shabrani son responsables de la muerte del Gran Concilio," dijo Velaska.

ALABASTER

*M*ientras *viajaban por las Altiplanos de Rocassombra,* encontraron algo de vegetación, principalmente pequeñas flores. También encontraron algunos árboles y algo de hierba, aunque no tan abundantes como en otras tierras. Las imponentes montañas que rodeaban la zona eran impresionantes, con algunas incluso atravesando las nubes. Se rumoraba que rivalizaban en altura con la Torre Celestial de la Nación Dorada.

"Alcanzaremos el anochecer en breve. Debemos encontrar un lugar para acampar pronto," dijo a sus compañeros de viaje.

"¡Oye, amigo, ¿qué piensas de esas montañas? ¡Algunas personas tienen ideas locas sobre ellas!" gritó el anciano Truinan desde la parte trasera de la carreta.

Algunos decían que las imponentes montañas eran tecnología antigua, creadas por los Primeros para combatir las legiones infernales. Con el tiempo, estas montañas se habían enterrado bajo piedra, lodo y vegetación, mezclándose sin esfuerzo con la naturaleza. Naturalmente, no había prueba de esta teoría, pensó. Incluso en todos mis estudios con el clan Balor, nunca hubo registro de tales afirmaciones de la Era de los Primeros. La mayor parte de esa era permanece perdida en la historia de todos modos. Todo lo que tenemos son rumores susurrados por narradores ebrios.

"Sí, existen numerosas teorías. Yo suelo preferir la explicación más creíble: las montañas son formaciones naturales, probablemente moldeadas por factores de elevación y alteraciones ambientales a lo largo del tiempo," dijo, tratando de sonar convincente.

"¿Qué dicen los lugareños por aquí?" preguntó.

"Es difícil decir, ¿sabes? Hay muchos habitantes en los Altiplanos de Rocassombra. Charlamos y comerciamos con otras villas y pueblos, pero hay tanta gente que viene y va que es difícil saber que dicen todos. La historia que más me gusta es que esta tierra era especial, encontrada por los Primeros. Ellos construyeron estas montañas para señalar dónde estaba el infierno, como si el infierno estuviera arriba del cielo o algo así. Estas montañas guardaban algún tipo de llaves para las puertas del mismo infierno, permitiendo que los demonios del infierno vinieran y fueran a su antojo. Pero los Primeros destruyeron las llaves y sellaron las puertas al infierno para siempre. Nadie tiene idea de cómo abrir las puertas de nuevo," respondió Truinan.

Eso es una tontería, pensó.

Estaban profundamente inmersos en la conversación, discutiendo varios temas, cuando el sol comenzó a ponerse en la distancia.

"Deberíamos detenernos aquí. La noche se aproxima. Sería prudente descansar ahora y continuar nuestro viaje en la mañana," les dijo a los demás.

Después de aceptar su plan, sus compañeros de viaje lo ayudaron a armar una pequeña tienda y a preparar una fogata. Aunque modesta en tamaño, la tienda los acomodaba a todos con algo de esfuerzo. La temperatura nocturna en los Altiplanos de Rocassombra no era demasiado baja, aunque un escalofrío ocasional flotaba en el aire. Encendieron el fuego con cautela, manteniéndolo bajo para evitar atraer atención indeseada. A pesar de la aparente soledad—los bárbaros habían masacrado a todos en los alrededores—dudaban que volvieran.

Dentro de la tienda, Alabaster sacó pan y queso de sus provisiones, dividiéndolo equitativamente entre sus compañeros. *Que coman bien mientras puedan*, pensó para sí mismo.

"¡Sss!" Aliune, la gata que habían rescatado, le siseaba cada vez que se acercaba. *Parece que la gata sabe mis verdaderas intenciones hacia estos tres pobres infelices*, pensó.

"¡Gracias, señor! Eres nuestro héroe," exclamó la pequeña Caitrin, quien parecía agradecida por la comida proporcionada.

"Parece que no le agrado mucho a tu mascota. ¿Actúa así con todos los que conoce?" preguntó, curioso sobre el comportamiento de la gata.

"No estoy segura. En nuestra villa, rara vez encontrábamos viajeros, especialmente sacerdotes. Creo que solo necesita un poco más de tiempo para acostumbrarse a usted," respondió Caitrin.

Alabaster sonrió e intentó acariciar a la gata, pero este le siseó agresivamente y salió de la tienda rápidamente. Caitrin corrió detrás de la gata hacia la oscuridad.

"Yo cuidaré de ellos. Ustedes dos quédense aquí," le instruyó a Searc y Truinan.

Salió de la tienda para seguir a Caitrin, notando a Searc y Truinan detrás de él. *Esta gente ignorante... ¿acaso nunca escuchan?* se preguntó.

A lo lejos, divisó dos figuras sombrías. Al principio, las confundió con árboles, pero los árboles no se mueven.

De repente, Caitrin gritó, "¡Bárbaros!"

Lo siguiente que escucharon todos fue el grito de Caitrin mientras los bárbaros se lanzaban hacia ella, tomándola del brazo izquierdo y presionando un cuchillo contra su pecho. Ella murió instantáneamente.

Los bárbaros dejaron el cuerpo sin vida de Caitrin en el suelo y corrieron amenazantes hacia él.

Estamos perdidos. Sé que merezco esto, pensó, resignado a que su penitencia llegaría antes de lo esperado.

Cubrió sus ojos con las manos, preparándose para el golpe fatal. En ese entonces, lo envolvió una calidez. Cuando descubrió sus ojos, vio a Aliune, la gata que lo despreciaba, irradiando una luz azul vibrante. Los bárbaros se quedaron inmóviles, mirando con asombro el extraño espectáculo.

Con la ayuda de la luz azul que irradiaba la gata, pudo distinguir los rasgos de los bárbaros: dos hombres corpulentos con toscos atuendos de cuero. Sus brazos y piernas musculosos destacaban, y su largo cabello negro solo se sumaba a su presencia intimidante. Su atención se desplazó rápidamente hacia Aliune, quien, aún bañada en luz azul, había comenzado una transformación antinatural.

La gata comenzó a crecer, cambiando a una forma humana mientras seguía emitiendo ese mismo reconfortante resplandor azul.

Una niña se materializó frente a él. La misteriosa niña parecía tener poco más de doce años, con el pelo azul largo y semi rizado que le caía por la espalda. De repente, un vestido azul sedoso se materializó de la nada, cubriéndola mientras la luz azul continuaba irradiando de ella. Por un momento, se preguntó si ella podría estar conectada con la mujer que una vez le había salvado la vida en el campamento de las brujas de Sangre, dado su cabello azul similar y su piel clara.

Mirando al cielo, la luna parecía brillar más que nunca. La niña alzó las manos hacia la luna, murmurando palabras que él no pudo entender del todo mientras ella empezaba a levitar. Su cabello azul comenzó a crecer más y más. Entonces, uno de los cuerpos de uno de los bárbaros se retorció en todas direcciones, haciéndolo gritar de un dolor insoportable. Una luz azul brotó de los ojos, la nariz y los oídos del bárbaro. Lo último que oyó Alabaster fueron los gritos de agonía del bárbaro, como si estuviera explotando por dentro.

El cuerpo del bárbaro se desplomó en el suelo, sin vida. La sangre brotaba de sus ojos. El otro bárbaro, con aspecto furioso, se preparó para atacar a la misteriosa niña, agarrando su hacha con fuerza. "Tú pagas. La vida está acabada," gruñó.

De repente, una espada azul larga y reluciente apareció en la mano derecha de la misteriosa niña. Antes de que el bárbaro pudiera tocarla, ella le cortó los brazos y las piernas. Sus ataques eran tan rápidos que le costaba seguir sus movimientos. El grito del bárbaro se parecía al de un animal moribundo, pero aun así no estaba muerto.

Luego la niña dejó de levitar, su cabello volvió a su longitud original y su brillo azul se atenuó. La espada mágica de la niña también desapareció. Luego ella caminó hacia el cuerpo del bárbaro sin extremidades. Agarrándolo por el cabello, arrastró al bárbaro hacia done Alabaster se encontraba.

Él estaba impresionado por los acontecimientos que se desarrollaban ante él. ¿Cómo puede una niña tan pequeña cargar a una bestia así con una sola mano? se preguntó.

"¡Alejaos! Estorbáis mi camino," le ordenó la niña.

Él se hizo a un lado mientras ella continuaba caminando, arrastrando el cuerpo del bárbaro por los cabellos y dejando un rastro de sangre en el camino. Ella se detuvo frente a Searc. El niño se quedó paralizado, con los ojos muy abiertos por el miedo, las lágrimas corrían por sus mejillas mientras temblaba.

"Han matado a vuestra hermana delante de ti. ¿Qué harás? le dijo la misteriosa niña a Searc.

El niño miró al bárbaro, que seguía gritando de agonía. Alabaster se dio cuenta de que el chico vaciló un momento, pero luego su expresión cambió a una de determinación. Searc agarró rápidamente los dos cuchillos que Truinan le había dado de su cinturón y golpeó los ojos del bárbaro.

Ahora, los gritos más fuertes provenían de Searc, que penetraba con sus cuchillos tan rápido como podía. El bárbaro ya había muerto cuando el muchacho finalmente se detuvo.

"Has actuado admirablemente, muchacho," dijo la misteriosa niña.

Entonces, la misteriosa niña, caminando con determinación, se acercó a Alabaster.

"He estado buscándote, Sacerdote de Sangre. Llevadme ahora donde vuestras brujas de Sangre," ordenó la misteriosa niña.

ELLA

*S*e quitó las sandalias para experimentar la sensación de las piedras cristalinas esparcidas por el suelo. Caminó descalza, deseando sentir la tierra y los cristales, los cuales parecían apagarse bajo sus pies. El Bosque Oscuro, el lugar al que llamaba hogar, albergaba impresionantes fragmentos de piedra diminutas, más pequeñas que los guijarros más pequeños. Las leyendas decían que en el pasado energizaban a cualquiera que los tocara.

Algunas de las ancianas brujas Balor hablaban a menudo de Piedra de Plata como una tierra donde alguna vez existieron cristales mágicos del tamaño de seres humanos hace mucho tiempo. Las leyendas afirman que estos cristales fueron destruidos hace mucho, y que las pequeñas piedras que se encuentran hoy son sus restos. Es por historias como estas que la tierra recibió su nombre, Piedra de Plata. La primera vez que vio estas pequeñas piedras cristalinas, quedó fascinada. Su apariencia era un espectáculo, especialmente de noche, cuando brillaban intensamente. Sin embargo, durante el día, en los confines del Bosque Oscuro, estas piedras permanecían apagadas. El denso dosel de hojas oscuras impedía que la luz del sol las alcanzara. No obstante, conservaban una belleza cautivadora. La oscuridad del bosque lo envolvía todo, haciendo casi imposible que alguien viera dentro. Solo las brujas Balor poseían los secretos para navegar los senderos del Bosque Oscuro en completa oscuridad.

Había pasado toda su vida habitando en el Bosque Oscuro, una tierra donde el clan de las brujas de Balor había construido su ciudad principal.

Rodeada principalmente por árboles, follaje, ramas y una variedad de plantas, la ciudad, construida por el clan Balor, consistía en numerosos edificios hechos de madera y piedra. Oculta en las sombras, la ciudad permanecía como un reino desconocido para la mayoría de los forasteros.

En tiempos antiguos, las brujas Balor invocaron barreras protectoras, conocidas solo por ellas, que protegían los caminos hacia su dominio. Los intentos no autorizados de cruzar estas barreras llevaban a una muerte segura. A pesar de las advertencias, los bárbaros a menudo intentaban burlar estas defensas. Si estaban perdidos o simplemente curiosos seguía siendo un misterio para las brujas. Las barreras se manifestaban como campos de veneno y descomposición, resultando letales para cualquier desafortunado que se atreviera a desafiarlas. Los cadáveres de aquellos que fracasaban a menudo se encontraban esparcidos por la oscura extensión del bosque.

Solo grupos selectos y unos pocos clanes de brujas aliadas poseían el conocimiento necesario para navegar estas barreras protectoras. Estos individuos eran elegidos para roles específicos, viajando a menudo por el bosque como comerciantes. Además, algunas brujas del clan Dragani poseían este conocimiento, gracias a sus buenas relaciones con las brujas Balor, aunque esto fue antes de su casi aniquilación.

"Es hora," le informó una bruja.

"Solo un poco más, por favor. No tendré otra oportunidad de ver este lugar. Solo unos momentos más," suplicó ella. La otra bruja Balor le concedió unos momentos más a solas.

Para Ella, el bosque oscuro y la ciudadela de las brujas Balor eran todo su mundo; no podía imaginar nada más allá de ellos. Desde sus primeros recuerdos de infancia, no recordaba nada más que los árboles oscuros y las piedras brillantes bajo sus pies. Su infancia estuvo llena de alegría, corriendo por el terreno y deleitándose con la sensación del polvo y los cristales. Sin embargo, la adultez no fue tan amable con ella. Pronto se dio cuenta de que no era la bruja más brillante ni la más hábil, pero esta realización solo alimentó más su determinación de mejorar. A pesar de las burlas de otras brujas por sus esfuerzos por mejorar, se negó a rendirse.

Durante una clase de venenos, una prueba final crítica requería que los estudiantes prepararan dos pociones. La primera era un veneno, una toxina siniestra indetectable por cualquier lengua, pero capaz de cerrar rápidamente la garganta, resultando en una horrible muerte por asfixia. La segunda poción era el antídoto diseñado para contrarrestar los efectos del veneno. Cada bruja estaba obligada a ingerir tanto el veneno como el antídoto. La supervivencia determinaba la aceptación en el clan de las brujas de Balor. Consciente de las historias de muchas otras que perecieron en la prueba final debido a un veneno excesivamente potente o un antídoto mal preparado, estaba aterrada. Sin embargo, su determinación de tener éxito superaba su miedo.

Ella fue la última bruja en quedar para crear tanto el veneno como el antídoto. En medio del caos, fue testigo de cómo el cincuenta por ciento de sus compañeras sucumbían justo frente a ella. Desesperada por mantener la concentración, se repetía a sí misma que no los mirara, que no perdiera el control. Cuando terminó, se preparó y tragó el veneno. En segundos, su garganta comenzó a contraerse y rezó para que su antídoto funcionara como había planeado. Con manos temblorosas, administró el antídoto, esperando escapar al destino que había caído sobre tantas otras. *Por favor, funciona, por favor, funciona, no quiero morir, no quiero morir*, repetía en meditación.

El antídoto no logró contrarrestar los efectos del veneno. El pánico la invadió mientras sus pulmones luchaban por aire y una intensa presión se acumulaba en su cabeza. La oscuridad comenzó a nublar su visión mientras perdía la consciencia. En sus últimos momentos, todo lo que pudo percibir fueron los rostros de las compañeras que la habían atormentado, sus risas burlonas resonando de forma inquietante en su mente. *Perdí y ellas ganaron*, concluyó.

Una semana después de la temible prueba final, Ella recuperó la consciencia y se encontró en la enfermería.

"¡Estás viva! Aun no sabes cómo," exclamó una voz. "Tu veneno fue demasiado potente y el antídoto fue demasiado débil. El veneno debería haberte quitado la vida, y sin embargo, aquí estás, con solo algunas heridas en la garganta que sanarán con el tiempo."

Intentó hablar, pero no surgió ninguna palabra.

"No esfuerces tu voz; tu garganta está herida. Te aconsejo que descanses un tiempo. No obstante, siéntete orgullosa. A pesar de haber fallado la prueba final, nuestro Gran Consejo te ha otorgado el título de bruja Balor. Parece que tu cuerpo tiene una resistencia natural a los venenos potentes. Eres una bruja rara, en quien las viejas brujas han mostrado un interés especial," explicó la bruja enfermera.

Ese día, lloró de felicidad hasta que cayó la noche.

En ese momento, no comprendía el verdadero significado de "interés especial" ni entendía las intenciones de las viejas brujas del consejo hacia ella.

Algún tiempo después, Ella fue convocada por el Gran Consejo de las brujas Balor. El consejo celebraba sus sesiones bajo tierra, a las que se accedía a través de un túnel escondido en las profundidades de la ciudad. El túnel se extendía hacia las profundidades, envuelto en oscuridad, con solo fuegos esporádicos que arrojaban una luz tenue a lo largo del pasillo. Finalmente, Ella llegó a su destino.

Dentro de la cámara del Gran Consejo, ocho figuras vestidas con túnicas marrones y verdes se encontraban frente a ella, sus rostros ocultos bajo grandes capuchas. Las únicas partes de su cuerpo que podía ver eran sus manos, algunas de las cuales se habían vuelto amarillas, mientras que otras parecían más verdes. Eran las brujas del Gran Consejo que esperaban su llegada.

"Has sido elegida," dijo una de ellas.

"Seleccionada para unirte a un grupo secreto dentro de nuestro clan," añadió otra.

"Un grupo conocido solo por unos pocos entre nosotras," continuó otra bruja.

"Si deseas unirte, debes hacer los votos," anunciaron todas en conjunto.

"Come la semilla del conocimiento."

"Revelará tu verdadero ser," añadió otra.

"Observaremos todos tus movimientos," concluyó otra.

Están hablando por turnos, casi como si fueran una sola entidad en lugar de múltiples individuos, pensó para sí misma.

"Debes tener preguntas, pregunta lo que desees," dijo una de las brujas.

Ella dudó, sin saber por dónde comenzar.

Esta era su primera reunión con el Gran Consejo, y la experiencia se sentía completamente abrumadora. Luchaba con la avalancha repentina de pensamientos que corrían por su mente. Lo primero que le vino a la mente fue el tiempo que pasó confinada en la enfermería, un tiempo que pareció una eternidad. Le extraían sangre todos los días, estudiando no solo su sangre, sino también pequeños pedazos de su carne. Aunque los cortes eran pequeños y casi indoloros, su cuerpo llevaba las marcas de moretones y cicatrices continuas. Cada vez que preguntaba por qué necesitaban su sangre y carne, las brujas permanecían en silencio. La única respuesta que recibió una vez fue que estudiaban su anatomía. Pero, ¿por qué? Eso seguía siendo un misterio para ella.

Reuniendo valor, Ella estaba lista para hacer preguntas.

"¿Qué... qué hicieron con mi sangre y carne? ¿Qué es este grupo se... secreto? ¿Qué... hace?" tartamudeó, su voz temblando. A pesar de su miedo hacia el Gran Consejo, logró expresar las preguntas que la habían estado atormentando.

"No hay necesidad de tener miedo," le aseguró una bruja.

"Teníamos que asegurar tu potencial para este grupo secreto, así que tu sangre y carne fueron estudiadas," explicó otra bruja.

"El grupo secreto de las brujas Balor fue establecido hace muchos años, antes de que cualquiera de nosotras estuviera aquí," habló el consejo en turnos nuevamente.

"Es un grupo muy antiguo."

"Somos inherentemente pacíficas, pero la amenaza está escalando cada día."

"Es tiempo de contrarrestar las fuerzas del mal que representan una amenaza para nuestro clan."

"Nuestro grupo secreto es formidable. Fortalecido con un poder inmenso."

"La más fuertes entre nosotras, controlando magia como ninguna otra bruja Balor."

"Serás enviada en una misión."

"Para eliminar a nuestros enemigos desde las sombras."

"No regresarás al Bosque Oscuro."

"Nadie debe descubrir tu verdadera identidad."

"Debes eliminarlos a todos. Ninguno puede escapar."

"Poder, más allá de tus sueños más salvajes, será tuyo."

"Ahora, decide, muchacha. Necesitamos que ocupes el último asiento entre las más poderosas. Solo queda un lugar, y es para ti."

El silencio envolvió la sala, y le resultaba difícil pensar con claridad. *Un grupo secreto de brujas Balor operando en las sombras, con una existencia que se extendía a lo largo de muchos años*, reflexionó. Además, solo quedaba un asiento, y ella había sido elegida para ocuparlo. *¿Qué era esta semilla del conocimiento de la que hablaban? ¿Sería posible que me volviera más poderosa que las brujas que siempre se burlan de mí?* se preguntó.

"Acepto," se oyó decir. *¿Es realmente esto lo que quiero?*

"Así será," hablaron todas las brujas al unísono.

Lo siguiente que vio fue una figura sombría acercándose desde la esquina oscura de la sala.

Está caminando hacia mí, se dio cuenta.

Observó a la extraña criatura mientras se acercaba a una de las antorchas situadas alrededor de la cámara. Su altura era la misma con la suya, y su cuerpo estaba compuesto de enredaderas en lugar de extremidades, con numerosas ramas extendiéndose a lo largo de él. Lo que le pareció más aterrador y peculiar fue su rostro, que se asemejaba a una gran planta en forma de flor adornada con pétalos verdes y amarillos. En el centro de su rostro, notó un agujero que dedujo era su boca, dado las estructuras similares a dientes afilados que lo rodeaban.

"E...lla deb...e inger...i....r l...a sem...il...la," la extraña criatura habló de una manera inhumana, con su habla titubeante.

La criatura caminaba torpemente, pareciendo un bebé dando sus primeros pasos. De repente, detuvo su movimiento hacia ella y comenzó a convulsionar, como si experimentara un ataque de pánico.

En un instante, una larga enredadera salió de su boca, dirigiéndose rápidamente hacia ella y entrando en su boca. Los eventos ocurrieron tan rápido que no tuvo tiempo de reaccionar. Notó que un pequeño objeto, no más grande que una piedrecilla, pasó a través de la enredadera dentro de ella, causando una sensación ardiente en su estómago. Después de salir de su boca, la enredadera regresó a la extraña criatura. Ella cayó de rodillas, experimentando un dolor insoportable, como nada que hubiera sentido antes. Náuseas y una sensación de ardor implacable la invadieron, haciéndola temer por su vida. Luego, perdió el conocimiento.

Cuando recuperó la conciencia, se encontró en una habitación fría y desconocida. Abriendo lentamente los ojos, se dio cuenta de que estaba confinada dentro de una celda. Su espalda dolía al notar que estaba acostada en una dura cama hecha de piedras y madera. Cerca de la cama se encontraba un balde de agua. Mirando a su alrededor, notó que la celda era pequeña y desolada, sin ningún otro mueble.

Se acercó a la puerta de la celda, observando su entorno. El área cavernosa albergaba numerosas celdas similares a la suya. De repente, su cabeza comenzó a dar vueltas mientras una ola de dolor la dominaba: su cuerpo dolía con fiebre y su piel se sentía insoportablemente irritada.

Sintió un impulso irresistible de rascarse la piel para aliviar la incomodidad. Al examinar sus manos, notó un cambio en el tono de su piel: ahora estaba teñida de un color amarillento. Su mente recordó de inmediato el objeto que había ingerido durante el encuentro con la extraña criatura en forma de flor en la cámara del Gran Consejo.

Esta debe ser la semilla del conocimiento de la que hablaron, se dio cuenta, conectando los hechos. *Esa semilla está causando todo este dolor.*

En medio del dolor, notó algo peculiar: sus sentidos se habían agudizado. Ahora podía percibir claramente rastros de magia emanando desde varias direcciones. Aún más notable, podía sentir la presencia de numerosas semillas y plantas en crecimiento debajo de ella en el suelo.

"Te estás recuperando bien. Muchas brujas en tu condición no sobreviven más de un día. Sin duda eres una de nosotras," comentó una bruja que había venido a revisar su estado.

"Soy Ceca, la líder de nuestro grupo secreto. Nos llaman las Espinas Oscuras. La mala noticia es que tomará un tiempo antes de que puedas sentirte normal de nuevo. La buena noticia es que controlarás magia vega más allá de cualquier otra bruja Balor. ¿Tienes alguna pregunta?" preguntó Ceca.

"¿Sigo siendo humana?" preguntó.

"Si lo simplificara, estás en algún lugar entre una planta mágica inmortal y un ser humano. Quizás hayas notado tu aumento de poder, como un flujo de energía sin límites. Esto solo seguirá creciendo. Tendrás tanta energía que dormir no será necesario. Pero, hay un pequeño precio: tu piel y tu cabello probablemente cambiarán de color, como quizás ya has notado. La mía se volvió verde, mientras que otras cambiaron a rojo o amarillo. Quién sabe, puede que incluso te guste. Otro beneficio es que ahora es más difícil matarte. Pronto descubrirás que puedes recuperarte de heridas e incluso regenerar extremidades perdidas. Te has convertido en un arma letal e inmortal. Agradece a nuestro señor Trobalor y a la semilla del conocimiento," explicó Ceca.

Si esto es cierto, nuestro señor Trobalor ha escuchado mis plegarias. Ya no seré débil, y las demás no se burlarán de mí. Seré más fuerte que esas brujas abusonas, se dijo a sí misma con nueva confianza.

"Rezo a nuestro señor Trobalor para que me conceda la fuerza para superar lo que él desee de mí. Soy suya," dijo con orgullo.

"Nuestro señor Trobalor eligió sabiamente al otorgarte tal resistencia," dijo Ceca antes de dejarla.

Los meses que siguieron fueron los más duros. El dolor que sentía en todo su cuerpo se convirtió en su compañero de día y noche. Poco a poco, Ella logró superar el tormento físico, aclimatándose al dolor persistente. Al salir de su celda, se encontró con otras similares a ella. Algunos de los otros miembros de las Espinas Oscuras parecían muy jóvenes, mientras que otros eran mucho mayores. Una bruja llamada Arela le reveló que tenía casi doscientos años.

"El dolor nunca desaparece, pero te acostumbrarás. Cada uno lo experimenta de forma diferente," le dijo Arela.

En efecto, el dolor persistía, pero con el tiempo se volvió más soportable. Además de sus habilidades mágicas aumentadas, decidió embarcarse en el aprendizaje de la esgrima, una habilidad que normalmente no se enseñaba a las brujas ordinarias de Balor.

"Nuestra misión es peligrosa; necesitamos fortalecer no solo nuestros espíritus, sino también nuestros cuerpos. Debemos dominar el uso de cualquier arma," enfatizó Ceca.

Las Espinas Oscuras estaban compuestas por cuarenta y nueve brujas, cada una con características distintivas. Algunas brujas eran completamente verdes, de la cabeza a los pies, incluso incluyendo su cabello. Otras mostraban parches de varios colores en su piel, mientras que algunas tenían los ojos completamente amarillos o rojos. Algunas brujas tenían orejas que parecían hojas, con una forma puntiaguda. La piel de Ella se había vuelto amarilla, y su cabello había tomado un tono verde claro. Sin embargo, los cambios físicos no le molestaban mucho. Lo que más la asombraba era la transformación en sus habilidades mágicas.

Sentía un flujo interminable de energía vega dentro de ella. Al poner a prueba este nuevo poder, descubrió su habilidad extraordinaria para manipular el crecimiento de árboles y enredaderas con una precisión increíble, superando incluso a las brujas más hábiles de Balor.

Con el tiempo, controlar enredaderas y árboles se volvió instintivo para ella. Sus hermanas en las Espinas Oscuras le aconsejaron que siempre llevara una variedad de semillas en los bolsillos. Al lanzar estas semillas al suelo, podía controlar su crecimiento y movimiento, permitiéndole crear enredaderas venenosas, miasma, trampas de árboles y ramas proyectiles, entre otras técnicas útiles.

Además de dominar la magia vega, Ella se dedicó a perfeccionar sus habilidades en el manejo de dagas y espadas. Participaba en sesiones de entrenamiento diarias con sus compañeras y encontraba especial disfrute en entrenar con Matena, una bruja de edad similar que se había unido a las Espinas Oscuras poco antes que ella. También pasaban tiempo juntas fuera del entrenamiento, compartiendo ocasionalmente camas y haciéndose compañía. Matena jugó un papel crucial en ayudar a Ella a comprender ciertos aspectos de su nuevo cuerpo.

Su nuevo cuerpo también traía algunas desventajas. Le resultaba cada vez más difícil dormir y había dejado de comer carne por completo. Su sustento provenía únicamente de vegetales, y bebía grandes cantidades de agua, vital para mantener su flujo de energía. Matena compartió historias sobre compañeras que perdieron el control debido a la deshidratación, lo que llevó a Ella a asegurarse de tener siempre un suministro constante de agua en sus aposentos.

No había visto a otras brujas de Balor fuera del grupo de las Espinas Oscuras durante un tiempo, por lo que le parecía que estaban aisladas en un área distante, lejos del resto.

"No hay necesidad de interactuar con otras brujas. Todas somos parte de un gran plan que ha estado desarrollándose durante años. Sean agradecidas. Ahora que nuestro grupo está completo, pronto recibiremos órdenes para nuestros próximos pasos," declaró su líder, Ceca. Siendo una de las más ancianas y sabias entre ellas, Ceca era la única en su grupo que podía comunicarse directamente con el Gran Consejo.

Una mañana, Ceca reunió a todas las brujas de las Espinas Oscuras.

"Ha llegado el momento. He recibido la tarea del Gran Consejo de cumplir nuestro destino, el mismo propósito por el cual consumimos la semilla del conocimiento y nos convertimos en un arma para el bien de nuestro clan. Debemos nuestra gratitud a nuestro señor Trobalor," informó Ceca a las brujas.

"Partiremos en siete lunas. Nuestro destino son las Montañas Campanilla Azul en Campo de Lagunas, donde recibiremos nuevas instrucciones," explicó Ceca.

Siete lunas pasaron rápidamente. Ella miró por última vez el impresionante paisaje de Piedra de Plata y el Bosque Oscuro.

Puede que nunca regrese aquí de nuevo, pero debo creer en mi habilidad para sobrevivir a lo que me espera, se dijo a sí misma con determinación.

Miró hacia los imponentes árboles verdes, apreciando la belleza de su hogar. "Adiós, hogar," susurró suavemente.

Ella emprendió su viaje hacia el punto de encuentro de las otras brujas, llevando solo lo esencial: algo de ropa, una pequeña alfombra para dormir, un par de alforjas llenas de vegetales para su sustento, una cantimplora y una variedad de polvos y semillas. Asegurado bajo sus ropas oscuras en su muslo derecho llevaba una daga envuelta en un cinturón de cuero, mientras que una pequeña espada, su arma preferida, estaba sujeta a su cintura.

Cuando llegó, las cuarenta y nueve brujas estaban unidas y listas para partir de su tierra natal.

Ceca se dirigió al grupo. "Debemos partir del Bosque Oscuro y llegar a las Montañas Campanilla Azul en un plazo de siete días. Las brujas del Gran Consejo han previsto días de lluvia, lo que nos permitirá viajar día y noche."

Siendo una de las más hábiles entre las brujas de Balor, Ella y sus compañeras podían permanecer despiertas durante días sin descansar si tenían suficiente agua. Ella había probado este método antes, durante casi veinte días sin descanso mientras se mantenía hidratada. *Poder ilimitado*, le habían dicho, y había demostrado ser cierto.

"Antes de partir, deben ponerse estas capuchas. Ocultarán completamente su rostro y cuerpo. En caso de que nos encontremos con alguna otra compañía en el camino hacia las Montañas Campanilla Azul, debemos presentarnos como brujas ordinarias de Balor en un viaje hacia Campo de Lagunas bajo las órdenes de nuestro Gran Consejo y del Rey Larus Rickers. Yo poseo una carta sellada por el propio rey para servir como prueba," explicó Ceca al grupo.

Si las palabras de Ceca son ciertas, ¿significa que el Rey de Campo de Lagunas está al tanto de la existencia de las Espinas Oscuras? ¿Es esta una parte de nuestra misión que debe permanecer en secreto? pensó en silencio.

Ella observó a las otras brujas intercambiar miradas inciertas, quizás reflexionando sobre la misma idea.

"Debo recordarles, hermanas, que no debemos cuestionar las decisiones de nuestros superiores. No somos más que armas ahora. Hacemos lo que se nos dice, nada más," afirmó Ceca con firmeza, notando la confusión entre las brujas.

Ceca luego distribuyó las capuchas entre el grupo. Ella se puso la suya. "No puedo ver quién eres. Estas capuchas parecen funcionar bien," dijo Matena con una sonrisa. Ella agradecía la presencia de Matena en este viaje siendo ella un gran soporte emocional.

"Una última cosa," interrumpió Ceca de repente.

"Si encontramos adversarios desconocidos durante nuestro viaje, debemos luchar y eliminarlos."

Ella y las demás asintieron en acuerdo y gritaron al unísono, "Por nuestro señor Trobalor."

HALLARD

*E*ra otra cálida estación en la región de Campo de Lagunas. Históricamente, esta tierra carecía de las estaciones tradicionales. Los vientos fríos estaban ausentes incluso en las noches, al igual que los cielos nublados. A menudo se describía como el reino de la eterna primavera, una característica única que atraía a viajeros de tierras lejanas. El clima favorable beneficiaba enormemente a los agricultores y pescadores, haciendo de este un lugar ideal para el cultivo de productos durante todo el año. Rodeada de numerosos ríos que se entrecruzaban y desembocaban en lagos, el área ofrecía una abundancia de peces, ganándose así el nombre de Campo de Lagunas. Entre estas tierras, la ciudad de Descanso de Primavera se destacaba como la más próspera, sirviendo como la capital de la región y la residencia de la familia real, fundada por los primeros colonos hace mucho tiempo.

Este fue el lugar de nacimiento de Hallard Rikers. El padre de Hallard, Hollard Rikers, era hermano del rey Larus Rikers. Desde sus primeros años, Hallard tenía una ferviente pasión por el combate. Participaba constantemente en torneos, suscribiéndose en misiones contra la amenaza de los bárbaros.

Los clanes bárbaros representaban la mayor amenaza para la región de Campo de Lagunas. Cuando Hallard Rikers cumplió quince años, tuvo su primer enfrentamiento contra los bárbaros. A pesar de la fuerte desaprobación y prohibición de sus padres para su alistamiento, la determinación de Hallard de participar en un combate real se mantuvo firme. La desaprobación de su padre causó una tensión en su relación, llevando a un cambio notable en sus interacciones. Su madre, sin embargo, se esforzó por apoyar sus decisiones. Ella le consiguió la mejor armadura y armas, junto con varios talismanes para la buena suerte, entre los cuales había un collar adornado con una hoja dorada, que se creía traía suerte en la familia Rikers.

Al alistarse, Hallard no tuvo más opción que cumplir con decretos del rey, le guste o no. A pesar de su falta de experiencia en batalla, su linaje real le aseguró protección por numerosos valientes guerreros, todos bajo las órdenes de Lord Hollard y su hermano, el rey Larus. El apellido "Rikers" comandaba gran respeto entre la gente de Campo de Lagunas. Su batalla inaugural resultó desafiante. Hallard no buscaba demostrar valentía; sobrevivir era un logro suficiente para él. El continuó uniéndose a numerosas batallas contra los bárbaros, y a la edad de veinticuatro años, se había ganado una distinguida reputación como un guerrero hábil.

Hallard se convirtió en un guerrero altamente capacitado, mostrando una habilidad excepcional con diversas armas en el arsenal. Era particularmente hábil con la larga espada de dos manos. Con notable agilidad, maniobraba la pesada espada con rapidez y velocidad inigualables, rivalizando con otras armas. Con el tiempo, Hallard ascendió al rango de capitán, emergiendo como un líder respetado entre los Hombres de Lago. Reconociendo su destreza, el rey le confió a Hallard los mejores hombres, otorgándole el mando sobre quinientos Hombres de Lago. A pesar de su juventud, Hallard era venerado por muchos debido a sus notables logros. Sin embargo, una facción resentía su rápido ascenso a la posición de favorito en tan poco tiempo, dando lugar a un pequeño pero hostil grupo. Este grupo propagó falsedades sobre los logros de Hallard, pero sus fabricaciones fueron rápidamente desacreditadas por el público después del más importante triunfo de Hallard hasta la fecha. En una batalla contra un clan bárbaro, Hallard enfrentó al líder del clan en un feroz combate cuerpo a cuerpo. El líder bárbaro, conocido como Dientes Negros debido a sus largos colmillos negros, se asemejaba más a un perro que a un hombre. El enfrentamiento entre los dos capitanes fue implacable, intercambiando golpe tras golpe. Aunque Hallard enfrentaba a un formidable adversario, su golpe final derrotó a su oponente. A pesar de recibir múltiples heridas durante el combate, Hallard permaneció firme, enfocado únicamente en asegurar la victoria.

Lord Hollard, el padre de Hallard, tenía fuertes objeciones hacia el camino de su hijo hacia la guerra. No obstante, su opinión tenía poca influencia en él ya que la decisión de Hallard ahora contaba con el respaldo del rey. Esta decisión sirvió como catalizador para una creciente división entre el rey y su hermano, lo que eventualmente los llevó al distanciamiento.

"Es mi hijo, apenas un muchacho, y tras mi muerte, heredará mis tierras como el señor de Río Atronador. Nunca debiste permitirle participar en batalla sin mi consentimiento," expresó Hollard al rey.

"Hermano, es hora de que dejes de preocuparte por este asunto trivial. No tengo tiempo para discutir contigo ahora. Hallard ya no es un niño; es un hombre, comprometido con su familia y el bienestar del reino. Como alguien de linaje real, es lógico que le brinde mi respaldo. Cuando llegue el momento, asegúrate de que Hallard permanezca en Río Atronador y asuma el señorío. Confío en que podrás persuadirlo de eso, al menos," respondió el rey Larus a su hermano.

Desafortunadamente, a la edad de veintiocho años, Hallard recibió una devastadora noticia. Lord Hollard Rikers había sufrido un terrible accidente dos días antes mientras cazaba jabalíes en un bosque cercano a su tierra natal.

"¿Jabalíes? ¿En Río Atronador?" exclamó Hallard, quien desconocía de la presencia de tales animales en su tierra.

"La carta dice que Lord Hollard fue emboscado por el animal. No tuvo oportunidad; el jabalí atravesó sus costillas, dañando muchos órganos. Ahora está bajo el cuidado de las curanderas," dijo un Hombre del Lago que leía la carta a Hallard. En el momento del accidente de su padre, Hallard estaba cerca de la frontera sur de Descanso de Primavera.

"No puede ser. ¿En realidad, fue tan descuidado como para ser atacado por un solo jabalí?" exclamó Hallard. "Prepara mi caballo. Partiré de inmediato hacia Río Atronador," ordenó a uno de sus escuderos.

"Señor, si me permite, también hay una carta del rey. ¿Debería leérsela?" dijo el escudero.

Hallard permitía que sus subordinados leyeran las cartas mientras él se preparaba o estaba ocupado con otras tareas. "Adelante," dijo.

"Capitán, entiendo su deseo de viajar a Río Atronador debido a la desgracia de su padre. Sin embargo, el reino es prioridad. Complete su tarea actual primero. Esperaremos su regreso," transmitía el mensaje.

¿Como sabía el rey que decidiría viajar a Río Atronador de inmediato? Además, 'Esperaremos su regreso' — ¿significa esto que el mismo rey está viajando a Río Atronador? Hallard se sorprendió. Luego el examinó la carta, notando el sello roto con el emblema del rey.

"¿Espera que me quede aquí mientras mi padre muere lentamente?" dijo, aun fijando la vista en la pequeña carta.

Dejó la carta con el escudero y salió de su tienda. Por todo el campamento, se habían instalado numerosas tiendas donde sus hombres descansaban. Era temprano en la mañana; el cielo mostraba un color azul sereno mientras el clima permanecía cálido. Cerca, varios pequeños ríos cruzaban el campamento, donde algunos soldados se ocupaban en lavarse o pescar para el desayuno.

"Señor, se ha avistado un grupo de bárbaros al norte de las Montañas Campanilla Azul," le informó uno de los soldados.

"Excelente. Prepara a trescientos hombres y deja al resto aquí como apoyo. Marcharemos en cuanto estén listos," ordenó Hallard con decisión en respuesta al informe del soldado.

Las trompetas resonaron en el campamento, una señal para que los soldados se prepararen para la batalla. Hallard y su compañía recibieron órdenes del rey para eliminar a un nuevo grupo de bárbaros que se congregaba cerca de las Montañas Campanilla Azul, al sur de Descanso de Primavera. Para él, los bárbaros eran un enemigo peligroso, hábiles para esconderse en las montañas y en cuevas secretas por toda la tierra, eran una gran amenaza para el reino. Aunque había enfrentado a numerosos clanes bárbaros, solo la tribu liderada por el notorio bárbaro, Dientes Negros, había representado una verdadera amenaza para él y Campo de Laguna.

Hallard regresó a su tienda, encontrando que sus escuderos habían completado sus preparativos de viaje. Los suministros, que incluían comida, agua, una daga y su espada de dos manos, estaban cuidadosamente dispuestos junto a su caballo, listos para su partida.

"Regresaremos antes del atardecer. Preparen el campamento para nuestro regreso," instruyó a uno de sus hombres.

"Wren, vienes conmigo. Es hora de que presencies una batalla de verdad," le ordenó a uno de sus escuderos.

"Sí... Sí, señor," respondió Wren con voz temblorosa. Hallard notó la incertidumbre de Wren. *A pesar de tener solo catorce años, la guerra no distingue entre un niño y un hombre*, pensó para sí mismo.

Partieron trescientos hombres, con Hallard liderando al frente junto a su escudero Wren Presleye y algunos otros que eligió mantener cerca. Cabalgaron hacia el sur, hacia las Montañas Campanilla Azul, el punto más lejano en la región de Campo de Lagunas. En esta región, los ríos eran estrechos y a menudo se reducían a pequeños lagos. La vegetación aquí no era tan exuberante y el agua no era tan abundante. Contrario a su nombre, estas montañas no eran azules, pero la vista ocasional de lagos azules cercanos dio origen al nombre. Las montañas tenían una forma inusual que se asemejaban a una campana, anchas en la base y en la cima con una curva distintiva en el medio. Para Hallard, se asemejaban a un grupo de mujeres obesas.

Más allá de las Montañas Campanilla Azul, los ríos desaparecían. La vegetación se volvía escasa y el agua era una rareza a menos que lloviera. Los animales salvajes apenas se avistaban. Al otro lado de las montañas se encontraba la tierra de Gorgon, el dominio del Volcán Dukkah, un reino donde residía el clan de brujas de Shabrani.

Brujas que vivían al pie de un volcán deben ser muy valientes o muy tontas, pensó mientras cabalgaba. Había recorrido el territorio de Gorgon previamente. Era una región árida frecuentada principalmente por comerciantes; el clan Shabrani pagaba generosamente por ropa, comida y agua. En el pasado, había tenido encuentros e intercambios con algunas brujas del clan Shabrani, principalmente relacionados con el comercio o información sobre los bárbaros.

Históricamente, la región de Campo de Lagunas se enorgullecía de su compromiso con la libertad religiosa, permitiendo a las personas la autonomía para practicar cualquier fe o adorar a cualquier deidad de su elección. Se sabía que grupos minoritarios ofrecían oraciones al dios del fuego Shabranibodoo y a diversas otras deidades. Sin embargo, la mayoría de los Hombres de Lago veneraban al dios Trobalor por su profunda conexión con la naturaleza. Las brujas Balor, quienes eran devotas de Trobalor, habían, con la aprobación del rey, erigido iglesias en toda la región.

En la corte, circulaban rumores sobre las posibles intenciones del rey de incorporar a un grupo de brujas Balor en el ejército de los Hombres de Lago. Aunque no estaba confirmado, Hallard estaba listo para expresar su opinión si este rumor resultaba ser cierto. Recordó las palabras de su tío, el rey: *El reino es prioridad.*

"Avisen a los demás: Cuando lleguemos a una de las montañas más cercanas, nos detendremos y enviaremos grupos a todas las demás montañas. Dividan a los hombres en escuadrones de cincuenta y esperen más órdenes," ordenó Hallard a sus hombres mientras cabalgaban. Siguiendo sus instrucciones, al llegar al pie de la montaña más cercana, se dividieron rápidamente en grupos de cincuenta.

"¡Hombres de Lago!" Se dirigió a su compañía.

"Ha llegado el momento. Se han avistado bárbaros entre estas montañas, probablemente estableciendo un nuevo campamento. Los exterminaremos en nombre de su majestad, el rey. Cada escuadrón estará equipado con un cuerno de guerra. Si ven bárbaros, toquen el cuerno una vez. Si ellos los atacan primero, tóquenlo dos veces. Para cualquier otra amenaza además de los bárbaros, tóquenlo tres veces."

"¡Sí, señor!" respondieron sus hombres al unísono.

Los escuadrones se dispersaron en varias direcciones dentro de las Montañas Campanilla Azul. *El silencio en los alrededores amplificaría los cuernos de guerra, facilitando la localización de su origen*, pensó.

El grupo de Hallard giró hacia la derecha, moviéndose entre dos montañas. Por un tiempo, su camino solo mostró árboles dispersos y cuerpos de agua ocasionales. Encontraron conejos y fauna pequeña, pero no hallaron rastro de bárbaros. En ocasiones, se cruzaban con otros grupos de sus hombres. "Nada en esa dirección, señor," informó un soldado llamado Brooke Easome.

"Unamos nuestros grupos; nos ayudará a cubrir más terreno," dijo.

"¡Rwar!" El cuerno de guerra sonó desde el este. Él y su compañía cabalgaron rápidamente en esa dirección, pasando un par de montañas más pequeñas. Esta área tenía más agua y árboles, proporcionando amplia cobertura para los bárbaros. A la distancia, vió a sus hombres enfrentándose a los bárbaros.

"¡Ataquen!" Rugió.

No había más de veinte bárbaros reunidos. El primer escuadrón de Hombres de Lago que los encontró ya estaba en combate. Para cuando Hallard y su compañía llegaron, los Hombres de Lago sumaban ciento cincuenta. Los bárbaros no representaban una amenaza y fueron derrotados rápidamente.

"Parece que me robaste de toda la diversión, Wybert Townere," bromeó.

"Mis disculpas, señor. Pero neutralizarlos rápidamente era esencial. ¿Cree que podría haber más bárbaros ocultos en otros lados de estas montañas?" preguntó Wybert.

"Es posible. Recojamos lo que pueda ser útil para el reino de estos salvajes y sigamos adelante," respondió.

Con ciento cincuenta hombres, partieron para unirse a los demás. Sin embargo, no encontraron más adversarios por un tiempo, lo que llevó a Hallard a sentir una sensación de inquietud.

"Wybert, nos dividiremos de nuevo para cubrir más terreno. Lleva a 40 hombres contigo y..." sus palabras fueron interrumpidas por el sonido de un cuerno de guerra.

"¡Rwar!" El estruendo del cuerno resonó en sus oídos. *Más bárbaros*, se dio cuenta.

"¡Rwar!" Sonó un segundo cuerno de guerra. "¡Están atacando a nuestros hombres, maldición!" dijo. Luego, una sacudida de aprensión recorrió su cuerpo.

"¡Rwar!" El eco distante de un tercer cuerno de guerra emanaba desde el oeste de las Montañas Campanilla Azul, indicando una amenaza desconocida diferente de los bárbaros. Hallard y su compañía espolearon sus caballos, corriendo tan rápido como les era posible. De repente, el aire se espesó a su alrededor; una extraña niebla había envuelto los alrededores. *¿Cuándo descendió esta niebla sobre nosotros?* se preguntó.

"¡Señor, mire allá!" Uno de sus hombres, claramente angustiado, señaló hacia un área oscurecida por la niebla.

Una vez que la niebla se aclaró, Hallard fue testigo de una escena sombría: sus hombres colgaban de extraños árboles. Al inspeccionar más de cerca, los encontró muertos, empalados por árboles de un verde oscuro en forma de cruces.

"¡Brujería! ¡Ármense, estamos bajo ataque de brujas!" ordenó Hallard a sus hombres.

Mientras sus hombres se preparaban, bárbaros emergieron de la niebla, cargando hacia ellos. Aunque Hallard no podía discernir su número exacto, veía a muchos barbaros, quizás más que sus hombres. Con su espada de dos manos, comenzó a cortar a los bárbaros desde su caballo. Algunos de sus compañeros cayeron a su lado, sucumbiendo al embate de los bárbaros. Luchaba por proteger a tantos como fuera posible, manteniendo especialmente un ojo vigilante sobre su joven escudero, Wren Presleye.

Esto no termina aquí. Debo salvarlos, se dijo a sí mismo.

Hallard luchó ferozmente, empapado en la sangre de sus enemigos. El calor del combate lo hacía sentirse más vivo que nunca. Sin embargo, defender a sus hombres mientras lanzaba ataques era un desafío abrumador.

Después de un tiempo, los bárbaros cesaron su avance desde la niebla. Los Hombres de Lago habían sido diezmados, y su número se redujo a menos de la mitad de lo que era antes del ataque. Bajo las órdenes de Hallard, formaron un círculo defensivo, preparándose para un nuevo enfrentamiento. Era su mejor estrategia dada la grave situación. Sin embargo, con el paso del tiempo, la atmósfera se volvió cada vez más opresiva. Hallard sintió que algo andaba mal; su visión comenzó a nublarse, sus movimientos se volvieron pesados. Había algo malévolo en la niebla.

"¡Veneno! ¡Es veneno! ¡Retrocedan, aléjense de la niebla, ahora!"

ordenó Hallard con urgencia.

Pero ya era demasiado tarde. Desde la niebla, surgió una nueva amenaza. No eran bárbaros. Vestidos de negro de pies a cabeza, estas figuras parecían sombras, sus rostros ocultos bajo capuchas. Había al menos cuarenta o cincuenta de ellos, avanzando de manera amenazante.

Hallard evaluó rápidamente la situación. *Podemos con ellos*, pensó con confianza.

De repente la tierra comenzó a temblar, haciendo que su caballo se asustara y lo arrojara al suelo. Lianas y enredaderas, verdes y largas como serpientes, surgieron repentinamente del suelo, atrapando a algunos de sus hombres que estaban desprevenidos. Las lianas se enredaban alrededor de sus extremidades y sus espinas causaban sangrado severo, convirtiéndolos en blancos vulnerables.

"¡Retirada!" instó Hallard, quién nunca antes había enfrentado una amenaza semejante.

Desesperado y enfurecido, fue testigo de cómo las enredaderas que habían matado a sus hombres se transformaban en cruces, atravesando los cuerpos caídos de los Hombres de Lago, asegurando su muerte. Era una magia siniestra que lo llenaba de ira.

Trató de luchar mientras se retiraba; sin embargo, las figuras sombrías resultaron ser demasiado rápidas, y el veneno de la niebla comenzó a entorpecer sus movimientos. A la vez, aun se mantenía vigilante sobre su escudero, aliviado al ver que aún estaba ileso.

De repente, una de las enredaderas atrapó el pie de Hallard, haciéndolo tropezar y caer al suelo.

En ese momento, sintió la proximidad de su inminente muerte.

Sin embargo, en un giro inesperado, algo se deslizó de su cuello: un objeto que casi había olvidado, el collar que su madre le había regalado el día que se aventuró en la batalla por primera vez como un joven recluta.

Los recuerdos de las palabras de su madre lo invadieron, claros y vívidos: "Este collar ha pasado de generación en generación en nuestra familia. Se cree que trae suerte en momentos de valentía."

El collar, adornado con una pequeña hoja dorada, siempre había parecido estar hecho de cobre, aunque nunca lo había confirmado. Entonces ocurrió algo extraordinario: el color de la hoja cambió drásticamente, pasando de su color anterior a un tono carmesí oscuro, semejante al color de la sangre.

Las enredaderas reaccionaron de repente y soltaron su pierna. Él no se detuvo a contemplar la razón de su retirada. Se levantó apresuradamente y continuó huyendo. Sin embargo, una de las figuras sombrías, empuñando una espada, se lanzó hacia él agresivamente. Reuniendo las últimas fuerzas que le quedaban, Hallard lanzó su espada de dos manos directamente hacia su agresor. La espada golpeó a su agresor con fuerza, derribándolo y descubriendo su capucha.

En ese momento, Hallard reconoció a su atacante: una mujer con cabello verde claro y un rostro adornado con colores amarillos.

No son guerreras; son Brujas Balor. Pero, ¿por qué? ¿Qué podría impulsarlas a hacer esto?

Sus pensamientos lo abrumaron por un breve instante antes de que se diera la vuelta y huyera rápidamente.

LAS SEIS ODIADAS

Él se sentó en el frío y duro suelo de piedra, temblando mientras una nueva tormenta traía de vuelta el frío. Sus ropas andrajosas ofrecían poco abrigo.

"¡Ugh, otra tormenta! Si tenemos que soportar más lluvia durante todo un mes, bien podría cortarme la cabeza yo mismo," se quejó con su compañero de celda.

"Calla, muchacho, los guardias podrían oírte quejándote. No necesitamos más problemas," dijo su compañero de celda.

Se levantó y miró por la única ventana en la celda mientras la lluvia comenzaba a caer con fuerza. Afortunadamente, su celda estaba en la cima de la pirámide. *Al menos no nos ahogaremos*, pensó.

"De todos modos, ¿cómo te llamas, viejo?" preguntó.

"Soy Hagar, y debes saber que no soy tan viejo como piensas, muchacho, tengo cincuenta y cinco," dijo Hagar.

Siguió un incómodo silencio, el cual detestaba.

"Bueno, gracias por preguntar," dijo sarcásticamente. "Mi nombre es Silas, y tengo catorce años."

Hagar no le prestó atención.

Silas se volvió a sentar en el suelo. Mirando a su alrededor, la celda contenía dos camas hechas de madera y piedra, acompañadas por un balde para las necesidades de los prisioneros, que solo se cambiaba una vez al día. Al reflexionar sobre su vida, había estado en otras cárceles antes, aunque nunca en la Pirámide de Dum. Esta cárcel estaba reservada para criminales peligrosos como asesinos o violadores, conocida por su diseño inescapable y el trato horrible a los prisioneros. La Pirámide de Dum era excepcionalmente fría, especialmente en invierno, alcanzando temperaturas muy bajas. Algunos reclusos morían debido a las bajas temperaturas, mientras que otros perecían por sentencias de muerte. La leyenda decía que los Primeros construyeron intencionalmente la enorme prisión dentro de las Seis Odiadas. Las Seis Odiadas comprendían seis islas: Pater, con su ciudad principal llamada Mater; los Gemelos, Patmos y Samos; y las Tres Hijas, Esther, Ruth y María. Las islas fueron designadas únicamente para criminales durante la Era de los Primeros.

Una campana sonó a lo lejos, señalando que la única comida del día estaba a punto de servirse.

Hagar permaneció sentado en su cama, completamente inmóvil.

Después de un rato, se escucharon pasos acercándose. Era uno de los guardias, que traía algo de pan y un cubo de agua.

El guardia arrojó dos trozos de pan y colocó un balde de agua cerca de los barrotes de acero de la celda, luego se marchó. Para beber agua, tendrían que usar sus manos en forma de cuenco a través de los barrotes desde dentro de la celda.

Silas observó cómo Hagar tomaba un trozo de pan y comenzaba a comerlo.

"¿Cómo terminó un simple ladrón como tú en la cárcel más grande de las Tierras Bajas?" preguntó Hagar.

Parece que solo hizo falta un poco de comida para soltar la lengua del mudo, pensó.

"Robé un anillo de una familia adinerada. Planeaba venderlo y comprar comida para mí y mis compañeros," dijo, agarrando su pedazo de pan. Notó que estaba tan duro como una roca y cubierto de manchas verdes y negras. *Si no muero de frío, podría morir de una intoxicación alimentaria*, pensó sombríamente.

"Un anillo de una familia adinerada, ¿eh? He vivido en las calles de Samos, Patmos y Mater. Nunca he oído de alguien que termine en la Pirámide de Dum por robar. Debes haber enfurecido seriamente a alguien importante, tal vez a uno de los líderes de las Seis Odiadas," comentó Hagar, aún comiendo su porción de pan.

Miró a su compañero, preguntándose por qué el repentino interés en su vida. Le invadió la sospecha. La verdad era que albergaba dudas sobre todos. Nunca conoció a sus padres. Cuando era un bebé, lo encontraron en las puertas de una Catedral de Astorr en Esther, una de las islas de las Tres Hermanas. La catedral albergaba a dos Brujas Starr que lo acogieron. Sin embargo, a los seis años, las brujas lo consideraron lo suficientemente grande para irse, y fue arrojado a las calles. A partir de ese momento, vivió principalmente en las calles, formando un vínculo con una banda de otros niños sin hogar que se llamaban a sí mismos los Olvidados.

Viajó junto a la banda de los Olvidados durante un tiempo considerable, navegando entre islas, recurriendo al robo para comprar comida y asegurar refugio. Constantemente tenían que mantenerse en movimiento para evitar ser capturados por los guardias.

Sin embargo, a la edad de doce años, ocurrió un evento que llevó a Silas a romper sus lazos con los Olvidados. Desde entonces, viajaba solo, ayudando a otros niños sin hogar siempre que podía.

Al reflexionar sobre su vida hasta ahora, no podía haber imaginado terminar en la Pirámide de Dum. Era de conocimiento común que, una vez encarcelado dentro de sus muros, no había esperanza de escapar.

"¡Oye, muchacho! ¡Oye!" gritó Hagar. "¿En qué estás pensando? Te pregunté sobre esa extraña cicatriz en tu cuello."

Se dio cuenta de que había estado soñando despierto, ya que no recordaba la pregunta de Hagar. Pasó sus dedos por la cicatriz en su cuello, recordando lo que le habían dicho las Brujas Starr: que había nacido con ella. Para él, se asemejaba a una serpiente, aunque algunos decían que parecía más una honda o un látigo.

"Nací con ella. No creo que sea nada. No la marqué yo mismo con una daga, si eso es lo que piensas," le dijo a Hagar.

"¿Cómo es que ahora estás tan hablador?" preguntó.

Hagar aún masticaba su pan dijo, "Si mi estómago está vacío, no funciono. En las afueras, me llamaban Hagar el Hambriento."

Silas quiso reír, pero se contuvo. Sabía que era mejor no burlarse de un prisionero de la Pirámide de Dum. Por lo que sabía, Hagar podría ser un asesino hábil, aunque no podía ver cómo. Hagar era flaco, sin músculos en su cuerpo.

"Parece que va a llover por un rato. Mejor come despacio para mantener tus entrañas calientes. El frío mata, muchacho. Recuerda eso," dijo Hagar.

"He vivido en las calles toda mi vida. No soy ajeno a este frío," dijo Silas, aunque eso era solo parcialmente cierto. Conocía el frío, pero afuera podía encontrar cobertores, buscar refugio o una bebida caliente en una taberna. Aquí, no tenía ni cobertores ni bebidas calientes.

No mantuvo más conversación con Hagar ese día. La noche cayó, y le costó dormir debido a la intensa lluvia y las bajas temperaturas. *El frío se ha vuelto insoportable*, pensó.

Silas logró dormir solo unas pocas horas cuando Hagar lo despertó.

"Oye, muchacho, despierta, querrás ver esto," dijo Hagar, señalando algo fuera de la celda.

Se dio cuenta de que aún no era de mañana; pero en medio de la tormenta, era difícil distinguir entre el día y la noche. Gritos lejanos resonaban, haciéndose más fuertes a medida que se acercaban. Silas se acercó a los barrotes de su celda, curioso por la fuente del alboroto.

Los guardias arrastraban a una mujer por el cabello. Era una mujer adulta con heridas y moretones por todo el cuerpo, vistiendo solo un harapo viejo. Silas retrocedió horrorizado al ver su cuerpo herido; le parecía evidente que había sido sometida a castigos por parte de los guardias. La mujer miró a Silas por un breve momento antes de que los guardias se la llevaran, sus gritos agonizantes desvaneciéndose gradualmente.

"Este destino nos espera a todos aquí, muchacho," dijo Hagar. "Una vez que se dicta nuestra sentencia, recibimos latigazos antes de la decapitación. Es mejor que lo sepas ahora que después."

Él sabía sobre las decapitaciones, pero no sobre los latigazos. Un sentimiento de derrota lo invadió. No estaba listo para morir, no todavía. Había soportado una vida difícil, aferrándose a la esperanza de algún día escapar de las islas de las Seis Odiadas para tener un futuro mejor.

"Está bien sentir desesperación, muchacho. Puedes llorar si quieres. Tienes solo catorce años; es natural. Serías un tonto si—" Hagar fue interrumpido.

Una oleada inesperada de determinación recorrió a Silas. No quería albergar pensamientos de morir. "Me niego a morir aquí. Encontraré una manera de escapar," declaró firmemente a Hagar.

"Iba a decir que no eres estúpido, pero realmente lo eres si crees que hay una forma de escapar de esta celda," dijo Hagar, recostándose en su cama.

Examinó cada rincón de la celda, golpeando las paredes y el suelo, buscando cualquier punto vulnerable.

"¿Qué haces ahora?" preguntó Hagar.

Contempló evadir la pregunta, pero luego decidió compartir sus pensamientos con su compañero de celda, con la esperanza de recibir ayuda.

"Aprendí algunos trucos de otros: revisar paredes y suelos. A veces, encuentras un punto débil o un espacio hueco donde puedes empezar a cavar," explicó.

"No encontrarás nada de eso aquí, muchacho. Se rumorea que las piedras usadas para construir las paredes y suelos de la Pirámide de Dum fueron traídas de las Tierras Altas, un territorio perdido durante la Guerra de las Cenizas. Se dice que son más duras que cualquier otro material en el mundo, quizás incluso más que los diamantes. No las romperás ni encontrarás un punto débil," dijo Hagar.

Pronto se dio cuenta de que Hagar no mentía. Escudriñó cada centímetro de la celda, pero no había ningún punto vulnerable.

"Debe haber algo que podamos hacer," exclamó con determinación.

Hagar se levantó de su cama. Silas observó cómo una luz roja emanaba desde el interior de su compañero de celda, iluminando todo su cuerpo. Los ojos de Silas se abrieron con incredulidad, luchando por comprender la transformación que se desarrollaba ante él. La forma de Hagar comenzó a cambiar, transformándose en algo completamente distinto. Sus harapos desgarrados se convirtieron en una túnica oscura, su estatura cambió, pareciendo reducirse, y su rostro adquirió rasgos más refinados. Su corto cabello negro se alargó, convirtiéndose en largas trenzas negras.

"Silas, te he estado siguiendo durante bastante tiempo," habló una mujer que ahora estaba frente a él. "Es un placer finalmente conocerte."

"¿Quién eres?" preguntó, aunque se dio cuenta de que debería haber hecho preguntas más precisas: ¿Qué eres? ¿Eres una bruja? ¿Estás aquí para ayudarme a escapar?

"Mi nombre es Ophelia. Soy una Bruja Shabrani enviada para ayudarte. Eres un muchacho especial, Silas," explicó la bruja.

Permaneció atónito por la repentina transformación que había tenido lugar ante sus ojos. Hagar, un hombre de mediana edad, se había convertido en una bruja, nada menos que una Bruja Shabrani. Había escuchado historias sobre los distintos clanes de brujas esparcidos por las Tierras Bajas: los clanes Starr, Shabrani y Balor, con rumores circulando sobre el clan Dragani, supuestamente extinto. Entre ellos, sabía por los cuentos que el clan Shabrani era el más temido, con su formidable control sobre el fuego.

"Hace mucho tiempo, las Brujas Shabrani gobernaban el mundo con su deidad, Shabranibodoo. Aquellos que osaban oponerse al clan Shabrani encontraban la muerte con fuego, el más temido por el dolor agonizante que inflige," recordaba de una conversación con una mujer en una taberna en Patmos.

"Permíteme aclarar. ¿Eres una bruja Shabrani que está aquí para salvarme? ¿Cómo me encontraste?" preguntó.

Ophelia lo miró con una expresión perpleja. "Estás haciendo las preguntas equivocadas, muchacho," dijo antes de acercarse a los barrotes de la celda y mirar afuera. "Parece que los guardias están ausentes. Debemos aprovechar esta oportunidad y escapar de inmediato."

"¿Irnos? ¿A dónde? ¿Cómo?" continuó preguntando.

La bruja negó con la cabeza. "Sigues haciendo las preguntas equivocadas," comentó, esbozando una leve sonrisa.

Luego, observó cómo la bruja cerraba los ojos y murmuraba algunas palabras mientras levantaba su brazo derecho hacia la entrada de la celda. Los barrotes de acero comenzaron a brillar en rojo y a emitir calor. Por un momento, disfrutó del calor en un lugar tan gélido. Después de unos momentos, los barrotes comenzaron a derretirse.

Estaba asombrado. "¡Estoy libre! ¿Cómo hiciste eso?" preguntó.

La bruja se rio esta vez. "Realmente necesitas refinar tus preguntas. Soy una Bruja Shabrani. Controlo el fuego. Usé mi poder para derretir estos barrotes de acero. No fue un hechizo difícil, pero el acero era muy antiguo. Terminé usando más energía de la que planeaba," explicó, aún riéndose.

"Espera, ¿cómo sé que esto no es una trampa?" dijo.

Ophelia asintió. "Finalmente, una buena pregunta. Supongo que tendrás que confiar en mí, ¿verdad?" Ella extendió su brazo hacia él.

No sabía qué pensar en este momento. No tenía otra opción más que seguir a su nueva compañera si quería escapar.

"Confío en ti," dijo.

Ophelia sonrió. "Bien, toma mi mano ahora, rápidamente. Nos ocultaré de la vista de otros. Esperemos que nadie note nuestra fuga hasta que estemos fuera de la Pirámide de Dum," dijo la bruja.

Quería hacer más preguntas. Todavía no sabía por qué una bruja lo estaba rescatando y quería saber a dónde iban.

"Te explicaré todo una vez que estemos en un lugar seguro, lo prometo," dijo Ophelia, como si estuviera leyendo su mente.

Tomó su mano y, de repente, sintió una oleada de energía emanando de su palma. No era dolorosa, solo le provocaba un poco de cosquilleo.

"Lo siento, olvidé que la gente normal no está acostumbrada a la magia. Trata de acostumbrarte a esta sensación; prometo que desaparecerá," dijo Ophelia, sonando amigable.

Ambos salieron de la celda, y a Silas le pareció que la bruja sabía exactamente adónde ir.

"Por aquí," susurró.

Fuera de la celda, el pasillo era muy estrecho. Él y su nueva compañera tenían dificultades para caminar uno al lado del otro. "No hagas ningún ruido. Otros aún podrían oírnos," susurró la bruja.

Vio otras celdas a lo largo del camino. La mayoría de los otros prisioneros estaban durmiendo o temblando por el frío. Después de un rato, llegaron a unas escaleras que descendían a niveles inferiores. Comenzaron a bajar las escaleras durante unos niveles cuando, desafortunadamente, escucharon voces a lo lejos, abajo. *Probablemente guardias subiendo las escaleras*, pensó.

"Detengámonos aquí," dijo Ophelia.

Se detuvieron tres niveles más abajo de donde estaban antes, esperando que los guardias pasaran. Notó que los guardias también se detuvieron en el mismo nivel donde Silas y Ophelia estaban esperando ahora.

Dos figuras imponentes, vestidas con armaduras de acero, comenzaron a caminar hacia ellos. En sus cinturas llevaban un látigo en un lado y una espada en el otro. El pasillo en este nivel era tan estrecho como el que acababan de dejar, lo que hacía difícil esconderse de los guardias.

"Rápido, retrocede," susurró Ophelia con urgencia, agarrando su brazo.

Él obedeció, maniobrando hacia atrás para evitar ser visto por los guardias.

"Tan pronto como se detengan en su destino en este nivel, continuaremos nuestro camino," dijo Ophelia, hablando en voz baja para evitar llamar la atención.

Cuando los guardias finalmente se detuvieron y entraron en una celda, aprovecharon la oportunidad para avanzar. Al pasar por la celda donde los guardias se habían detenido, Silas alcanzó a ver al prisionero dentro: una mujer anciana vestida con harapos grises y con el cabello corto y canoso.

"¿Mirta?" pronunció sorprendido.

"¡Silencio, muchacho! No podemos darnos el lujo de atraer la atención de los guardias," advirtió la bruja.

No podía creerlo. Mirta, una de las Brujas Starr que lo había cuidado cuando era un bebé, ahora era prisionera en la Pirámide de Dum. Después de ser expulsado de la Catedral de Astorr, le había perdido el rastro. *¿Qué podría haberle ocurrido para terminar en este lugar?* se preguntó.

"No podemos dejarla aquí," insistió Silas. "Tenemos que rescatarla también."

Ophelia le lanzó una mirada furiosa. "Escucha, muchacho, cualquier conexión que tengas con esa mujer, se acabó. Tienes una oportunidad de vivir si nos vamos ahora. ¡Vámonos!" susurró, con un tono agudo e insistente.

Los recuerdos inundaron la mente de Silas, recuerdos de una época en la que Mirta era la única que se preocupaba por él, casi como una madre. Recordó el día en que se decidió que tenía que dejar la catedral, y cómo Mirta se había opuesto a esa decisión. "Por favor, no me odies. Yo no decidí tu expulsión," sus palabras resonaron en su memoria.

"Si quieres irte, entonces vete. Yo ayudaré a Mirta," declaró.

Soltando la mano de Ophelia, corrió hacia la celda. Al entrar, los dos guardias notaron su presencia.

"¿Quién eres?" cuestionó uno de los guardias.

"¿Cómo llegaste aquí?" gritó el otro guardia, preparando su espada para atacar.

"Tú, no puede ser," exclamó Mirta, tendida en el suelo con grilletes atando sus manos y pies.

Entonces, Silas sintió la espada del guardia acercándose a su rostro. Preparándose para lo inevitable, cerró los ojos con fuerza.

De repente, escuchó el sonido de la espada del guardia cayendo al suelo. Abrió los ojos cautelosamente y encontró la espada en el suelo, emitiendo un calor intenso. La armadura metálica que llevaban los guardias comenzó a calentarse rápidamente, quemándolos y consumiéndolos. Sus gritos de dolor pronto se extinguieron, dejando atrás cadáveres, quemados por el metal ardiente.

Detrás de él, notó que Ophelia estaba lanzando un hechizo. Silas se dio la vuelta para expresar su gratitud, pero antes de que pudiera hacerlo, recibió una fuerte bofetada de la bruja.

"Silas, ¿tienes idea del esfuerzo que tomó rescatarte? Podría matarte aquí y ahora, pero he decidido seguir con tu plan. Por alguna razón que aún no entiendo, la Llama de Eldoria te necesita," dijo Ophelia, su voz tensa de ira. "Ahora, ¿quién es..." La boca de Ophelia quedó abierta.

"Esa anciana es una bruja. Aunque no siento mucho poder en ella," completó Ophelia su frase.

El sonido de la campana resonó. *Saben que hemos escapado*, pensó Silas.

"Silas, eres realmente tú," exclamó débilmente Mirta.

"No podemos hablar ahora, necesitamos irnos. Ophelia, por favor, ayúdame a cargarla," urgió.

Ophelia dudó por un momento antes de responder, "Está bien, pero resolveremos todo esto una vez que salgamos de la pirámide."

Silas vio las llaves de los grilletes de Mirta en el suelo, probablemente dejadas caer por el guardia. Con ellas, liberó a Mirta y la ayudó a ponerse de pie. El trío se apresuró lo más rápido que pudo, llegando a las escaleras y descendiendo por varios niveles. En el camino, encontraron a algunos guardias que subían.

Ophelia sacó una pequeña serpiente de sus ropas y la arrojó por las escaleras. En una transformación notable, la serpiente se expandió hasta convertirse en una colosal serpiente de fuego que consumió todo a su paso.

"Cuidado, no toquen esas llamas," advirtió la bruja.

La estrecha escalera representaba un desafío, pero finalmente alcanzaron la base de la pirámide y encontraron la salida.

"¡Espera!" interrumpió Ophelia justo antes de salir de la pirámide.

Silas tomó el brazo de Mirta y se detuvo.

"Los guardias se acercan por este camino. Crearé una distracción," declaró Ophelia.

Ophelia sacó una sustancia parecida a polvo de sus ropas y la esparció hacia la salida. "Es nuestra oportunidad," dijo.

Ophelia tomó a Mirta y a Silas por los brazos, instándolos a salir rápidamente de la pirámide. Afuera, la lluvia continuaba cayendo con fuerza, mezclándose con una densa niebla conjurada por Ophelia que dificultaba la visión. A pesar de las condiciones desafiantes, no pudo evitar notar que la bruja Shabrani parecía navegar sin esfuerzo a través de la niebla.

De repente, algo pasó zumbando cerca de su oído.

"¡Flechas!" gritó Mirta.

"Sigan moviéndose," dijo Ophelia. De repente, las flechas se encendieron y se convirtieron en cenizas antes de alcanzarlos; Ophelia estaba conjurando otro hechizo. El admiraba la habilidad de la bruja. El aún era incapaz de ver nada a través de la espesa niebla.

"Hay demasiados guardias. Esta niebla no nos protegerá mucho más," advirtió Ophelia, aún quemando las flechas que se acercaban.

"Conozco a alguien en la ciudad de Mater que puede ayudarnos," sugirió Mirta, sonando débil.

"Deberíamos seguir la sugerencia de Mirta. Si no lo hacemos, moriremos," le suplicó a Ophelia.

La bruja Shabrani no respondió durante unos momentos, y luego ordenó, "De acuerdo. Miren hacia el suelo, ahora."

Ella levantó ambos brazos hacia el cielo, conjurando una enorme bola de fuego de sus manos que explotó después de unos segundos en el aire. La explosión emitió una luz cegadora que podría haberlo deslumbrado si la hubiera mirado directamente. Además, la explosión dispersó la niebla conjurada por la bruja.

"Es seguro mirar de nuevo. ¿A dónde debemos ir ahora?" preguntó Ophelia a Mirta.

Mirta señaló hacia la ciudad. A medida que avanzaban, notó a los guardias que los habían estado atacando. Contó al menos veinte de ellos de rodillas, con las manos cubriendo sus ojos, incapaces de moverse.

La ciudad capital de Pater, Mater, no estaba lejos de la Pirámide de Dum. Al entrar, para su sorpresa, la ciudad estaba desierta, posiblemente debido a la lluvia constante. Buscando refugio, Silas y los demás se metieron en una calle lateral.

"¿Cuánto más tenemos que caminar, anciana?" preguntó Ophelia, con un tono firme.

"¡Su nombre es Mirta!" interrumpió él.

"Está bien, Silas. Necesitamos llegar a los mercados y luego seguir el camino hacia la bahía. Un amigo mío vive en una casa a lo largo de ese camino," dijo Mirta con calma.

Ophelia metió la mano en su túnica y sacó tres piedras, que transformó mágicamente en ropas de cuero. Las prendas incluían camisas, capas, pantalones, guantes, sombreros y botas. Ophelia se las entregó a él y a Mirta, y rápidamente se cambiaron para vestir las nuevas ropas.

Notó que su atuendo era pequeño, pero se abstuvo de quejarse. Se dio cuenta de que estas nuevas prendas los ayudarían a mezclarse con los lugareños, dificultando que los guardias los reconocieran.

"Quizás seamos los primeros en escapar exitosamente de la prisión más vigilada del mundo," dijo Silas, sintiendo una oleada de esperanza al darse cuenta de ello.

"Sigamos nuestro camino. El ejército de las Seis Odiadas estarán buscándonos en cualquier momento," instó Ophelia.

DEMORIA

Han pasado dos días desde que recibió su nueva misión. En el cielo nocturno, la luna brillaba intensamente sobre ella. Se había alejado considerablemente del volcán Dukkah y del clan Shabrani. Apenas quedaban señales de humo, polvo o cenizas del volcán; aunque la tierra conservaba su color amarillo-marrón.

Mirando el paisaje, notó algunos árboles muertos que formaban figuras inquietantes. A lo lejos, dos cuervos volaban en círculos, cazando un pequeño conejo que parecía perdido de su familia. *Así es la naturaleza de la vida,* pensó.

En el cuarto día de su viaje, sus pensamientos estaban consumidos por su misión. "¡Trae de regreso su brazo izquierdo!" Las voces del gran consejo resonaban constantemente en su mente. Esa parte en particular de su misión le preocupaba profundamente. *¿Qué importancia podría tener el brazo de un solo hombre para ellas?* meditó. Además, la urgencia del límite de tiempo y la posible conexión entre su misión y el asesinato del Gran Concilio pesaban mucho en sus hombros. Ella no tenía otra opción, tenía que seguir adelante tan rápido como fuera posible.

Viajar desde las tierras de Gorgon hasta el Bosque Crepuscular a un ritmo rápido solía tomar unos diecinueve días a caballo. Cualquier retraso imprevisto podría hacerle incapaz de cumplir su misión. Pensó en los grupos bárbaros conocidos por encontrarse a lo largo del Bosque Crepuscular. Encontrarse con bárbaros podría potencialmente llevar a un conflicto, retrasando aún más su avance y complicando su misión, se preocupó.

"No fallaré," dijo a sí misma en voz alta, decidida a desterrar esas dudas persistentes de su mente.

Viajo lo más rápido que pudo con su montura, un sleipnir, impulsando su ritmo durante el día y descansando solo brevemente por la noche. Los sleipnirs eran una raza específica de la región de Gorgon, especialmente criada por las brujas del clan Shabrani. Estas monturas eran reconocidas por sus características únicas: un tamaño más pequeño que un caballo pero robusto, y con dos cuernos. Se dice que durante la Era de los Primeros, las brujas Shabrani experimentaron con el cruce de bovinos y caballos. Su objetivo era crear un animal capaz tanto de viajar rápido como de tener fuerza. El sleipnir resultó ser más veloz que la mayoría de los caballos. Su atributo distintivo, los cuernos, y su estructura resistente eran las únicas características heredadas de los bovinos. Con el tiempo, los sleipnirs se convirtieron en las monturas preferidas por las brujas Shabrani debido a su velocidad excepcional y su capacidad de llevar cargas pesadas. Otros clanes y naciones intentaron criar monturas similares, pero no tuvieron tanto éxito como el clan Shabrani.

Recordaba el día en que eligió a su sleipnir. Los establos del clan Shabrani ofrecían muchas opciones; sin embargo, se decidió por un llamativo sleipnir blanco y negro con cuernos oscuros y rizados que llamó su atención.

"Tu serás mi compañera de viaje," dijo.

"Esta es hija de la más rápida que tenemos a nuestra disposición. No tiene nombre, pero algunas brujas la llaman Cuerno Oscuro por la negrura de sus cuernos. Ninguna bruja se ha quejado de ella hasta ahora. Si tu misión tiene un límite de tiempo, es lo mejor que podemos ofrecer," explicó la bruja encargada de los establos del clan Shabrani. Tan pronto como Demoria montó el sleipnir, supo que no era un animal común.

En el octavo día de su viaje, mientras cabalgaba giró la cabeza y ya no pudo ver el volcán Dukkah en el horizonte. Solo eran visibles leves señales de cenizas a lo lejos. *Si sigo avanzando a este ritmo, llegaré a mi destino antes de lo esperado*, se dio cuenta.

Incluso la tierra estaba cambiando, de un color amarillo-marrón a tonos de gris y verde; pronto alcanzaría el borde de Gorgon. Allí, podría detenerse en el Cráneo Gris, una taberna muy antigua en la frontera entre Gorgon y el Bosque Crepuscular. Muchos viajeros se detenían allí para dormir y recuperarse de sus viajes.

La noche cayó cuando finalmente vislumbró el Cráneo Gris en la distancia. Durante su entrenamiento como bruja, aprendió que la taberna fue construida en las ruinas de un antiguo castillo, posiblemente datado en la Era de los Primeros. La piedra gris que alguna vez perteneció al castillo todavía se podía ver hasta el día de hoy. Desde lejos, la taberna se asemejaba a un cráneo humano. Durante un tiempo, le costaba ver el cráneo hasta que otra bruja le mostró el ángulo correcto para percibirlo.

"Ahí está," murmuró para sí misma mientras se acercaba al Cráneo Gris. A medida que Demoria se aproximaba, pudo distinguir voces y la luz parpadeante de velas que emanaban de la taberna. El establecimiento consistía en varias torres, reutilizadas para funcionar como habitaciones de alquiler. Al llegar a la taberna, llevó a su sleipnir al establo adjunto.

"Quédate aquí por ahora, volveré por ti en la mañana," le dijo suavemente al animal, acariciando con delicadeza su cabeza. La criatura simplemente la miró fijamente.

Se concentró, tratando de detectar algún rastro de magia dentro de la taberna, pero no pudo percibir nada. Esto significaba que no había brujas presentes esta vez. El establecimiento era propiedad de personas de Celen, conocidas por su naturaleza amistosa y pacífica. Su apariencia difería ligeramente de los demás; tenían cinturas, brazos y piernas delgadas, lo que los hacía bastante ágiles. Se decía que eran descendientes lejanos de los Primeros, ella recordó a una bruja que le mencionó sobre las personas de Celen en el pasado.

"¡Ah, ahí estás, amiga mía! Ha pasado un tiempo. Aún te ves tan joven como siempre. ¿Te quedarás y compartirás historias con nosotros?" saludó el hombre de Celen que administraba la taberna.

"Amigo mío," lo saludó Demoria. Aunque lo había conocido hace mucho tiempo, no recordaba su nombre.

"Me alegra verte bien. Necesito una habitación esta noche. Estoy exhausta y me gustaría descansar lo antes posible. Las historias tendrán que esperar para otra ocasión, lo prometo. También, ¿podría tener algo de comida y una mesa, por favor? Me gustaría comer algo rápido antes de descansar," le pidió al hombre de Celen.

Tomando asiento en una mesa en la esquina cerca de una de las ventana, le sirvieron huevos, tocino y pan. También pidió cerveza para acompañar su comida.

Demoria observó el interior de la taberna; entre los invitados habían hombres y mujeres, probablemente comerciantes descansando antes de su próximo viaje. Todos sabían que este era un terreno neutral; nadie deseaba perturbar la paz, especialmente en una taberna tan aislada que ayudaba a los viajeros. Sin embargo, a pesar de la calma, Demoria percibió las miradas sutiles dirigidas hacia ella. Como bruja Shabrani, sabía que su clase no era bien vista, principalmente debido a la Guerra de las Cenizas. Aunque sus pecados pasados habían sido perdonados, su reputación persistía, grabada en la memoria de otros que nunca olvidarían.

A mitad de la comida, el sonido de caballos acercándose captó su atención. Su primer pensamiento fue un ataque de bárbaros. Mirando por la ventana, observó un grupo de jinetes cabalgando hacia la taberna.

Demoria reconoció la bandera que llevaban—eran de la región de Campo de Lagunas. Encontró inusual la presencia de los Hombres de Lago; un grupo de Hombres de Lago acercándose a una taberna de noche no era su práctica habitual. Sintió que algo andaba mal. Sus experiencias le habían enseñado sobre las costumbres vecinas, y los Hombres de Lago generalmente preferían montar puestos rápidos y tiendas cuando viajaban juntos.

Cuando los Hombres de Lago llegaron, Demoria observó al dueño de la taberna, el hombre de Celen, salir a recibir a los nuevos invitados. Notó a un hombre al frente de los Hombres de Lago desmontarse de su caballo y entablar conversación con el hombre de Celen. Supuso que era su capitán.

Después de unos momentos, Demoria observó cómo los Hombres de Lago montaban sus tiendas frente a la taberna, mientras su líder acompañaba al hombre de Celen al interior. Cuando entraron, tuvo una vista más clara de él. Era alto, de unos treinta años, de piel clara y constitución musculosa, lo que indicaba su estatus como guerrero con experiencia. Su cabello negro y corto enmarcaba un rostro cuadrado con una nariz prominente. Su porte y rasgos insinuaban un linaje noble. De repente, el dueño de la taberna señaló hacia ella, atrayendo la mirada de ambos. *¡Fantástico! Ahora parece que estoy involucrada*, pensó para sí misma. Entonces, el líder de los Hombres de Lago comenzó a caminar en su dirección.

"Disculpe por interrumpir su comida. Soy Hallard, hijo de Hollard Rikers, de la región de Campo de Lagunas. Estoy buscando a alguien con experiencia en magia. Presumo, por su atuendo, que es una bruja. ¿Puede ayudarme? Tengo monedas si eso es lo que requiere," Hallard intentó sonar formal, aunque Demoria notó un tono de dolor en su voz.

Si su memoria no le fallaba, Demoria recordaba que la familia Rikers tenía influencia en la región de Campo de Lagunas, con Larus Rikers como gobernante actual. *Este hombre pertenece a sangre real*, pensó.

"En efecto, me ha interrumpido, señor," le dijo. "Soy Demoria, una bruja del clan Shabrani. No solemos recibir solicitudes de ayuda de la Región de Campo de Lagunas, especialmente de un miembro de la familia real. Debe ser mi día de suerte," respondió con una sonrisa seca y un toque de sarcasmo. "Pero no puedo ayudarle hasta que conozca la naturaleza de sus problemas."

Hallard se arrodilló, claramente con dolor. Ella se levantó e intentó ofrecer ayuda.

"Gracias, pero me las arreglaré. Son mis hombres quienes necesitan ayuda," dijo Hallard, con una expresión de dolor. "Fuimos emboscados por brujas en nuestro camino para eliminar una amenaza de bárbaros en las Montañas Campanilla Azul. Parece que ellas eran Brujas Balor y estaban trabajando con ellos, tomándonos completamente desprevenidos. Muchos de mis hombres cayeron víctimas de su magia. Aquellos maldecidos por las brujas han desarrollado manchas amarillas en la piel, debilitándose lentamente. Hemos estado cabalgando los últimos dos días. Tenemos demasiado miedo de regresar a Campo de Lagunas en nuestro estado actual, por lo que vinimos a esta taberna, nuestro único refugio hasta recuperar fuerzas para enfrentar a las brujas y a los bárbaros una vez más," explicó Hallard.

Parece que ha estado enmascarando su dolor durante dos días para evitar mostrar debilidad frente a sus hombres. Qué hombre tan intrigante, reflexionó Demoria.

Lo que más despertó el interés de Demoria fue la afirmación de Hallard de que las Brujas Balor estaban colaborando con los bárbaros, un hecho sin precedentes, de ser cierto.

"Mencionaste que las brujas Balor cooperaban con los bárbaros. ¿Cómo estás tan seguro?" preguntó Demoria. Sabía que los hombres mentían tan fácilmente como respirar.

"Estoy casi seguro de que eran brujas Balor. Podían controlar las plantas y el veneno. Probablemente usted sabe más de estos asuntos que yo; perdonad mi ignorancia," explicó Hallard humildemente.

¿Es esta la primera vez que alguien se dirige a mí con tanta formalidad? reflexionó Demoria.

"Las brujas Balor no son consideradas guerreras; están más inclinadas hacia la agricultura, la preparación de pociones y la sanación," comentó, haciendo una pausa para recuperar el aliento. "Si lo que dices es cierto y las Brujas Balor tienen combatientes en su clan, quizás querrían mantenerlo en secreto. El propósito de la emboscada probablemente fue eliminarlos para evitar que se difundiera la noticia de las Brujas Balor combatientes. Tu escape fue afortunado; sin embargo, es probable que te estén siguiendo mientras hablamos, Hallard, hijo de Hollard Rikers," dijo Demoria con firmeza.

Hallard parecía cada vez más enfermo a medida que ella terminaba de hablar.

"Necesito ver esas manchas amarillas que mencionaste. Muéstramelas," ordenó.

Hallard se quitó la armadura y la ropa de cuero, revelando una complexión robusta marcada con manchas amarillas. Demoria se abstuvo de tocarlas, reconociendo la gravedad de la enfermedad. Sabía que varios venenos podían infligir efectos horribles en el cuerpo; algunos causaban que la carne se pudriera, alteraban el color de la piel o afectaban órganos vitales y el sistema nervioso. Identificó las manchas amarillas como magia venenosa, una habilidad innata de las Brujas Balor.

"Es veneno; la piel parece inflamada, resultando en este cambio de color. Por lo que observo, el veneno parece estar afectando tus sentidos, progresando gradualmente hasta causar daño a tus órganos internos, que se deteriorarán con el tiempo. En mi clan, a menudo se le llama la Decadencia Amarilla," explicó Demoria, examinando las manchas amarillas en el pecho y la espalda de Hallard.

"¿Puede ayudar a mis hombres? Ya hemos sufrido demasiadas pérdidas. Tuvimos que dejar a la mitad de nosotros en el camino aquí. No tuvimos tiempo de enterrarlos adecuadamente," imploró Hallard.

Demoria hizo una pausa, dándose cuenta de que la súplica de Hallard no era para su propia curación, sino por el bienestar de sus hombres. *¿Es algún tipo de héroe?* reflexionó en silencio.

"Permíteme ser franca," dijo firmemente, mirándolo a los ojos. "Eres valiente, Hallard, pero solo la valentía no te salvará en esta situación. Carezco de las herramientas necesarias para sanarte a ti o a tus hombres adecuadamente. Podría intentar usar magia de fuego para purgar la enfermedad desde adentro, pero será una experiencia extenuante para todos ustedes. Si alguno de sus órganos ya está afectado por el veneno, mi magia de fuego solo intensificará el dolor al quemarlos. Algunos podrían sobrevivir, pero otros no."

La expresión de Hallard se tornó devastada al escuchar sus palabras.

"Puedo ver que tus órganos aún no han sido dañados por el veneno. Eso significa que puedo ayudarte si actuamos con rapidez. Después, puedo evaluar a tus hombres y salvar a aquellos que puedan ser salvados. Es tu decisión, pero este servicio no será barato. Requerirá cada moneda que poseas, además de una deuda conmigo, una bruja Shabrani," declaró con calma, aunque la situación estaba lejos de ser fácil.

¿Qué estoy haciendo, ayudando a estos hombres? Tengo mi propia misión que cumplir, reflexionó.

Hallard se giró y se sentó a su lado, contemplando sus opciones, visiblemente preocupado.

"Si mis hombres están condenados de todos modos, ¿qué muerte sería más rápida? ¿Su fuego o el veneno?" preguntó Hallard.

"Mi fuego será más rápido. El fuego traerá pura agonía, pero solo durará unos momentos. Debes decidir rápidamente, Hallard," le instó.

¿Por qué los estoy ayudando? ¿Es por el dinero? ¿Es por la deuda que me debería? ¿O es algo más?

"Hacedlo, comience conmigo. Quiero ser el primero en experimentar lo que ellos sentirán," dijo Hallard, casi suplicante.

"Arrodíllate, Hallard," le pidió.

Hallard cumplió con su pedido.

Ella se levantó y colocó una mano sobre la cabeza de Hallard.

"Esto podría doler. Sé valiente, Hallard." Cerró los ojos, enfocándose y canalizando su energía, enviándola hacia Hallard. Su energía rastreó el veneno dentro de él, guiándola para localizar dónde usar su magia. Pudo sentir magia vega dentro de Hallard. *Esto es obra de las brujas Balor. Pero, ¿por qué atacaron las Brujas Balor a estos hombres?* Se preguntó.

Una vez que terminó de localizar la posición del veneno dentro del cuerpo de Hallard, inició su magia de fuego. Enviando otra oleada de energía a través de él, Hallard gruñó ligeramente mientras su fuego comenzaba a quemar el veneno. Solo duró unos momentos; el fuego eliminó todos los rastros del veneno dentro de Hallard.

"Ahora puedes abrir los ojos, Hallard. Estás sanado," dijo, intentando estar calmada.

Hallard abrió los ojos. Las manchas amarillas en su piel se habían vuelto marrones.

"Desaparecerán en unos días, te lo prometo," le aseguró.

"Gracias, Demoria. Ya me siento mucho mejor," el rostro de Hallard mostraba alivio, ya sin agonía.

"¿Demoria? Eso es un poco personal, ¿no crees? Prefiero tu tono formal, Hallard," dijo con un tono burlón.

Hallard rio, pareciendo casi encantador para ella.

"¡Rwar!!!" un cuerno sonó en algún lugar afuera.

"El enemigo está aquí," dijo Hallard.

LA REINA DE LA LUNA AZUL

Una luna llena y azul colgaba brillantemente en el cielo, irradiando una fuerza similar al sol amarillo durante el día. Lunara era el único territorio en las Tierras Bajas donde las noches se extendían más que los días.

Ella observó la luna en el cielo. El resplandor de la luna era abrumador, pero notó una tenue sombra que oscurecía una parte de su brillo.

La luna oscura, un presagio profético. Solamente aparece quando una deidad está por descender á nuestro mundo de nuevo, meditó Astra.

Ella estaba en la sala del trono, que se abría al cielo nocturno, ofreciendo una vista sin obstrucciones del maravilloso espectáculo celestial. A su alrededor, compañeras brujas del clan de la Luna se reunían. Todas ellas llevaban vestidos en tonos de azul y blanco, algunas adornadas con altos sombreros puntiagudos mientras otras dejaban que su cabello azul cayera libremente. Astra llevaba un delicado vestido azul, complementado con sandalias blancas en sus pies y adornos dorados en sus muñecas y brazos. Su piel blanca se asemejaba al color de la leche, y su largo cabello azul y liso caía sobre sus hombros y espalda.

Una suave brisa agitó su vestido y acarició su cabello. Levantando la mano, ella reveló un pequeño objeto en forma de llave en su palma, adornado con una pequeña luna azul en forma de luna creciente.

"Madre, concédeme tu poder divino. Selene, diosa de la luna, escucha mi súplica," murmuró en un tono suave.

Al pronunciar las palabras, la llave comenzó a brillar y a vibrar. Rayos de luz surgieron, haciendo que la llave se expandiera gradualmente hasta transformarse en un largo bastón blanco. En su extremo superior descansaba una gran luna en forma de creciente, adornada con intrincados patrones de oro y plata. Sosteniendo firmemente el bastón con su mano derecha, Astra lo extendió hacia el cielo y murmuró una serie de encantamientos. Un aura azul radiante emanó de su bastón, alterando la atmósfera mientras un velo de niebla azul se materializaba ante ella.

Dentro de la niebla, tomó forma una visión—una joven doncella, indudablemente una bruja de la Luna.

"Selene, ¿eres tú?" preguntó.

Acompañaban a la joven un muchacho, un hombre anciano con ropas rasgadas y un hombre en oscuros ropajes. *Debe ser el Sacerdote de Sangre al que Selene fue enviada a buscar*, pensó.

De súbito, la atmósfera cambió una vez más, transformándose en un calor intenso que inquietó a ella y a las brujas reunidas. Todas observaron los asombrosos e impredecibles cambios en el aire a su alrededor.

La niebla azul se había tornado en un color rojo oscuro y ominoso. Las figuras de la joven doncella, el muchacho y el hombre habían desaparecido, reemplazadas por seis figuras que fueron decapitadas por una espada. La visión cambió nuevamente a una mujer solitaria dentro de la niebla. Parecía estar cantando o quizás recitando, sosteniendo una fruta similar a una manzana. Mientras la mujer de la niebla continuaba su cántico, un árbol colosal se materializó frente a ella—un gigante arbóreo del tamaño de un castillo. El árbol emitió un grito angustiante, perforando la mente de Astra y causando una incomodidad profunda.

De repente, el árbol se partió, revelando un ser—una criatura tan extraña y siniestra. Exudaba un aura rojo fuego y oscuro, sosteniendo una copa y fijando su abismal mirada en Astra. La criatura comenzó a avanzar hacia ella con deliberada intención.

"¡No! Aún no ha llegado tu hora. ¡Apártate!" suplicó urgentemente, implorando ayuda a su báculo. Una ráfaga de energía surgió del báculo, ayudando a disipar la inquietante visión, haciéndola desaparecer por completo.

La fuerza de la energía la dejó debilitada, obligándola a arrodillarse. Usando su báculo como apoyo, se estabilizó y se levantó.

¿Podría la dama que sostiene la fruta servir como el catalizador de una nueva Apócrifa, un evento que rehaga nuestro mundo? especuló, posando su mirada sobre el grupo de brujas que habían acudido a presenciarla.

"Es la hora de parlar con mis hermanas," resolvió en silencio.

Al mirar la luna llena y azul, volvió a notar la luna oscura frente a ella. *Esto es señal de problemas venideros*, reflexionó. Dirigiendo su atención a las brujas reunidas, comenzó a hablar.

"Nueve emprendieron una búsqueda vital, más solo una ha prevalecido. La visión fue clara; mi propia hija, Selene, llamada así en honor a nuestra diosa, ha hallado al sacerdote de Sangre que hemos buscado por años." Pausando brevemente, continuó, "Ha llegado la hora de que le brindemos nuestra ayuda. Sin nuestro auxilio, estoy segura de que Selene no vencerá a nuestro adversario con facilidad. No impondré esta carga. En cambio, solicito voluntarias—valientes brujas dedicadas a servir a nuestra diosa sin titubear."

Astra no podía ignorar la cuestión apremiante—carecían de números. Actualmente, el clan de la Luna consta de solo treinta y ocho brujas. En la Era de los Primeros, la Diosa de la Luna Azul, Selene, enviaba recién nacidos a Lunara en respuesta a las plegarias de la reina. Aunque había rezado frecuentemente a la diosa, sus oraciones habían quedado sin respuesta. La otra opción era la procreación, un don concedido solo a la reina de la Luna Azul, que actualmente era Astra.

Las brujas de la Luna no podían procrear por sí solas. En su lugar, no envejecían ni enfrentaban la muerte natural. Tardaban aproximadamente quinientos años en alcanzar la madurez, tras lo cual cesaban de envejecer.

En sus ochocientos años de existencia, a Astra se le había sido concedido solo una hija. Casi trescientos años atrás, dio a luz a Selene, su primera y única hija. El día del nacimiento de Selene estaba grabado en su memoria—celebrado durante siete días y siete noches en todo el Reino Milenario. Fue la única ocasión durante su reinado en que las otras dos ciudades de los Primeros en Lunara fueron invitadas al Castillo de la Luna.

Terra y Ganimed fueron establecidas por los Primeros. Con el tiempo, los Primeros, perdieron sus territorios en el reino mortal y rogaron a la Reina Astra que les concediera una porción de Lunara a cambio de lealtad y servicio. Este pacto fue acordado mutuamente por los Primeros y las brujas de la Luna. Ella les otorgó las tierras del norte y del sur de Lunara, y solo unos pocos selectos tuvieron la oportunidad de entrar en el Reino Milenario.

"Mi Reina," le habló una bruja, "conceded permiso para que los Primeros retornen a sus tierras natales y presten ayuda a nuestra princesa. Han servido fielmente; permitid que se unan a la refriega como antaño lo hicieron en días pasados."

Astra miró a la bruja y respondió, "Hética, mi hermana, he convocado al Rey de Ganimed para que ofrezca su socorro en esta hora apremiante. Tienen ellos un ejército presto a nuestro mandado. Mas, aunque los Primeros hayan de brindar su auxilio, no puedo fiar solamente en ellos para tan grave empresa. Aun si poseen vigor, tenemos nosotras mayor destreza y maestría. Hética, ruégote que extiendas tu ayuda a la princesa."

"Mantendrémme junto a la princesa y serviré a la Diosa de la Luna Azul. Mi vida es vuestra, mi Reina," dijo Hética mientras se arrodillaba.

Ella le expresó su gratitud a Hética con una sonrisa, sintiéndose tranquila al saber que Hética iría; entre sus hermanas, era la más confiable. Poco después, otras diez brujas de la Luna también expresaron su disposición para acompañarlas. Más brujas se ofrecieron voluntariamente, pero ella intervino, "Agradecida soy, hermanas, más debemos también atender a nuestra comunidad aquí. No puedo permitir que todas partáis," explicó.

Astra se dirigió al grupo una vez más, "Así queda decidido. Once de nosotras cruzaremos el Velo del Recuerdo y viajaremos al reino de los mortales para prestar ayuda a la Princesa Selene en su misión." Pausó por unos momentos, su expresión teñida de tristeza, mientras miraba su báculo.

"Hay un postrer asunto. He soñado que el Báculo de la Luna ha escogido a una nueva portadora. Tras estas visiones, el báculo no me ha respondido como otrora," pausó brevemente y luego continuó, "Temo que una coronación es inminente. Mi hija, Selene, heredará el Báculo de la Luna y ascenderá al trono. La coronación debe proceder sin demora. Vosotras, mis once valientes hermanas, llevaréis el Báculo de la Luna a Selene, y la coronación deberá comenzar. Rogad que alcancéis a la princesa antes de que sea demasiado tarde."

Vio a sus hermanas sorprendidas por la noticia repentina. Tras algunos momentos, todas asintieron y acordaron seguir el plan de Astra.

Después de que concluyó la asamblea, ella permaneció en la sala del trono para recibir a otro invitado.

"El Rey Hildebrant Adler de la tierra de Ganimed ha llegado," informó uno de los guardias de la sala del trono.

"Concededle entrada," ordenó la reina.

El Rey Hildebrant entró en la sala del trono, vestido con una armadura plateada adornada con detalles grises. La armadura cubría todo su cuerpo, dejando su cabeza descubierta, salvo por la corona de plata, el emblema del Rey de Ganimed.

Hildebrant se arrodilló ante la reina. "Vuestra Alteza, tal como fue ordenado, hemos acatado vuestro mandato," dijo en voz baja.

El rey era un descendiente directo de los Primeros. Cuando los Primeros buscaron refugio en Lunara, se les permitió procrear naturalmente, asegurando la preservación de su linaje original. Eran guerreros por naturaleza, su destreza marcial innata y profundamente arraigada en sus seres.

Sentada en su trono, ella le dijo, "Agradezco vuestra obediencia a mi llamado. Levantaos."

"Un ejército de quinientos de mis más fuertes hombres aguarda allende los muros del Reino Milenario, dispuestos a obedecer vuestras órdenes. Estamos aquí para honrar el pacto forjado por mis ancestros, Reina Astra," dijo Hildebrant.

Ella se levantó de su trono y le ofreció su mano a Hildebrant, quien la aceptó. "Hildebrant, acompáñame."

Salieron de la sala del trono y pasearon por un corredor que daba vista a los terrenos del castillo. Astra se maravillaba con la belleza de Lunara. Los árboles en flor parecían semejantes a una bendición divina de la Diosa de la Luna. La luna azul continuaba proyectando su luz etérea sobre toda la tierra.

"Once de mis hermanas viajarán contigo. Conocéis a Hética; ella será mi voz entre tu ejército. Obedeced sus directrices como si emanaren de mis propios labios," dijo calmadamente al rey.

"Vuestra tarea es asistir a la Princesa Selene, quien ha encontrado un Sacerdote de Sangre que creemos puede invocar otra entidad oscura a este mundo. Selene necesitará toda ayuda disponible para prevenir otra Guerra de las Cenizas," explicó.

El rey se detuvo y soltó la mano de la reina suavemente. "Mi reina, mis hombres están listos para servir a tu mandato. Mas, tras esta empresa, ¿se les permitirá regresar a Lunara?" preguntó el rey.

Ella lo miró a los ojos, como si buscara el verdadero significado detrás de sus palabras. "Comprendo tu aprensión," dijo.

Hildebrant estaba a punto de hablar nuevamente cuando ella suavemente puso un dedo en sus labios, ofreciéndole una cálida sonrisa. Cerró los ojos brevemente, luego dijo, "Creé el Velo del Recuerdo después de que la Guerra de las Cenizas terminara. Ésta se yergue como nuestra protección contra la malicia de mortales y otras entidades. Este bastón que llevo en mi mano," señaló el Bastón Lunar, "puede forjar una apertura para atravesar. Mas, el Bastón Lunar debe ser entregado a mi hija en el reino de los mortales. Después, mi habilidad para abrir el portal, para retornar a tus hombres a Lunara, menguará."

El rey tomó sus manos delicadamente. "Vuestras palabras me honran, mi reina. Nuestros hombres se establecerán una vez más en el reino mortal," dijo Hildebrant.

Astra se sintió satisfecha de que su conversación con el rey hubiera transcurrido sin contratiempos.

"Tened en cuenta que tengo la intención de enviar a mi hijo, Emmerich, para comandar el ejército de los Primeros," reveló el rey.

"¿El príncipe?" preguntó ella. "¿Acaso habéis hablado de vuestro propio hijo, el mismo heredero destinado a heredar vuestro trono tras vuestra muerte?" Su tono se tornó más firme. "Os ruego, decidme, ¿escondéis algo, Hildebrant?" inquirió.

La expresión del rey cambió a una de preocupación. "No, mi Reina, no hay intención de ocultar nada. Es únicamente para asegurar el éxito de nuestro ejército. Así como Hética será vuestra voz, mi hijo lo será por mí."

Astra había conocido a Emmerich antes: un hombre joven y valiente, cuyos modales en la corte eran siempre impecables.

Ella respiró profundamente. "Los asuntos de los Primeros recaen bajo vuestro dominio, Hildebrant. Confío en vuestro buen juicio. Estáis excusado," dijo.

El rey se inclinó respetuosamente ante ella y luego dejó su presencia.

"¿Qué intención alberga al enviar a su único descendiente? Este plan parece carecer de sentido. No obstante, no es algo que deba preocuparme. Cumplirán su juramento de brindarnos servicio," murmuró suavemente para sí misma.

Habían pasado tres días desde que ella invocó la visión que guiaría a once de sus hermanas y un ejército de quinientos Primeros al reino mortal para asistir a la Princesa Selene en su misión.

Se encontraba frente a la costa del Reino Milenario, mirando las olas y la vasta extensión del océano azul. El sonido rítmico de las olas siempre le traía consuelo. Frente a ella se desplegaban cincuenta barcos de batalla, listos y preparados. Al final de la flota de los Primeros se encontraba un barco más pequeño, cuyo mascarón de proa representaba una luna creciente esculpida en madera y metal: el Viajero, lo habían llamado. Era la nave designada para transportar a las once brujas de la Luna.

"Mi Reina, todo está listo para nuestra partida. Solo aguardamos vuestra orden," informó Hética, de pie a su lado.

"Os agradezco, hermana. Que tú y las demás halléis gozo en el reino mortal," dijo ella, sabiendo que Hética y las demás no podrían regresar a Lunara. Esperaba que establecieran un clan de la Luna en las Tierras Bajas, quizás creando una nueva ciudadela en honor a su diosa.

Astra alzó el Bastón Lunar hacia la luna azul. "Madre, concede al Bastón Lunar el poder de forjar una apertura dentro del Velo del Recuerdo," oró a la luna.

Una luz azul emanó del Bastón Lunar, el aire se volvió denso, y el velo se materializó ante sus ojos como una seda blanca que cubría la tierra de Lunara. Observó cómo el velo se dividía por la mitad, creando una apertura.

"La apertura perdurará hasta que hayáis atravesado, Hética. Os entrego el Bastón Lunar. Llevadlo hasta Selene en el momento preciso que hemos deliberado. El tiempo es de suma importancia," dijo.

"Ahora, proseguid, tomad el Bastón Lunar y cumplid los deseos de nuestra diosa," concluyó.

Hética aceptó el bastón. "Así será, mi Reina. No fallaremos," dijo Hética con confianza. Luego, abordó el Viajero.

Astra permaneció en la costa hasta que toda la flota partió, los barcos desapareciendo eventualmente en la distancia.

Cuando los barcos se desvanecieron de su vista, sintió una ola de debilidad apoderarse de ella. "Así debe ser, pues ya no poseo el Bastón Lunar. De aquí en adelante, me convierto en la Reina Regente," murmuró.

"¿Qué habéis hecho, Astra?" susurró una voz con un tono siniestro.

Se sobresaltó, girando sobre sí misma y buscando la fuente de la misteriosa voz. A pesar de sus esfuerzos, no había nadie a la vista. La luna azul continuaba brillando intensamente en el cielo, su resplandor contrastando con la sombra persistente de la luna oscura.

"Tal vez lo haya imaginado," pensó.

DEMORIA

Demoria buscaba algo de paz en su habitación en el Cráneo Gris cuando una serie de golpes a la puerta interrumpieron su tranquilidad.

"¿¡Quién es!?" gritó.

"Soy Wren Presleye. Señora... bruja… señora, las Brujas Balor han regresado. Están atacando la barrera," respondió una voz al otro lado de la puerta.

¿No puedo tener un momento de descanso, verdad? pensó.

Levantándose rápidamente, Demoria se dirigió a la puerta. La abrió de golpe y encontró a Wren, el escudero de Hallard, parado allí. Wren no podía tener más de quince años, ella estimó.

"Señora... su…" tartamudeó Wren.

Demoria notó que el rostro del chico se había puesto rojo, y su mirada estaba fija en su pecho. Entonces se dio cuenta de que estaba desnuda de la cintura para arriba.

"¡Oh, maldición! ¿Nunca has visto el cuerpo de una mujer antes? ¿No tienes madre o hermanas?" preguntó Demoria.

"Las de mi madre no son tan bonitas," dijo el chico avergonzado.

Demoria se sonrojó ligeramente ante el comentario inesperado.

"Eso es... un cumplido, supongo. Chico, date la vuelta mientras me cambio. Dime, ¿qué está pasando abajo?" respondió Demoria con un tono brusco.

Wren obedeció, dándose la vuelta. "Las brujas Ba-Balor, están atacando la barrera. Están lan-lanzando lo que parecen ser explosivos, que—que están debilitando su ba-barrera, señora. El señor Hallard ha solicitado su presencia abajo, si le parece bien."

"No me parece bien ni un poco, Wren," dijo sarcásticamente.

Demoria notó que Wren parecía tener dificultades para hablar después de verla medio vestida. *Soy una mala influencia para los chicos*, pensó. También estaba empezando a cansarse de estar atrapada entre las brujas Balor y los hombres de Campo de Lagunas.

Bajó las escaleras hacia el área principal del Cráneo Gris. Mientras descendía, recordó los acontecimientos recientes en la taberna. Anoche, recibió la confirmación de que las brujas Balor, disfrazadas de ladrones comunes vestidos de negro, habían atacado a los Hombres de Lago que investigaban una insurrección de bárbaros en las Montañas Campanilla Azul. A pesar de la valiente lucha de los Hombres de Lago, la mayoría sucumbió al poder de las brujas. Solo unos pocos escaparon y cabalgaron hacia el Cráneo Gris. Siguiendo su rastro, las brujas Balor llegaron a la taberna bajo la cubierta de la noche, con la intención de exterminar lo que quedaba del ejército de Hallard. Hallard imploró a Demoria por ayuda para liberar a sus hombres de un terrible veneno llamado la Decadencia Amarilla que los había infectado. Sin otra opción, ella accedió a regañadientes a ayudar a Hallard y a sus hombres. Erigió un tótem de protección de fuego usando estacas y un cráneo encontrado dentro de la taberna, con la esperanza de que les otorgara algo de tiempo para protegerse de la amenaza de las brujas Balor.

El tótem formó una barrera circular alrededor de la taberna. Las brujas Balor, sin saber de la presencia de Demoria en la taberna, cruzaron su barrera y se incendiaron desde adentro hacia afuera, muriendo al instante. Ella sintió que al menos ocho brujas habían cruzado su barrera, mientras que el resto permanecía fuera de ella.

"¿Qué pasa?! Hallard, ya he dado toda la ayuda que puedo por ahora," dijo al entrar al salón principal, donde Hallard, sus hombres, el dueño de la taberna y algunos otros viajeros estaban reunidos. Al echar un vistazo rápido a su tótem de fuego, notó que comenzaba a agrietarse.

"Lo siento mucho," se disculpó Hallard sinceramente. "Eres nuestra única esperanza ahora mismo. Si esas brujas destruyen tu barrera, nos matarán a todos."

Luego ella se acercó a una ventana y miró hacia afuera. Se dio cuenta de que Wren tenía razón; las brujas Balor estaban lanzando algún tipo de objeto explosivo que estaba lentamente destruyendo su barrera. No había anticipado que las brujas Balor romperían su barrera tan pronto. *Deben haber encontrado una debilidad en la barrera*, pensó.

"Erigí el tótem protector rápidamente; no es de extrañar que hayan encontrado una debilidad. Tal como va, durará solo unos momentos más. Deberían rezar a su dios o demonio favorito, armarse y prepararse para la batalla," dijo, sintiéndose inquieta ante la idea de que tendría que luchar frente a frente contra las brujas Balor.

Hallard se arrodilló frente a ella, agarrando su mano. "Demoria, nuestras vidas están en tus manos. Somos pocos, pero haremos lo que digas. Debe haber una forma de salir de esto. Por favor, ayúdanos."

Ten cuidado con lo que le pides a una bruja Shabrani, ella pensó.

Demoria sabía que, aun siendo una poderosa bruja, no podría terminar victoriosa contra un grupo de brujas. Además, las brujas fuera de la taberna no eran brujas Balor comunes; parecía que habían sido mejoradas para ejercer un poder aún mayor. *Podrían tomarme prisionera*, reflexionó, *y tal vez torturarme, o algo peor*. Tenía que actuar.

Pero también tenía su propia misión que completar, y el tiempo se le acortaba cada vez más. *Ya he perdido demasiado tiempo. Si voy a morir aquí, intentaré llevarme a esas brujas Balor conmigo*, reflexionó.

Demoria tomó la mano de Hallard. "Hallard, la magia no siempre es la solución. A veces, causa más daño que bien," dijo.

Soltando la mano de Hallard, se dirigió hacia el tótem de fuego, tocándolo suavemente con su mano derecha. Sintió que la energía del tótem disminuía rápidamente. *La barrera se destruirá dentro de poco*, se dio cuenta.

"Hay una manera de derrotar a nuestro enemigo esta noche," dijo, girándose para ver los rostros de Hallard y sus hombres, que mostraban un poco de esperanza ante sus palabras.

"No piensen que será fácil, porque no lo será. Necesito que todos se reúnan en el lado derecho de esta sala," ordenó Demoria a los hombres de Hallard.

Los hombres de Lago intercambiaron miradas confusas. Hallard respaldó sus órdenes, y los hombres de Lago se movieron según las instrucciones. Luego, ella evaluó rápidamente a cada uno de ellos, seleccionando a algunos y guiándolos hacia el lado izquierdo de la sala.

Los hombres de Lago parecían desconcertados. "Dinos, Demoria, ¿cuál es tu plan?" preguntó un hombre de complexión atlética, musculoso, pero no excesivamente corpulento, con una figura bien definida que sugería fuerza y agilidad. Su cabello castaño oscuro estaba cortado corto, enmarcando su rostro con pulcritud. Luego ella aprendió que su nombre era Wybert Townere, un renombrado guerrero en quien Hallard depositaba gran confianza.

A estos hombres les falta paciencia, pensó, *pero es comprensible dadas las circunstancias. Están enfrentando una muerte inminente.*

"Cuando los curé del veneno de las brujas Balor, dije que era imposible saber si se recuperarían completamente," tomó un respiro profundo, "Los hombres que he colocado en el lado izquierdo de la sala no sobrevivirán más de unos días debido al veneno que todavía persiste en sus cuerpos. Sus vidas no deberían ser en vano. Si me lo permiten, planeo lanzar un hechizo sobre ustedes," dijo, estudiando cuidadosamente sus rostros. "En términos simples, este hechizo consiste en canalizar algo de mi energía de fuego hacia ustedes. Por un tiempo, podrán controlar el fuego a su voluntad. Nosotras, las brujas Shabrani, llamamos a esta magia Espectros de Fuego. Pero despúes de que mi magia se desvanezca, perderán sus vidas."

Un pesado silencio se apoderó de la sala. De repente, una gran explosión afuera sacudió la taberna, haciendo que polvo y fragmentos de madera cayeran del techo.

Hallard fue el primero en romper el silencio. "No puedo dejar que mis hombres mueran de esta manera."

Otro hombre intervino, "De cualquier forma enfrentan la muerte. Que la enfrenten con honor en la batalla en lugar de no hacer nada."

Otro hombre, que parecía mayor que los demás, dijo: "Con gusto daré mi vida para proteger a los más jóvenes entre nosotros. He vivido una vida plena, no tengo arrepentimientos. Capitán, permítame sacrificarme para defenderlo."

Varios otros de ambos lados expresaron sus pensamientos. Ella notó que la mayoría de los hombres que había seleccionado para sacrificarse parecían dispuestos a asumir la tarea. *Humanos sacrificándose por otros humanos… quizá este mundo no esté tan corrupto como creía,* contempló.

Hallard caminaba de un lado a otro por la sala, perdido en sus pensamientos. De repente, otra explosión sacudió violentamente la taberna, haciendo que parte del techo de madera se astillara y se rompiera.

"No me gusta este plan. Pero es nuestra única opción, y el tiempo está en nuestra contra. Como capitán, ya he fallado al permitir que tantos de nosotros muriéramos," Hallard hizo una pausa, su voz temblaba ligeramente. "Sus nombres serán cantados en los himnos de Campo de Lagunas por siglos. Sus vidas no serán en vano. Me aseguraré de que sus familias sepan de su sacrificio."

Hallard llamó a su escudero, Wren, pero no estaba por ningún lado. Pasó un tiempo antes de que apareciera corriendo.

Wren se apresuró, "Lo siento, señor, estaba en el baño."

Hallard instruyó a Wren que buscara pergamino y lo distribuyera entre los hombres dispuestos a sacrificarse. Cada uno escribió su nombre completo en el pergamino. Ella observó que Hallard valoraba ser organizado y mantener registros, una cualidad que no muchos hombres poseían.

"Jamás conocí a un hombre tan organizado. Si te hubiera conocido antes, tal vez te habría pedido que organizaras mi dormitorio," intentó bromear. Hallard sonrió, pero no respondió.

Otra explosión, más fuerte que la anterior, destrozó espejos y linternas dentro de la taberna.

"Por favor, mi señora, haga algo antes de que destruyan mi taberna. Le daré todo el oro que tengo si eso es lo que quiere," suplicó el desesperado dueño de la taberna.

"Comenzaremos en breve. No necesito oro, pero sí aceptaré algo de comida y agua cuando esto termine. Mis viajes son largos," le dijo ella.

Sintiendo que la energía del tótem de fuego disminuía rápidamente, se dirigió a los hombres de Lago. "Debemos empezar ahora. Aquellos que no fueron elegidos, ármense y prepárense para atacar. Una vez que la barrera caiga, lucharemos contra las brujas Balor."

Ellos se movieron rápidamente. Incluso el escudero estaba listo para unirse a la pelea.

"Hallard, tengo otra tarea para Wren, si me lo permites. Servirá para distraer a las brujas Balor," dijo Demoria. Hallard la miró detenidamente; estaba escaneando sus ojos.

"¿Es en serio? ¿De verdad dudas de mí?" preguntó Demoria, con una mezcla de enojo y diversión en su rostro.

"Por naturaleza, me cuesta confiar en alguien a quien acabo de conocer. Perdóname, puedes hacer uso de mi escudero siempre y cuando no le ocurra nada. Es un buen chico, y sus padres son amigos míos. Si algo le pasara, no sabría cómo explicárselo a su padre y madre," dijo Hallard.

Ella estudió atentamente a Hallard. *Se ve bastante encantador*, pensó para sí misma.

"Prometo cuidar de Wren," le aseguró.

"¡Oye, Wren, ven aquí!" llamó al escudero.

Metiendo la mano en su túnica, sacó una pequeña bolsa y vació su contenido en su mano. Wren se sobresaltó en cuanto vio el contenido.

"No te asustes. Esto es un ojo, específicamente el ojo de un toro. Está encantado por mí para crear una distracción. No te daré demasiados detalles; sabrás qué hacer con él cuando se active," Wren asintió, comprendiendo. "A mi señal, lleva este ojo frente a tu ojo derecho y verás de lo que estoy hablando," le instruyó.

El muchacho tomó el ojo, pero se detuvo antes de colocarlo sobre su ojo derecho.

"No, no ahora. Espera hasta que te lo diga," ordenó Demoria a Wren.

Todos los hombres estaban listos, incluyendo aquellos que iba a convertir en espectros de fuego.

"¿Duele?" preguntó un joven, que no parecía tener más de veinticinco años.

"¿Cuál es tu nombre, valiente soldado?" preguntó Demoria.

Parecía nervioso mientras respondía, "Mi nombre es Dane, mi señora."

"Dane, no te voy a engañar. Por lo que sé, habrá dolor. Tu cuerpo no está acostumbrado a este tipo de energía. Afectará tu sistema nervioso, así que podría arder. Pero no te asustes; te guiaré en el proceso. Solo recuerda respirar. Inhala y exhala. Con suerte, tu cuerpo se adaptará pronto a mi energía, y entonces el dolor se sentirá como un pequeño pinchazo en la parte trasera de tus dedos del pie. Nada de qué preocuparse después de eso."

Otro hombre preguntó, "¿Cómo sabremos usar la magia de fuego? No somos brujos, ¿es siquiera posible?"

Demoria sonrió con tranquilidad, "Oh, sí. Una vez que mi energía esté en ustedes, tendrán un sentido innato de cómo manejar la magia de fuego. Sabrán qué hacer, créanme."

Hallard explicó el plan a todos en la sala. La estrategia consistía en que los voluntarios actuaran como una sorpresa. Mientras las brujas Balor se concentraban en ellos, el resto de los hombres de Lago seguirían rápidamente para derrotar a las brujas. Demoria creía que el plan era sólido.

"Hallard, una palabra contigo," dijo.

Ambos se movieron a un rincón del área principal de la taberna.

"Una vez que mi energía esté dentro de tus hombres, estaré muy fatigada. Necesitaré descansar un rato en mi habitación. No podré contribuir mucho después de eso."

"Tienes mi agradecimiento…" Hallard estaba expresando su gratitud cuando ella lo interrumpió.

"No me des las gracias todavía, podríamos estar todos muertos al amanecer. He creado Espectros de Fuego antes, pero nunca más de uno a la vez. En cualquier caso, mantente con vida, Hallard; las Tierras Bajas necesitan más hombres valientes como tú," intentó sonar optimista.

Se acercó a Hallard y le susurró al oído, "Además, sería desfavorable que alguien como yo muriera en un lugar como este. No es digno de una bruja Shabrani." Notó que Hallard se estaba sonrojando.

"Mantendré mi promesa. Te veré en la mañana." Hallard entonces tomó su mano y la besó en la mejilla.

Si la sala estaba observando la escena, a ella no le importaba. Nadie le había hecho sentir jamás como si fuera una dama de verdad, y tenía la intención de saborear el momento.

Demoria estaba lista para empezar. Al acercarse a los voluntarios, vio que algunos parecían asustados mientras que otros se mostraban decididos.

"Esto puede arder un poco," les advirtió.

Ella cerró los ojos y extendió las manos, murmurando unos cuantos encantamientos. Sintió la energía emanando de su interior y fluyendo por el aire. Su energía se manifestó como llamas rojas y amarillas, acercándose a los hombres de Hallard, casi tocándolos. A medida que las llamas comenzaron a cubrirlos, la sala se llenó de gritos. Algunos de ellos estaban resistiendo su magia.

"No resistan la energía de fuego. Abrácenla, dejen que el dolor pase a través de ustedes. Resistir solo lo hará peor," les instó.

Uno de los hombres colapsó al suelo de inmediato, incapaz de soportar la energía; su corazón no pudo resistir el dolor. El pánico comenzó a apoderarse de los otros hombres.

"Hombres de Lago, recuerden nuestro entrenamiento, recuerden quiénes son y qué protegen," la voz de Hallard resonó por toda la sala. "Ustedes protegen a sus familias y sus tierras. Si esta amenaza maligna gana, destruirán las vidas de aquellos a quienes juramos proteger. ¡Den su vida por ellos, piensen en ellos en este momento de peligro!"

Las palabras del capitán parecieron fortalecer a los hombres. Dejaron de resistirse a la energía ardiente de Demoria, y los gritos cesaron.

Los ojos de los hombres comenzaron a cambiar a un color oscuro. Simultáneamente, sus venas se hicieron claramente visibles en sus rostros y cuellos, volviéndose de un profundo color rojo carmesí.

"Los Espectros de Fuego están listos," anunció.

De repente, recordó lo que una bruja le había enseñado durante sus días de entrenamiento. *Los espectros son una de las más poderosas armas creadas por el clan Shabrani desde la Era de los Primeros. Unos pocos espectros pueden eliminar a un ejército entero.*

Por un momento, olvidó la situación peligrosa en la que se encontraba. Sabía que crear Espectros de Fuego era un triunfo, algo que debía celebrarse. Sintió una oleada de logro al verlos preparados para la batalla.

ELLA

La noche está inusualmente brillante, pensó Ella. No había nubes en el cielo, lo que permitía una vista clara de las estrellas. En el Bosque Oscuro, esa claridad en el cielo era una rareza, con los árboles negros y la densa vegetación oscureciendo gran parte del firmamento. Cuando era niña, había escuchado historias sobre el cielo fuera del Bosque Oscuro y siempre le había intrigado. Sin embargo, como bruja adulta, su enfoque se había centrado únicamente en convertirse en la mejor bruja posible. A pesar de sus incansables esfuerzos, siempre había brujas más hábiles que ella y, lamentablemente, algunas de ellas disfrutaban burlándose de ella.

Pero ahora las cosas son diferentes, reflexionó. *Poseo poder, un poder superior al de cualquier otra bruja Balor. Aunque me dijeron que no volvería, deseo que algún día pueda regresar al Bosque Oscuro y mostrarles a esas abusadoras el verdadero alcance de mi nuevo poder*, se prometió a sí misma.

Su nuevo poder resultó ser formidable, permitiéndole sobrevivir a una herida mortal infligida por el ataque de un hombre del Lago en las Montañas Campanilla Azul hace apenas dos días. El atacante blandía una espada de dos manos, un arma pesada que impactó directamente en su pecho, desgarrándolo y causando un daño significativo a órganos y huesos. Cualquier mortal común habría muerto al instante, pero ella sobrevivió.

Después del ataque, permaneció inconsciente por un tiempo. Al despertar, supo por sus compañeras brujas que el grupo de hombres de

Lago había logrado escapar de su emboscada.

"Tenían que morir. Podríamos haberlos matado," declaró con enojo una de sus hermanas llamada Fila, una bruja orgullosa que solo hablaba de lo poderosa que era y de sus logros en el clan Balor.

"Todas tuvimos miedo de la magia desconocida que emanaba de ese hombre del Lago, lo que les dio tiempo suficiente para escapar de nuestro ataque. Era una fuerza como nunca antes había visto, magia antigua, creo. Temí que pudiera aniquilarnos a todas con su misterioso poder," respondió Ceca, la líder de las Espinas Oscuras.

Ella fue testigo del misterioso poder de primera mano, aunque solo por un breve momento. Con su pequeña espada en mano, lista para atacar al hombre, Ella sintió una energía inusual que emanaba de él y anulaba su propia magia. La sorpresa la hizo vacilar. Esa breve duda fue suficiente para que el hombre asestara un golpe decisivo.

El impacto la dejó inconsciente mientras su cuerpo, instintivamente, comenzaba el proceso de sanación. Al despertar, para su sorpresa, no sentía dolor, aunque su abdomen seguía completamente abierto, tratando de regenerarse. La herida expuesta revelaba su carne y huesos entrelazados con lianas rojas y amarillas.

Este es el estado de mi cuerpo ahora. Soy mitad planta, mitad humana, reflexionó.

"Hemos esperado suficiente, gran líder. ¿Has reflexionado sobre el poder misterioso o deberíamos presentarlo ante el Gran Consejo? Casi puedo oler el banquete que prepararán a nuestro regreso. Tal vez incluso te concedan un asiento en el consejo, justo como deseabas," comentó Fila con tono sarcástico, dirigiéndose a Ceca.

El rostro de Ceca se tornó de ira y, con un movimiento rápido, cortó el brazo derecho de Fila con su espada. Fila gritó, cayendo de rodillas mientras miraba a Ceca con furia.

"Esto sirve como advertencia para cualquiera que desafíe mi autoridad. Fila, considera esto un acto de misericordia. Si vuelves a cruzarte conmigo, perderás más que un brazo," dijo Ceca con un tono amenazante. Luego, volviéndose hacia las demás, añadió: "Hermanas, partimos de inmediato. La Decadencia Amarilla que infesta los cuerpos de los hombres de Lago deja un rastro de magia que podemos seguir."

Dándose la vuelta, Ceca caminó hacia el grupo de bárbaros. Ella casi había olvidado que ellos estaban allí.

Unos días antes de la confrontación en las Montañas Campanilla Azul, Ceca había informado a las Espinas Oscuras sobre un conocido que encontrarían en su viaje. A pesar de las preguntas, Ceca se negó a revelar ningún detalle.

"Todo es parte del plan del Gran Consejo," dijo Ceca.

En su viaje, cruzaron un pequeño bosque cerca de la intersección entre Gorgón y la región del Campo de Lagunas. No conocía el nombre del bosque, pero los árboles tenían un color amarillo verdoso, muy parecido al de su propia piel.

En las zonas profundas del bosque, encontraron un campamento que parecía construido apresuradamente. Las carpas estaban a medio armar, utilizando pieles de animales como techos y paredes. Los caballos no estaban bien cuidados y corrían descontrolados por todo el campamento. Notó la ausencia de centinelas que alertaran sobre enemigos entrantes. *Deben ser bárbaros*, pensó Ella.

Un grupo de hombres y mujeres bárbaros prepararon sus armas al ver a las Espinas Oscuras.

"¡Deténganse! Son nuestros invitados. ¡Sigan con sus tareas!" ordenó un bárbaro que parecía ser su líder, a juzgar por la forma en que mandaba.

"Disculpen, brujas. Rara vez distinguimos entre amigos y enemigos. Mi nombre es Amaru, y soy, como lo llamarían ustedes, uno de los líderes de este clan."

El líder del clan bárbaro era anciano; sin embargo, emanaba ferocidad, evidente en las cicatrices que marcaban su cuerpo. Llevaba pequeñas hachas a cada lado de la cintura y vestía principalmente cuero con placas de metal cubriendo sus órganos vitales.

"Mi nombre es Ceca, y estoy a cargo de este grupo de brujas Balor. Dime, siempre me ha confundido cómo los bárbaros organizan su jerarquía de liderazgo. Nadie sabe realmente cuántos clanes existen en estas tierras ni cuántos líderes. ¿Cómo llaman a su clan, Amaru?" preguntó Ceca.

Amaru se rio. "Eres divertida. Sí, hay muchos clanes de bárbaros. He vivido entre ellos desde que nací y no los conozco a todos. Algunos dicen que si destruyes un clan bárbaro, dos más emergen de debajo de la tierra. Nuestro clan se llama Runakuna, que en tu idioma significa 'aquellos que luchan'." Mientras hablaba, Amaru caminaba, rodeándolas y estudiándolas de pies a cabeza.

"Pero ustedes son solo unas pocas mujeres frágiles. Las viejas brujas dijeron que ustedes valen más que quinientos hombres. ¿Es cierto?" bromeó Amaru.

Ceca le sonrió al bárbaro. "Te aseguro que valemos eso y más," respondió con un tono confrontacional, pero respetuoso. "Dime, Amaru, ¿cuántos bárbaros viajarán con nosotras?"

"Todos nosotros. Somos doscientos en total, y te aseguro que valemos más que mil de esos hombres comunes de la región del Campo de Lagunas," dijo Amaru con tono desafiante.

Ceca observó detenidamente a los bárbaros, y Ella sabía exactamente lo que estaba pensando. *Estos bárbaros parecen jóvenes, como si nunca hubieran luchado antes. No deben ser los más experimentados del clan. El resto del clan probablemente está en otro lugar, y estos bárbaros son solo parte de un ejercicio para ganar experiencia o recolectar información*, pensó.

Ceca se acercó al líder del clan bárbaro y le ofreció su mano derecha. "Esto servirá," dijo. Luego, se estrecharon las manos.

Tras sellar el acuerdo, Amaru regresó con su clan e inició los preparativos. Ella observó cómo desarmaban las carpas a medio construir y reunían a los caballos para partir. Se preguntaba si realmente emprenderían el viaje junto a los bárbaros. Según su conocimiento, una alianza entre un clan de brujas y bárbaros era algo sin precedentes.

Tal vez el Gran Consejo no confiaba completamente en las Espinas Oscuras, y por eso forjaron un pacto con los bárbaros, pensó Ella.

Sintió el impulso de hacer preguntas sobre la inusual alianza, pero se contuvo. Hacer preguntas nunca fue su papel; esa tarea era para alguien más audaz, como Fila.

Los bárbaros tomaron su tiempo para prepararse. Finalmente, Amaru y otro hombre, que no parecía tener más de treinta años, se acercaron a ellas y se dirigieron directamente a Ceca. "Estamos listos, bruja. Este es Atoc; él liderará al grupo de bárbaros que las acompañará. Aunque joven, es fuerte y un líder respetado en nuestro clan."

"¿No nos acompañarás, Amaru?" preguntó Ceca.

Amaru rio de nuevo. "Haces demasiadas preguntas, bruja. Soy un hombre viejo; solo las retrasaría. Mis intestinos se mueven varias veces al día, ¿sabes?" Ceca trató de ocultar su desagrado.

"Me necesitan en otro lugar. Buen viaje, brujas. Nosotros, del clan Runakuna, depositamos nuestra fe en el dios sol. Que sus bendiciones estén con todas ustedes." Con esas palabras, cabalgó hacia el norte.

Atoc, el recién nombrado líder de los bárbaros, no era muy hablador. Durante el viaje hacia las Montañas Campanilla Azul, las brujas comenzaron a preocuparse al notar las dificultades de Atoc para comunicarse en el idioma común.

Reflexionando sobre la batalla junto a los bárbaros en las Montañas Campanilla Azul, Atoc y sus guerreros resultaron ser una distracción valiosa durante el asalto a los hombres de Lago. El plan consistía en que los bárbaros iniciaran el ataque, permitiendo que las brujas Balor entraran más tarde en una emboscada sorpresa. La estrategia resultó exitosa; el elemento sorpresa, combinado con la niebla venenosa, causó muchas bajas entre los hombres de Lago. *Si no fuera por la extraña magia de ese hombre*, murmuró para sí misma, *podríamos haberlos aniquilado a todos.*

Después de la batalla, los bárbaros parecían derrotados y comenzaron a desconfiar de Ceca y las Espinas Oscuras.

"Pacto hecho, pacto hecho," decía Atoc.

Vio cómo Ceca intentaba mantener la paciencia. "Esperen. Tenemos la ventaja aquí. Las fuerzas de los hombres de Lago han sido considerablemente decimadas. Si los perseguimos ahora a toda velocidad, pronto los alcanzaremos. Recuerden, están infectados con nuestro veneno; no podrán viajar muy lejos."

A pesar de su posición ventajosa, Atoc se negó a actuar. Insistió en que era demasiado tarde para perseguir a sus enemigos. "Ahora están huyendo hacia Gorgón, que cae bajo el territorio de las brujas Shabrani," explicó Jacqui, una guerrera bárbara que podía hablar el idioma común y servía como traductora de Atoc en ocasiones. "Las brujas Shabrani son demasiado poderosas. No tenemos permitido enfrentarnos a ellas."

Después de un tiempo, la discusión terminó. Ceca no pudo persuadir a Atoc ni a sus bárbaros, incluso cuando les ofreció oro, el cual los bárbaros rechazaron de inmediato. Ella recordaba que otra bruja le había dicho una vez que los bárbaros solían sentirse más atraídos por el oro que por cualquier otra cosa. Al parecer, Atoc y su grupo eran diferentes.

Furiosa, Ceca ordenó a las Espinas Oscuras que persiguieran a los hombres de Lago, dejando a los bárbaros atrás en las Montañas Campanilla Azul.

Cabalgaron a través de la tierra desolada de Gorgón, siguiendo el rastro venenoso dejado por sus enemigos infectados. El paisaje era árido, con la mayoría de los árboles muertos o muriendo. Ella no vio señales de animales salvajes, solo algunos cuervos y gorriones buscando comida.

Desde temprana edad, había aprendido sobre el clan Shabrani en Gorgón, brujas expertas en magia de fuego. Este tipo de magia era tan formidable que otros clanes de brujas les temían. Debido a su poder, las brujas Shabrani tenían contratos con la mayoría de las naciones, excepto con la Nación Dorada, que ya estaba ocupada por las brujas Starr. Era ampliamente conocido que no se debía subestimar a las brujas Shabrani; podían ser adversarias temibles.

Cabalgaron durante un día y medio, pero sus enemigos seguían fuera de alcance. Inspeccionando la herida que le había causado la enorme espada del hombre del Lago, sintió un cosquilleo en su abdomen. Aunque no causaba un dolor intenso, producía una sensación molesta.

Cabalgaba junto a Matena, en quien confiaba. Ella sabía que podía hablar con libertad con su compañera. "¿Cómo es posible que nuestros enemigos hayan cubierto tanto terreno ya? Deberían estar muriendo."

"Los hombres del lago son descendientes directos de los Primeros, que se dice fueron los seres más fuertes y resistentes que caminaron por estas tierras hace más de seiscientos años. Probablemente los hombres del Lago heredaron algunos de esos atributos. A pesar de su fuerza, no sobrevivirán mucho tiempo, hermana. Ningún ser mortal puede escapar de nuestro veneno letal," explicó Matena.

Fila se unió a ellas, cabalgando al lado. "Nuestra gran líder está asustada," dijo.

Ahí va otra vez, pensó Ella mientras Fila comenzaba con su narrativa. Ella y Matena intercambiaron miradas de confusión.

"Ustedes dos son tan ingenuas como siempre," comentó Fila, enfatizando su declaración con un gesto sarcástico. "Estoy hablando del altercado de Ceca con el clan Shabrani en el pasado. Nuestra líder es muy vieja, probablemente una de las más antiguas entre nosotras en las Espinas Oscuras. Los rumores dicen que en el pasado se enamoró de un hombre de un pueblo cercano al Bosque Oscuro. Sin embargo, el hombre estaba profundamente enamorado de una bruja Shabrani. Cuando Ceca descubrió esto, intentó matar a la bruja Shabrani mientras ella iba a visitar al hombre. Ceca no tuvo ninguna oportunidad contra la bruja Shabrani y sobrevivió solo porque la bruja de fuego la perdonó. Cuando Ceca regresó al Bosque Oscuro, tenía muchas heridas y estaba al borde de la muerte. ¿Quieren adivinar qué la salvó?" preguntó Fila.

Matena y Ella intercambiaron miradas confusas una vez más.

"El Gran Consejo le dio la semilla Balor," dijo Fila.

Ella entendió. La semilla Balor había curado a Ceca de sus heridas, dándole una segunda vida entre las Espinas Oscuras.

"Ceca sobrevivió después de absorber la semilla Balor," confirmó Matena.

Fila asintió. "Es común que las brujas Shabrani cabalguen en este territorio. Hay una alta probabilidad de que nos encontremos con ellas. Me pregunto si nuestra líder, Ceca, ha considerado esta posibilidad." El rostro de Fila revelaba un atisbo de emoción.

Ella solo había escuchado historias sobre las brujas Shabrani, nunca había encontrado a una. Si ocurría un enfrentamiento, sabía que se derramaría sangre.

Curiosa, preguntó: "¿Qué es lo que no te gusta de nuestra líder? A pesar de ser dura, nos ha guiado bien."

Fila respondió furiosa: "Eres realmente ingenua, Ella. A Ceca no le interesa liderarnos; nos llevaría directo al infierno si pudiera. Todo lo que quiere Ceca es un asiento en el Gran Consejo. Todo el mundo lo sabe. La única razón por la que no nos ha matado una por una es la semilla Balor. El Gran Consejo puede escuchar todo lo que decimos."

A Ella no le gustaba que le pusieran nombres. "Deberías saber que el Gran Consejo también está escuchando esta conversación," respondió a Fila con enojo. Aunque Ella se llevaba bien con todas en las Espinas Oscuras, nunca se sentía cómoda cerca de Fila, a quien veía como una especie de abusona.

"Ella tiene razón. Espero que entiendas que también hay una semilla Balor dentro de ti," comentó Matena a Fila.

Fila tocó su abdomen y preguntó: "¿Estás segura de eso?" Luego apuró a su caballo, poniendo distancia entre ella, Matena y Ella.

Realmente no me gusta Fila; algo debería hacerse con ella, pensó para sí misma.

Confundida por las palabras de Fila, se giró hacia Matena y le preguntó: "¿Qué crees que quiso decir? Pensé que todas pasamos por el mismo proceso; ella también debería tener una semilla Balor dentro." Matena estaba igual de desconcertada.

Después de un largo recorrido, divisaron una taberna en la distancia. Matena le informó que la taberna, llamada el Cráneo Gris, pertenecía a un hombre de Celen. En esta parte de las Tierras Bajas, las tabernas eran valiosas y consideradas territorios neutrales, los únicos lugares donde se podía encontrar refugio.

Ceca detuvo al grupo. "El rastro del veneno conduce al Cráneo Gris. Nuestro enemigo debe estar adentro," dijo.

"Si eso es cierto, no podemos atacarlos. Debemos esperar a que salgan de la taberna," aconsejó Avera, una bruja tan antigua como Ceca y segunda al mando.

Ceca, sin embargo, ignoró la advertencia de Avera. "Hermanas, nuestra misión está en una situación crítica. No podemos permitirnos esperar más. Nuestro enemigo está justo frente a nosotras. Los destruiremos, sin importar dónde estén," declaró Ceca, caminando con las manos detrás de su espalda.

Fila avanzó desafiante.

"Si hacemos eso, estaremos destruyendo un recurso valioso en estas tierras. Esa taberna no solo es utilizada por las brujas Shabrani o los hombres del Lago. También es utilizada por nuestro propio clan. Si destruimos la taberna, las brujas Balor estarán en peligro si buscan refugio en el futuro," argumentó Fila.

Ignorando a Fila, Ceca insistió: "Dejaremos nuestros caballos aquí. Apresúrense, hermanas; no hay tiempo que perder."

Ella notó que Fila estaba lista para seguir discutiendo con Ceca. Antes de que pudiera decir otra palabra, una explosión estalló justo donde Fila estaba parada. Cuando el polvo se asentó, el cuerpo sin vida y sin cabeza de Fila yacía en el suelo.

"¿Alguien más tiene algo que quiera decir?" preguntó Ceca desafiante.

Después de eso, nadie se atrevió a contradecir las órdenes de Ceca. Las Espinas Oscuras comenzaron a caminar hacia el Cráneo Gris en silencio. Afuera de la taberna, encontraron a algunos hombres del Lago.

"¡Ataquen!" ordenó Ceca.

Pensaron que tenían la ventaja y que podrían eliminar a sus enemigos rápidamente. Sin embargo, antes de que comenzara el ataque, Ella percibió otra presencia dentro de la taberna, una presencia que emanaba una energía furiosa que nunca antes había sentido.

¿Cómo no nos dimos cuenta de esto antes? se preguntó.

Notó cómo esa energía crecía más y más.

Entonces escuchó a Ceca gritar: "¡Hermanas, retrocedan, ahora!"

Ella, posicionada en la parte trasera del grupo, tuvo tiempo suficiente para reaccionar, pero algunas de sus hermanas no fueron tan afortunadas. Una barrera se materializó frente a sus ojos. Las brujas Balor atrapadas dentro de la barrera estallaron en llamas, gritando y tratando desesperadamente de escapar de las llamas lanzándose al suelo. Sin embargo, las llamas se negaban a extinguirse.

Tras unos segundos agonizantes, las llamas se intensificaron, culminando en una explosión violenta. La sangre manchó el suelo, dejando nada de sus hermanas, ni siquiera un rastro de carne.

Las plantas no pueden resistir el fuego, pensó. Le costaba ver a sus hermanas morir de esa manera.

Reagrupándose, contó menos de la mitad de las Espinas Oscuras entre las sobrevivientes. Entre ellas, Matena sobrevivió, al igual que su líder Ceca, quien también logró escapar de la barrera, aunque estaba herida por una de las explosiones.

"¿Qué fue eso? ¡Nuestras hermanas—la mitad de nosotras están muertas!" exclamó Avera, exigiendo respuestas de su líder.

Notó que su líder tenía heridas en la mitad de su rostro y en su brazo izquierdo, que ya estaban sanando. Ceca no reaccionó a la pregunta de Avera.

"¡Líder! ¿Cuáles son tus órdenes?" gritó Avera, sacudiendo a su líder por los brazos.

Los ojos de Ceca, inicialmente vacíos, se movieron de Avera a las Espinas Oscuras restantes.

"¡Suéltame!" respondió Ceca, empujando a Avera al suelo. Luego comenzó a caminar hacia la barrera, pero se detuvo justo antes de cruzarla.

Las manos de Ceca temblaban. Ella se dio cuenta de que su líder tenía miedo.

"Es una bruja Shabrani, no hay duda de ello. Empiecen a preparar bombas de putrefacción; deberían ser suficientes para destruir esta barrera," ordenó Ceca con rabia.

Ella nunca había visto a Ceca en ese estado; su líder, típicamente valiente y segura, ahora parecía profundamente aterrada. De repente, recordó la historia de Fila sobre el encuentro de Ceca con una bruja Shabrani y entendió cómo esto podría haber intensificado su miedo.

"Ella, rápido, dame el polvo de putrefacción que trajiste; te ayudaré a hacer algunas bombas," dijo Matena, quien también parecía nerviosa.

¿Por qué yo no estoy nerviosa? se preguntó Ella.

Las bombas de putrefacción eran una mezcla de polvo de putrefacción y varios otros elementos recolectados por las brujas Balor. Para crear las bombas, debían combinar todos los ingredientes dentro de una bolsa vacía. Una vez mezclados, la reacción comenzaría poco después. Tras la reacción, la bolsa explotaría, generando una onda de choque seguida de una nube de putrefacción que infectaría todo lo cercano con efectos irreversibles. El tiempo era crucial; si la lanzaban demasiado tarde, la explosión podría alcanzarlas.

Ella intentó ayudar a hacer las bombas, pero carecía de habilidad en la ciencia de mezclar ingredientes. Un error de cálculo podría causar un accidente, y sin instrumentos para medir, solo las brujas Balor experimentadas podían crear la bomba de manera segura.

Observando el miedo en Matena y las demás brujas, Ella se dio cuenta de que tenía que actuar.

Tomó las manos de Matena y miró a sus ojos. "Todo estará bien. Te protegeré, hermana."

Mirando a su líder, vio a Ceca en el suelo cerca de la barrera, con las manos cubriendo su rostro, murmurando cosas ininteligibles.

Ha perdido todo el control; alguien necesita tomar el mando, pensó Ella.

"Concéntrense en hacer esas bombas," escuchó decir a alguien.

Ella se tomó un momento para identificar el origen de la voz. No había duda. Era Fila quien hablaba mientras caminaba hacia Ceca.

"No puede ser; te vimos morir. Yo misma te maté," dijo Ceca.

"Bueno, parece que no es tan fácil matarnos, incluso si nos explotan la cabeza." Fila señaló su cabeza. "Mira, mi cabeza aún se está curando." La cabeza de Fila tenía un aspecto extraño, su carne había tomado un tono verdoso y había perdido el cabello.

Fila tomó a Ceca por el brazo y la empujó a un lado. "Nuestra gran líder, eres inútil. Mantente fuera de nuestro camino," declaró Fila.

"Incluso si nuestras cabezas son cortadas de nuestros cuerpos, podemos seguir viviendo. Eso es impresionante," comentó Matena a Ella.

Entonces, Fila se colocó frente a las Espinas Oscuras. "Hermanas, ahora asumiré el mando. Nuestra líder, Ceca, ha renunciado a su posición," anunció, mirando a cada una de ellas de forma desafiante.

"¿Hay alguien que no esté de acuerdo?" desafió Fila al grupo, aunque su mirada se fijó directamente en Avera. Como segunda al mando, técnicamente Avera debería tomar el mando tras Ceca.

Avera permaneció en silencio.

"Eso pensé," dijo Fila, su sonrisa rebosante de satisfacción. "Ahora, ¡aquellas bombas que estén listas, empiecen a lanzarlas!" ordenó Fila.

Ella comenzó a lanzar las bombas que ya estaban preparadas, y las demás brujas Balor la siguieron. Observaron cómo la barrera se debilitaba lentamente. Las ondas de choque de las bombas eran tan poderosas que la taberna dentro de la barrera temblaba visiblemente. Para su sorpresa, a pesar de la fuerza de las explosiones, la barrera disminuía muy lentamente.

Esa bruja Shabrani debe ser algo extraordinario para conjurar una barrera tan fuerte que incluso nuestras bombas de putrefacción tienen dificultades para romper, meditó.

Las bombas de putrefacción dejaron un extenso rastro de veneno; cualquier otro humano que entrara en contacto con él se infectaría y moriría de forma dolorosa. Sin embargo, para las brujas Balor, no representaba ninguna amenaza, ya que eran inmunes a la aflicción de la putrefacción.

Fila se acercó a Matena y Ella. Ella pudo ver que el rostro de Fila todavía estaba en proceso de curación, luciendo algo hinchado y verdoso.

"Va a tomarnos un tiempo destruir esta maldita barrera," exclamó Fila.

"Tomará un tiempo. Las bombas de putrefacción se hicieron apresuradamente; no son tan poderosas como las creadas en los laboratorios del Bosque Oscuro," afirmó Matena con firmeza.

Los ojos de Fila permanecieron fijos en la barrera, como si la estuviera estudiando. Luego levantó su mano derecha y señaló con el dedo un área específica de la barrera.

"Miren, otra vez. Está comenzando a romperse," dijo Fila.

Ella observó el lugar que Fila indicó. Estaba agrietándose, similar a la cáscara de un huevo hervido, una clara señal de que la barrera estaba cediendo.

"La barrera será destruida. ¡Busquen los puntos débiles y lancen las bombas hacia ellos!" gritó Fila a las brujas.

Vio a todas dando lo mejor de sí. *Quizás Fila sea una mejor líder que Ceca*, consideró.

Por otro lado, Ceca seguía en el suelo, con los brazos ahora envueltos alrededor de su cuerpo. Avera estaba a su lado, aparentemente intentando traer de vuelta a la realidad a su antigua líder.

De repente, la barrera cayó por completo, emitiendo un fuerte sonido como el de un cristal rompiéndose. Pequeños fragmentos rojos se dispersaron por el suelo, pareciendo copos de nieve roja que lentamente se desvanecían en el aire.

Vio sombras acercándose desde la taberna. A medida que se acercaban, los reconoció como hombres de Lago. Algunos montaban caballos, mientras que otros corrían a pie detrás de ellos. Su número parecía reducido, lo que indicaba que la mayoría ya había perecido por la Decadencia Amarilla.

Algunas de sus hermanas se prepararon para lanzar un ataque contra los hombres de Lago. Ella también estaba lista para luchar.

"¡Algo está mal; manténganse quietas!" gritó Fila.

Un evento inesperado se desplegó ante ellas. Los hombres de Lago a caballo se detuvieron a mitad de camino, mientras que los que iban a pie continuaron acercándose. A medida que se acercaban, vio una diferencia en su apariencia: sus venas estaban pronunciadas y carmesíes. También podía sentir energía de fuego dentro de ellos.

De repente, la energía dentro de ellos se intensificó. Luz emanó de sus ojos y bocas, seguida de gritos agonizantes como si estuvieran siendo desgarrados desde dentro. En un instante, sus cuerpos se transformaron en fuego viviente, sus rostros y formas consumidos por las llamas. Sobre sus cabezas, coronas de fuego se materializaron, haciéndolos aún más amenazantes.

"¡No teman, hermanas! Prepárense para el ataque. Esta vez no nos sorprenderán," intentó animarlas Fila, pero sabía que era demasiado tarde. Sus hermanas miraban atónitas la presencia de los monstruos de fuego.

Otro evento inesperado ocurrió; vio humo negro elevándose desde la taberna Cráneo Gris en la distancia. El humo tomó la forma de una figura horrenda: un humanoide con enormes cuernos negros, ojos rojos y dientes puntiagudos. Lo reconoció como la encarnación del Señor del Fuego, Shabranibodoo, una criatura de los relatos de la Guerra de las Cenizas.

La figura era aterradora de contemplar, perturbando a sus hermanas, quienes empezaron a gritar de terror. Ella misma sintió una oleada de miedo. Cada bruja Balor había aprendido sobre la Guerra de las Cenizas y el tiempo en que Shabranibodoo caminó por las Tierras Bajas. Recordó vívidamente las lecciones sobre la guerra y cómo sus maestras habían descrito la apariencia del Señor del Fuego. Ahora, esa exacta descripción estaba frente a ella, una realidad escalofriante.

Miró a su nueva líder, Fila, quien desesperadamente gritaba órdenes que nadie escuchaba en medio del caos. Los monstruos de fuego cargaron contra ellas. Descubrió rápidamente que la magia vega era inútil contra este nuevo enemigo, que respondía con intensas bolas de fuego que envolvían todo a su paso en llamas.

Los gritos agonizantes de sus hermanas perforaban el aire, provocándole angustia. Intentó localizar a Matena, pero solo veía fuego y humo. *Esto no puede estar pasando. Somos las mejores de nuestro clan; no podemos ser derrotadas así*, pensó desesperadamente mientras el infierno rugía a su alrededor.

Una bola de fuego impactó en su hombro derecho; uno de los monstruos de fuego la atacaba. Las llamas no se disipaban, sino que comenzaban a extenderse por su brazo derecho. Sin dudarlo, actuó de inmediato. Desenvainando su pequeña espada, cortó su propio brazo derecho. Mordió su lengua para contener un grito, el dolor duró solo unos segundos. Varias bolas de fuego más se dirigieron hacia ella, pero logró esquivarlas todas.

Entonces escuchó un ruido desconcertante: una voz y gritos que reconoció demasiado bien. Matena estaba en agonía.

Corrió, siguiendo los gritos, hasta que encontró a dos monstruos de fuego acorralando a Matena, lanzándole fuego sin descanso. Matena luchaba por esquivar el incesante asalto.

Ella corrió para ayudar a su hermana, pero su atacante aún la tenía en la mira. Colocando su mano en el suelo, canalizó toda su magia vega hacia la tierra. Cientos de lianas emergieron del suelo debajo de su enemigo, inmovilizándolo lo más posible. *Esto no lo matará, pero me dará tiempo para ayudar a Matena*, pensó.

Con su adversario momentáneamente contenido, corrió hacia Matena. Recuerdos la inundaron mientras corría. Rememoró sus primeros días con las Espinas Oscuras, cuando Matena era su única amiga. Las noches en las que compartían la misma cama en busca de consuelo. Los momentos en los que Matena le ofrecía apoyo en los tiempos de dolor. Se dio cuenta de que Matena lo era todo para ella.

Cuando llegó al lugar donde debería estar Matena, solo encontró cenizas. Había llegado demasiado tarde.

Por primera vez desde que recibió su nueva vida, se dio cuenta de que aún podía llorar. Apretando las cenizas con su única mano restante, cuidadosamente las guardó en un bolsillo dentro de sus túnicas negras. La angustia y el vacío la abrumaron. Luchó por contener su dolor, pero el sufrimiento la dominó mientras sollozaba por su amiga perdida.

Entonces, una sensación extraña la envolvió. Se sintió más alta, como si su cuerpo estuviera creciendo en altura. Mirando hacia su lado derecho, notó que su brazo perdido ya se había regenerado.

Observando sus alrededores, vio a tres monstruos de fuego acercándose a ella. Intentó localizar a sus otras hermanas, pero el fuego y el humo lo cubrían todo.

La ira surgió en ella una vez más. "La bruja Shabrani dentro de la taberna es la culpable. Ella me ha quitado a Matena, mi hermosa Matena," exclamó con furia. El enojo ardió dentro de ella mientras juraba venganza.

Ella fue sorprendida por una explosión repentina. Se dio cuenta de que la explosión provenía de su interior. Arrasó con todo a su alrededor, incluidos los monstruos de fuego.

El eco de la explosión se disipó, y escuchó una voz llamándola por su nombre.

"Despierta, Ella. Necesitamos irnos," dijo Fila.

Aunque los eventos que siguieron no estaban del todo claros, se dio cuenta de que no podía correr ni moverse, incluso si lo deseaba. Mirando hacia su cuerpo, descubrió que no tenía extremidades.

En lugar de entrar en pánico, una serena sonrisa adornó su rostro.

HALLARD

La batalla contra las brujas Balor se desarrolló con algunos cambios inesperados. El plan comenzó tal como lo habían ideado. Una vez que la barrera de Demoria se desmantelara, los hombres de Hallard cargarían contra las brujas Balor. Al estar en cerca proximidad, los hombres de Lago seleccionados se transformarían en Espectros de Fuego y atacarían primero.

"El plan es bueno; tomará a las brujas Balor por sorpresa," comentó Demoria. Después de eso, permitirían que los espectros se enfrentaran a las brujas Balor, interviniendo los hombres restantes solo si era absolutamente necesario.

La otra parte del plan recaía en su escudero, Wren. Dotado de un objeto entregado por Demoria, Wren proyectaría una visión que asemejaba la figura de un demonio humanoide. Hallard había escuchado que esta era la apariencia comúnmente conocida del señor de las brujas Shabrani, Shabranibodoo.

"Las brujas Balor han creído las mismas historias, Hallard. Estarán aterradas antes de darse cuenta de que es solo una ilusión," dijo Demoria.

Todo había procedido según lo planeado, excepto por un giro imprevisible. Los Espectros de Fuego, cuya fuerza había superado las expectativas, fueron eliminados en una explosión masiva causada por una bruja Balor. Antes de provocar la explosión, la bruja sufrió una transformación indescriptible.

"Era una bestia enorme con innumerables brazos," relató uno de los hombres de Hallard, que logró escapar de la explosión.

"No exactamente, más bien parecía un árbol gigantesco con un rostro humano," dijo otro.

Fuera lo que fuera, arrasó con todo a su alrededor: los Espectros de Fuego y las brujas Balor restantes.

La explosión dejó tras de sí una nube tóxica, lo que hacía imposible buscar posibles sobrevivientes. Después de un tiempo, Hallard se aventuró a inspeccionar si el área era segura. Al comprobar que la zona era segura para la exploración, no encontró sobrevivientes, solo cenizas y manchas negras en el suelo, vestigios evidentes de la batalla entre las brujas Balor y los Espectros de Fuego.

Sin embargo, en el corazón del campo de batalla, descubrió una pequeña área cubierta de hierba y flores amarillas, un espectáculo inesperado en medio de la destrucción. Allí, entre la hierba y las flores, halló la espada de dos manos que había perdido en las Montañas Campanilla Azul. Aunque se sintió aliviado al recuperar su arma, se dio cuenta de que la bruja Balor a la que había golpeado en las Montañas Campanilla Azul debió haber sobrevivido y hecho su camino hasta la taberna Cráneo Gris. *Probablemente esté muerta ahora*, pensó.

Después de examinar el extraño parche de hierba y flores, Demoria comentó: "Esto es el resultado de magia vega; puedo sentirlo. Esta área podría haber sido el epicentro de la explosión que acabó con los Espectros de Fuego y las brujas Balor."

Demoria también le aseguró que no podía sentir ni magia vega ni la presencia de brujas Balor en las cercanías.

De regreso en la taberna, el dueño, muy agradecido por haber salvado su vida, les dijo: "Aquí, tomen esto; se lo han ganado."

Hallard y sus compañeros disfrutaron de comida y bebida gratuitas, junto con unos días de alojamiento sin costo. La generosa oferta también se extendió a Demoria, pero ella la rechazó.

"Ya no me necesitan aquí; debo irme de inmediato. Tengo otras tareas de las cuales ocuparme," anunció Demoria mientras subía las escaleras hacia su habitación, probablemente para empacar. Hallard entendió que debía estar en una misión urgente para tener tanta prisa por partir.

No podía permitir que Demoria se fuera sin expresar su gratitud. Después de todo, gracias a ella seguían vivos, y sentía la necesidad de agradecerle y ofrecerle sus servicios. Mientras se dirigía a la habitación de Demoria, pensamientos sobre la bruja Shabrani cruzaron por su mente. Recordó lo impactado que quedó la primera vez que vio sus ojos: llenos de confianza y desafío.

En medio del caos de la batalla contra las brujas Balor, nunca había considerado a Demoria de otra manera. Pero ahora que la batalla había terminado, sus sentimientos hacia ella se volvieron claros.

Él recordó su juventud, cuando era popular entre las damas de la corte en Río Atronador y Descanso de Primavera. Antes de unirse al ejército de Campo de Lagunas, disfrutaba de la libertad de relacionarse con cualquier mujer que le complaciera. Aunque no era un fan de los burdeles, sus viajes por varias ciudades le ofrecieron oportunidades para conectar con mujeres en tabernas y puestos de avanzada. Curiosamente, nunca había estado con una bruja, y se preguntó si la experiencia sería diferente.

De pie frente a la habitación de Demoria, tocó la puerta.

"Si eres tú otra vez, Wren, te juro que te convertiré en rana," vino la voz de Demoria desde el otro lado de la puerta.

Cuando la puerta se abrió, notó que Demoria estaba sorprendida por su presencia. Un ligero rubor coloreaba sus mejillas.

"Hallard, eres tú. Me asustaste. No esperaba a nadie. ¿Qué puedo hacer por ti?" dijo Demoria, con la sorpresa evidente en su voz.

Entonces, Hallard se arrodilló ante ella.

"Estoy aquí para agradecerte una vez más y para asegurarte que siempre serás bienvenida en la región de Campo de Lagunas. No puedo hablar por el rey, pero el castillo de mi padre, en Río Atronador, siempre tendrá las puertas abiertas para ti."

"No hay necesidad de esto, Hallard. Yo—" él la interrumpió.

"Además, me gustaría ofrecerte mis servicios a partir de ahora. Quiero viajar contigo, ser tu escudo y espada siempre que me necesites. Es lo mínimo que puedo hacer por todo lo que has hecho por nosotros," dijo, aun arrodillado.

Demoria lo tomó de las manos y lo ayudó a ponerse de pie. De cerca, él notó su apariencia delicada, dándose cuenta de que apenas le llegaba a los hombros en altura. Era difícil creer el inmenso poder que llevaba dentro. No pudo evitar robar algunas miradas a sus pechos parcialmente cubiertos bajo su vestido negro.

"Gracias por tu oferta, pero dudo que sea bien recibida en la región de Campo de Lagunas," dijo Demoria, cerrando los ojos y haciendo una pausa. Luego continuó, "En cuanto a acompañarme, eso no es posible. Mi próximo destino es el desconocido Bosque Crepuscular. Necesitaré toda mi astucia para sobrevivir en un lugar tan desolado. Me temo que solo serías un estorbo en mi camino."

Luego Demoria desabrochó su vestido, dejando que cayera al suelo. Desnuda, la piel oscura de Demoria lucía deslumbrante bajo la luz de las velas.

"Creo que hay otra manera en la que puedes pagarme," dijo Demoria antes de besarlo.

No supo en qué momento ocurrió, pero en algún punto ambos estaban desnudos y besándose en la cama de Demoria. Hallard la besó en cada rincón de su cuerpo. *Es exquisita*, pensó. Mientras estaba dentro de ella, Hallard notó que el largo cabello negro de Demoria comenzaba a moverse por sí solo. Su cabello lo envolvió alrededor de la cintura y comenzó a impulsarlo más y más fuerte.

"¿Así es como las brujas hacen el amor?" preguntó Hallard.

Ella colocó un dedo sobre sus labios mientras continuaban a lo largo de la noche.

Hallard despertó con los primeros rayos del sol filtrándose por la ventana. Extendió el brazo buscando a Demoria, pero ella ya no estaba a su lado. Aun así, su esencia permanecía, impregnando la cama.

Vistiéndose rápidamente, descendió las escaleras, con la esperanza de encontrar a Demoria todavía en la taberna. Recordando lo que ella mencionó sobre tener prisa, especuló que quizás ya había partido.

El ambiente en la taberna se sentía diferente aquella mañana comparado con la noche anterior. Hace poco, todos habían estado en peligro, pero ahora los viajeros disfrutaban de sus comidas y bebidas sin preocupación alguna. Un viajero tocaba una melodía alegre en una pequeña guitarra, contribuyendo a la atmósfera tranquila.

Hallard escaneó la taberna y vio a Demoria sentada en una esquina, disfrutando tranquilamente de su comida y bebida en soledad.

"Buenos días. Me alegra que no te hayas ido aún," la saludó.

Demoria sonrió mientras lo saludaba y deslizó una silla para que él la acompañara. "Hallard, no esperaba que estuvieras despierto tan temprano después de anoche," dijo ella.

Suena encantadora, pensó Hallard, lo que le provocó una sonrisa. "Esperaba que hubieras cambiado de opinión sobre llevarme contigo," añadió.

Antes de que pudiera responder, Wybert Townere, uno de los hombres de Hallard, interrumpió su conversación.

"Señor, disculpe la interrupción, pero nuestros hombres quieren saber si esta mañana ha decidido cuál será nuestro siguiente movimiento," preguntó Wybert.

Hallard miró a Wybert, deseando en silencio que no hubiera sacado ese tema en ese momento.

Demoria soltó una suave risa.

Hallard aún no había formulado un plan para los próximos pasos. Esperar parecía lo más prudente, pero si las brujas Balor tenían la intención de iniciar un conflicto con la región de Campo de Lagunas, era imperativo informar al Rey Larus. Sin embargo, la idea de alertar al rey sobre las brujas Balor le generaba inquietud. También estaba el asunto de la mitad restante de su ejército cerca de las Montañas Campanilla Azul, posiblemente enfrentando amenazas, y la preocupación por su padre enfermo.

"Tendrás mi respuesta después de que termine de hablar con Demoria," informó Hallard a Wybert.

Wybert asintió respetuosamente y abandonó la sala.

"Tus hombres son honestos y valientes; tienes buena compañía contigo," señaló Demoria. "No pude evitar notar tu pausa antes de responderle a Wybert. ¿Hay algo que te preocupa?" preguntó Demoria.

Hallard consideró prudente compartir sus dudas con Demoria. Como bruja experimentada, tal vez podría ayudarlo a decidir el mejor curso de acción.

"Desde la emboscada de las brujas Balor y los bárbaros en las Montañas Campanilla Azul, algo me ha estado inquietando. Es evidente que conocían nuestra presencia, casi como si anticiparan cada uno de nuestros movimientos. ¿Cómo pudieron saberlo?" cuestionó.

Observó a Demoria tomar otra cucharada de su avena con leche.

"Tienes razón. Además, la alianza entre los bárbaros y las brujas Balor es preocupante. Los bárbaros suelen dar prioridad al oro y pueden ser persuadidos por cualquier clan o nación que lo ofrezca. Sin embargo, para que las brujas Balor se rebajen a tal acuerdo, debe haber algo más que están buscando," explicó ella, tomando otra cucharada. "En cuanto a tu otra preocupación, hay un traidor entre tus filas, y por lo que puedo deducir, debe estar en uno de los rangos más altos," dijo Demoria.

Las palabras de Demoria confirmaron las sospechas de Hallard, y tuvo una corazonada de quién podría ser el traidor. *Espero estar equivocado*, reflexionó.

"Si me permites darte un consejo, Hallard," Demoria se inclinó más cerca, su voz baja y confiada. "Hay un juego más grande en marcha. Necesitarás aliados, más allá de los hombres a tu servicio. Considera forjar una alianza con un clan de brujas o una nación," sugirió en un susurro.

Hallard notó que ella había terminado su comida. Al levantarse, él tomó delicadamente su brazo.

"Las Brujas Shabrani... son el clan más cercano a la región de Campo de Lagunas. Si pudieras interceder por nosotros, el apoyo de tu clan podría ser invaluable," propuso Hallard.

Demoria lo miró a los ojos. "Nuestro clan suele evitar asuntos como este," dijo ella. "Sin embargo, esta podría ser una excepción. Necesitarás convencer al Gran Consejo de nuestro clan; son un grupo de brujas que deciden nuestras misiones. Las brujas del consejo exigirán algo a cambio. Pero incluso si quedan satisfechas con tu oferta, en esencia estarías proponiendo iniciar un conflicto con las brujas Balor y los bárbaros; una tarea monumental. No recuerdo un momento en que nos hayan asignado algo de tal magnitud," explicó Demoria.

Sabía que lo que pedía era casi imposible, pero debía intentarlo. La guerra podría escalar rápidamente, y Demoria tenía razón: necesitaba aliados.

"Podría ofrecer parte de Campo de Lagunas a las brujas Shabrani. Como te dije, soy Hallard Rikers, el heredero de una de las ciudades más grandes de la región de Campo de Lagunas, Río Atronador. Una vez que la tierra pase a mi nombre, las brujas Shabrani serán bienvenidas a entrar cuando lo deseen," propuso Hallard.

Demoria soltó una risa. "Al Gran Consejo podría gustarle eso. Gorgón no es precisamente la tierra más rica. Sin embargo, aún podrían negar la petición," dijo. "Además, necesitarás hablar con el Gran Consejo en persona, lo que significa que debes obtener permiso para entrar al Castillo Carmesí. Solo hay una manera de..."

De repente, fueron interrumpidos.

"Disculpen la interrupción," dijo Wren, su escudero.

Mal momento para interrumpir, Wren, pensó Hallard.

"El hombre de Celen, dueño de la taberna Cráneo Gris, ha encontrado algo afuera. Por favor vengan; está pidiendo su presencia," Wren parecía preocupado.

No le gustó la forma en que Wren lo miraba; algo andaba mal. Siguiendo los pasos de Wren, Demoria y él salieron de la taberna.

"El hombre de Celen cree que encontró los restos de una bruja Balor," informó Wren.

Hallard se sintió inquieto. *Si esto es otro ataque, estaremos vulnerables*, pensó.

Al llegar al área que Wren había mencionado, encontraron al hombre de Celen de rodillas, examinando algo en el suelo. Era el mismo punto cubierto de hierba donde Hallard había encontrado su espada de dos manos. Al acercarse, pudo ver algo verde y amarillo entre la hierba, semejando un fruto pútrido. Parecía pulsar, imitando los latidos de un corazón. Lo que fuera, estaba vivo, se dio cuenta.

"Demoria, ¿qué es eso?" preguntó, esperando que la bruja Shabrani supiera más al respecto.

Demoria lo examinó por unos momentos. Al mismo tiempo, el hombre de Celen extendió un dedo para tocarlo.

"¡Detente! No lo toques," ordenó Demoria.

Sorprendido por la voz de la bruja, el hombre de Celen retrocedió, casi cayendo al suelo.

"Interesante, puedo sentir magia vega que emana de esta cosa. Creo que esta criatura son los restos de una de las brujas Balor con las que luchamos ayer. Parece estar enfocándose en recuperarse, pero no tiene suficiente energía para hacerlo. Si la tocas, es posible que intente asimilar tu carne y robar tu energía. No queremos que eso suceda, ¿verdad?" explicó Demoria, mirando al hombre de Celen.

El hombre de Celen asintió.

"No estaba aquí antes cuando inspeccioné el área," dijo Hallard.

Demoria llevó una mano a su mentón, pensativa. "Es posible que estuviera escondida bajo tierra. Si mi teoría es correcta, esta cosa es más inteligente de lo que creía inicialmente. Esto es preocupante," dijo.

"¿Qué hacemos con esto, Demoria? No podemos dejarlo aquí," preguntó.

Demoria continuó observando la cosa en el suelo. "No, no podemos. Debemos llevarlo a otro lugar," respondió.

"Debemos llevar esto a mi clan, cerca al volcán Dukkah. El Gran Consejo sabrá qué hacer con él," dijo Demoria, tocándole el pecho casi con afecto. "Capitán de los hombres de Lago, querías una manera de entrar al clan Shabrani y hablar con nuestro Gran Consejo. Esta es tu oportunidad."

Demoria tiene toda la razón. Siento como si el destino hubiera colocado esta criatura deliberadamente, dándome la oportunidad perfecta para buscar una alianza con las brujas Shabrani, pensó.

"Hallard, una palabra contigo, en privado," pidió Demoria.

Se alejaron de Wren y del hombre de Celen. Hallard notó que Demoria se aseguró de que estuvieran a una buena distancia de los demás.

Sacando un pequeño pergamino de dentro de sus túnicas, Demoria se pinchó la punta del dedo y comenzó a escribir con su sangre. Al terminar, le entregó el pergamino. "Debes entregar este glifo a una bruja Shabrani llamada Mila en nuestro clan. La última vez que hablé con ella, mencionó que se quedaría en el clan por un tiempo. Tan pronto como vea este glifo, te ayudará," explicó Demoria.

No podía imaginar cómo o dónde encontrar a Mila una vez dentro del clan Shabrani. "¿Cómo reconoceré a Mila? ¿Y por qué ella?" preguntó.

Demoria colocó una mano sobre su pecho. "Usa tu corazón para encontrar a Mila. Estoy segura de que lo lograrás. ¿Por qué Mila? Bueno, digamos que tiene un fuerte desprecio por las brujas Balor. Ella podrá explicarte más cuando la conozcas. Mila se asegurará de que el Gran Consejo examine la cosa que estás llevando," dijo Demoria.

Tenía un buen presentimiento sobre el plan de Demoria. Le daba una sensación de esperanza.

Luego, ambos regresaron a donde estaban Wren y el hombre de Celen. Demoria usó su magia para hacer levitar la cosa que encontraron y la colocó en una pequeña bolsa de cuero que sacó de sus túnicas. Pronunció unas palabras, haciendo que la bolsa se volviera roja.

"He sellado esta bolsa con magia para que no pueda abrirse desde el interior si esta cosa intenta escapar. Es importante que no la abras, Hallard. Solo hazlo cuando llegues a tu destino," explicó Demoria.

Se arrodilló frente a Demoria y dijo: "En mi honor como miembro de la Casa Rikers, así se hará," mirándola directamente a los ojos.

Demoria le sonrió. "Hazlo por ti mismo, Hallard. No será una tarea fácil, pero te deseo la mejor de las suertes. Debo partir ahora."

Antes de que Demoria se marchara, casi por instinto, él extendió su mano y la tomó del brazo. Al principio no supo por qué lo hacía, pero pronto se dio cuenta de que simplemente no quería dejarla ir todavía.

Acercándose a él, ella susurró: "Nos veremos de nuevo pronto." Le sonrió una última vez, y con eso, partió.

Hallard se sintió dividido; una parte de él deseaba seguirla, pero la otra sabía que tenía un papel crucial que desempeñar. Necesitaba viajar a Gorgón y al clan Shabrani, por el futuro de Campo de Lagunas.

Luego, colocando la bolsa en un lugar seguro dentro de su armadura, regresó a la taberna. De camino, habló con su escudero. "Wren, dile a nuestros hombres que se preparen para dejar la taberna. Partiremos tan pronto como todos estén listos," solicitó.

De repente recordó algo que había estado rondando su cabeza desde que despertó esa mañana, y corrió tan rápido como pudo hacia los establos. Cuando llegó, Demoria estaba a punto de partir montada en su sleipnir. Había visto sleipnirs antes, pero nunca había montado uno. Eran una raza peculiar, un cruce entre bovino y caballo: más pequeños que los caballos, pero supuestamente mucho más rápidos.

"Bueno, parece que nos vemos antes de lo anticipado," comentó Demoria, con la sorpresa evidente en su expresión.

Hallard agarró el collar que llevaba alrededor del cuello, una reliquia familiar que había sido atesorada durante generaciones. Su colgante tenía la forma de una hoja dorada. Con determinación, se lo lanzó a Demoria.

"¡Atrápalo!" dijo.

"El collar pertenece a la familia Rikers, y se dice que protege al portador de cualquier herida mortal. Me salvó en las Montañas Campanilla Azul, aunque no entiendo del todo cómo funciona," le explicó a Demoria.

Demoria observó detenidamente la hoja dorada. "¿Gracias? Quiero decir, las brujas Shabrani no usamos mucha joyería."

Sin decir una palabra más, corrió de regreso a la taberna, resistiendo la tentación de mirar atrás, aunque escuchó a Demoria llamándolo. Sabía que era hora de despedirse y seguir adelante con su propio camino.

De vuelta en la taberna, Hallard y sus hombres se preparaban para partir.

Se despidieron del dueño de la taberna, quien ya estaba ocupado atendiendo a más viajeros que habían llegado esa mañana.

"Le debemos mucho, mi amigo. Gracias por su generosa hospitalidad," dijo Hallard, tratando de recordar el nombre del dueño del Cráneo Gris. Sin embargo, nunca habían sido formalmente presentados. "Disculpe, señor. ¿Cuál es su nombre? Todo este tiempo lo he llamado hombre de Celen," preguntó Hallard.

"Rem, señor. Mi nombre es Rem. No hay necesidad de agradecerme. Construí esta taberna para ayudar a cualquiera que lo necesite. Simplemente ocurrió que esta vez fueron ustedes," respondió Rem con calma.

Hallard entonces extendió una invitación abierta a Río Atronador, asegurándole a Rem que sería recibido con la máxima hospitalidad, tratado como un rey por su invaluable asistencia.

Al salir de la taberna, encontró a sus hombres listos para partir. Se dio cuenta que antes de partir hacia las Montañas Campanilla Azul, eran doscientos cincuenta. Ahora, sus números se habían reducido a solo veintidós.

"Wybert Townere, estarás a cargo de la compañía a partir de ahora.

Debes reunirte con el resto de nuestro ejército que espera cerca de las Montañas Campanilla Azul. Una vez que los encuentres, reagrúpense y cabalguen lo más rápido posible hacia Río Atronador. Allí los encontraré," ordenó Hallard.

Wybert, Wren y los demás no recibieron bien la noticia.

"Temo que hay una gran amenaza que se avecina sobre nuestra nación. Necesito encontrar aliados lo antes posible," explicó Hallard.

Luego, tuvo unas palabras privadas con Wybert.

"Si por alguna razón no llego a Río Atronador a tiempo, debes decirle a mi padre y madre lo que ocurrió: nuestra lucha con las brujas Balor y los bárbaros." *Si mi padre sigue con vida*, pensó.

"Aunque preferiría dar las noticias a mi familia en persona, es imperativo que nuestra nación se prepare para la batalla lo más rápido posible," declaró con firmeza.

Wybert asintió.

Su escudero, Wren, tenía los ojos rojos y luchaba por no llorar cuando Hallard se despidió.

"Sigue las órdenes de Wybert al pie de la letra, Wren. Eres un buen muchacho y un gran guerrero. No dudes de tus habilidades," dijo Hallard, intentando levantarle el ánimo.

Después de eso, cabalgó solo hacia el oeste.

EL PRÍNCIPE AZUL

Mirando a toda la flota, le molestaba lo lento que se estaban moviendo. *A este paso, habremos de llegar a nuestro destino en mil años*, pensó sarcásticamente. Tenían que avanzar al ritmo del Viajero, un pequeño barco que transportaba a las brujas de la Luna, el cual era mucho más lento que los navíos de guerra de Ganimed. No podía deshacerse de una sensación de inquietud qué tenía sobre su viaje con las brujas de la Luna, ya que era la primera vez en mucho tiempo que trabajaban juntos.

Recordó la última vez que alguien había partido de Lunara: nueve brujas de la Luna cruzaron la Velo del Recuerdo para encontrar a un sacerdote de Sangre en las Tierras Bajas. *Un sacerdote de Sangre*, reflexionó. Aprendió que el sacerdote desempeñaba un papel crucial en las visiones de las brujas de la Luna, prediciendo una profecía de muerte y destrucción. Según la profecía, el sacerdote de Sangre estaba destinado a traer una nueva Era de Cenizas al mundo.

Emmerich había aceptado ir con las brujas de la Luna porque era su deber; sin embargo, dudaba que las visiones de las brujas fueran ciertas. *Si consideramos que las brujas de la Luna pudieren haber sido engañadas, quizá sus visiones no se tornen realidad*, contempló. Pensó en discutir estas preocupaciones con su padre, el Rey de Ganimed, aunque en el último minuto decidió guardar sus dudas para sí mismo. Sabía que el rey debía obedecer a las brujas de la Luna, sin importar las circunstancias.

Emmerich navegaba a bordo del Leviatán, el navío de guerra más grande y poderoso de la flota de Ganimed. Diseñado específicamente para la guerra, estaba equipado con numerosos cañones y arpones estratégicamente colocados en la parte delantera y trasera. La embarcación era una fuerza formidable, y su inmenso tamaño le permitía soportar cualquier condición climática, por más turbulenta que fuera.

Posicionado al frente de la flota estaba el Leviatán, mientras que en la retaguardia navegaba el Viajero. A pesar de su apariencia delicada, el Viajero destacaba como el más brillante de la flota, resplandeciendo bajo la luz de la luna azul. Emmerich sabía que las brujas llevaban consigo un objeto muy importante: el todopoderoso Bastón Lunar.

Había aprendido que la reina había confiado a Hética, la bruja de la Luna al mando de la compañía, la tarea de entregar el Bastón Lunar a su hija en la tierra mortal. Según las tradiciones de las brujas de la Luna, este acto simbólico significaba que la reina renunciaba a su poder, pasando la antorcha a la joven princesa, quien se convertiría en la nueva reina al entrar en contacto con el Bastón Lunar.

"En verdad, es una costumbre estraña," dijo en voz alta, una vez de regreso en la seguridad de su camarote. "En la mayor parte de los reinos, los títulos son heredados por el siguiente sucesor tras la muerte del soberano. Las brujas de la Luna, sin duda, poseen una costumbre estraña."

Un golpe resonó en la puerta.

"Príncipe, soy Harrik. ¿Habiéisme mandado llamar?"

Emmerich lo invitó a entrar a su camarote. Harrik, el general del ejército de Ganimed y segundo al mando después de Emmerich, era unos años mayor que él y, por tanto, más experimentado en batalla.

"Hemos de hablar en privado," Emmerich declaró.

Desde que le encomendaron viajar junto a las brujas de la Luna, el rey solía interponerse entre él y Harrik, impidiendo cualquier conversación privada. Llevaba tiempo deseando hablar con franqueza con Harrik.

"Conózcoos desde hace muchos años, y sé que compartimos creencias semejantes. Ambos sentimos un profundo amor por el reino de Ganimed, dispuestos a emprender cuanto fuere menester en servicio de nuestro rey y nuestro pueblo. Sin embargo," hizo una pausa, respirando profundamente, "¿Estamos destinados a seguir a las brujas de la Luna y a perecer por su causa?" observó que Harrik asentía en señal de acuerdo.

"Hablad con libertad, Harrik," indicó el príncipe.

"Vuestras palabras son ciertas, príncipe. Bien que no me cause alegría decirlo, paréceme que nuestro rey ha otorgado a las brujas de la Luna demasiada autoridad sobre nuestra gente. Comprendo los juramentos que hicieron nuestros antecesores, mas este acuerdo no traerá cosa alguna de provecho. El número de almas que nos acompañan en esta jornada es motivo de grave inquietud. Además, la reciente enemistad de los hombres de Terra hacia nuestro reino no puede ser pasada por alto. Si Terra nos acometiere, hallará a Ganimed vulnerable y desguarnecido," explicó Harrik.

Emmerich estaba de acuerdo. Había planteado la amenaza de Terra a su padre en múltiples ocasiones en los últimos años, pero el rey no había prestado atención a las advertencias.

"¡Basta! El pueblo de Terra es semejante al nuestro, Primeros de sangre pura. Conozco a los monarcas de Terra; no albergan malas intenciones hacia nosotros. A despecho de la discordia ocasional entre nuestras naciones, las brujas de la Luna interceden para templar cualquier contingencia peligrosa. Estoy cierto de que todo ha de salir bien," recordó Emmerich una conversación que tuvo con el rey.

Es vano pensar en lo pasado. Ya nos hallamos embarcados en nuestra jornada, y no hay cosa que podamos cambiar, reflexionó Emmerich en silencio.

"Ésta es la razón por la cual procuré privacidad en nuestra plática, Harrik," su tono se tornó más serio. "Juradme que, sin importar las circunstancias, antepondremos el bien de nuestro reino. Juradme en nombre de nuestro reino, los Primeros de Ganimed," solicitó.

Harrik no respondió de inmediato; comenzó a pasear lentamente por la habitación. *Si me traicionare, podría matarle en este mesmo instante, y nadie se apercibiría*, pensó Emmerich.

Despúes de un momento, Harrik se arrodilló, diciendo: "Mi lealtad es vuestra, príncipe. Así será hecho."

Harrik juró su lealtad.

"¡Príncipe!" gritó alguien desde fuera de su camarote.

Emmerich tomó su espada y salió apresurado con Harrik. Allí estaba Harper, un miembro de su guardia real, un guerrero formidable que había ganado varios torneos en Ganimed.

"Disculpadme, señor, habéis de ver esto," dijo Harper, señalando hacia el este.

En el lado este de la flota, el agua estaba furiosa. Parecía como si el área estuviera hirviendo, con innumerables burbujas perturbando la superficie. Emmerich nunca había visto nada parecido antes.

Despúes de un momento, una luz azul brillante comenzó a resplandecer desde las aguas turbulentas.

"¡Traedme el vidrio encantado!" gritó con urgencia.

Las brujas de la Luna le habían proporcionado varios artefactos, cada uno con un propósito diferente. Entre ellos había un vidrio encantado, dagas, espadas y yelmos. El vidrio encantado permitía la comunicación con las brujas de la Luna a bordo del Viajero.

Emmerich tomó el vidrio encantado en su mano derecha y pronunció las palabras que las brujas le habían enseñado: "Os invoco, Hética."

El objeto brilló con una luz azul pálida.

Una voz surgió del vidrio encantado.

"Príncipe, contemplamos el extraño movimiento de las aguas. Ignoramos qué pueda ser. En estas aguas yacen misterios, aún más allá de cuanto las brujas de la Luna conocemos. Aconsejóos que nos apartemos presto de este lugar, con toda celeridad," aconsejó Hética.

"Hética, en esta hora presente, atravesamos el Velo del Recuerdo. Si alguna fuerza ignota nos acometiere, debemos procurar salvaguarda.

Ruégoos, a vos o a alguna de vuestras hermanas, que os apresuréis hasta el Leviatán. No es sino cuestión de seguridad," pidió educadamente.

Hubo un momento de silencio antes de que Hética hablara de nuevo.

"Como lo habéis mandado, enviaré a dos de mis hermanas a los navíos apostados en los flancos del este y del oeste de nuestra armada. Otra de nosotras se apresurará hacia el frente, al Leviatán, con toda presteza. Empero, mi propia presencia quedará aquí, en el Viajero, custodiando el Bastón Lunar en tanto atravesamos el Velo del Recuerdo," respondió Hética.

Antes de que pudiera responder, una onda de choque sacudió el Leviatán. La fuerza fue tan intensa que temió que la poderosa nave de guerra pudiera partirse en dos.

El caos se apoderó del Leviatán; gritos llenaron el aire. Al principio, luchó por comprender lo que sucedía ante sus ojos. El tamaño colosal del Leviatán hacía difícil creer que pudiera sacudirse tan violentamente. Su tripulación corría de arriba a abajo, de izquierda a derecha, intentando reparar las partes del barco que se habían roto durante la onda expansiva. Observó a sus hombres agarrando cuerdas y pedazos de madera.

Una segunda onda de choque golpeó la flota.

"¡Ahhh!" gritó. Logró sujetarse de una de las bases de soporte del barco, evitando ser lanzado por la borda. Por otro lado, algunos de sus hombres no tuvieron tanta suerte y fueron arrojados al mar.

En medio del caos, Emmerich giró y vio una figura colosal emergiendo de las aguas turbulentas que había notado antes. Esta entidad gigantesca parecía alzarse desde el océano, como si estuviera hecha de luz. Su cabeza estaba cubierta por un yelmo plateado de tamaño monumental. Le resultaba difícil contemplar al gigante de luz con sus propios ojos.

En medio del clamor que lo rodeaba, algunos de sus hombres trabajaban frenéticamente para reparar el Leviatán antes de que sufriera más daños, mientras otros permanecían petrificados, atónitos ante la visión del gigante de luz.

Emmerich sostuvo el vidrio encantado una vez más.

¡Hética, ruégoos, qué suerte de hechicería es ésta? ¿Qué se despliega ante nuestros mismos ojos?" gritó al vidrio. El vidrio permaneció en silencio; no hubo respuesta alguna de las brujas de la Luna.

¿Qué hacen agora? ¡Este gigante de luz nos despedazará si prosigue su ascenso!, pensó con ansiedad.

Emmerich se movió lo más rápido posible, abriéndose paso entre los movimientos tumultuosos del barco para escalar una de las torres del Leviatán. La ascensión fue desafiante con el constante vaivén del navío. Al alcanzar un punto elevado, pudo observar el daño que las ondas de choque habían infligido a toda la flota. Algunos barcos ya habían sido destruidos, y los hombres lanzados al mar nadaban desesperadamente para alejarse del gigante de luz.

Emmerich divisó a Harrik cerca.

¡General! ¡Proclamadlo alto y claro! Mandad a los capitanes del Rápido, Pluma Azul, Fuerte Viento, el Delgado y cualquier otro navío de veloz navegación que recojan con premura a los hombres varados por la pérdida de sus naves. Decidles que los traigan sin dilación al Leviatán; hay espacio de sobra para acogerlos," gritó al general.

Harrik asintió y de inmediato comenzó a comunicar las órdenes a su tripulación.

De repente, un sonido penetrante emanó del gigante de luz. El agudo ruido lo dejó atónito. Observó cómo el agua comenzaba a moverse de forma ominosa y vio al gigante levantando algo desde debajo de la superficie.

Una tercera ola azotó a la flota. No tuvo tiempo de reaccionar, y la onda de choque lo lanzó al suelo desde la torre. Al caer sobre su espalda, el impacto fue tan fuerte que se mordió la lengua, sintiendo el sabor de su propia sangre. Le tomó un momento ponerse de pie; su cabeza daba vueltas y la sangre le corría por la frente. Afortunadamente, su armadura lo protegió de un daño mayor.

"¡Príncipe, ¿os halláis bien?! Ruégoos, tomad asiento y reposad," dijo Harrik.

"Sí, estoy bien. Decidme, ¿cuál es el daño causado por la postrera onda de choque?" preguntó Emmerich.

"Príncipe, hemos padecido la pérdida de un tercio de nuestra armada. Nuestros hombres procuran alcanzar otras naves nadando, más las procelosas olas frustran sus esfuerzos; la mayor parte de ellos son tragados por esta maldita hechicería," respondió Harrik, quien lucía nervioso.

"¡Las brujas de la Luna! ¡Malditas sean, una y todas! Debían de conocer la presencia del gigante de luz. Nos enviaron al frente de la armada como su escudo defensivo. Por ende, su navío, el Viajero, permanece en la retaguardia," dijo Emmerich, agitado y furioso.

Miró al gigante de luz, que blandía una enorme espada azul con ambas manos, apuntándola hacia su flota.

Éste paréceme ser nuestro fin, pensó, mientras una sensación de fatalidad inminente se apoderaba de él.

De repente, una luz azul brillante proveniente del sur captó su atención, cegándolo momentáneamente. Cuando su visión se despejó, vio al Viajero, la nave de las brujas de la Luna, volando a toda velocidad hacia el gigante de luz. En otras circunstancias, habría considerado aquello una vista hermosa, pero la gravedad de la situación eclipsaba cualquier aprecio.

El Viajero estaba envuelto en una luz azul, dejando tras de sí un rastro plateado en el aire, como salido de un sueño.

El gigante de luz comenzó a deslizar su enorme espada azul hacia la flota. Observó cómo sus hombres cubrían sus rostros con las manos, como si aquello pudiera protegerlos de la muerte inminente. Sin embargo, el Viajero se posicionó frente al golpe.

El choque entre la pequeña nave y la espada del gigante produjo un sonido agudo, que dejó un zumbido en sus oídos. Lo último que vio del Viajero fue cómo se convertía en una nube de polvo azul que descendía desde el cielo. El polvo azul cubrió toda la flota, transformándolo todo en azul: desde las naves hasta las armaduras que llevaban puestas, incluso su cabello.

Para sorpresa de Emmerich y de todos, el gigante de luz comenzó a derretirse, disipándose de su vista.

Las maldije; deboles una disculpa. Las brujas de la Luna nos han salvado a todos, pensó, asombrado.

"¡Príncipe, mirad!" gritó uno de sus hombres. Dirigió la mirada al cielo, y allí estaba: la apertura creada por las brujas de la Luna en el Velo del Recuerdo comenzaba a cerrarse.

Si no nos damos priesa, el velo presto se cerrará sobre nosotros, comprendió.

En un acto de desesperación, emitió nuevas órdenes.

"¡Corred la voz! No hay tiempo para socorrer a nuestros hombres. Que cada navío ejerza todo su poderío para avanzar. ¡De inmediato!" ordenó Emmerich a quienes seguían con vida.

ALABASTER

"*¡Deja de hacer eso de inmediato!*" *gritó.*

Sintió otra piedra golpearle en la frente, tomándolo por sorpresa. El golpe abrió una nueva herida, sumándose a las tres que ya tenía. *Esto le da un nuevo significado al nombre del Sacerdote de Sangre*, pensó.

"¡Dije que pares!" volvió a gritar.

Durante los últimos días, Searc había estado lanzándole piedras, culpándolo por la muerte de Caitrin. Una parte de él sentía simpatía por el joven; entendía su dolor.

Tras los eventos en los Altiplanos de Rocassombra, la misteriosa niña—quien una vez había sido conocida como Aliune cuando era una gata—le obligó a revelar la ubicación del clan de las brujas de Sangre en el Bosque Crepuscular. Aunque estuvo tentado a mentir, Alabaster sabía que solo retrasaría su propia misión. A pesar de la peligrosa situación, llevaba consigo tres cuerpos con vida, esperando que las brujas de Sangre pudieran aún darles algún uso.

El viaje había sido largo y lento, dificultado aún más por los pasajeros adicionales en la carreta: Searc y el viejo Truinan, quienes decidieron acompañar a la misteriosa niña. Para sorpresa de Alabaster, la niña no se opuso a su compañía.

Desde el encuentro con los bárbaros en los Altiplanos de Rocassombra, la misteriosa niña se había vuelto notablemente silenciosa. La niña viajaba al frente de la carreta con Truinan a su lado, mientras que Searc y él iban en la parte trasera. Viajaban todo el día y descansaban brevemente por la noche. Gracias a la magia protectora de la niña, permanecían invisibles para otros viajeros. *Ella no quiere enfrentarse a más bárbaros*, pensó Alabaster.

Después de un intento fallido de escape, la misteriosa niña lo ató con cuerdas mágicas, imposibles de desatar por medios convencionales. Era su prisionero, algo a lo que comenzaba a acostumbrarse. *Primero fui prisionero de las brujas de Sangre, ahora soy prisionero de esta niña. Nada nunca cambia para mí*, pensó.

La misteriosa niña y Truinan guiaban al caballo en su travesía. Truinan parecía bien familiarizado con los Altiplanos de Rocassombra, incluso llevándolos por lo que él aseguraba era un atajo. Sin embargo, en el Bosque Crepuscular, el anciano resultó ser de poca ayuda.

El Bosque Crepuscular era un vasto pantano cubierto por una densa niebla que hacía casi imposible ver a lo lejos. Incluso el sol luchaba por atravesar la espesa bruma. Circulaban rumores sobre criaturas y animales extraños que habitaban la región. Sin caminos que seguir, el viaje se volvió excepcionalmente desafiante, requiriendo frecuentes paradas durante el día. A veces, sentían que estaban perdidos, y en otras ocasiones, estaban seguros de que se movían en círculos. La única persona capaz de guiarlos a través de este terreno intimidante era él; quien había atravesado la región antes muchas veces.

De repente detuvieron la carreta. Mientras la misteriosa niña y Truinan se acercaban, no pudo evitar preguntarse si finalmente le pedirían su ayuda.

Observó de nuevo a la misteriosa niña, notando su largo cabello azul, semiondulado, que caía delicadamente por su espalda. Seguía vistiendo el mismo vestido de seda azul y estaba descalza. Sorprendentemente, sus pies estaban limpios, como recién lavados. Después de presenciar su uso de la magia, Alabaster no tenía dudas de que era una bruja, aunque no estaba seguro de qué tipo. Había encontrado brujas antes, incluyendo a las Brujas Starr, Balor y Shabrani. Si tuviera que comparar, la misteriosa niña se asemejaba más a una bruja Starr. Sin embargo, había algo innegablemente único en ella. Más allá de su dialecto arcaico, su presencia se sentía diferente, casi divina.

"Estaba esperando que pidieran mi ayuda. Hemos estado dando vueltas en círculos por días. Es sabio de su parte buscar mi asistencia. Ahora, desátenme, y con gusto los ayudaré," dijo Alabaster.

"En verdad, no os regocijéis demasiado, oh asesino. Vos habréis de ayudarnos, mas no albergo intención alguna de desataros," dijo la misteriosa niña.

"Estúpida niña. Entonces no te ayudaré. Estas tierras son muy difíciles de recorrer; seguiremos dando vueltas para siempre sin mi ayuda," dijo el con enojo.

Vio a Searc desenvainar sus dagas, listo para atacar. Preparándose para el inminente asalto, lo tomó por sorpresa cuando Truinan se interpuso entre ellos, interviniendo.

"Tranquilo, Searc. Este asesino va a morir pronto. Por ahora sigamos con el plan de la señorita," dijo Truinan, intentando calmar al enfurecido joven.

Searc, lleno de ira, protestó: "¡Debería estar muerto! Deberíamos haberlo matado en los Altiplanos de Rocassombra. Aliune nos contó todo sobre su malvado plan. Iba a matarnos y ofrecernos a su dios de sangre. No había ninguna Nación Dorada ni ejército viniendo a rescatarnos. Ese medallón brillante que mostró era solo una farsa," gritó Searc.

Alabaster sintió una punzada de remordimiento por el muchacho, una señal de que algo de humanidad aún permanecía dentro de él. Deseaba que pudieran entender su situación: estaba obligado a servir a las brujas de Sangre y honrar su pacto.

La misteriosa niña colocó una mano sobre el hombro de Searc. "Por mi honra os juro que entregaré a este hombre una vez que lleguemos al lugar señalado. Concededme tan solo un poco más de tiempo," aseguró la niña con calma.

Después, notó a la misteriosa niña acercarse más a él.

"Aléjate de mí. No te ayudaré," dijo Alabaster.

La misteriosa niña colocó una mano sobre su frente. Instantáneamente, sintió como si su cabeza fuera a explotar. El dolor era insoportable, ahogando incluso sus propios gritos. Recuerdos del pasado inundaron su mente, y de repente entendió lo que estaba ocurriendo: ella estaba hurgando en sus memorias. Se dio cuenta de que buscaba un camino a través del Bosque Crepuscular examinando su pasado. Sus recuerdos se desplegaron como las páginas de un libro, revelando momentos de su tiempo con las brujas Balor, antes de asumir el título de Sacerdote de Sangre. Luego, vislumbró a su familia perdida: su esposa y su hijo recién nacido.

"¡No, esto no! ¡No quiero recordar esto!" gritó Alabaster.

Una vez más, revivió el trágico día en que los asesinos invadieron su hogar, asesinando sin piedad a su esposa y a su hijo frente a sus propios ojos. Luego, los recuerdos cambiaron. Se vio a sí mismo viajando por el Bosque Crepuscular, interactuando con las brujas de Sangre. La escena cambió nuevamente, y ahora se encontró hablando con la mujer que una vez lo ayudó durante su cautiverio con las brujas de Sangre. De repente, los recuerdos se detuvieron.

Abrió los ojos lentamente, mirando el rostro de la misteriosa niña. Su expresión traicionaba un atisbo de sorpresa.

"¿Encontraste lo que buscabas?" preguntó el, todavía agitado. Notó que sangre goteaba de sus ojos, oídos y nariz, y la limpió con su túnica.

"En verdad, la única razón por la cual no termino con vos ahora yace en nuestra necesidad de vuestra existencia para penetrar en el campamento de las brujas de Sangre," dijo la misteriosa chica.

La misteriosa niña le dirigió una mirada resentida antes de regresar al frente de la carreta, seguida de cerca por Truinan.

Recordar sus memorias lo dejó profundamente perturbado. Durante un tiempo, no pudo dejar de pensar en su vida pasada en Durán con su esposa e hijo. Esos terribles recuerdos habían resurgido. El comenzó a llorar. Durante años, había intentado enterrar el dolor del pasado. Al principio, sentía como si el pecho le fuera a estallar. Con el tiempo, la angustia se convirtió en parte de él, y luego, eventualmente, pareció desvanecerse.

Revivir esos recuerdos trajo de vuelta toda la culpa y el vacío. No estaba seguro de cómo podría soportarlos de nuevo.

"¡Maldita seas, maldita seas, niña!" gritó y lloró.

Una piedra golpeó su nariz, y temió que se hubiera roto al sentir cómo la sangre comenzaba a escurrir, tocando sus labios. Podía saborear el sabor metálico de su propia sangre.

"Si no dejas de gritar, seguiré lanzándote piedras," dijo Searc.

Alabaster guardó silencio, temiendo por su vida. En la quietud, maldijo todo—su vida y a todos los que había conocido. Maldijo el día en que nació, a sus padres y a los dioses, si es que existían. Maldijo haberse enamorado, convertirse en sacerdote, a las brujas de Sangre y a la mujer que le había salvado la vida. La desesperación lo consumió como nunca antes.

Trató de contener sus lágrimas. *Este no es el momento para sentirse derrotado,* se dio cuenta. *Las cosas aún pueden girar a mi favor. Si las brujas de Sangre me rescatan, tendrán tres cuerpos para su trabajo. Entonces podré pedir mi recompensa*, pensó.

Esta nueva determinación le hizo sentir un poco mejor. *Después de este último trabajo, las brujas de Sangre me revelarán la ubicación de los asesinos que mataron a mi familia. Solo necesito resistir un poco más*, contempló.

Su travesía continuó, y Alabaster se dio cuenta que ahora estaban siguiendo un camino diferente. *Parece que la niña ya sabe el camino*, se dio cuenta. La misteriosa niña había encontrado la ruta correcta al campamento de las brujas de Sangre al hurgar en los recuerdos de Alabaster.

Searc también había dejado de lanzar piedras, pero el muchacho permanecía siempre vigilante.

Alabaster reconoció la ruta que estaban recorriendo. En el pasado, había elegido este mismo camino para entrar y salir del Bosque Crepuscular. Era la ruta más segura, lejos de los pantanos y la inmundicia, conocida solo por unos pocos selectos. Las únicas personas que había encontrado aquí eran comerciantes, individuos pacíficos que preferían evitar confrontaciones para proteger sus provisiones.

Considerando jugar juegos mentales con el muchacho, preguntó: "Dime, chico, ¿qué sabes de la misteriosa niña, a la que llamas Aliune?"

Observó cómo Searc apretaba una piedra en su mano. "Tiene que ser una bruja; eso es lo único que Truinan y yo podemos deducir," respondió Searc.

¿No va a lanzarme la piedra? Quizás he despertado su curiosidad, pensó Alabaster.

"Así es, ella puede usar magia, y es una bruja. ¿Sabes lo que todas las brujas buscan en secreto en este mundo, verdad?" dijo, intentando captar la atención del muchacho.

El muchacho miró al cielo, perdido en sus pensamientos, y comenzó a lanzar piedras una por una fuera de la carreta.

"Por lo visto, no lo sabes. Me imagino cómo debe ser vivir en un lugar como los Altiplanos de Rocassombra: rara vez reciben educación ahí," dijo.

Searc le dirigió otra mirada furiosa.

Será mejor que no lo provoque, a menos que quiera que me lance otra piedra, pensó.

El continuó: "Los libros dicen que las brujas obtienen su poder de sus maestros. Estos maestros son considerados dioses, deidades o señores del infierno. Verás, tienen muchos nombres. A cambio de la magia que se les concede, las brujas prometen traer a su dios a este mundo mediante un ritual que solo ellas conocen."

Alabaster notó como Searc estaba prestando atención. *He captado su interés*, pensó.

"Lo que estoy diciendo es que la pequeña bruja allá está intentando en secreto traer al dios que sirve a este mundo para destruir las Tierras Bajas. La última vez que una de estas deidades caminó por estas tierras, murieron muchos hombres, mujeres y niños. Ese evento es llamado la Guerra de las Cenizas," explicó.

"¡Mientes!" gritó el muchacho, sosteniendo una piedra en su mano derecha, amenazando con lanzársela. "Tus mentiras no me engañan; Aliune advirtió que contarías cuentos para confundirme," dijo Searc.

No es tan ingenuo como parece, pensó Alabaster.

"Di lo que quieras, muchacho, pero si preguntas a cualquier erudito de las Tierras Bajas, te dirán lo mismo". Hizo una pausa, mirando a su alrededor antes de inclinarse hacia Searc. "Aunque lo que dije está escrito en los libros de historia, nadie sabe realmente qué hay detrás de los planes de las brujas y su magia," dijo.

"¡Cállate!" gritó Searc, arrojándole una piedra. Esta vez, lo golpeó en el estómago.

Viajaron todo el día hasta entrada la noche. Cuando se hizo demasiado oscuro, se detuvieron para montar el campamento. Usaron su vieja tienda y encendieron una pequeña fogata con palos y piedras. No solo usaron su tienda, sino que también tomaron sus utensilios: una pequeña olla y algunos cuencos de madera. El aroma del conejo que cocinaban llenó el aire.

Como en otras noches, le dieron poca comida, esta vez solo una pata de conejo con casi nada de carne. No se había dado cuenta de lo hambriento que estaba hasta que se encontró mordisqueando los huesos, buscando cualquier resto de carne.

Poco después, los demás guardaron los utensilios de cocina y se prepararon para dormir dentro de la tienda. Como de costumbre, lo colocaron en la parte trasera de la carreta. A Alabaster no le molestaba dormir sobre una superficie dura; era el frío de la noche lo que lo inquietaba. *Quizás esto sea un castigo por todas las veces que llevé cadáveres en esta misma carreta. Los cuerpos estaban fríos, y pronto yo también lo estaré*, reflexionó.

¿No os place vuestra nueva cama, Sacerdote de Sangre?" La voz de la misteriosa niña salió de las sombras, sobresaltándolo.

"¿Bruja? ¿Por qué estás aquí? Ya te he contado todo lo que sé sobre esta región," respondió.

Una tenue luz azul apareció frente a él, revelando el rostro de la misteriosa niña. Ella había conjurado la luz, iluminando el espacio entre ambos.

"Mientras contemplaba vuestros recuerdos, mis ojos vieron algo que llamó mi atención. ¿Quién es esa mujer de cabellos azules en vuestras memorias? No es una bruja de Sangre," preguntó la misteriosa niña.

Al principio, no supo qué decir. La única mujer de cabello azul en su pasado con alguna conexión con las brujas de Sangre era la que lo había liberado de el calabozo. Todavía recordaba la cálida energía que irradiaba de ella.

"No tenías derecho a ver esos recuerdos," dijo con enojo. "Todo lo que viste es todo lo que sé. Ella me ayudó una vez, cuando fui prisionero de las brujas de Sangre. No sé nada más".

La misteriosa niña se acercó a él y se inclinó cerca de su oído izquierdo.

"Percibo que ocultáis algo. Podría recorrer vuestros recuerdos nuevamente y ahondar en ellos. Sí, podría perderme y aventurarme hacia el pasado para revivir la hora en que vuestra esposa e hijo padecieran desgracia. ¿Deseáis tal cosa?" susurró la misteriosa niña en su oído, con una voz suave y escalofriante.

Los ojos de Alabaster se abrieron de par en par mientras contenía su enojo al darse cuenta de que negarse a cooperar con la misteriosa niña solo provocaría su ira. La sola idea de que ella volviera a explorar sus recuerdos era suficiente para disuadirlo; no quería recordar nuevamente ese proceso doloroso.

"No, por favor, eso no. No podría soportar revivir esos momentos de nuevo," suplicó, con lágrimas corriendo por su rostro.

"¡Decidme, pues! ¿Qué más sabéis sobre la mujer de cabellos azules?" ordenó la misteriosa niña.

Secándose las lágrimas con la mano, Alabaster habló. "Por lo que pude deducir, es una bruja, aunque diferente de las brujas de Sangre. Las brujas de Sangre que conozco siempre están envueltas en túnicas oscuras, con sus rostros completamente ocultos. Para ser honesto, nunca he visto realmente sus rostros. Pero la mujer de cabello azul, como la llamas, vestía prendas blancas y emanaba una energía tranquila. Incluso curó mis heridas, así que debe tener algún control sobre la magia. Magia la cual desconozco su origen".

La misteriosa niña escuchó atentamente, asintiendo ocasionalmente con la cabeza como si estuviera completamente absorta en lo que él decía.

"Vi que hablasteis con ella. ¿Qué le dijisteis? Y no seáis engañoso en vuestra respuesta hacia mí," dijo la misteriosa niña con un tono amenazante.

"Ella mencionó que buscaba a alguien; más allá de eso, no sé," respondió él.

La misteriosa niña hizo una pausa, pareciendo meditar sobre lo que acababa de escuchar.

"¿La volvisteis a ver después de vuestro primer encuentro?," preguntó la niña.

Él le lanzó una mirada de odio, sabiendo que lo prudente era hablar.

"No la volví a ver. Desapareció después de liberarme del calabozo. No la he visto desde entonces. Mi sospecha es que reside en un lugar fuera de mi alcance." Se detuvo abruptamente, sintiendo que había revelado demasiado.

La misteriosa niña lo miró con curiosidad. "Proseguid," exigió.

"Hay una sección dentro del campamento de las brujas de Sangre a la que nadie puede entrar excepto ellas mismas. Creo que ese es el lugar donde depositan los cadáveres que les entrego. También podría ser donde vive la mujer de cabello azul," se dio cuenta de que había cruzado un punto sin retorno al revelar esta información, traicionando así a las brujas de Sangre de manera irreversible.

"Ha de ser la líder de las brujas de Sangre," dijo la misteriosa niña.

"Es sabido que los clanes de brujas tienen sus propios cuerpos de gobierno: el Gran Consejo. Imagino que las brujas de Sangre operan bajo una estructura similar," comentó él, sin temor de expresar lo que pensaba.

Cuando las brujas descubran que he compartido libremente sus secretos, probablemente me matarán de todos modos, pensó.

"Te equivocas. Las brujas de Sangre no estuvieron entre las primeras brujas ni participaron en la convocatoria del Gran Concilio. Son brujas renegadas, recién surgidas en estos últimos días," dijo la misteriosa niña.

Alabaster tenía curiosidad por saber la identidad de la misteriosa niña. "¿Quién eres tú? Sabes demasiado para tu edad. ¿O es que ese pequeño cuerpo tuyo me está engañando?" preguntó.

La misteriosa niña lo miró con desdén. "Aquí hemos concluido," dijo.

La luz azul desapareció y la oscuridad de la noche regresó. Ya no podía ver nada.

"Un consejo os doy: no importa lo que hagáis, las brujas de Sangre no os ayudarán a hallar a los asesinos que dieron muerte a vuestra esposa e hijo," escuchó la voz de la misteriosa niña desde la oscuridad de la noche.

"¿Qué quieres decir? ¿Cómo lo sabes?" gritó, pero no hubo respuesta.

Durante las siguientes horas, reflexionó sobre las palabras de la niña. *¿Será posible que los asesinos de mi familia nunca me sean revelados? ¡Pero las brujas de Sangre lo prometieron!* Pensó una y otra vez hasta que su cuerpo golpeó la dura madera de la carreta, y se quedó dormido.

El sonido de una flecha golpeando la carreta cerca de su rostro lo despertó sobresaltado. Abrió los ojos, sacudido por el impacto repentino. Se dio cuenta que estaban bajo ataque. Miró a los atacantes: jinetes con armadura negra, siguiendo de cerca a la carreta, que avanzaba a toda velocidad. Dos de los atacantes empuñaban arcos y disparaban flechas tan rápido como podían. En total, eran seis jinetes.

A pesar de su entrenamiento pasado como sacerdote, familiarizado con los sigilos, banderas y armaduras de varias regiones, estos atacantes le eran desconocidos. No podía discernir sus identidades, la armadura que llevaban ni siquiera su apariencia. *No son de estas tierras*, pensó.

No vio a Searc en la parte trasera de la carreta, lo que le hizo pensar que el muchacho estaba al frente con los demás. Contemplando la posibilidad de escapar, no encontró ningún método viable, ya que las ataduras en sus manos y piernas estaban selladas con magia.

Después de unos momentos, uno de los jinetes se acercó a poca distancia de la carreta, que estaba reduciendo gradualmente la velocidad. *¡Maldición, matarán a mi caballo, Patas Valientes, si siguen exigiéndole tanto!* pensó furioso, mientras su enojo aumentaba.

El atacante desconocido saltó de su caballo y subió a la parte trasera de la carreta. Rápidamente notó que el atacante empuñaba una espada.

"¡Por favor, no me hagas daño! Soy un prisionero. Me pusieron estas ataduras mágicas; por favor, libérame, y te ayudaré con cualquier asunto que tengas contra mis captores," suplicó.

El atacante extendió una mano y lo agarró por el cuello. Sintió la presión en su garganta mientras luchaba por respirar.

"¡Venimos por ti, Sacerdote de Sangre!," dijo el atacante.

Antes de que el atacante pudiera acabar con él, la carreta se detuvo abruptamente, arrojándolos violentamente a ambos fuera del vehículo. Su cabeza golpeó el suelo, abriendo una herida en su frente que comenzó a brotar sangre. Le tomó unos momentos abrir los ojos y entender la escena frente a él. Los atacantes avanzaban juntos, armas en mano, listos para atacar a la misteriosa niña, que estaba sola frente a él. Miró a su alrededor, pero no vio ni a Truinan ni a Searc.

Cuatro de los atacantes se dirigieron hacia la misteriosa niña. Antes de que pudieran atacar con sus espadas, una luz azul emanó de las manos de la niña. Simultáneamente, su cabello azul creció más largo y comenzó a ondear en el cielo nocturno. Luego, dos pequeñas espadas azules se materializaron en sus manos, forjadas con la misma magia que la gran espada que había empuñado para derrotar a los bárbaros en los Altiplanos de Rocassombra.

Antes de que pudiera parpadear, la misteriosa niña ya había

decapitado a cuatro de los atacantes. Los atacantes restantes, posicionados a distancia, desataron una lluvia de flechas contra ella. Con movimientos gráciles, esquivó hábilmente el ataque. Extendiendo su brazo derecho, la niña proyectó un rayo de luz azul que atravesó el pecho de uno de los arqueros. Su cuerpo sin vida cayó al suelo con un fuerte golpe.

El arquero restante parecía paralizado, aturdido por la impactante muerte de sus compañeros. Aprovechando la oportunidad, la misteriosa niña apuntó otro rayo al arquero, quien apenas logró evadir el ataque.

¡Buscamos únicamente al Sacerdote de Sangre, así que retiraos de nuestro camino!" dijo el arquero. No pudo evitar notar que el arquero hablaba con el mismo estilo arcaico que la misteriosa niña.

El arquero se quitó el casco. Alabaster observó que el atacante era un hombre, calvo, con el rostro completamente cubierto por extraños glifos blancos. Nunca había visto a nadie como él antes.

"Él es mi prisionero. No tenéis derecho a llevároslo en este instante," dijo la misteriosa niña.

Alabaster vio a la niña preparándose para atacar con sus espadas mientras observaba al hombre quitándose la armadura del brazo izquierdo. Bajo la armadura, al principio le costó comprender lo que estaba viendo. La mano del hombre era completamente negra, con uñas rojas, y seis alas blancas estaban adheridas a los lados de su brazo.

Inmediatamente después de quitarse la armadura del brazo, una inmensa ola de calor lo golpeó en el rostro, obligándolo a cerrar los ojos. Luego, presenció a la misteriosa niña, por primera vez, amenazada por la entidad frente a ellos.

El hombre apuntó su extraño brazo hacia el cielo nocturno, señalando la luna.

¡Contemplad! Los preparativos están completos para una nueva Apócrifa, oh bruja de la Luna. Las seis brujas guardianas han perecido. La Luna Oscura se alza una vez más," dijo el hombre.

Alabaster fijó la mirada en la luna en el cielo; al principio, no percibió nada, pero pronto notó una tenue forma oscura frente a la luna.

Dirigió su mirada hacia la misteriosa niña, quien también contemplaba la luna. Parecía asombrada. Alabaster notó que su largo cabello volvía a su longitud normal y que sus espadas encantadas desaparecían en el aire. *Apócrifa*, reflexionó. *Creo que leí eso en algún lugar cuando estudiaba como sacerdote de Balor. Y... ¿la misteriosa niña es una bruja de la Luna? Tal clan me es desconocido.*

En el momento en que apartó la mirada de la misteriosa niña, quedó cegado por una luz blanca que emanaba del extraño brazo del hombre. Todo a su alrededor desapareció, incluido el suelo bajo sus pies.

Alabaster gritó mientras caía en lo que parecía ser un abismo blanco sin fin.

BASON

En otras partes de las Tierras Bajas, una comitiva real normalmente consiste en solo unos pocos caballos y hombres que acompañan a un miembro de la familia real. Sin embargo, en la Nación Dorada, las comitivas reales eran un espectáculo único, especialmente cuando eran comandadas por el propio príncipe. Bason convenció a su padre, el rey Delray Artois, de organizar la comitiva real más grande que la nación jamás había visto. Bajo las órdenes del rey, se reunió una formidable delegación que incluía treinta mil guerreros del renombrado Ejército Dorado, junto con caballos, elefantes de guerra y leones de batalla.

Esta majestuosa comitiva se había preparado para la próxima visita de Bason a su abuelo, el rey Hendrik Fitzroy, en su castillo en Barral, la capital de Borraral. Había pasado bastante tiempo desde la última visita de Bason, y estaba decidido a hacer una entrada memorable.

En el centro de la comitiva real, el carruaje dorado del príncipe Bason brillaba bajo la luz del sol. Estaba adornado con intrincados grabados de oro y equipado con una espaciosa cama, mesas, sillas y todas las comodidades dignas de un príncipe. Lo acompañaban sus fieles sirvientes, Recaro y Valecio, quienes compartían una gran cama durante el trayecto. El majestuoso carruaje era llevado por dos imponentes elefantes de batalla.

Viajando en la comitiva real junto a su hermano, la princesa Beatrice

Artois tenía un carruaje más pequeño, pero la opulencia típica de la familia real era evidente. Viajaba en compañía de varias damas que atendían sus necesidades y una bruja Starr llamada Velaska, cuya presencia no era del agrado de Bason.

Al mediodía, después de varios días de viaje, Bason permanecía en la cama, atendido por sus dos sirvientes. Valecio le peinaba meticulosamente el cabello rubio, mientras Recaro se ocupaba de servirle uvas, queso y pan.

"¿Sabes cuál es la mejor parte de viajar con una compañía tan grande como esta, Valecio?" preguntó Bason.

Valecio dejó el peine a un lado y, con un tono pícaro, pellizcó juguetonamente el pezón de Bason. "¿Esto?" dijo con una sonrisa traviesa.

Bason tomó delicadamente la mano de Valecio. "Necesito que te concentres en mi cabello por ahora," le respondió con calma, mientras Valecio retomaba el peine.

Bason continuó con su reflexión anterior. "No tengo que ocuparme de cada necesidad. Tengo un general, y él tiene comandantes que se encargan de las cosas simples. Eso me da tiempo para disfrutar del viaje y dormir cuanto quiera," comentó con satisfacción.

Sus pensamientos se dirigieron entonces a su hermanita y lo insistente que había sido sobre unirse a este viaje. Alegaba que quería ver a su abuelo, a quien no visitaba desde que era muy pequeña. Sin embargo, Bason conocía la verdadera razón detrás del viaje de Beatrice. Velaska formaba parte de la comitiva real, y Beatrice idolatraba a la bruja Starr. Sabía que su hermana aspiraba a convertirse en una bruja Starr más poderosa. *Tal vez, al estar cerca de una bruja Starr como Velaska, esperaba acelerar su entrenamiento*, pensó.

"Velaska…" reflexionó.

Bason aún recordaba las palabras de Velaska durante su reunión con la familia real en la Torre Celestial, unos días atrás.

"Hace mucho tiempo, la familia real de Artois y el clan Starr llegaron a un acuerdo para infiltrar a una bruja Starr en el clan Shabrani. Esta decisión surgió por la creciente preocupación de que las brujas Shabrani planeaban resucitar a su señor en las Tierras Bajas una vez más. Al darnos cuenta de que el Gran Cónclave no compartía nuestras inquietudes, sentimos la necesidad de establecer un plan de contingencia para detener tales acciones si alguna vez se iniciaban. Hace algunos años, la bruja infiltrada, ahora parte del Gran Consejo Shabrani, estableció contacto con otra bruja Shabrani en su consejo que apoyaba nuestros planes y mantenía nuestras intenciones en secreto. Desde entonces, hemos estado monitoreando el Ojo de Meteora para recibir noticias de nuestros espías. No fue hasta anoche que recibimos noticias impactantes: las Brujas Shabrani han masacrado a todos los miembros del Gran Cónclave," recordó Bason las palabras de Velaska.

De repente, la comitiva real se detuvo.

"Recaro, ve a averiguar la razón de esta pausa," ordenó Bason.

Su sirviente dejó un cuenco de frutas y pan en un banco lateral y salió rápidamente del carruaje real.

Los pensamientos de Bason volvieron una vez más al día en que se reunió con las brujas Starr y la familia real. Después de escuchar las noticias sobre el Gran Cónclave, había solicitado permiso al rey para visitar a su abuelo antes de que algo desfavorable le ocurriera. Antes de que el rey pudiera responder, su hermano mayor, Terrence Artois, intervino. "Hermano, ¡detente! No hay nada que podamos hacer por nuestro abuelo; está demasiado viejo y enfermo. Por otro lado, las Brujas Starr deberían sentirse honradas por sus impresionantes hallazgos. Padre, si me lo preguntas, deberíamos comenzar las celebraciones de inmediato," dijo Terrence con su habitual tono autoritario.

El rey Delray lanzó una mirada sombría a Terrence y dijo: "No intentes decirme qué hacer, muchacho. Sigo siendo el rey, y digo que es prudente mantener esta noticia oculta por el momento. No haremos públicas nuestras estrategias; ¿no es obvio?" La decepción en la voz del rey era evidente.

Obtienes lo que mereces, hermano mayor, pensó Bason.

Esa había sido siempre su dinámica desde que tenía memoria. Terrence, como el hijo mayor, a menudo cargaba con el peso de la corona como si ya fuera suya. En numerosas ocasiones, intentó imponerse por encima del rey, un comportamiento que el monarca desaprobaba. Bason no podía descifrar si Terrence intentaba ganarse el favor del rey o si tenía intenciones de usurpar la corona. Su hermano mayor seguía siendo un enigma.

Volviendo su atención al asunto en cuestión, el rey se dirigió a Velaska: "Te felicito a ti y a todas las brujas Starr involucradas. Actuaremos antes de que los planes de las brujas Shabrani se hagan realidad." Bason notó la expresión complacida en el rostro de Velaska mientras recibía los elogios del rey.

Aprovechando el momento, Bason decidió que era el instante adecuado para pedirle un favor al rey. "Padre, con su permiso, me gustaría viajar a Barral con la mayor comitiva real para visitar a nuestro abuelo y asegurarme de su recuperación tras su lesión," dijo con respeto.

El rey, inicialmente con una expresión de disgusto, dirigió su mirada hacia la reina Elise, quien asintió en señal de aprobación. "Puedes ir; sin embargo, también llevarás contigo una parte de nuestro Ejército Dorado," decretó el rey. En ese momento, Bason no entendió por qué su padre insistía en que viajara con el Ejército Dorado, pero eligió ignorar el asunto.

Beatrice emitió entonces un sonido agudo, buscando atención.

"También llevarás a tu hermana. Tiene once años ahora, y es momento de que se involucre en asuntos reales. Cuídala," ordenó el rey. Bason no tuvo más remedio que aceptar.

Volviéndose hacia Velaska, el rey agregó: "Espero que puedas guiar a mi hijo y a mi hija también," a lo que la bruja asintió con aprobación.

Beatrice había mostrado destrezas mágicas desde su nacimiento. Para cuando cumplió ocho años, ya había obtenido el título de bruja con un rango de una estrella. A pesar de ser una bruja, era la única excepción en el clan que tenía permiso para salir libremente de la Torre Celestial, ya que debía cumplir su papel como princesa de la Nación Dorada. El pueblo común hablaba a menudo de la habilidad de la princesa para controlar la magia y del rumor de que nunca podría concebir hijos, un rasgo compartido por todas las brujas. Incluso dentro del palacio, Bason escuchaba susurros de que, si algo les ocurriera a los príncipes, la línea real terminaría, ya que la princesa no podía tener descendencia.

El hecho de que Velaska también estuviera acompañándolos en la comitiva real hizo que Bason se preguntara sobre posibles motivos ocultos. Le parecía extraño que Velaska tuviera que acompañarlos a Borraral. *¿Qué otros planes estaban tramando las brujas y el rey?* se preguntó.

Finalmente, Recaro regresó.

"¿Qué te tomó tanto tiempo, Recaro?" lo reprendió Bason.

Recaro, visiblemente agitado, como si hubiera estado corriendo, respondió: "Príncipe, hay un mensajero que viene desde Barral. Traen un mensaje para usted."

"¿Un mensaje desde Barral? ¿Qué estás diciendo? ¿Cómo saben que veníamos?" cuestionó Bason.

Recaro permaneció en silencio, claramente ajeno a los detalles. *Es solo un sirviente*, pensó. Bason le indicó que permitiera la entrada del mensajero.

Recaro se retiró brevemente y pronto regresó acompañado de una mujer que Bason estimó que no tendría más de veinticinco años. Tenía la piel oliva, vestía ropas de cuero con una capa y portaba el emblema de Borraral en su hombro izquierdo.

"Príncipe, mi nombre es Caffia Titus. Me ha enviado su tía, Amina Fitzroy. Me pidió entregarle esta carta personalmente," explicó la mensajera.

Bason tomó la carta y la examinó, notando el sello de Borraral.

"Caffia, has dicho. No recuerdo haberte visto cerca de mi tía. ¿Vives en Barral?" inquirió mientras colocaba la carta sellada en un banco cercano.

"Así es, vivo en Barral, pero he viajado con su tía antes, tanto dentro como fuera de la Nación Dorada. De hecho, nos conocimos hace aproximadamente un año; su tía nos presentó," explicó Caffia.

Bason se sorprendió con esta revelación. No recordaba a Caffia en absoluto. De hecho, aparte de Recaro y Valecio, no podía recordar a nadie del servicio que residiera en el Castillo Solaris.

"Ya veo," respondió con indiferencia. Luego se dirigió a Recaro y le ordenó: "Recaro, dile al general que no continúe el viaje hasta que dé la orden."

Recaro asintió y salió del carruaje real una vez más.

Bason se dirigió entonces a Caffia: "Entonces, ¿te gustaría algo de beber? ¿Cómo era tu nombre? ¿Cacia? Valecio estará encantado de atender tus necesidades. Tenemos el mejor vino de toda la Nación Dorada y los mangos y uvas más jugosos," dijo con una sonrisa.

Notó que la mensajera de Barral parecía visiblemente molesta.

"Mi nombre es Caffia. Príncipe, debo insistir en que lea la carta enviada por su tía. Ella dijo que era importante y que debía atenderse lo antes posible. He cabalgado cuatro días sin descanso para entregársela. Le ruego que la lea," urgió Caffia con seriedad.

Bason se estiró los brazos y las piernas, luego comenzó a caminar hacia Valecio.

"¿Cuál es su problema? Le ofrecí el mejor vino y fruta de la Nación Dorada. ¿Por qué no lo acepta?" preguntó a su sirviente.

Valecio lo miró con algo de confusión. "Príncipe, parece que hay un asunto urgente relacionado con esta carta. El vino y las frutas pueden esperar hasta que la lea," dijo respetuosamente.

Bason seguía desconcertado. ¿Qué podría ser tan importante como para necesitar leer la carta de inmediato? se preguntó.

"¡Está bien, está bien! Caffia, eres muy convincente. Ahora entiendo por qué mi tía te eligió para esta tarea," dijo, sonriendo.

Tomando la carta, la abrió. En el momento en que vio el contenido, reconoció la distintiva caligrafía de su tía Amina. Durante su crecimiento, Amina había sido como una madre para él, en contraste con su madrastra, la reina Elise. Ella le enseñó a escribir y cantar, lo guió en cómo vestirse y hablar, y lo cuidó cuando estaba enfermo.

"Bason,

He sido informada por un cuervo que vienes a Borraral con treinta mil guerreros. Puede que creas que tu padre te permitió viajar para visitar a tu abuelo enfermo, pero sospecho que te está enviando para persuadirlo de luchar contra el clan Shabrani. No estoy segura de cómo planea lograr esto, pero tal vez esa sea la razón por la que Velaska te acompaña. Piensa en esto: los miles de guerreros que llevas contigo, combinados con los de Borraral, formarían uno de los ejércitos más grandes de las Tierras Bajas.

Debo pedirte encarecidamente que permanezcas donde estás hasta que tu abuelo se recupere y pueda discutir estos asuntos con él en privado.

P.D. Confío en Caffia con mi vida; no es una simple mensajera, sino una de las estrategas y guerreras más hábiles que he conocido. Tú también puedes confiar en ella.

Tu querida tía,
Amina"

Cuando terminó de leer la carta, Bason rápidamente buscó la vela más cercana y comenzó a quemar el papel. La realización lo golpeó: su tía debía tener a alguien infiltrado en el clan Starr para poseer información tan detallada sobre la comitiva real. ¿Quién podría ser este infiltrado? Bason luchaba por recordar los rostros o nombres de las brujas Starr, encontrando difícil retener detalles.

La frustración y la ira surgieron en su interior. Si bien había solicitado la aprobación de su padre para reunir la comitiva real más grande jamás vista en la Nación Dorada, la magnitud del respaldo del rey y la inclusión inesperada del Ejército Dorado lo tomaron por sorpresa. Los motivos ocultos del rey ahora eran evidentes, dejando a Bason sintiéndose engañado.

"Parece que mi padre me ha hecho el tonto," dijo con rabia.

Paseándose de un lado a otro, contemplaba su próximo movimiento. Si desafiaba a su padre, podría poner en peligro su reputación. Sin embargo, si ignoraba el consejo de su tía, corría el riesgo de faltar al respeto a la persona en quien más confiaba en el mundo. Continuó caminando, abrumado por la gravedad de su decisión.

De repente, una visitante inesperada entró en su carruaje: Velaska, la bruja Starr. Llevaba una túnica plateada adornada con ornamentos negros, largos pendientes puntiagudos y un hermoso collar de plata. Su cabello rubio estaba recogido en un elegante moño. Velaska hizo una reverencia ante Bason mientras Recaro reaparecía, siguiendo sus pasos.

"Príncipe, la princesa Beatrice está preocupada. Le gustaría saber por qué nos detuvimos de repente. ¿Ocurrió algo importante?" preguntó Velaska. Él notó cómo los ojos de Velaska examinaban la habitación, enfocándose especialmente en Caffia.

Entendió que la preocupación de Beatrice probablemente era solo un pretexto y que Velaska estaba intentando indagar en sus asuntos. "Velaska, es un gusto verte. Te ves cansada. ¿Has estado durmiendo bien?" preguntó, intentando desviar sus inquisitivas preguntas.

"Estoy durmiendo bien, gracias por su preocupación, Príncipe," respondió Velaska con una expresión imperturbable.

Siguió un silencio incómodo, mientras Velaska mantenía un contacto visual inquebrantable con él.

"Oh, sí. Debes conocer a Caffia, ella viene de Barral. Quería ponerme al día con ella, y no puedo permitir que la comitiva real avance mientras le extiendo mi hospitalidad. Estoy seguro de que mi hermana entenderá," explicó.

Velaska saludó a Caffia con una sonrisa, que fue correspondida cálidamente.

"Bueno, eso es muy considerado de su parte, Príncipe," dijo Velaska.

Tras una larga pausa, Velaska continuó: "Como guía designada por el rey para usted y su hermana, debo pedirle que concluya esta reunión lo antes posible. Tenemos asuntos importantes que atender en Borraral, y no debemos retrasarnos más," dijo con calma.

Detestaba los intentos de Velaska por imponer su importancia en su presencia. Si no fuera por la decisión de su padre, jamás habría viajado voluntariamente con la bruja Starr. *La bruja es una molestia*, pensó para sí mismo.

"Por supuesto, mi querida Velaska," respondió con sarcasmo. "Ahora, si nos disculpas, terminaré la reunión con..." Se detuvo, luchando por recordar el nombre de la mensajera.

"Caffia," interrumpió Recaro.

"¡Oh, sí! ¡Caffia! Tienes un nombre extraño y difícil de recordar, amiga mía," le dijo a Caffia con tono amistoso.

Entonces, la expresión tranquila de Velaska cambió rápidamente a una de preocupación. Comenzó a caminar hacia las velas en una mesa cercana, donde Bason había quemado la carta de su tía. Bason se preguntó qué pretendía hacer la bruja. Observó a Velaska mover su mano sobre las velas, como si intentara obtener información de las cenizas de la carta quemada. Se puso nervioso; no sabía hasta dónde llegaban los poderes de Velaska. Si podía reconstruir la carta a partir de las cenizas, sería perjudicial tanto para él como para su tía.

"Extraño," comentó Velaska, luego dirigió su atención a Caffia, como si intentara leer su mente.

"Bueno, Velaska, creo que ya te estás yendo," apuró Bason.

Velaska lanzó una última mirada alrededor de la habitación antes de salir y cerrar la puerta tras ella. Bason se sintió como si fuera un niño nuevamente, tratando de evitar un regaño por una travesura.

"Caffia, dile a mi tía que retrasaré aquí todo lo posible. Estamos cerca de la ciudad La Encrucijada; tal vez pueda extender nuestra estadía allí un poco más. Es imperativo que te vayas ahora. Las brujas Starr tienen maneras peculiares de encontrar lo que buscan, y sospecho que Velaska ya intuye que estamos tramando algo," dijo.

Caffia asintió, preparándose para marcharse. Mientras tanto, llamó a Valecio: "Prepara mi baño. Tanto hablar y tomar decisiones me ha dejado cansado."

"¡No se abre!" exclamó Caffia.

Bason miró a Caffia, quien, junto a Recaro, luchaba por abrir la puerta del carruaje real.

"¡Velaska! Ella hizo esto. Esto es traición, y pagará por ello," gritó, ardiendo de ira. Sabía que era la magia de Velaska la que había sellado la puerta.

Se dirigió a un cofre cercano a su cama que contenía su armadura y armas, sacando una espada adornada con ornamentos dorados.

"¡Apartaos!" ordenó.

Con un golpe poderoso, lanzó la espada contra la puerta. Sin embargo, la espada rebotó con tal fuerza que Bason cayó hacia atrás al suelo.

"Arghh," se quejó. "¡Esa maldita bruja Starr! ¡Pagará por esto!" su furia se intensificó.

"Mis disculpas, príncipe. Esto es necesario para el bienestar de la Nación Dorada," una voz emanó desde la puerta misma: la voz de Velaska.

"¿Por qué estás haciendo esto?" preguntó Caffia.

Hubo un momento de silencio, y luego la voz de Velaska emergió de nuevo, "Sé cuáles son los planes de Amina. Debo asegurarme de que la comitiva real llegue al Rey de Borraral lo antes posible. Como la guía designada por el propio rey, evitaré cualquier insurrección, incluso si proviene del príncipe mismo."

¿Insurrección? Pensó Bason.

La ira de Bason había alcanzado niveles mayores, ya no le importaba lo que dijera. "No me des lecciones sobre insurrecciones. ¿Acaso debo recordarte que las brujas Starr rompieron las reglas cuando decidieron infiltrar a una de las suyas en el clan Shabrani? ¿No es eso contrario a las normas del Gran Cónclave?"

"Príncipe, no debería hablar de estos asuntos frente a otros. Su padre se enterará de esto y..." Las palabras de Velaska fueron abruptamente interrumpidas.

"¿Cómo podemos estar seguros de que las brujas Starr no están tramando invocar a su propia deidad en las Tierras Bajas? Nunca he confiado en ti, Velaska, y menos ahora," dijo con dureza.

Consciente de que el clan Starr había prometido no traer a su dios, Astorr, a estas tierras, continuó: "Parece que a los de tu clase les encanta mentir descaradamente." Los acontecimientos recientes le habían dejado claro que debía ser precavido al tratar con las brujas Starr. *¿Por qué mi padre no ha considerado esto?* se preguntó.

Velaska permaneció en silencio por un momento antes de responder, "Nuestro señor, Astorr, entre todas las entidades que servimos, es el más benevolente y bondadoso. Nunca buscaría poner en peligro a la humanidad. Astorr nos otorga magia para que podamos hacer el bien en las Tierras Bajas; ese es su único propósito. Esto se sabe desde la creación del clan Starr. No tiene nada que temer, príncipe. Mis hermanas y yo solo buscamos proteger a todos con el poder de nuestro señor."

Es una farsante, pensó para sí mismo.

"¡Basta, Velaska! Esto es un disparate. Nos liberarás de inmediato. Esto es una orden," exclamó.

Velaska no respondió. En cambio, Bason y los demás notaron que el carruaje real se movía de nuevo. *La comitiva real debe haber reanudado el viaje,* pensó.

"Nos atrapó. No podemos hacer nada," dijo Recaro, con lágrimas en los ojos.

"¡Eso no nos ayudará, Recaro!" lo reprendió Valecio.

"¡Deténganse, ustedes dos!" ordenó. "No podemos hacer nada. Es ampliamente conocido que la magia Starr que usa Velaska es poderosa; no podremos romper su hechizo tan fácilmente. Sugiero que permanezcamos aquí hasta llegar a Barral. Una vez allí, me aseguraré de que Velaska pague por esto. Mi tía y mi abuelo sabrán de sus acciones," dijo, tratando de calmar a sus sirvientes.

Caffia se acercó a Bason y se arrodilló. "Príncipe, con su permiso, creo que hay una manera de escapar de esta prisión. Escúcheme," dijo.

Él la miró con arrogancia, contemplando inicialmente descartarla. Sin embargo, algo en la determinación de Caffia lo hizo cambiar de opinión.

"Te escucho," dijo.

DEMORIA

V einte días habían pasado desde que Demoria empezó su nueva misión. Sabía que solo le quedaba un día más para encontrar al hombre de su misión y, de alguna manera, obtener su brazo izquierdo. Consideró como conseguiría su objetivo: *¿Debería pedir educadamente cortar su brazo? Espero que coopere,* bromeó consigo misma.

Guiada por las instrucciones del Gran Consejo Shabrani —" Ve al Bosque Crepuscular y encuentra un río que llora. En veintiún días, al atardecer detrás de la montaña más alta, encontrarás a un hombre. Trae de regreso su brazo izquierdo"— Demoria había llegado al Bosque Crepuscular hace dos días. Sin embargo, su misión de localizar montañas altas se convirtió en un desafío, ya que el paisaje parecía un vasto pantano cubierto de una densa niebla. Además, el Bosque Crepuscular ofrecía solo lagos sucios, arbustos, ciénagas, encuentros indeseados con cocodrilos y, su menos favorito, mosquitos.

Navegar por el difícil terreno resultó complicado, dejándole una inquietante sensación de que podría estar caminando en círculos. Para probar su teoría, inscribió encantamientos en piedras. Mientras caminaba, la ausencia de encantamientos repetidos le brindó algo de tranquilidad, sugiriendo que no estaba completamente perdida.

Además, no existían mapas del Bosque Crepuscular, un detalle que hacía difícil su tarea. Ni siquiera los eruditos de la prestigiosa biblioteca del Castillo de los Susurros, famosos por su sabiduría, tenían registros de un mapa de este lugar.

A medida que se acercaba el anochecer, Demoria decidió montar su tienda tan pronto como encontrara un lugar adecuado.

"Pronto descansaremos," le aseguró a su sleipnir, a quien había nombrado recientemente Lucy. Darle un nombre a su sleipnir le pareció un toque más personal. Demoria encontraba consuelo al conversar con Lucy, quien nunca se quejaba. La última conversación significativa que recordaba había sido con Hallard Rikers de Campo de Lagunas. Ella sacudió la cabeza, tratando de apartar pensamientos acerca de Hallard.

Antes del atardecer, encontró un lugar seco para montar su tienda. Después, recogió piedras y ramas para encender una fogata. Mientras preparaba su campamento, observó a Lucy pastando tranquilamente cerca. Envidiaba la aparente simplicidad de la vida de Lucy. "Al menos tú no tienes que andar buscando hombres que no conoces," le dijo al animal en tono sarcástico.

Después de terminar los preparativos para la fogata, Demoria salió a buscar algo de carne para comer. En el Bosque Crepuscular, los animales comestibles eran escasos, a diferencia de otras tierras donde los conejos salvajes eran más abundantes. Miró a su alrededor durante un tiempo, pero no encontró ningún animal salvaje. Al darse cuenta de que tendría que arreglárselas con los vegetales que le quedaban, revisó sus provisiones de comida. Excepto por unas cuantas papas podridas y frijoles, descubrió que ya no tenía más vegetales. Había traído puerros, lechugas y tomates desde el Cráneo Gris, pero ya los había consumido. Comprendiendo la necesidad de reabastecer su provisión, salió una vez más en busca de vegetales comestibles.

"¡Perfecto! Ahora pasaré días buscando vegetales en el Bosque Crepuscular," comentó sarcásticamente a Lucy, quien continuaba mordisqueando la hierba sin preocuparse por nada.

Al inspeccionar el área en busca de vegetales, no tuvo suerte. Consideró la posibilidad de encontrar hongos en su lugar. Después de unos momentos, se dio cuenta de que no había nada adecuado, excepto vegetales muertos y hongos venenosos. Decidió aventurarse un poco más lejos, pero sin desviarse demasiado para evitar perderse en el pantano.

A pesar de sus esfuerzos, no encontró nada y, a regañadientes, comenzó a regresar. Sin embargo, de camino de vuelta, un lago distante llamó su atención. Especuló que podría ser un lugar potencial para el crecimiento de hongos. El color verde del lago insinuaba que había vida vegetal floreciendo cerca. Al acercarse, descubrió pequeños hongos blancos que salpicaban la orilla. Al darse cuenta de que eran comestibles, rápidamente recogió tantos como pudo meter en su alforja. Se preparaba para marcharse cuando otro detalle captó su atención.

Al otro lado del lago, vio una figura. Inicialmente lo desestimó como un reflejo del lago, pero la forma se solidificó en la figura de una mujer de piel blanca vestida de blanco que la miraba fijamente. Parpadeó rápidamente y, al abrir los ojos, la misteriosa mujer había desaparecido.

Al acercarse al lugar donde la mujer había estado de pie, lo encontró desierto. "Qué extraño. Tal vez la imaginé," reflexionó, intrigada.

De regreso en su tienda, Demoria preparó comida tanto para ella como para Lucy, quien, descubrió, podía comer prácticamente cualquier cosa. Usando frijoles y los hongos que había recolectado junto al lago, junto con un puñado de especias de sus provisiones, cocinó comida que, aunque no era su mejor creación culinaria, serviría para esa noche y la mañana siguiente.

El día siguiente marcaba el vigésimo primer día desde que partió del clan Shabrani. La presión pesaba sobre ella al enfrentar el último día de su misión. Madrugó y emprendió el tramo final de su viaje, con el objetivo de localizar la montaña más alta y el río que llora mencionados en su misión.

Reflexionando sobre el término "río que llora," se dio cuenta de que aún no había encontrado ningún río. Hasta el momento, solo había visto pequeños pantanos y el lago que descubrió la noche anterior. La palabra "río" evocó nuevamente pensamientos sobre Hallard Rikers y la región de Campo de Lagunas.

"¡Oh!" exclamó tan fuerte que incluso Lucy giró la cabeza para mirarla.

"¿Por qué no lo pensé antes? El Campo de Lagunas está al norte del Bosque Crepuscular. Si hay ríos por encontrar, deben estar al norte de nuestra ubicación actual," comentó mientras acariciaba suavemente a

Lucy, quien parecía disfrutar la atención.

Recogió lo último de sus pertenencias esparcidas por el suelo, montó su sleipnir y partió en dirección norte.

Inicialmente, el paisaje parecía el mismo de antes: pantanoso, sucio, con hierba, árboles y niebla, lo que le hacía dudar si realmente se dirigía al norte. Sin embargo, a medida que encontraba más y más cuerpos de agua, creció su confianza en que estaba en el camino correcto.

Después de un tiempo, finalmente divisó pequeños ríos angostos. Esto le llenó de alegría, ya que sabía que estaba cerca de su objetivo. Después de cabalgar un poco más, notó montañas a lo lejos. Aunque eran relativamente pequeñas y de altura uniforme, los ríos fluían a su alrededor. Recordando su misión, se acercó para identificar la más alta.

Mirando todos los ríos a su alrededor, la imagen de Hallard volvió a invadir sus pensamientos. Esperaba que estuviera a salvo y probablemente cerca del clan Shabrani para entonces.

Al acercarse a las montañas, se dio cuenta de que la mayoría de los ríos corrían al pie de las montañas, lo que no coincidía del todo con su idea de "río que llora," mencionado en su misión. Sin embargo, no podía estar segura de cómo debían lucir exactamente esos ríos. Continuando hacia el norte, se encontró con una densa niebla que le bloqueaba la vista, dificultando su avance. Frustrada, pensó: *Ni siquiera puedo ver dónde está el sol ahora.* Sin embargo, después de un tiempo, la niebla se disipó, revelando un gran río. *Esto parece prometedor*, pensó de nuevo.

Para su sorpresa, a lo lejos, vio dos pequeñas cuevas ubicadas en lo alto de una montaña que acababa de aparecer ante ella, con dos ríos fluyendo desde ellas.

"¡Allí esta, la montaña más alta y el río que llora!" exclamó triunfante. Ahora, el desafío era encontrar al hombre misterioso de su misión.

De repente, algo la golpeó cerca de la cabeza, cegándola momentáneamente con su propia sangre. El golpe había abierto una herida sobre su ojo derecho. Para evitar otro impacto, rápidamente saltó de Lucy, dejando que su sleipnir huyera hacia los arbustos cercanos.

"¡Enfréntame, cobarde!" gritó con desafío.

De pronto, su atacante se materializó frente a ella: un hombre calvo con un rostro peculiar inscrito con glifos blancos, vestido con una armadura, excepto en su brazo izquierdo. Su brazo izquierdo tenía una apariencia extraña: era negro, con uñas rojas, y varias alas que se movían a lo largo de su brazo. Demoria también sintió una fuerte presencia de magia proveniente de su extraño brazo izquierdo, lo que le hizo creer que ese era el brazo que necesitaba para completar su misión.

Además, recordó haber visto esos glifos en el rostro del hombre en algún lugar antes. *¿Dónde he visto esos glifos?* se preguntó.

No tuvo tiempo de recordar, ya que su atacante ya se preparaba para golpear de nuevo.

"¡Ese brazo tuyo, lo necesito! ¿Me lo darás voluntariamente o tendré que arrancarlo de tu cadáver?" dijo Demoria amenazante.

El hombre permaneció en silencio.

"¡Probarás mi fuego, entonces!" gritó Demoria.

Tomando la iniciativa, Demoria desató una serie de explosiones instantáneas en la ubicación de su enemigo. Aunque su adversario esquivó hábilmente las explosiones iniciales, ella, como una bruja Shabrani experta, tenía un as bajo la manga. Las explosiones que dejó atrás se transformaron en pequeños misiles de fuego que perseguían a su enemigo. Él usó su extraño brazo izquierdo para defenderse de los misiles. Al notar esto, Demoria conjuró proyectiles más potentes, diseñados para golpear sin importar la ubicación del enemigo. Siguió presionando hasta que el polvo, el humo y la sangre oscurecieron su visión, señalando un impacto directo en su enemigo.

Una vez que el humo se disipó, vio a su enemigo arrodillado en el suelo, herido y con la mayor parte de su armadura destruida. Notó que su cuerpo estaba cubierto con los mismos glifos blancos que tenía en el rostro. Aunque creía que eran mágicos, no podía discernir su significado.

"¿Qué eres?" preguntó Demoria.

¿Esos glifos? Se parecen a los que están inscritos en el pergamino

que Mila me dio en la Ciudadela Shabrani antes de partir, recordó finalmente. Mila había dicho que lo encontró durante su última misión, en los pueblos de Hielo Salvajes cerca de la Corona de Hielo. ¿Podría mi enemigo provenir de esas tierras frías?

Se distrajo al sentir un aumento de magia proveniente de su enemigo. Al mismo tiempo, las alas adheridas al extraño brazo izquierdo de su oponente comenzaron a moverse rápidamente. Su atacante extendió el brazo, murmuró palabras ininteligibles, y dos halos blancos se materializaron a su alrededor del brazo mientras las alas continuaban batiéndose con fuerza. Antes de que Demoria pudiera reaccionar, una repentina ráfaga eléctrica la tomó por sorpresa, lanzándola contra el suelo. Aunque sintió el impacto en su abdomen, se dio cuenta que no había sufrido daños mayores, solo un pequeño hematoma.

Además, el ataque que recibió consistía en ondas eléctricas, un arte que se creía perdido desde la Era de los Primeros. *Ese brazo izquierdo no pertenece a esta época*, Demoria comprendió.

"¿Imposible? ¡Ese golpe fue dado para quitaros la vida! Ningún simple mortal podría sufrirlo sin perecer. ¿Quién sois, bruja?" preguntó su enemigo con un tono arcaico.

La voz del hombre de alguna manera le lastimaba los oídos; era un sonido que nunca había escuchado antes. Además, la forma en que hablaba le hacía parecer como si perteneciera a un tiempo diferente, confirmando su sospecha de que probablemente había vivido durante la Era de los Primeros.

"La mejor bruja de las Tierras Bajas, bastardo," respondió Demoria con desafío.

Al mirar el hematoma causado por el último ataque, se dio cuenta de que el hombre tenía razón: el golpe estaba destinado a matarla. Entonces, sintió algo cálido en su pecho y descubrió que el collar con la hoja dorada que Hallard le había dado en el Cráneo Gris había cambiado a un color rojo, similar a la sangre.

Un calor repentino golpeó su rostro cuando el hombre frente a ella volvió a pronunciar palabras ininteligibles. Más halos aparecieron alrededor de su brazo izquierdo, y las alas comenzaron a batir aún más rápido. Su enemigo se preparaba para atacar de nuevo.

En ese momento, comprendió que la única forma de derrotar a su enemigo era utilizando todo su poder en un único ataque.

"¡Arde en el infierno!" gritó Demoria.

Usando la mayor parte de su energía, Demoria conjuró los fuegos del mismo Volcán Dukkah. Una pequeña erupción surgió bajo su enemigo, envolviéndolo en llamas abrasadoras. Pudo escuchar los gritos y alaridos de su enemigo mientras su carne comenzaba a arder. Aprovechando el momento, corrió hacia él, sacó una daga bajo sus túnicas y rápidamente le cercenó el brazo izquierdo.

Con su enemigo reducido a cenizas, Demoria sostuvo en alto su brazo izquierdo, señalando su triunfo y completando su misión. Tenía preguntas sobre la identidad del extraño hombre y la magia que emanaba de su brazo; sin embargo, decidió guardarlas para el Gran Consejo. Era momento de regresar al clan Shabrani.

Mientras se alejaba de la escena de la batalla, un rayo de luz emergió del lugar donde su enemigo fue derrotado. El rayo se transformó en una gran cruz blanca y luego tomó la forma de una figura humana.

"Vos sois una bruja poderosa, más ningún mortal común puede darme muerte con tal facilidad. Mirad, los glifos que adornan mi cuerpo pueden restaurar y regenerar mi cuerpo. Habré menester que devolváis ese brazo. ¡Entregádmelo!" declaró su enemigo, quien había recuperado su forma, aunque sin su brazo izquierdo.

Entonces, sacó el pergamino que Mila le había dado de debajo de su túnica y se lo mostró. "Este pergamino tiene los mismos glifos inscritos en tu cuerpo. Fue encontrado cerca de la Corona de Hielo. ¿Quién eres?" preguntó, intentando obtener más información sobre su enemigo.

"Aquel pergamino," dijo el hombre, luciendo perplejo. "El destino os lo ha entregado libremente, solo para que lo devolváis a mí, su antiguo maestro. Esto no puede sino significar que habéis de ser eliminada a toda costa. Tomaré vuestra vida sin dilación. Entregadme ese brazo, y os concederé una muerte sin dolor," habló enfurecido.

"Me temo que no puedo darte este brazo. Ahora es mío, y tendrás que matarme para recuperarlo. Veamos qué puedes hacer sin él," dijo

Demoria con desafío.

"¡Bruja insensata!" se burló el hombre.

De repente, el hombre cargó hacia ella. Demoria respondió lanzando proyectiles de fuego, pero él los esquivó con habilidad. Observó que su oponente se había vuelto más rápido que antes. Además, a Demoria le faltaba la energía para reunir otro hechizo poderoso. Impulsada por la desesperación, contempló cambiar de táctica y atacar con su daga en lugar de depender de la magia.

Cuando el hombre se acercó, intentó apuñalarlo con su daga, pero él lo esquivó sin esfuerzo una vez más. Canalizando todo su poder restante, imbuyó su daga con magia. Su siguiente tajo conjuró una formidable pared de fuego azul a través de la cual el hombre cruzó.

Entonces vio al hombre detenerse. Cerró los ojos por un momento y luego lanzó un puñetazo con su brazo derecho desde una distancia considerable. Al principio, ella no reaccionó, pensando que el golpe nunca la alcanzaría. Sin embargo, golpeó el aire con tal fuerza que el impacto la alcanzó, tomándola por sorpresa. Intentó esquivarlo, pero era demasiado tarde; el golpe rozó su abdomen, enviándola al suelo.

Simultáneamente, el hombre, al cruzar la pared de fuego azul, comenzó a incendiarse con las llamas.

"¡Estas llamas azules, no puedo disiparlas!" su enemigo gritó de dolor.

"El fuego que conjuré no te reducirá a cenizas, pero te quemará durante mucho tiempo. ¡Sufre, bastardo!" dijo ella a través de un dolor insoportable.

Con un silbido, llamó a su montura, Lucy. El sleipnir emergió de los arbustos, galopando hacia ella con urgencia. A pesar del intenso dolor en su costado, Demoria se movió tan rápido como pudo y montó a Lucy.

"¡No! No podéis llevaros ese brazo con vos. ¡No sabéis lo que hacéis!" gritó el hombre en agonía.

A lo lejos, echó un último vistazo a su enemigo. Sus gritos de dolor resonaban en el aire. Lucy cabalgó hacia el norte, o quizás al sur; Demoria no estaba segura de la dirección. La herida en su abdomen ardía demasiado, y sentía que estaba perdiendo el conocimiento. Lo peor era que había agotado toda su energía; no podía conjurar más magia de fuego, ni siquiera para cauterizar su herida.

Rasgó un pedazo de tela de sus túnicas y lo presionó con fuerza contra la herida. *Esto debería detener la hemorragia*, esperó.

Habían estado viajando por un tiempo, y Demoria pensó que sería prudente detenerse y dejar que Lucy descansara un momento. Ella misma necesitaba descansar y quizás comer algo para recuperar energía. Luego encontró un área plana rodeada de rocas, con el suelo ligeramente cubierto de hierba. También podía escuchar el sonido de agua corriendo, lo que sugería que podría haber un río cerca.

"Un río; debemos estar en el Campo de Lagunas. Parece que cabalgaste hacia el norte, Lucy," dijo a su sleipnir.

Lucy hizo un ruido y comenzó a comer hierba mientras ella desmontaba y se sentaba en una roca. El dolor de su herida se intensificó. La tela que la cubría estaba empapada de sangre y ya no era efectiva. El mareo la invadió, y su visión se tornó borrosa.

No duermas, no duermas. Podrías no despertar, se dijo a sí misma.

Acercó sus manos e intentó conjurar magia de fuego a través de sus dedos. Nada ocurrió; no podía sentir la magia. Se dio cuenta de que no se había sentido tan impotente en mucho tiempo, tal vez desde sus primeros días como rango uno. Una lágrima brotó de su ojo izquierdo y recorrió su mejilla.

"Esa herida necesita un tratamiento especial," dijo una voz desconocida.

Desde detrás de una gran roca, emergió una figura femenina vestida con armadura de cuero y metal. Reconoció la vestimenta de inmediato; su visitante era una bárbara.

De repente, recordó que Hallard había mencionado un encuentro anterior con bárbaros en las Montañas Campanilla Azul y especuló que podrían haber llegado tan al oeste como este lugar.

Luchó por pensar con claridad mientras el dolor de su herida se intensificaba, haciéndola sentir cada vez más inquieta. La bárbara se acercó lentamente. Justo antes de perder el conocimiento, vio la mano de la bárbara extendiéndose hacia ella.

SILAS

H *abían pasado unos días desde que escapó de la* Pirámide de Dum. La lluvia afuera continuaba, y aunque era más ligera que antes, todavía le resultaba molesta. Después de su milagroso escape, Mirta, la bruja Starr, los condujo a la casa de un amigo en quien confiaba. El pescador, Finnegan Tridecast, los recibió calurosamente.

El pescador no debía tener más de cincuenta años, con un físico robusto y un rostro curtido que mostraba las marcas de una vida bien vivida. El siempre vestía pantalones cortos y una camisa holgada, atuendo típico de su oficio. A pesar de sus esfuerzos por mantenerse limpio, el olor a pescado siempre lo acompañaba. Finnegan, como resultó ser, tenía un carácter alegre y era fácil de tratar. Vivía con su esposa, Livia, quien siempre estaba ocupada cuidando a sus gemelos recién nacidos. Su hogar estaba ubicado al norte de la ciudad de Mater, cerca de la costa.

Para sorpresa de Silas, Finnegan se abstuvo de hacer preguntas sobre por qué estaban escondiéndose de los guardias de la isla.

"Finnegan es muy confiable. Compartimos un pasado, el cual no revelaré ahora. Podemos confiar en él. Sabe que estamos escondiéndonos de los guardias," les aseguró Mirta tanto a él como a Ophelia.

Cada día, Finnegan partía temprano en la mañana para pescar y regresaba más tarde ese mismo día. Además de su pesca, traía noticias de la ciudad. Según las últimas novedades, los guardias de la Pirámide de Dum seguían buscándolos y ofrecían una recompensa de quinientas monedas de oro.

"Los guardias, están desesperados, ¿saben? Nunca había escuchado que alguien escapara de la Pirámide de Dum. Ustedes realmente enfurecieron a los grandes líderes de Pater," dijo Finnegan.

Silas no podía creerlo: quinientas monedas de oro por su cabeza. Con esa cantidad de dinero, podía imaginarse una gran vida en cualquier lugar de las Tierras Bajas, tal como siempre había deseado.

"No podemos quedarnos más tiempo en tu casa. Los guardias pronto estarán registrando cada casa en Mater. No queremos causarle problemas a ti ni a tu familia, Finnegan," dijo Ophelia, la bruja Shabrani.

Mirta y Finnegan intercambiaron miradas y luego rompieron en sonrisas.

"No te preocupes por mí, hace tiempo que tenía ganas de una aventura como esta. La idea de estar en medio de uno de los eventos más grandes que han visto las Seis Odiadas en años me llena de entusiasmo. En cuanto a mi familia, saben a dónde ir si las cosas se ponen feas," dijo Finnegan.

Silas no entendía los motivos de Finnegan. *¿Por qué está tan dispuesto a ayudarnos?* se preguntaba.

Por otro lado, Ophelia parecía cada vez más ansiosa con cada día que pasaba. Cada mañana, ideaba un nuevo plan de escape para sacarlos a salvo de las islas de las Seis Odiadas. Sin embargo, como expertos en las islas, Mirta y Finnegan desechaban rápidamente los planes de Ophelia.

"Los guardias no estarán buscando en todos lados; debe haber calles o callejones que ni ellos conocen. Si nos movemos temprano, antes del amanecer, podríamos navegar por esos lugares ocultos hasta llegar a la bahía. Una vez allí, Finnegan, podrías echarnos una mano consiguiendo un bote para dejar esta isla," sugirió Ophelia mientras mordía un trozo grande de pescado acompañado de papas. De hecho, Silas notó que ella siempre estaba comiendo. "Me llamaban Hagar el Hambriento," le había dicho en una ocasión, recordando una conversación que tuvieron en la Pirámide de Dum antes de que ella revelara ser una bruja Shabrani.

Finnegan negó con la cabeza, mostrando su desaprobación.

"No, eso no va a funcionar. No son solo los guardias husmeando por ahí; la gente del pueblo también está vigilando. No olviden que hay una recompensa jugosa de quinientas monedas de oro por sus cabezas. Y los guardias tienen toda la maldita bahía bajo control, lo que hace que escapar sea una verdadera hazaña, ¿saben?" explicó Finnegan.

Silas reflexionó entonces, *Incluso si salimos de esta isla, ¿a dónde me llevará Ophelia?*

Después de que Finnegan partiera para su día habitual, Silas fue en busca de Ophelia. La encontró en la sala principal, absorta en el estudio de mapas de Pater mientras bebía leche de cabra y disfrutaba de pan y queso. Sospechaba que probablemente estaba tramando otro plan para Mirta y Finnegan, uno que seguramente desaprobarían de nuevo. Mirta también estaba en la sala principal, mirando fijamente la chimenea que proporcionaba calor durante el frío clima.

"¿En qué piensas, Silas?" preguntó Ophelia.

Había llegado a confiar en la bruja Shabrani hasta cierto punto. Ella lo había ayudado a escapar de la Pirámide de Dum, y su fuerte determinación de mantenerlo a salvo le daba razones de sobra para depender de ella. Sin embargo, hablar con ella todavía lo incomodaba, dada su reputación como bruja Shabrani, conocida como una de las más temibles del mundo. Temía que decir algo incorrecto pudiera llevarlo a un destino similar al que ella había infligido sin esfuerzo a los guardias en la Pirámide de Dum.

"Me he estado preguntando, si logramos salir de esta isla, ¿a dónde me llevarás?" preguntó Silas con cautela.

Ophelia lo examinó detenidamente. "¿No hemos hablado ya de esto?" ella parecía perpleja.

Trató de recordar sus conversaciones una vez más. La única oportunidad que habían tenido para hablar adecuadamente fue en la Pirámide de Dum. Desde entonces, Ophelia parecía tan ocupada que no quería interrumpirla con preguntas triviales.

"No creo que lo hayamos hecho," respondió.

Ophelia abrió los ojos de par en par y cubrió suavemente su boca. "Dios mío, debes estar muriendo de curiosidad. Ven conmigo," dijo.

La bruja lo llevó hacia la chimenea, donde Mirta aún estaba sentada cerca.

"Por favor, mira dentro del fuego," dijo Ophelia.

Él asintió, curioso por saber por qué estaban fijando su atención en las llamas.

"Hay un artefacto antiguo controlado por nosotras, las brujas Shabrani. Se llama la Llama de Eldoria. Se manifiesta como una llama roja inextinguible que, ocasionalmente, da visiones de nuestro futuro. Puedes imaginarlo como esta chimenea. Las brujas en nuestro Gran Consejo interpretan estas visiones y las transforman en misiones. Una de esas misiones me fue asignada. En esencia, consistía en rescatarte de la Pirámide de Dum y guiarte hacia la Nación Dorada," explicó Ophelia.

Quedó sin palabras ante la revelación. Una llama capaz de predecir el futuro era, sin duda, una maravilla. Sin embargo, la idea de viajar a la Nación Dorada no le resultaba particularmente atractiva.

"Perdón si esta información es abrumadora," dijo la bruja Shabrani. "Siéntete libre de hacer cualquier pregunta que tengas."

No se dio cuenta de que ella podía leer su rostro con tanta facilidad. *Debería ocultar mis emociones más a menudo*, pensó.

"¿Tu oráculo siempre tiene razón? ¿Y por qué vamos a la Nación Dorada?" preguntó.

Ophelia recogió sus largas trenzas, que descansaban sobre sus hombros, y las llevó detrás de su espalda. "La Llama de Eldoria puede ser algo ambiguo. No me malinterpretes; sus predicciones siempre son precisas. Sin embargo, nuestras misiones suelen traer algún tipo de ventaja al clan Shabrani, ya sea una nueva alianza o riqueza adicional.

No sabré qué aportará mi misión contigo a nuestro clan hasta que la complete con éxito. En cuanto a por qué vamos a la Nación Dorada," hizo una pausa.

Ophelia deslizó su mano dentro de sus túnicas y sacó un puñal. El puñal era plateado y parecía desgastado, tal vez debido a su antigüedad. Su hoja era curva, y en el mango estaban grabados extraños caracteres.

"Esto es una kris, un tipo de daga especial. ¿La reconoces?" preguntó Ophelia.

Él tomó la daga. El arma no parecía particularmente afilada y mostraba signos de oxidación. Notó de nuevo los caracteres desconocidos en el mango.

"No, no la reconozco," respondió.

Ophelia recuperó la daga y se cortó el brazo con ella. Silas dio un paso atrás instintivamente, desconcertado por sus acciones.

¿Por qué hizo eso? se preguntó.

Con una sonrisa, la bruja le mostró su brazo intacto. No había corte, ni herida, ni sangre.

"Ahora, dame tu dedo," le pidió.

Silas obedeció. Ophelia le pinchó la punta del dedo con la daga, causando que emergiera una pequeña gota de sangre.

Estaba confundido por los acontecimientos. La daga no había cortado a Ophelia, a pesar de que ella la había usado para cortarse antes, pero sí lo había cortado a él.

"¿Cómo es posible?" preguntó, desconcertado.

Ophelia señaló la cicatriz en el cuello de Silas.

"La cicatriz que me mostraste en la Pirámide de Dum no es de nacimiento. Todo sugiere que fue hecha por esta daga," explicó.

Él se sintió aún más desconcertado.

"Esta es una daga mágica, diseñada para reconocer a individuos importantes. Durante la Guerra de las Cenizas, muchas personas se hacían pasar por miembros de familias reales. Era conveniente porque las personas de importancia recibían tratamiento prioritario para las raciones y la atención médica. El clan Starr," hizo una pausa, lanzando una mirada a Mirta, "creó estas dagas especiales para distinguir entre los importantes y los insignificantes. La mayoría de estas dagas se perdieron hace mucho tiempo. La que tengo en mi poder debe ser la última."

Estaba a punto de hablar cuando fue interrumpido por Mirta, de quien había olvidado que estaba en la misma habitación.

"¿De dónde sacaste esta kris?" preguntó Mirta.

Ophelia ni siquiera miró a la bruja Starr. "Tomé esta daga de un mercader rico en Samos. Le extraje toda la información que pude, pero desconocía quién era su propietario original," explicó.

Silas permaneció en silencio mientras asimilaba la información.

"Hay algo más que debes saber," dijo Ophelia. "Mi misión no me instruyó específicamente a rescatar a un joven llamado Silas. El Oráculo de Eldoria me encomendó obtener esta kris y descubrir su historia. Una vez que lo tuve en mi poder, descubrí que los caracteres en el mango estaban escritos en un antiguo idioma usado en las Seis Odiadas hace muchos años, incluso antes de la Guerra de las Cenizas. Viajé por las islas buscando un traductor y finalmente encontré a unos bibliotecarios en Xaderfos que pudieron traducirlo. El mensaje hablaba de un niño nacido en la Nación Dorada que fue dejado en la Catedral de Astorr en la isla de Esther. Este niño podía ser reconocido por una cicatriz en su cuello, hecha con esta misma daga," explicó Ophelia.

"Desde entonces, he estado intentando seguir tus pasos, usando magia y buscando información sobre ti," añadió.

"Si lo que dices es cierto, Silas es parte de una familia real," dijo Mirta.

Él luchaba por juntar las piezas de la revelación hasta que Mirta lo verbalizó. *¿Significa que vengo de un linaje real?* pensó, sintiéndose aún más desconcertado que antes.

"Entonces, ¿quién soy? ¿Mis padres son algún tipo de personas adineradas? ¿Viven en la Nación Dorada? ¿Es por eso que me llevas allí?" preguntó.

"Tranquilo, tranquilo, joven. No lo sé. Todo lo que sé es que encontraremos las respuestas a esas preguntas en la Nación Dorada. Esta daga, con suerte, nos guiará en nuestro viaje," dijo Ophelia.

Mirta tomó a Silas de las manos y lo abrazó con fuerza. "Tenía el presentimiento de que estabas destinado a grandes cosas."

"Gracias," respondió él con torpeza.

Mirta lo soltó y se dirigió a Ophelia. "Deberías haber dicho esto antes. Debemos apurarnos y encontrar una forma de salir de esta isla lo antes posible," insistió la anciana.

Ophelia miró a Mirta con indiferencia. "Solo estaba siguiendo órdenes. No me apego a las misiones," replicó. Luego dirigió su mirada a Silas. "Sin embargo, debo disculparme contigo, Silas. Debería haber hablado antes contigo," dijo con calma.

Silas observó la rivalidad entre Ophelia y Mirta, dándose cuenta de que las brujas de diferentes clanes no se llevaban muy bien.

"Silas, ¿entiendes ahora por qué no podemos llevarnos a Mirta con nosotros en nuestra huida?" dijo Ophelia. "No podré cuidar de ustedes dos. Solo podré salvaguardar tu bienestar."

Él entendía la lógica detrás de las palabras de Ophelia. Llevar a Mirta solo dificultaría su escape, pero la idea de dejarla atrás le pesaba.

"Lo que dice la bruja Shabrani es correcto. Ya no poseo el poder que una vez tuve; mi magia casi me ha abandonado. Estaré bien, hijo mío. Me quedaré con mi amigo Finnegan hasta mis últimos días," lo tranquilizó Mirta.

Silas asintió, sintiéndose aliviado al saber que Mirta se quedaría con Finnegan, en quien había aprendido a confiar.

Entonces, Mirta compartió la historia de cómo llegó a parar en la

Pirámide de Dum.

Explicó que, antes de su encarcelamiento, el líder de la isla de Esther había cerrado la Catedral de Astorr, obligando a Mirta y a las demás brujas Starr a marcharse. Las brujas Starr, en desacuerdo con la decisión del líder, decidieron desobedecer su decreto y reabrir la catedral. El líder de Esther, disgustado con este acto de rebelión, envió guardias para expulsar a las brujas de la catedral. A pesar de la resistencia de las brujas, los guardias resultaron ser abrumadores. Al final, Mirta fue la única sobreviviente y fue encarcelada en la Pirámide de Dum por oponerse al líder, un acto considerado un crimen en las islas de las Seis Odiadas.

"Desde entonces, he oído que los líderes de las islas han estado cerrando nuestras catedrales una por una en todas las islas de las Seis Odiadas. Nuestro clan y la Nación Dorada no estarán contentos con estos acontecimientos. Los líderes están jugando un juego peligroso," dijo Mirta.

Silas notó que Ophelia prestaba mucha atención a las palabras de Mirta; parecía que las noticias la intrigaban. "¿Estabas al tanto de estos acontecimientos?" le preguntó a Ophelia.

Ophelia lo miró mientras tomaba otro bocado de pan. "Cuando seguía tus pasos, lo primero que hice fue indagar sobre las Catedrales de Astorr abandonadas. Todo lo que pude recopilar de los lugareños cercanos es que las brujas Starr ya no estaban a cargo de las catedrales," dijo, lanzando una mirada significativa a Mirta.

"Después de que me capturaron, fui sentenciada a morir en la Pirámide de Dum. Perdí toda esperanza de vivir. Estaré eternamente agradecida contigo, Silas, y contigo, Ophelia, por rescatarme," dijo Mirta con lágrimas en los ojos.

Ophelia pareció ignorar las palabras de gratitud de Mirta. La bruja Shabrani no reconoció a Mirta como él esperaba. Después de todo, había sido idea de Silas rescatar a Mirta, y Ophelia se había visto obligada a seguir su plan.

Durante los días siguientes, Ophelia continuó enfocándose en estudiar mapas y libros antiguos. El asunto de su partida de la isla de Pater seguía siendo un desafío; ninguno de los planes de Ophelia recibió apoyo de los demás. Silas se preguntaba si alguna vez lograrían salir de la isla.

En un día muy lluvioso, Finnegan regresó de pescar antes de lo habitual.

"Amigos, el momento llegó, es ahora o nunca," exclamó Finnegan, visiblemente agitado, su respiración indicaba que había estado corriendo.

"Siéntate, siéntate aquí, Finnegan," Mirta extendió una silla para que el pescador descansara.

"No hay tiempo pa' sentarse. Los guardias están dejando la bahía, yendo hacia el suroeste, hacia las Tres Hermanas. Se rumorea que la Nación Dorada envió un pequeño ejército pa' matar a los líderes de las Seis Odiodas por cerrar todas las catedrales Starr. Parece que estarán ocupados un rato," dijo Finnegan aún agitado.

Ophelia descartó los mapas que estaba estudiando. "Eso significa que es seguro salir. Sin embargo, aún necesitamos encontrar un barco dispuesto a llevarnos a la Nación Dorada. Si los rumores que trajiste son ciertos, ningún capitán estará dispuesto a cruzar el mar con nosotros," señaló la bruja Shabrani.

Finnegan finalmente se sentó, miró al techo y dijo: "Tienes razón ahí."

"Echo, los barcos aún zarparán hacia Echo," dijo una voz que Silas no reconoció. Era Livia, la esposa de Finnegan.

Finnegan se levantó de la silla y tomó a Livia del brazo. "Mujer, será mejor que te quedes en tus habitaciones con las gemelas. Este no es lugar pa' ti, ¿entendido?" dijo el pescador con enojo.

Hasta ese momento, Silas creía que Finnegan era un buen hombre que trataba a las personas con amabilidad. Sin embargo, la forma en que el pescador le habló a su propia esposa le hizo pensar lo contrario. Estaba sorprendido por el comportamiento misógino de Finnegan. Este tipo de discriminación era común entre los isleños, pero nunca alineaba con los valores de Silas. *Qué imbécil*, pensó.

El rostro de Ophelia se llenó de furia, recordándole a Silas el momento en que mató a los guardias en la Pirámide de Dum. "¡Déjala hablar!" exclamó la bruja Shabrani. Silas se alegró de que Ophelia defendiera a Livia, un acto que hizo que confiara aún más en ella.

Finnegan, visiblemente nervioso, soltó el brazo de su esposa.

Livia habló en un tono tímido: "Hay barcos que van a Echo desde la bahía. Desde Echo, les tomará un par de días a caballo llegar a la Nación Dorada."

Ophelia jugueteó con sus trenzas mientras miraba a su alrededor, inmersa en sus pensamientos. "Echo, la tierra de las desaparecidas brujas Dragani. Se sabe que su clan fue desterrado hace mucho tiempo. Parece peligroso, pero podría ser nuestra única opción. No me gustaría quedarme más tiempo en esta isla," dijo, mirando a Finnegan, quien todavía parecía muy nervioso.

"El muchacho debe decidir," dijo Mirta. Todos en la habitación dirigieron su atención a Silas.

"Silas, he descuidado darte toda la información sobre tu escape anteriormente. Todo lo que he hecho hasta ahora ha sido para cumplir mi misión, pero al final del día, es tu vida. Te dejaré decidir nuestros próximos pasos. ¿Vamos a Echo o buscamos otra forma de entrar a la Nación Dorada?" preguntó Ophelia.

Él sintió un sentido de compañerismo que nunca antes había experimentado. Incluso cuando formaba parte de la banda de los Olvidados, sus decisiones y pensamientos nunca fueron valorados.

"Iremos a Echo," dijo.

Poco después, Ophelia y él estaban listos para partir. Reunieron toda la comida que pudieron de la casa de Finnegan, principalmente para Ophelia, quien siempre tenía hambre.

Decir adiós a Mirta por segunda vez no fue fácil, especialmente después de haber presenciado el comportamiento de Finnegan hacia su esposa. *¿Está Mirta realmente segura aquí?* se preguntó. Quiso preguntárselo a Mirta, pero no encontró la oportunidad de hacerlo, ya que el pescador estaba constantemente presente.

"Adiós, hijo mío. Rezaré a nuestro Señor Astorr por tu bienestar," dijo Mirta. Sus ojos estaban llenos de lágrimas, como si intentara contenerlas. Silas notó que la bruja Starr lucía frágil y desprovista de poder, dejando al descubierto su avanzada edad bajo su mirada llorosa.

No tuvieron oportunidad de despedirse de Livia. Finnegan excusó a su esposa, diciendo que estaba cuidando a las gemelas. Silas pensó que el pescador mentía, probablemente escondiendo a su mujer. Esto solo hizo que le desagradara aún más.

Cuando partieron, notó algo peculiar. Dos mujeres delgadas, de la misma edad que Livia, esperaban afuera de la casa de Finnegan. Se preguntó qué estarían haciendo allí.

Afuera llovía ligeramente. Se sintió aliviado de estar finalmente al aire libre. Ambos llevaban capuchas, por si algún ciudadano de Pater los reconocía, lo que podría poner en peligro su única oportunidad de abandonar la isla.

"¿Qué piensas de Finnegan ahora?" preguntó Ophelia mientras caminaban juntos por una calle estrecha.

¿Acaso mi rostro delató lo que pienso del pescador? meditó.

"Estoy agradecido por todo lo que ha hecho por nosotros, pero no me gustó cómo trata a su esposa. Eso es todo," respondió. Notó que había todo tipo de personas a su alrededor, desde comerciantes y vendedores hasta mendigos pidiendo monedas.

"Está bajo algún tipo de hechizo. Supongo que es obra de Mirta," dijo Ophelia, mirando a su alrededor.

Silas se detuvo. "¿Qué quieres decir?"

Ophelia lo tomó de la mano y tiró de él para que siguieran caminando.

"Por favor, no te detengas de repente. No debemos atraer atención. No reconozco el hechizo, pero me parece que Mirta lo lanzó antes de ser llevada a la Pirámide de Dum. No estoy segura. Lo que viste el otro día fue el hechizo empezando a disiparse. Finnegan estaba volviendo a su ser original, tratando mal a su esposa otra vez," explicó.

Silas no esperaba recibir esta noticia. "¿Estás diciendo que el hechizo hace que Finnegan sea dócil de alguna manera?" preguntó.

Ophelia lo miró sorprendida. "Por fin estás haciendo las preguntas correctas. Estás madurando rápido, Silas," dijo con una risa ligera.

"Sí, el hechizo de alguna manera lo obliga a hacer cualquier cosa. Tal vez sin él, nunca habría aceptado ayudarnos. Y luego está el asunto de las gemelas y esas mujeres afuera de la casa cuando nos fuimos," dijo Ophelia.

Él se volvió hacia la bruja Shabrani, luciendo confundido.

"Oh, tal vez debería explicarlo. Las gemelas tienen poderes mágicos. Creo que el hechizo sobre Finnegan hizo que las gemelas nacieran con magia. En cuanto a las mujeres afuera, sospecho que Mirta planea que se queden embarazadas del pescador para procrear más niñas con dones mágicos," explicó Ophelia.

Silas quedó aún más confundido. "¿Estás diciendo que Mirta está creando un ejército de bebés mágicos?" preguntó.

Ophelia rio en voz alta, llamando la atención de algunos transeúntes. Rápidamente lo tomó de la mano y lo llevó a una esquina donde pudieron hablar más en privado.

"Bueno, esos bebés crecerán en algún momento, Silas," dijo Ophelia, todavía riendo. "Mirta está creando seres mágicos con magia Starr. Forzar la magia en humanos recién nacidos está prohibido por el Gran Concilio. Informaré de sus acciones a mi clan cuando tenga la oportunidad. Ahora mismo, mi prioridad eres tú y completar mi misión," dijo con determinación.

Silas entendió mejor la situación, aunque no lograba comprender por qué Mirta haría algo así.

"No te preocupes por eso. Tenemos un desafío mayor por delante. Concéntrate en mantenerte vivo, Silas," dijo Ophelia con firmeza.

Mientras continuaban caminando, el olor a pescado muerto y agua salada era inconfundible. Habían llegado a la bahía. Una vez allí, no fue difícil encontrar el barco a Echo. Entre los comerciantes que vendían todo tipo de pescado y ostras, otros gritaban los nombres de diversos destinos.

"Viaje a Patmos saliendo pronto," gritó un hombre que parecía no haberse bañado nunca.

"¡El barco a Samos está saliendo, aborden ahora!" exclamó una mujer sin dientes.

Después de caminar un rato por la bahía, Ophelia dijo: "Ahí está nuestro barco."

Al final de la bahía, un niño sostenía un cartel que decía Echo. Detrás de él, un barco mediano estaba listo para partir.

Ambos corrieron hacia el barco, dieron unas monedas al niño como pago y abordaron.

Dentro, se enteraron de que el barco se llamaba Horizonte Sereno. Les asignaron camarotes para dormir. Notaron que el barco estaba lleno de comerciantes, todos ofreciendo productos a precios bajos, probablemente intentando vender las últimas de sus mercancías.

Silas se separó de Ophelia, quien decidió quedarse en su camarote. Él subió a la cubierta para tener una vista más clara del océano. Cuando el barco comenzó a moverse, se dio cuenta de que la lluvia finalmente estaba cesando, aunque el sol seguía oculto tras las nubes.

El viento soplaba con fuerza, impulsando el barco rápidamente sobre el agua. No pasó mucho tiempo antes de que pudiera ver las costas de Pater a lo lejos, mientras el sol empezaba a abrirse paso entre las densas nubes. Una sonrisa se dibujó en su rostro al darse cuenta de que estaba dejando atrás su antigua vida.

Siento que algo bueno está por llegar, pensó.

ALABASTER

*L*o último que escuchó fueron sus propios gritos mientras caía en un vacío interminable. En algún momento, sin darse cuenta, perdió la conciencia. Al despertar, se encontró en una tierra desconocida, completamente solo.

El terreno que lo rodeaba no era más que un mar infinito de dunas de arena, que se extendía hasta donde alcanzaba la vista. A medida que recuperaba los sentidos, una sed y hambre intensas lo invadieron, recordándole que no había probado agua ni comida decente en lo que parecía una eternidad. Para empeorar las cosas, su cuerpo estaba cubierto de numerosas heridas, cada una exigiendo atención urgente.

A dondequiera que miraba, solo había arena y el implacable calor del sol abrasador. Alabaster caminó sin rumbo fijo por un largo tiempo, con sus desgastadas sandalias amenazando con romperse en cada paso. Las suelas agrietadas y los pasadores deshilachados indicaban que podían ceder en cualquier momento, pero él se aferraba a la esperanza de que resistieran un poco más.

Sus prioridades inmediatas se volvieron claras: encontrar ayuda, agua y comida. El sol abrasador no daba tregua, y pronto el agotamiento lo venció. *Quizás si tuviera veinte años menos, podría sobrevivir a este viaje*, pensó con amargura. Su cuerpo, ya no tan fuerte como antes, lo obligaba a detenerse con frecuencia. Sin embargo, sabía que no podía permitirse descansos prolongados; la ausencia de sombra y la fuerza implacable del sol podían acabar con él en cualquier momento.

Mientras avanzaba penosamente por la arena, su mente divagó hacia sus captores: la enigmática niña que se había revelado como una bruja de la Luna, Truinan y Searc, habitantes locales de los Altiplanos de Rocassombra. Había planeado sacrificarlos a las brujas de Sangre, pero el giro repentino de los acontecimientos había destrozado por completo sus planes.

La desesperación se apoderó de él cuando un pensamiento repentino lo golpeó: No debo fallar a las brujas de Sangre.

Consideró la sombría posibilidad de regresar ante las brujas de Sangre con las manos vacías. Si no lograba encontrar un nuevo sacrificio, ellas nunca le otorgarían el poder para vengar a los asesinos de su familia. La mera idea de fallarles le heló la sangre, y el temor al castigo que podría enfrentar se cernía sobre él como una sombra. *Sin su ayuda, mi venganza permanecerá fuera de alcance para siempre*, reflexionó con ansiedad, mientras el miedo carcomía su determinación.

Sus pensamientos se dirigieron al hombre extraño que lo había atacado a él y a sus antiguos captores. *¿Quién era él?* pensó. *Nunca he visto a alguien como él en mi vida.* Se le ocurrió que el último ataque de ese hombre podría haberlo teletransportado de alguna manera lejos del Bosque Crepuscular. *Un hombre que puede usar magia. Eso sí que es una historia para contar. En todas las Tierras Bajas, es bien sabido que solo las mujeres pueden usar magia*, reflexionó.

Un pensamiento más intrigante cruzó su mente: *¿Por qué ese hombre extraño me perseguía?* Su mejor suposición era que guardaba relación con la razón por la que la bruja de la Luna deseaba mantenerlo con vida. Todos parecían compartir un objetivo común: él, la clave para encontrar el paradero de las brujas de Sangre.

Siendo un sacerdote de Sangre, su presencia era vital para obtener acceso al campamento de las brujas de Sangre. Esa era la única razón por la cual la niña misteriosa, la bruja de la Luna, se había abstenido de matarlo en el pasado.

No recordaba cuándo había caído el sol, pero ahora la luna adornaba el cielo nocturno. Al mirar hacia ella, notó un pequeño y peculiar cuerpo celeste oscuro frente a la luna, fácilmente pasable por alto.

"Todos los arreglos están en marcha para un nuevo Apócrifa," de repente recordó lo que el hombre extraño dijo en el Bosque Crepuscular. *Apócrifa, si tan solo pudiera recordar dónde leí sobre ese término*, pensó.

De repente, sus rodillas cedieron, y ya no pudo caminar. A su alrededor, no había más que arena, y solo el sonido del viento rompía el silencio. Los últimos vestigios de energía abandonaron su cuerpo, dejándolo inmóvil. Al colapsar en el suelo, sintió el sabor áspero de la arena en su boca. Desesperado, gritó y maldijo su vida, reflexionando sobre los recientes acontecimientos que lo habían llevado a esta situación tan penosa.

A la mañana siguiente, fue abruptamente despertado por gotas de agua cayendo sobre sus labios resecos. Al principio, pensó que era un sueño.

"¡Más, más!" dijo.

Con los ojos cerrados, bebió toda el agua que pudo.

"¿Puedes levantarte, anciano?" le preguntó alguien.

Intentó mover su cuerpo, pero parecía no reaccionar. Lentamente, abrió los ojos y se dio cuenta de que no estaba soñando. Frente a él estaba un soldado vestido con una armadura de color marrón claro. A su lado, había otros dos soldados montados en caballos. Rápidamente echó un vistazo al escudo en su armadura. En la placa del pecho, los soldados llevaban un emblema que reconoció.

Echo, son soldados de Echo, pensó. Eso significaba que podría estar en las Dunas Silenciosas, que bordeaban las tierras de Echo.

Intentó moverse de nuevo, pero su cuerpo seguía sin responder. Además, su estómago le dolía por hambre.

"Comida, por favor, necesito comida," les suplicó a los soldados.

Uno de los soldados sacó un pedazo de pan y una manzana de una alforja que colgaba de su caballo.

El cuerpo de Alabaster, al ver la comida, reaccionó automáticamente.

Se sentó, recibió la comida y comenzó a comer tan rápido como pudo.

"¿Te sientes mejor, anciano?" preguntó el soldado.

Le tomó un momento por responder, luego extendió su mano al soldado en busca de ayuda para ponerse de pie. El soldado lo tomó del brazo y lo ayudó a levantarse.

"Sí, pensé que moriría en este desierto. Tienes mi gratitud eterna, soldado..." respondió, esperando que el soldado le dijera su nombre.

"Soy Lotar," dijo, y luego señaló a los otros dos soldados, "Ellos son Carion y Barraco."

"¿No deberías decir nuestros nombres en voz alta? ¿Y si está aliado con nuestros enemigos?" cuestionó el soldado llamado Carion.

El rostro de Lotar se tornó ligeramente molesto. "Míralo, es anciano y flaco como un mendigo fuera del Castillo de los Susurros. Este hombre no está en condiciones de ser una amenaza para nadie," dijo Lotar.

Luego dirigió su mirada hacia Alabaster. "¿Quién eres, anciano? ¿Cómo es que estás completamente solo en estas dunas de arena?"

Alabaster contempló decir su verdadero nombre, pero optó por adoptar un nombre más apropiado para estas tierras. En el pasado, había leído sobre las costumbres y el folclore de Echo mientras estudiaba para ser un sacerdote de Balor, conocimientos que resultaban útiles en esta situación.

"Soy Decar, soy un bibliotecario. Trabajo normalmente en la biblioteca del Castillo de los Susurros. Estaba borracho hace un par de noches. Unos bandidos me capturaron y me robaron todas mis pertenencias. Cabalgaron al noroeste desde Echo. Los escuché decir que me llevarían a un clan de bárbaros escondido en las dunas de arena para intercambiarme por monedas de oro. Me dejaron sin comer durante dos días," mintió.

Era consciente de los bibliotecarios en Echo, establecidos para mantener registros de la historia del mundo. Se rumoreaba que la biblioteca dentro del Castillo de los Susurros contenía una colección extensa de libros, inigualable en las Tierras Bajas.

Al mentir a los soldados, esperaba que lo llevaran a Echo, dándole tiempo para contemplar su próximo movimiento.

"¡Bárbaros!" gritó el soldado llamado Barraco.

El grito repentino lo sobresaltó, haciéndolo mirar ansiosamente a su alrededor en busca de señales de bárbaros.

"No te preocupes, Decar. Barraco es un mal bromista," dijo Lotar.

Efectivamente, Barraco y Carion estaban riendo a carcajadas por su expresión de sorpresa.

Alabaster decidió ignorarlos.

"Mis disculpas, Decar. Mis compañeros suelen bromear sobre asuntos serios. Echo ha recibido informes de un grupo de bárbaros cabalgando por las dunas de arena. Nos han ordenado encontrar a esos salvajes."

Se sorprendió de lo acertada que resultó ser su mentira. *¿De verdad hay un campamento bárbaro cerca? La suerte debe estar de mi lado*, pensó.

"¿Son ustedes la única compañía buscando a los bárbaros?" preguntó Alabaster.

Notó que Carion desenvainó su espada y la apuntó hacia él, lo que lo hizo retroceder gateando.

"¿Estás diciendo que no somos suficientes?" le dijo Carion enfadado.

Lotar también desenvainó su espada y la cruzó con la de Carion.

"Debes controlar tu comportamiento impulsivo, Carion. ¿Cómo demonios conseguiste un puesto en el ejército de Echo?" dijo Lotar con un tono amenazante.

"Los soldados de Echo se han vuelto débiles desde que juraron lealtad a la Nación Dorada. Tal vez quieran a alguien más como yo en sus filas y menos blandos como tú," respondió Carion, claramente provocando a Lotar.

Alabaster decidió intervenir.

"Por favor, no era mi intención causar este desacuerdo. Nosotros, como ciudadanos de Echo, debemos permanecer del mismo lado," suplicó a los soldados.

Carion guardó su arma y se alejó.

"Mis disculpas nuevamente, Decar. Ese debería estar en las arenas de combate y no en misiones de reconocimiento. Para responder a tu pregunta: no, no somos el único grupo de soldados buscando a los bárbaros. Hay otros también buscándolos. Salimos de Echo hace tres días. Nuestras raciones de comida ya se han agotado, así que estamos regresando. Te llevaremos con nosotros," dijo Lotar.

Estas palabras lo complacieron. Después de su conversación, se sintió mejor tanto física como mentalmente. Cabalgó con Lotar en su caballo. El soldado también mencionó que no estaban lejos de las fronteras de Echo.

Durante el camino, Alabaster meditó sobre sus antiguos captores. *Es posible que también hayan sido teletransportados a las Dunas Silenciosas. Tal vez estén tan perdidos como yo lo estuve. Espero que estén muertos, especialmente esa pequeña bruja*, pensó.

La noche descendió rápidamente ese día, o al menos, esa fue su percepción. Hacía tiempo que habían dejado atrás el desierto, y el paisaje los recibió con un terreno más fértil. Observó árboles dispersos y palmas, indicando que habían entrado en territorio de Echo.

"Te dejaremos lo más cerca posible del Castillo de los Susurros. Desde allí, puedes continuar por tu cuenta," dijo Lotar.

"Sí, por supuesto. Gracias, Lotar," respondió.

Notó que las calles de Echo estaban inquietantemente vacías. Recordó que la mayoría de los residentes de Echo habían huido o se habían reasentado en la Nación Dorada. Este éxodo masivo ocurrió hace tiempo, cuando la Nación Dorada invadió Echo. Dicho evento ocurrió después de que el Rey Roland de la Nación Dorada buscaba prevenir otra Guerra de las Cenizas tras enterarse de que el clan Dragani intentaba traer a su dios, Dragan, a las Tierras Bajas.

Recordando detalles de un libro de historia, Alabaster sabía que la batalla fue notablemente breve. La Nación Dorada, con sus formidables fuerzas, incluyendo a las brujas Starr, rápidamente vencieron a las brujas Dragani, las protectoras de Echo. Las brujas Dragani fueron casi exterminadas en el conflicto, y las pocas sobrevivientes buscaron refugio en el norte, cerca de la fría región de Corona de Hielo—o al menos, eso decían los rumores. La Nación Dorada se retiró de Echo solo después de instalar a su propio gobernante en el Castillo de los Susurros. Desde entonces, Echo había permanecido subyugada a la Nación Dorada.

Al llegar al Castillo de los Susurros, Lotar preguntó: "¿Estarás bien a partir de aquí, Decar?"

Alabaster desmontó y expresó su gratitud a Lotar una vez más por el viaje.

"Has sido mi salvador. Preveo un futuro brillante para ti, joven," dijo con aprecio.

Notó que Barraco y Carion seguían detrás de Lotar. "Hasta la próxima, anciano," dijo Carion con una sonrisa, imitada por la mueca burlona de Barraco.

A Alabaster no le agradaban esos dos.

Una vez que los soldados se marcharon, comenzó a contemplar sus próximos movimientos. Solo, en una ciudad desconocida para él, el Castillo de los Susurros se alzaba frente a él, aunque no tan imponente como lo había imaginado. Recordó que el castillo recibió su nombre tras la batalla con la Nación Dorada. Se decía que el nuevo señor del castillo detestaba el ruido por encima de todo, hasta el punto de matar a cualquiera que se atreviera a estornudar en su presencia. Observando la escena, se dio cuenta de algo: incluso desde afuera, había una inquietante ausencia de sonido proveniente del interior del castillo. Dos guardias estaban de pie como centinelas en las puertas principales, pero para su sorpresa, no le hicieron preguntas sobre sus motivos para estar allí. Aprovechando la oportunidad, decidió intentar entrar al castillo con la esperanza de encontrar la biblioteca. Tal vez podría convencer a alguien de que era un auténtico bibliotecario.

Una vez dentro, notó muchas velas y chimeneas adornando los pasillos, pero no encontró a nadie con quien hablar. Continuó avanzando por los corredores hasta llegar a un área amplia. Altos estantes llenos de llbros lo rodeaban, confirmando que, efectivamente, había encontrado la biblioteca.

"¡Oye! ¡Tú! ¿Estás perdido?" llamó una voz.

Al darse la vuelta, vio a un anciano vestido con túnicas dirigiéndose a él.

Un bibliotecario, Alabaster se dio cuenta.

"Amigo, soy nuevo en este castillo…" comenzó a presentarse, pero fue interrumpido.

"¿Eres tú el que envió el joven dorado por más libros?" preguntó el anciano.

Alabaster se detuvo un momento. *¿El joven dorado?* Especuló si se refería al Príncipe Bason o al Príncipe Terrence de la Nación Dorada.

Optando por seguirle la corriente, respondió: "Sí, sí, fui enviado aquí por más…" pero antes de que pudiera terminar de hablar, fue interrumpido nuevamente.

"Bueno, no se puede leer a estas horas. Veo que eres casi tan viejo como yo; tus ojos necesitarán más que estas velas para ver," comentó el anciano. "Ven conmigo; te llevaré a tu dormitorio. Será mejor que también cambies esas túnicas. Debes haber estado en un camino muy sucio. Pareces un mendigo," agregó el anciano.

Alabaster obedeció, siguiendo al hombre hasta una habitación en uno de los pasillos.

"Puedes quedarte aquí. Se han preparado comida y bebidas para ti. También he pedido a la servidumbre que prepare un baño. Encontrarás ropa limpia sobre la cama. Una última cosa, no deambules solo afuera. El Castillo de los Susurros podría no ser amable con los nuevos visitantes por la noche. Descansa bien," advirtió el anciano mientras cerraba la puerta.

Por primera vez, Alabaster no podía creer la suerte que había tenido desde que despertó en las Dunas Silenciosas.

Parece que los dioses están conmigo, pensó para sí mismo. Aunque, ¿cuál dios?, no lo sabía.

Mientras se desvestía, notó la transformación que su cuerpo había sufrido. Antes con algo de peso extra alrededor de su vientre y piernas, ahora se veía reducido a piel y huesos. Cicatrices, aún en proceso de curación, marcaban los lugares donde Searc, el chico que le había arrojado piedras, lo había herido. Maldijo al chico, deseando su muerte.

Un plato frío de papas y carne esperaba en la mesa junto a su cama. Lo devoró sin preocuparse por su temperatura. Luego, se sumergió en el baño tibio, disfrutando un momento de descanso. Incluso los recuerdos tormentosos de su pasado parecían comenzar a desvanecerse.

"Si los dioses son reales, esto debe ser un mensaje; debo quedarme aquí antes de encontrar un nuevo sacrificio para las brujas de Sangre," contempló.

Al salir del baño, se cambió con ropa limpia y se preparó para dormir. La cama era lo suficientemente cómoda, incomparable al frío respaldo de un carro donde había pasado los últimos días.

Entonces, le golpeó un pensamiento: no había considerado a su caballo, Patas Valientes. La pobre criatura debía estar muerta, y esa idea le trajo un leve pesar.

A la mañana siguiente, despertó con la calidez del sol y la dulce melodía de los pájaros cantando afuera del castillo. Buscando ropa nueva, encontró túnicas blancas y azules, junto con nuevas sandalias y un sombrero cuadrado azul. Reconoció esos colores y atuendos como los de los bibliotecarios de Echo.

Al salir al pasillo, intentó recordar la ubicación de la biblioteca. También vio a algunas personas caminar en silencio. Estaba considerando pedir direcciones cuando una voz familiar lo interrumpió.

"¡Oye, tú! Madrugaste. Te traje leche, pan y frutas para que comas."

Reconoció la voz: era el mismo anciano que había encontrado en la biblioteca la noche anterior.

"Eso es muy amable de tu parte. ¿Qué te parece si entramos a mi habitación para disfrutar de esta comida?" sugirió, imitando el mismo tono susurrante.

El anciano asintió en acuerdo.

La comida se veía deliciosa, un desayuno lujoso que no había tenido en mucho tiempo. Planeaba saborearlo en cada bocado, aunque una duda rondaba su mente: *¿por qué lo estaban tratando tan bien?* Las cómodas habitaciones y ahora una generosa comida servida para él despertaban sospechas.

"Mi nombre es Olar. Soy uno de los bibliotecarios más viejos por aquí. ¿Cuál es tu nombre, amigo?" preguntó el anciano, mordiendo una manzana.

Recordando el nombre falso que había dado a los soldados el día anterior, Alabaster decidió mantenerlo durante su estadía en Echo.

"Soy Decar. Trabajo en la biblioteca de la Nación Dorada. Puede que no sea el más viejo, pero sí el más sabio," dijo con tono juguetón.

Olar soltó una carcajada. "Me agradas, tienes buen sentido del humor. Los otros no eran muy habladores. 'Dame el libro más antiguo, ¿es todo lo que tienes?, encuentra más'—solo daban órdenes. Verás, los libros aquí son abundantes, y la mayoría ni siquiera han sido leídos aún. Debes saber que la mayoría de los bibliotecarios son jóvenes e inexpertos; aún no saben mucho. Si la maldita Nación Dorada no nos hubiera matado cuando invadieron este castillo, podríamos ser de más ayuda..." Olar se cubrió la boca abruptamente.

"No te preocupes. Estás entre amigos," lo tranquilizó con calma.

"Me abstendré de hacer tales comentarios; alguien podría oírnos. Al señor de este castillo no le gustaría que un bibliotecario hablara mal de su preciosa Nación Dorada," expresó Olar con resentimiento.

Alabaster notó la hostilidad persistente hacia la Nación Dorada.

"En fin, te dejaré terminar tu comida. Necesito ir a la biblioteca ahora; déjame mostrarte dónde está," dijo Olar, dándole indicaciones.

Después de terminar su desayuno, siguió las instrucciones de Olar y se dirigió a la biblioteca. En el camino, encontró una gran variedad de individuos, desde soldados hasta sirvientes y cocineros. El Castillo de los Susurros tenía mucha actividad esa mañana. Aunque, notó que todos intentaban mantenerse en silencio. También se preguntó dónde residía el señor del castillo.

Después de un tiempo, finalmente llegó a la biblioteca. A pesar de haber estado allí la noche anterior, a la luz del día la biblioteca parecía aún más grande, tal vez revelando espacios ocultos adicionales.

Vio a Olar conversando con otros bibliotecarios y se acercó a ellos.

"¡Decar, ven! He reunido a todos estos bibliotecarios. Por favor, dinos las instrucciones del Príncipe Bason; haremos nuestro mejor esfuerzo para seguirlas," dijo Olar con un tono respetuoso.

¿El Príncipe Bason? Alabaster encontró sorprendente la revelación, ya que los rumores lo describían como un príncipe perezoso con preferencia por actividades lujuriosas con hombres y mujeres.

Tomándose un momento para reflexionar, consideró la oportunidad ante él. Con acceso a los libros más antiguos, podía preguntar sobre las brujas de Sangre, quizás descubriendo información no ampliamente conocida. Sin embargo, descartó la idea para evitar parecer sospechoso. Otro pensamiento cruzó su mente: libros sobre rutas y la mejor manera de llegar al Bosque Crepuscular, aunque sabía que no había un camino directo desde Echo.

Sintió que los bibliotecarios lo observaban con curiosidad, lo que lo obligó a decir algo.

"Apócrifa," dijo.

Los bibliotecarios se agruparon a su alrededor, y uno con un rostro delicado, probablemente el más joven entre ellos, le pidió que repitiera la palabra.

"El príncipe ha preguntado por cualquier referencia a la palabra Apócrifa," aclaró al bibliotecario.

Recordando que esa era la misma palabra mencionada por el hombre extraño en el Bosque Crepuscular, sintió urgencia por saber más, especialmente si estaba relacionada con sus enemigos.

"Debo admitir que nunca he oído esa palabra antes, y soy el más viejo aquí," dijo Olar.

"Las órdenes del Príncipe Bason fueron claras," insistió, intentando sonar convincente.

"Sí, sí, sí. Sabemos todo sobre los pedidos del príncipe," respondió Olar con impaciencia.

Olar chasqueó los dedos, y los otros bibliotecarios se pusieron en acción rápidamente, conversando y revisando libros. Observó cómo entraban y salían de pasajes ocultos dentro de la biblioteca.

Acercándose a Olar, él preguntó, "Veo que los bibliotecarios ya han comenzado la búsqueda. ¿Cuánto crees que tardarán?"

Olar le dio una palmada en los hombros. "Nunca hemos oído esa palabra antes. Va a tomar un tiempo. Mejor ve por el castillo o explora otros libros aquí. Solo no vayas al ala izquierda del castillo; ahí es donde viven el señor de Echo, su corte y las brujas Starr. Digamos que no les agradamos mucho."

En los tres días siguientes, Alabaster disfrutó de los privilegios de su estancia en el castillo. Saboreó una variedad de comidas y fue tratado como un invitado de honor. Descubrió que al menos tres brujas Starr residían en el ala izquierda del castillo. Cuando vio a una en los pasillos, mantuvo su distancia, habiendo tenido suficientes encuentros con brujas después de conocer a la niña llamada Aliune en forma de gato, luego llamada una bruja de la Luna por el misterioso hombre en el Bosque Crepuscular. Considerando el peligro que supondría si las brujas Starr descubrieran su presencia, optó por evitarlas, temeroso de su capacidad para detectar mentiras.

A medida que pasaban dos días más, Alabaster se volvió cada vez más ansioso. La urgencia de partir y encontrar un nuevo sacrificio para las brujas de Sangre lo agobiaba. *Las brujas de Sangre no estarán felices si no les llevo un sacrificio pronto*, pensó.

Habiendo conseguido un caballo y algunas monedas para su partida, estaba listo para irse en cualquier momento. La única razón por la que aún no se había marchado era la presencia constante de Olar. También quedaba una pequeña esperanza de que los bibliotecarios encontraran algo sobre la palabra Apócrifa, pero a medida que pasaban los días, sus expectativas disminuían.

Otro día transcurrió. De noche, la luna iluminaba el cielo, creando una atmósfera inusualmente brillante. Se acercaba la hora en que los bibliotecarios comenzaban a retirarse.

Otro día ha pasado y todavía no han encontrado ninguna información sobre la palabra misteriosa, reflexionó Alabaster.

"Bueno, parece que esto será un gran desafío. Hasta ahora, los bibliotecarios han revisado muchos libros, desde los más nuevos hasta los más antiguos, pero no hay ninguna mención de Apócrifa en ningún lugar," comentó Olar, con un tono derrotado.

Intentó ocultar su decepción, pero después de días de espera, le resultaba cada vez más difícil mantener una fachada.

"No te preocupes, Decar. Seguro encontraremos algo para el príncipe," aseguró Olar, tratando de sonar positivo, quizás sintiendo su frustración.

Cuando Olar estaba a punto de retirarse a su dormitorio, un sonido llamó su atención.

"Miau..."

Un gato había entrado a la biblioteca a través de una de las ventanas. Alabaster se estremeció, sus pensamientos viajando de inmediato hacia su antigua captora, la bruja de la Luna.

"¿Estás bien, Decar? Eso es solo un gato; en realidad hay muchos por todo Echo. Mira, ahí vienen más. Deben estar buscando ratones dentro del castillo. Esto sucede de vez en cuando," explicó Olar.

Entonces, más gatos comenzaron a entrar por la ventana, al menos diez. Alabaster no pudo evitar sudar mientras los examinaba, tratando de distinguir si la bruja de la Luna estaba entre ellos.

Intentó recordar la apariencia de la bruja de la Luna en su forma de gato: *Era un gato negro. No, era negro con manchas blancas. No, tenía una extraña mancha marrón en la cola.* Pero los detalles se le escapaban. Su memoria, alterada por los recientes acontecimientos, no lograba ofrecerle una imagen clara.

En medio de su desconcierto, un joven bibliotecario llamado Copernio exclamó: "¡Encontré algo!"

Había aprendido que Copernio era un bibliotecario relativamente nuevo, con menos de un año trabajando en la biblioteca.

Mostrando una pieza plana de piedra, el joven bibliotecario explicó, "Empecé a buscar en la sección donde se almacenan los objetos desconocidos. La mayoría son muebles viejos, arte y platos, entre otras cosas. Encontré esta estela, y mira esto."

La estela estaba en mal estado, con signos evidentes de deterioro y fracturas. Observándola de cerca, notó que llevaba extraños caracteres grabados. Copernio señaló con el dedo un símbolo que decía Apócrifa. El resto de los caracteres eran indescifrables para él.

"¡Maravilloso trabajo, muchacho!" exclamó Olar, admirando la piedra. "Por eso nunca habíamos oído hablar de esto."

Examinando la estela, Olar dijo: "Esto es lo más antiguo que te puedas imaginar. No puedo saber cuántos años tiene. Y estos caracteres... son tan antiguos como los Primeros. Solo podemos suponer que es un idioma perdido en el tiempo. Tu palabra misteriosa no pertenece al lenguaje común; pertenece a una lengua que, te lo aseguro, nadie en el mundo habla."

Alabaster tomó la estela, pasando los dedos sobre los caracteres tallados. A pesar del descubrimiento, su mente estaba consumida por el problema inminente con las brujas de Sangre.

Necesito un sacrificio para ellas, pensó.

De repente, una luz azul emergió dentro de la biblioteca. Alabaster reconoció el brillo, pues lo había visto antes. Frente a él, uno de los gatos se transformó en una niña pequeña de cabello azul. El cuerpo de Alabaster comenzó a temblar de incredulidad.

"No. ¡Imposible! ¿Por qué estás aquí?" gritó.

"¡Magia! ¿Qué está pasando aquí, Decar? ¿Conoces a esta niña?" preguntó Olar.

Mientras la bruja se acercaba, una campana distante sonó con fuerza. Olar lo tomó de la mano y lo arrastró hacia una pared de libros dentro de la biblioteca.

"Las brujas Starr están viniendo; deben haber sentido magia dentro del castillo. ¡Debemos alejarnos de su ira!" gritó Olar.

Como Olar había advertido, tres mujeres vestidas con túnicas plateadas y con sus rostros ocultos bajo capuchas de plata hicieron su entrada. Eran brujas Starr. Apuntaron con sus dedos a la bruja de la Luna y recitaron algo incomprensible para él.

Cadenas surgieron de todos los rincones de la biblioteca, dirigiéndose hacia la bruja de la Luna. Algunas se enrollaron alrededor de sus manos, pies y cuello, mientras que otras, con puntas afiladas, perforaron su hombro izquierdo, su estómago y su pierna derecha. Las cadenas la elevaron en el aire, dejándola suspendida. Las brujas Starr permanecieron concentradas en la niña, que gritaba de dolor.

"¡Sí!" exclamó Alabaster, sintiendo por primera vez en mucho tiempo una oleada de felicidad. Deseaba que ella sufriera aún más por todo lo que le había hecho pasar en el pasado.

"Es una enemiga de la Nación Dorada; deben matarla ahora mismo," les gritó a las brujas Starr.

"Esta niña debe ser interrogada por el señor del castillo. La llevaremos con él. Él decidirá su destino," declaró una de las brujas Starr.

"¡No!" gritó él. "No la conocen; es demasiado poderosa. Mátenla ahora mientras pueden."

Desesperado, comenzó a buscar algo con qué atravesar el corazón de la niña.

Pero ya era demasiado tarde. El cabello azul de la bruja de la Luna comenzó a crecer y se agitó hacia la luz de la luna que entraba por una gran ventana. Alabaster reconoció la escena que había presenciado antes, momentos antes de que la niña matara brutalmente a hombres en el Bosque Crepuscular y a bárbaros en los Altiplanos de Rocassombra.

"Brujas Starr, vosotras sois mis descendientes. Nada podéis hacer para detenerme," declaró la Bruja de la Luna, con una voz que perforó sus oídos como un trueno.

Una brillante luz azul envolvió las cadenas que sujetaban a la niña. Con un grito ensordecedor, las cadenas se desintegraron, dejando solo rastros del resplandor azul en el aire. La bruja de la Luna extendió sus manos hacia las brujas Starr, y de inmediato, la mayor parte de la luz azul en la habitación se disparó a una velocidad sobrehumana, cortando todo a su paso. Columnas, muebles, candelabros… todo fue dividido en incontables pedazos.

Incluso las brujas Starr no pudieron evitar el ataque. Sus extremidades fueron cercenadas en segundos, y murieron al instante.

La bruja de la Luna permaneció flotando sobre el suelo y dirigió su mirada hacia él y el grupo de bibliotecarios que aún se encontraban con vida.

Con otro grito, las luces azules restantes en la sala se lanzaron en su dirección. Alabaster reaccionó a tiempo, empujando a Olar a un lado para evitar la embestida. Apenas logró esquivar uno de los haces de luz azul que cortaba el aire como una cuchilla. Sin embargo, no todos fueron tan afortunados.

Las luces impactaron a los bibliotecarios, haciéndolos caer al suelo, muertos. La fuerza del ataque había sembrado caos en la biblioteca, destruyendo muebles y dejando libros esparcidos por todas partes, muchos de ellos cortados en pedazos. Lo que una vez había sido un refugio de conocimiento, ahora era un paisaje de muerte y ruina.

Pensando que había logrado escapar ileso, Alabaster sintió un ardor en el lado derecho de su rostro. Cuando llevó la mano a su oreja, descubrió con horror que ya no estaba. Su oreja había sido cercenada por el último ataque de la bruja.

A pesar del dolor y el deseo de llorar, sabía que no tenía tiempo para ceder al miedo. Tenía que escapar.

De repente, cadenas se enroscaron a su alrededor desde los pies hasta la cabeza, haciéndolo caer al suelo con un golpe seco. El impacto fue tan fuerte que sospechó haber roto algunas costillas.

"Os escondisteis aquí, en una biblioteca, de entre todos los lugares posibles, oh Sacerdote de Sangre," dijo la bruja de la Luna, acercándose con lentitud hacia él.

Las cadenas envolvieron también su boca, impidiéndole hablar. Solo pudo emitir un gemido de dolor.

"No penséis que fuisteis afortunado; si hubiese querido, bien podría haberos dado muerte. La única razón por la cual aún respiráis es porque he menester que desveléis la entrada al campamento de las brujas de Sangre," dijo la niña con un tono ominoso.

¡No puede ser! Alabaster no podía creer su mala fortuna. *Justo cuando todo parecía ir a su favor, volvía a ser prisionero.* La ira y el dolor nublaron sus pensamientos. Aun así, aunque deseaba preguntar por Searc y Truinan, el deseo de asesinar a la bruja de la Luna era mucho más fuerte. Entonces, se le ocurrió una idea: ella sería el sacrificio perfecto para las brujas de Sangre.

La bruja de la Luna lanzó un rayo azul contra una de las paredes de la biblioteca, creando un enorme agujero. Partes del techo comenzaron a derrumbarse lentamente, señal del daño colosal que había sufrido la estructura.

Ella silbó, llamando a un caballo que apareció galopando a través del agujero. Usando su magia, levantó a Alabaster en el aire y lo arrojó sobre el lomo del caballo antes de montarlo ella misma.

Cuando abandonaron los terrenos del castillo, el sonido de campanas resonando a lo lejos llenó el aire, seguido de gritos desesperados. *Los soldados de Echo deben estar buscándonos*, pensó.

De repente, un grupo de soldados apareció en su camino, obligando a la bruja a detener el caballo de golpe. Alabaster casi cayó al suelo.

Frente a ellos había al menos cincuenta soldados de Echo, todos armados con espadas y arcos.

"Por orden del señor de Echo, estás acusada de asesinar ciudadanos de Echo y destruir propiedad pública. Debes acompañarnos de inmediato. Serás encarcelada y luego ejecutada por la espada," proclamó uno de los soldados al frente.

Él reconoció la voz del soldado. ¡*Lotar!* Era el mismo soldado de Echo que le había ayudado días atrás. En su interior, le suplicó que huyera, pero las cadenas alrededor de su boca solo le permitieron emitir gemidos.

"¿Quisieras rogar por la vida de estos hombres?" la bruja de la Luna le preguntó con calma. "Os mostraré cuán inútil es vuestra compasión."

Vio cómo el cabello de la bruja comenzaba a brillar de un azul intenso, creciendo y danzando hacia la brillante luna en el cielo nocturno. Flotando en el aire, ella extendió los brazos, y de inmediato, numerosas esferas de luz azul aparecieron flotando a su alrededor.

"¡Ataquen!" gritó Lotar.

Alabaster no pudo ver el ataque de los soldados. Todo lo que vio fue cómo las esferas azules se lanzaban contra ellos a una velocidad devastadora. Después, solo escuchó los gritos de dolor y agonía de los hombres.

Cuando el hechizo cesó, el aire se llenó con el penetrante olor de sangre.

La bruja de la Luna descendió de nuevo al lomo del caballo y reanudó la marcha. Ellos pasaron por donde los soldados habían caído. Alabaster, incapaz de distinguir sus rostros, solo vio cuerpos inertes esparcidos en el suelo, algunos todavía retorciéndose en sus últimos momentos.

A pesar de estar acostumbrado al hedor de la muerte, sintió una punzada de tristeza por los soldados caídos, especialmente por Lotar. Su trágico final lo dejó en lágrimas.

Mientras cruzaban la frontera de Echo, el paisaje se transformó en las Dunas Silenciosas. No sabía a dónde se dirigía la bruja, pero supuso que iban al noroeste, posiblemente de regreso al Bosque Crepuscular. Si su cálculo era correcto, podrían llegar al campamento de las brujas de Sangre en aproximadamente quince días.

Cabalgaron durante toda la noche, la brillante luna aún dominando el cielo sin una sola nube que la cubriera. Entonces, lo vio de nuevo: un pequeño cuerpo oscuro celeste frente a la luna. *La luna oscura se alza una vez más*, recordó las palabras del extraño hombre en el Bosque Crepuscular.

Al amanecer, la bruja detuvo el caballo en medio de la vasta extensión de arena. Rodeado por la desolación de las Dunas Silenciosas, Alabaster se preguntó qué planeaba hacer. *No hay agua ni comida en este lugar, ¿qué pretende?*

Observó cómo la bruja de la Luna descendía del caballo y caminaba por la arena, como si buscara algo.

"Aquí yace la entrada," murmuró la bruja.

Tocó el suelo y una luz azul radiante emanó de la arena. Aunque Alabaster no podía ver con claridad desde su posición, el suelo parecía retorcerse y deformarse.

Regresando al caballo, la bruja sujetó la silla y lo llevó hacia la zona afectada.

Cuando miró más de cerca, vio que la arena se había transformado en una pared de cristal, similar a un espejo, pero sin reflejo. A través del cristal, pudo ver tierra y hojas verdes.

¿El Bosque Crepuscular? No puede ser… pensó, con los ojos muy abiertos.

"Juzgando por vuestra reacción, supongo que comprendéis. Este portal nos llevará directamente adonde hallamos a aquella criatura en el

Bosque Crepuscular. Vuestro final se avecina, oh Sacerdote de Sangre," dijo la bruja con una sonrisa maliciosa.

HALLARD

"Por última vez, entrar en nuestro clan sin una apropiada invitación está estrictamente prohibido," dijo una bruja que estaba frente a la puerta principal.

Hallard intentó persuadir a la bruja de que llevaba un mensaje importante para una bruja Shabrani llamada Mila. Sin embargo, parecía que solo aquellos con una invitación podían acceder a la ciudadela de las Brujas Shabrani.

"¿Y ellos? No parecen brujas. ¿Cómo es que se les permite entrar?" cuestionó, señalando a un grupo de hombres cargados con bolsas y provisiones.

La bruja centinela lo fulminó con su mirada.

"Son comerciantes. Los conocemos y poseen una autorización especial para ingresar a nuestro clan," respondió la bruja con un tono cada vez más impaciente.

Hallard respiró hondo y observó a su alrededor. La ciudadela de las Brujas Shabrani estaba rodeada por una imponente muralla de piedra, adornada con inscripciones intrincadas que parecían glifos mágicos. La puerta principal, más grande que cualquier otra que hubiera visto antes, era de un color rojo oscuro y estaba apenas entreabierta. Frente a la entrada se encontraba un grupo de Brujas Shabrani que hacían de centinelas, con quienes él estaba discutiendo.

Volviendo su atención a la bruja con la que debatía, intentó distinguir su rostro, pero este permanecía oculto bajo una capucha oscura. Vestida completamente con túnicas negras, notó su pequeña estatura y se dio cuenta de que quizás aún no era una adulta.

"Ni lo pienses. Un consejo: no intentes escalar los muros. No durarás ni un segundo," advirtió la bruja centinela.

Hallard no pudo evitar sonreír. *¿Acaso cree que todos los hombres somos tan insensatos?* pensó.

Con el tiempo en su contra, se estaba quedando sin ideas para entrar en la ciudadela. Necesitaba una forma de ingresar cuanto antes, especialmente porque sus hombres llegarían a Río Atronador en unos días. Era crucial que terminara su negocio con el clan Shabrani y luego llegara a Río Atronador al mismo tiempo que sus hombres.

Entonces decidió mostrar el pergamino que le había dado Demoria. Lo sacó de sus pertenencias, lo desplegó y presentó su contenido a la bruja centinela.

"¿Esto es suficiente?" preguntó el.

La bruja centinela aceptó el pergamino y examinó detenidamente el glifo escrito en él.

"¿Dónde conseguiste esto?" preguntó, con evidente sorpresa en su voz.

"Como mencioné antes, una bruja Shabrani llamada Demoria me envió un mensaje para Mila. Me pidió que le entregara este pergamino," explicó.

La bruja centinela guardó el pergamino entre sus túnicas.

"¡Oye! Eso no es para ti. Es para..." Su protesta fue interrumpida por la bruja centinela.

"Enciérrenlo en una celda. De alguna manera, logró matar a una de las nuestras y trajo este pergamino manchado con la sangre de nuestra hermana," gritó a las otras brujas centinelas cercanas.

Consideró defenderse por la fuerza, pero decidió que sería más prudente mantener un perfil bajo y acatar la orden. Tal vez, como prisionero, aún encontraría la manera de llegar hasta Mila dentro de la ciudadela.

"¡Hermanas, deténganse! Están cometiendo un error," intervino otra bruja que entró por la puerta principal.

Observó que la bruja desconocida era notablemente alta en comparación con las otras brujas que había conocido. Vestía túnicas negras y rojas, con la capucha bajada, revelando un rostro de pómulos marcados y cabello negro y corto.

"Déjame ver ese pergamino," ordenó la bruja desconocida. Hallard sintió que tenía un rango superior por su tono autoritario.

La bruja desconocida colocó un dedo sobre el glifo.

"¿Conoces a Demoria?" preguntó en voz baja.

Hallard se sorprendió de que ella obtuviera esa información solo con tocar el glifo. *Debe ser algún tipo de magia*, pensó.

"Ella me envió aquí con un mensaje para una bruja llamada Mila," respondió.

Entonces, la bruja desconocida se dirigió a la centinela.

"Este hombre tiene mi permiso para entrar en nuestra ciudadela. Déjenlo pasar."

"Debo informar a nuestros superiores sobre cualquier visitante nuevo, Mila. Conoces las reglas," respondió la bruja centinela.

Mila. ¿Cómo sabía que estaba aquí buscándola? ¿Sera solo una coincidencia? pensó Hallard.

"Haz lo que debas," respondió Mila, casi sin prestar atención a la centinela.

Después de eso, Hallard tuvo que proporcionar su nombre y los motivos de su visita al clan Shabrani una vez más. Esta vez, la bruja centinela registró la información en un libro que tenía con ella.

Jamás pensé que las brujas fueran tan organizadas, reflexionó.

"Bien, ven conmigo, hombre del Lago," dijo Mila.

Él la siguió a través de la puerta principal de la ciudadela.

"Imagino que es tu primera vez en nuestra ciudadela. ¿Impresionantes, verdad? Me refiero a la puerta y las murallas. Se cree que los Primeros las construyeron cuando el volcán Dukkah aún estaba activo. Si no fuera por estas murallas imponentes, la lava expulsada por el volcán se habría extendido más allá de las tierras de Gorgon. Todavía se pueden ver los restos del fuego grabados en las paredes," dijo Mila mientras lo examinaba de pies a cabeza.

Hallard examinó las murallas desde el interior de la ciudadela. Mila tenía razón; en la base de los muros, había manchas negras que parecían quemaduras antiguas.

"El volcán. ¿Está inactivo en estos días?" preguntó.

"Espero que no te asuste," dijo Mila sonriendo.

¿Todas las brujas Shabrani son sarcásticas? se preguntó, recordando el sentido del humor de Demoria.

A medida que se adentraban más en la ciudadela, el volcán Dukkah se volvía cada vez más visible. Incluso a la distancia, su imponente presencia era temible, asemejándose a un colosal titán que parecía fuera de lugar en el mundo.

"El volcán ha estado inactivo durante cientos de años, o al menos eso dicen nuestros historiadores. De vez en cuando emite polvo y humo, pero ese es el único peligro con el que tendrás que lidiar," explicó Mila.

Caminaron en silencio durante unos minutos. El clan Shabrani se extendía en un vasto espacio con pequeñas tiendas dispersas por todas partes. También había otras estructuras, como establos, tabernas y algunos edificios cuya función era difícil de identificar. Cerca del volcán,

Hallard distinguió el renombrado Castillo Carmesí, un lugar del que había oído hablar cuando era niño por otros miembros de la corte real de Campo de Lagunas.

"¿Es ahí donde se congrega tu Gran Consejo?" preguntó, señalando el Castillo Carmesí.

Mila lo miró, casi como si escaneara sus pensamientos.

"¿Es por eso que viniste aquí? ¿Para solicitar una audiencia con nuestro Gran Consejo?" inquirió.

Se sorprendió por la precisión de su suposición.

"Sí, tengo asuntos que discutir con ellos. Demoria pensó que tú podrías..."

Mila lo interrumpió.

"No aquí, Hallard. No es seguro," advirtió.

Caminando junto a otras brujas, notó cómo todas compartían la misma vestimenta: túnicas oscuras y capuchas que ocultaban sus rostros. Pasaron varias tiendas hasta llegar a la tienda de Mila.

Al entrar en la tienda, se tomó un momento para observar su entorno. A pesar de su tamaño modesto, estaba bien equipada con una cama, una bañera, una mesa y una silla, además de algunos muebles, presumiblemente para ropa y objetos personales. Lo más llamativo era la cantidad de velas. Parecía que Mila tenía una particular fascinación por ellas, con al menos un centenar de pequeñas velas dispuestas por toda la tienda.

"Lo sé, lo sé. Me han dicho muchas veces que no debería tener tantas velas en un espacio tan pequeño. Simplemente no puedo evitarlo. Hay algo oscuro y misterioso en las velas. Además, no me molesta el olor a humo," dijo ella con una sonrisa.

Él le devolvió la sonrisa y dejó su arma y sus pertenencias en el suelo.

"Antes que nada, quiero agradecerte por dejarme entrar. Estaba realmente preocupado. Si no hubieras aparecido, me habrían tomado prisionero," dijo. "Por cierto, ¿cómo supiste que venía a buscarte?"

Mila levantó el pedazo de pergamino con el glifo de Demoria.

"Este no es cualquier glifo. Es una señal que solo yo y otra bruja, amiga de Demoria, podemos percibir cuando está cerca. Verás, Demoria y yo crecimos juntas, somos muy buenas amigas. Solíamos jugar dibujando estos glifos cuando apenas éramos brujas de rango uno. Estos glifos de sangre fueron bastante útiles en su momento. No sabía que aún podían ser de utilidad," explicó Mila.

Magia, pensó Hallard. El empezaba a sentirse cómodo frente a Mila. Parecía estar diciendo la verdad. Mencionó a otra bruja que también conocía esos glifos, y se preguntó quién sería.

"Al tocar el glifo con mi dedo, pude notar que la sangre pertenecía a Demoria. Si te entregó un mensaje así, significa que confía en ti, y por eso, yo también lo haré. Dime, ¿cuál es el mensaje y por qué necesitas hablar con nuestro Gran Consejo?" preguntó Mila.

Él comenzó a relatar su encuentro con los bárbaros y las Brujas Balor en las Montañas Campanilla Azul. La expresión de Mila se tornó más seria al escuchar la mención de las Brujas Balor. Continuó describiendo su reunión con Demoria y la batalla que tuvieron en el Cráneo Gris.

"Y esto es lo único que quedó de las Brujas Balor; según Demoria, es una de ellas, pero reducida a casi nada," explicó, sacando la bolsa de cuero que contenía a la pequeña criatura Balor que encontraron cerca del Cráneo Gris.

Mila aceptó la pequeña bolsa.

"Reconozco este hechizo. Está encantada, bloqueando cualquier magia dentro de ella. Es un hechizo muy difícil, pero si se lanza en un espacio tan pequeño, puede hacerse con facilidad."

"Debes quedarte con esto por ahora," dijo Mila, devolviéndole la bolsa. "No la abriré, ni aquí ni sola. Confío en lo que me dijiste; las Brujas Balor deben haber encontrado la forma de sobrevivir incluso cuando sus cuerpos han sido destruidos. Esta cosa en la bolsa podría atacarnos si la liberamos, me temo."

Él entendió y tomó la bolsa de vuelta.

"Debo hablar con tu Gran Consejo. Debo contarles lo que he visto y experimentado. Creo que las Brujas Balor están planeando un ataque contra Campo de Lagunas. También sospecho que hay un traidor entre nuestras filas de alto rango; de lo contrario, las brujas nunca habrían sabido de nuestro movimiento hacia las Montañas Campanilla Azul," dijo con firmeza.

Luego, Hallard se arrodilló frente a Mila.

"Por favor, Mila, he perdido demasiados hombres valientes. He visto lo que estas Brujas Balor pueden hacer. Nosotros, en Campo de Lagunas, no tendremos ninguna oportunidad contra ellas," imploró Hallard.

Mila tenía la boca entreabierta.

"Ustedes, los Hombres de Lago, sí que son algo especial. Ahora entiendo por qué a Demoria le agradas," dijo, guiñándole un ojo.

Él se sonrojó un poco.

"Haré lo que pueda. Además, matar Brujas Balor es mi pasatiempo favorito," dijo Mila.

Recordó que Demoria mencionó que Mila despreciaba a las Brujas Balor. No preguntó más al respecto, considerando que era un asunto privado.

"Pero primero, debo convocar a mi maestra, una bruja con mayor conocimiento y poder que yo. Ella sabrá qué hacer con esa cosa que trajiste. Por favor, ponte cómodo en esta humilde... tienda," dijo Mila mientras reunía algunas de sus pertenencias y se preparaba para partir.

"Me voy a tardar un poco. Debes quedarte dentro de la tienda, no dejes que nadie más te vea. El baño aún está caliente; debes asearte. A mi maestra no le gusta... la suciedad," dijo con evidente desagrado por su apariencia.

Luego, Mila salió de la tienda, dejándolo solo.

Se olfateó las axilas y notó el olor a sudor y suciedad. *No me he bañado en días*, reflexionó.

Dejando su armadura a un lado, junto con su ropa de cuero y su ropa interior, entró en el baño.

El agua tenía un aroma peculiar, quizás lavanda o limón; no era muy bueno identificando fragancias. Tras unos momentos bajo el agua, comenzó a sentirse mejor. Sus músculos, adoloridos por tanto tiempo, finalmente estaban recibiendo algo de alivio. Incluso su mente, preocupada por pensamientos de guerras inminentes, empezó a divagar y a relajarse.

De repente, sus pensamientos se desviaron hacia su familia en Río Atronador. No sabía si su padre aún seguía con vida o si los sanadores no habían podido salvarlo. Si su padre no lograba sobrevivir, él se convertiría en el señor de Río Atronador como el siguiente en la línea de sucesión. La idea de las responsabilidades de la corte, las reuniones tediosas, las constantes demandas de su gente y los viajes diplomáticos le generaban ansiedad.

Entonces, surgió el asunto del matrimonio. Tendría que casarse para cumplir con la tradición y asegurar un heredero. *Demoria*. El recuerdo de la noche que pasaron juntos aún permanecía en su mente. Si tuviera que elegir a alguien, sería ella. Sin embargo, ella podría rechazarlo. *Una bruja Shabrani como señora de Río Atronador... eso sí sería algo curioso*, pensó.

"¡Hallard, necesito que te vistas! ¡Mi maestra está aquí conmigo!" llamó Mila con urgencia, sacándolo de sus pensamientos.

"Dame unos momentos," respondió Hallard, mientras Mila esperaba afuera de la tienda.

Salió del baño sintiéndose renovado. Se vistió con su ropa y su armadura, listo para hablar con las brujas.

"Estoy listo," dijo.

Mila entró a la tienda acompañada por otra bruja vestida con túnicas rojas y sandalias negras. Su rostro descubierto reveló a una mujer madura de piel oscura y cabello negro con canas.

"Te presento a mi maestra. Esta es Lenithia, una bruja Shabrani de rango cuatro y miembro del Gran Consejo de nuestro clan," dijo Mila.

Hallard se sorprendió con esas palabras; la maestra de Mila era miembro del Gran Consejo. Se dio cuenta que ella podría ser de gran ayuda.

"Soy Hallard Rikers, de Campo de Lagunas; estoy a su servicio," dijo, arrodillándose ante Lenithia.

"Puedes ponerte de pie, Hallard. Mila me ha contado sobre tu situación. Es una lástima que tengamos que conocernos en estas circunstancias. Antes de hablar, debes saber que creo en todo lo que has dicho," dijo Lenithia quién luego caminó hacia una de las esquinas de la tienda donde había muchas velas.

"Mi querida Demoria, para que te haya ayudado en medio de una misión… Probablemente no tenía otra opción," añadió Lenithia.

"Demoria mencionó que tenía prisa por completar una misión, pero el ataque de la bruja Balor no le dejó más remedio que quedarse y pelear. ¿Es usted maestra de Demoria también?" preguntó Hallard.

Lenithia sonrió.

"Sí, en efecto. Soy maestra de muchas. Entre ellas, Demoria es una bruja particular. Fue muy especial y talentosa en nuestras artes desde muy joven."

"Ejem," interrumpió Mila.

"Por supuesto, Mila. Ustedes tres eran muy especiales," dijo Lenithia.

Tres. Debe ser la otra bruja a la que Mila se refirió antes, pensó Hallard.

Lenithia entonces miró a Hallard con seriedad.

"Muéstrame a la criatura," ordenó Lenithia.

Hallard le entregó la bolsa donde la criatura Balor había sido sellada.

Lenithia procedió a examinarla.

"Puedo sentir magia vega dentro de esta bolsa, aunque en una cantidad muy pequeña. Parece casi inactiva, esperando ser despertada," explicó Lenithia.

Luego trazó un pentagrama en el suelo con su dedo. Colocando la bolsa en el centro del pentagrama, pronunció unas palabras que Hallard no pudo comprender, y el pentagrama brilló en un tono rojo. Una luz roja comenzó a titilar frente a él, emanando del pentagrama. Lenithia murmuró unas palabras más y luego, "¡Boom!" Una pequeña explosión salió de la bolsa.

El humo provocado por la explosión empezó a cambiar. Al principio, su forma era indistinta, pero pronto tomó la figura de una mujer.

"Dime, ¿quién eres?" preguntó Lenithia.

"Una bruja Balor, un miembro de… No, no puedo revelarlo; es un secreto," respondió una voz que emanaba de la figura de humo.

"¿Cuál es tu propósito?"

"Servir a nuestro Gran Consejo."

"¿Por qué no pueden ser destruidas?"

"Somos diferentes; poseemos energía infinita, nosotras… nosotras…" la voz comenzó a titubear.

Hallard interrumpió el interrogatorio.

"¿Qué quieren con Campo de Lagunas?" preguntó.

La figura se giró hacia Hallard.

"Tú… ¡Tú!" gritó. "Es tu culpa; tu antigua magia hizo que fracasáramos en nuestra misión. ¡Te odio, te odio!" gritó cada vez más fuerte.

Lenithia pronunció unas palabras, y entonces la figura de humo y el pentagrama desaparecieron en el aire. La bolsa permaneció en el suelo como si nada hubiera ocurrido.

"Eso fue innecesario," dijo Mila mirándolo con desdén.

"Está bien, Mila. Esa cosa estaba programada para no decir nada," hizo una pausa por un momento y luego se acercó a Hallard.

"La magia antigua de la que habló... ¿Qué es, Hallard?" preguntó Lenithia.

Intentó recordar; quizás se refería al collar con una hoja dorada que llevaba consigo antes de dárselo a Demoria.

"Era una reliquia familiar con forma de hoja dorada. Se ha transmitido de generación en generación en mi familia. De alguna manera, me protegió de un ataque mortal de una bruja Balor en las Montañas Campanilla Azul. Realmente no sé cómo funciona. Decidí dársela a Demoria la última vez que la vi," explicó.

Lenithia y Mila intercambiaron miradas. Le pareció que tampoco ellas estaban familiarizadas con ese tipo de magia.

"¿Sabes qué significa la magia antigua, Hallard?" preguntó Mila.

En realidad, era la primera vez que se detenía a pensarlo. Su comprensión de la magia era muy básica. Sabía que las brujas de las Tierras Bajas podían manejar diversos tipos de magia. Era un hecho conocido que solo las mujeres poseían la capacidad de manipular la magia, aunque la razón detrás de esto seguía siendo un misterio, pese a algunas teorías intrigantes. En cuanto a la magia antigua, estaba completamente en la oscuridad.

"Está bien, ni siquiera nosotras las brujas sabemos mucho al respecto," dijo Lenithia. "La magia antigua es un arte que existió antes de la nuestra. Se dice que cuando los dioses caminaban por estas tierras—si es que crees en esos relatos—podían manipular cada elemento natural, no solo el fuego, las plantas o la luz. En algún momento del pasado, ciertos aspectos de la magia antigua se perdieron, y lo que quedó se dividió en los tipos de magia que los clanes de brujas controlamos hoy en día. La magia antigua es, en pocas palabras, el origen de nuestros poderes. Es por esto que nuestra magia se anula en presencia de la magia antigua. Nuevamente, todo esto son solo especulaciones; los artefactos capaces de canalizar la magia antigua se han perdido casi en su totalidad. Debiste haber tenido algo realmente único," agregó Lenithia.

Hallard quedó sorprendido por las palabras de Lenithia.

"Pensé que Demoria la necesitaría más que yo. Ahora que lo digo en voz alta, me doy cuenta de que tenía el presentimiento de que podría protegerla de algún peligro futuro... Casi como una premonición," dijo.

"Quizás el destino así lo quiso," respondió Lenithia con una sonrisa.

Hallard y Mila intercambiaron miradas confusas.

"Concentrémonos en lo que podemos hacer ahora. Debemos mostrar la criatura Balor al Gran Consejo," dijo Lenithia.

Mila tocó el hombro de su maestra.

"Maestra, tienes una reunión con el Gran Consejo esta noche. Podrías aprovechar la ocasión; no debemos demorarnos," dijo Mila, quien, a Hallard, le parecía que intentaba sonar lo más convincente posible.

"Mila, tu obsesión con las Brujas Balor puede ser engañosa," Lenithia tomó una larga bocanada de aire. "Lo discutiré con el Gran Consejo esta noche. Sin embargo, necesitaré tu ayuda, hombre del Lago."

Hallard miró a las Brujas Shabrani.

"Haré todo lo que me ordenen. Les debo la vida."

Mila dejó escapar una pequeña risa y dijo:

"Te lo dije, maestra. Demoria tenía buenas razones para agradarle."

BASON

El castillo en Barral, la ciudad capital de Borraral, se veía tan antiguo y majestuoso como lo recordaba. Bason había leído en varios libros que el castillo era uno de los más antiguos del mundo. Las marcas de la lluvia y el clima severo eran evidentes en cada muro, techo y ventana. Siempre se preguntó por qué su abuelo nunca renovó el castillo. Sus pensamientos luego se dirigieron a la ciudad de Barral. A diferencia del castillo, la mayoría de sus casas y edificios habían sido renovados. Otra de las atracciones más notables en el territorio de Borraral eran los imponentes árboles dispersos por la tierra, alcanzando el cielo como lo hacen las montañas.

Mientras Bason y sus compañeros se acercaban, las puertas del castillo se abrieron de par en par para darles la bienvenida. De inmediato, el familiar olor a humedad que emanaba del interior del castillo lo golpeó, un aroma similar al de los espacios cerrados privados de aire fresco.

"Príncipe Bason, la princesa Amina lo espera en la Sala de la Corona. Por favor, sígame," dijo uno de los guardias del castillo con el mayor respeto.

Asintió y siguió al guardia, igualando su paso mientras avanzaban por los pasillos del castillo.

Mientras se dirigían a la Sala de la Corona, recorrieron los pasillos del castillo. Recuerdos de su infancia lo invadieron, cuando corría persiguiendo a sus hermanos por estos mismos pasillos, entre juegos y risas. No pudo evitar notar las nuevas piezas de arte que adornaban las paredes. "Parece que tía Amina ha estado dejando su huella por todo el castillo," murmuró para sí mismo.

Detrás de él, sus dos sirvientes lo seguían, cargando las pocas pertenencias que Bason había logrado reunir. Caminando a su lado iba Caffia Titus, una mensajera de Borraral enviada por su tía. Desde su escape de la prisión de Velaska, Bason había estado atento a ella, decidido a vigilarla hasta poder hablar con su tía en persona.

La Sala de la Corona era el lugar donde el rey se reunía con otros miembros de la familia real y escuchaba las peticiones del pueblo. En su juventud, Bason solía sentarse ocasionalmente junto a su abuelo y escuchar las preocupaciones de la gente común.

Reflexionando sobre esos tiempos, recordó un momento en particular que quedó grabado en su memoria.

"Los impuestos sobre la pesca son completamente excesivos. Apenas estamos logrando sobrevivir. Algunos de nosotros, los pescadores, incluso estamos considerando subir el precio del pescado que vendemos al castillo para compensar estos impuestos tan agobiantes. Pero no queremos causar problemas, especialmente sabiendo cuánto disfruta el rey del pescado fresco," dijo un hombre robusto, a quien Bason en su momento había descartado como otro plebeyo más. Al recordarlo ahora, se dio cuenta de que probablemente era el líder de algún gremio de pescadores.

El rey Hendrik Fitzroy solía encargar a sus consejeros que tomaran nota de las peticiones, las cuales estudiaba antes de dar un veredicto en un plazo de dos o tres días. Sin embargo, en aquella ocasión, se apartó de su costumbre y formuló una pregunta a Bason.

"Bason, has escuchado la petición de este hombre. ¿Qué harías tú?"

En ese entonces, Bason no tenía más de doce años y poseía un conocimiento limitado sobre impuestos y gobierno, su comprensión moldeada principalmente por lo que su tía Amina y su padre le habían enseñado.

"¿Por qué simplemente no trabajan el doble? De esa manera, tendrían suficiente dinero para pagar los impuestos adicionales," pregunto Bason al pescador observándolo de pies a cabeza.

El pescador apenas lo miró y, en vez de responderle, se dirigió directamente a su abuelo.

"Su Majestad, él es solo un niño. Por favor, escuche mi súplica. Si no resolvemos el problema del impuesto, los otros pescadores..."

"¡Guardias! Tres azotes por faltarle el respeto al príncipe de la Nación Dorada," ordenó el joven Bason con firmeza.

Uno de los guardias obedeció la orden de Bason y administró el castigo. Para el tercer latigazo, el pescador estaba en el suelo, con lágrimas corriendo por su rostro mientras suplicaba perdón.

Incluso de niño, Bason siempre había sentido un profundo desagrado por la falta de respeto o la indiferencia.

Tras el incidente, el Rey de Borraral ordenó que el pescador fuera llevado a la enfermería dentro del castillo. También decidió suspender todas las reuniones restantes del día.

"Bason, no debes ser tan impulsivo con nuestros ciudadanos leales. Esta no es la conducta propia de un futuro rey," le reprendió el Rey Hendrik.

"Simplemente actué como lo haría mi padre. Lo he visto manejar asuntos similares en la corte muchas veces," respondió Bason.

Su abuelo se arrodilló, revolviendo suavemente el espeso cabello rubio de Bason mientras hablaba con sinceridad.

"Hay algo importante que debes entender. No deberías aspirar a ser un rey como tu padre. Aunque gobierna la nación más grande de las Tierras Bajas, le falta compasión y gratitud. Recuerda siempre esto: un rey no es nada sin el apoyo de sus ciudadanos. Una nación prospera cuando su gente es feliz."

Ese día, aquellas palabras despertaron algo dentro de él. Comenzó a tratar a sus sirvientes con respeto, incluso llegó a adoptar a dos de ellos para que estuvieran a su lado. Era su manera de devolver algo a los demás, o al menos así lo creía. Sin embargo, con el tiempo, olvidó la lección aprendida de su abuelo. Sabía que, a veces, podía ser una persona difícil cuando se trataba de ser justo con los demás.

"Príncipe, el Rey de Borraral está listo para recibirlo," anunció uno de los centinelas que custodiaban la entrada de la Sala de la Corona.

Las pesadas puertas de madera se abrieron, revelando un asiento vacío donde debería estar su abuelo, el Rey de Borraral. Cuando él y sus acompañantes entraron, las puertas se cerraron detrás de ellos con un estruendoso golpe.

Desde detrás del trono vacío de su abuelo, su tía Amina emergió. Vestía túnicas negras y su cabello gris estaba atado en una coleta con un listón negro.

"Bason, veo que ya has conocido a Caffia. ¿No es encantadora?" dijo Amina con un tono afable.

Bason echó un vistazo alrededor de la Sala de la Corona, notando la ausencia de cualquier otro miembro de la corte real.

"Tía, ¿qué está pasando? ¿Dónde está mi abuelo?" inquirió.

Amina agarró con firmeza el respaldo del trono del rey.

"Lamentablemente, tu abuelo falleció hace tres días," le informó con solemnidad.

La repentina noticia lo dejó sin palabras. El Rey Hendrik había sido una mejor figura paterna para él que su propio padre. A pesar de no haber visto a su abuelo en algún tiempo, Bason siempre lo había considerado un hombre fuerte, no alguien que pudiera ser derrotado fácilmente por una enfermedad.

"¿Cómo?" fue todo lo que logró decir.

Notó a Recaro llorando mientras Valecio, quien rara vez se dejaba llevar por las emociones, intentaba consolarlo.

"Sé lo que estás pensando, Bason, pero tu abuelo estaba enfermo; sus pulmones habían estado muy dañados por mucho tiempo. Las enfermeras dijeron que murió debido a un colapso pulmonar; simplemente dejaron de funcionar," explicó Amina con un tono de pesar.

Bason no estaba satisfecho con las respuestas.

"¿Dónde está su cuerpo? ¿Por qué no ha habido una ceremonia por su muerte?" presionó, con una creciente agitación.

"Tranquilízate, Bason. Este no es el momento para la impaciencia," dijo Amina con voz firme. "Su entierro tuvo lugar inmediatamente después de que las enfermeras atendieran su cuerpo. Descansa detrás del castillo, en el cementerio junto a otros ilustres reyes."

Amina hizo una pausa para recuperar el aliento y continuó hablando, "Bajo mis órdenes, la muerte de tu abuelo es un secreto para la mayoría de los ciudadanos de Borraral. Solo un puñado de miembros de la corte en quienes confío saben de esta triste noticia. Tengo mis razones para esto. Por favor, escúchame."

Él estaba más allá de la razón. Agotado por su viaje sin comida ni descanso, su mente estaba nublada por la emoción. Se lanzó hacia Valecio, tomando una daga dorada de su cinturón y dirigiéndolo hacia su tía.

"Como príncipe de la Nación Dorada, te acuso de conspiración para tomar el castillo de Barral. Tú serás... tú serás..." Bason luchó por terminar su frase, sintiendo una presión abrumadora en todo su cuerpo que le dificultaba respirar.

Lo último que escuchó fue a Recaro gritando su nombre y a su tía de pie frente a él, entonando algo que no podía comprender.

La oscuridad envolvió su mente mientras los recuerdos parpadeaban como relámpagos. Primero, las memorias de su abuelo en su infancia pasaron fugazmente. Luego, las escenas cambiaron a recuerdos de sus hermanos, reviviendo las peleas que tuvieron cuando eran niños.

En medio de la neblina, escuchó una voz llamándolo—era su madre. Aunque su rostro estaba borroso, su voz le resultaba familiar.

Los recuerdos volvieron a cambiar. Ahora, se encontraba sentado en el trono del rey en el Castillo Solaris, en la Nación Dorada, con una pesada corona dorada presionando su cabeza. Intentó quitársela, pero parecía fusionada con su piel.

Cuando se puso de pie, un grupo de brujas vestidas con túnicas oscuras apareció frente a él, sus ojos fijos en un colosal árbol que se alzaba detrás de él. Nunca había visto nada igual—hecho de carne y sangre.

Las ramas del árbol se extendían hacia el cielo, formando una especie de camino que parecía no tener fin, cargado de incontables frutos de color carmesí.

De uno de los frutos emergió una mujer vestida de blanco, de tez pálida y cabello azul, descendiendo con gracia ante él. Bason notó que era mucho más alta que él.

Ella se arrodilló ante él y dijo, "Os he encontrado, Apócrifo."

De repente, despertó en una habitación familiar, una en la que había dormido durante sus visitas de infancia. Su ropa había sido cambiada y un agradable aroma llenaba el aire.

"¡Comida!" exclamó.

Al levantarse de la cama, descubrió un banquete dispuesto en una mesa cercana. Pan dulce, papas, carne de res desmenuzada y verduras lo esperaban, junto con un jarro de leche con miel, su bebida favorita.

El hambre lo dominó, y devoró la comida en cuestión de minutos.

"Ve más despacio, Bason. Te harás daño si comes tan rápido," dijo una voz familiar. Era su tía Amina, de pie junto a su cama.

¿Cuánto tiempo ha estado aquí? se preguntó.

Reprimió el impulso de acusarla nuevamente de traición. Ahora, con la mente despejada, decidió escuchar primero sus explicaciones.

"Tía, ahora entiendo que debiste haber tenido razones para ocultar la muerte de mi abuelo. Por favor, explícame," pidió Bason.

Su tía asintió con simpatía.

"Esperaba que lo comprendieras, Bason. Siempre he tratado de hacer lo que creo que es mejor para todos nosotros," respondió Amina.

Sintió una punzada de culpa por su arrebato anterior.

"Lo siento. Nunca debí haberte amenazado sin pruebas. No era yo mismo; la falta de sueño y de comida me habían afectado," admitió.

"No necesitas disculparte, Bason. Comprendo las circunstancias. Valecio y Recaro me contaron lo que has estado atravesando en los últimos días," dijo Amina con serenidad, lo que lo tranquilizó.

Terminó la leche con miel y se acomodó en la cama.

"Así que eres una bruja," dijo Bason sin rodeos.

Su tía sonrió y se acercó, tomando su mano entre las suyas.

"Sí, pero hay mucho más que debes saber. Debes escuchar lo que tengo que decir y entender por qué he mantenido secretos," dijo Amina.

"¡Valecio, Recaro!" llamó Bason, convocando a sus sirvientes.

Ambos entraron en la habitación de inmediato, listos para atenderlo.

"Preparen mi baño y mi ropa. Me reuniré con mi tía como corresponde," les ordenó Bason.

Amina le sonrió y salió de la habitación.

Sus sirvientes trajeron agua caliente y jabón. Mientras se relajaba en el baño, los pensamientos de Bason volvieron a su viaje a Borraral.

Recordó la trampa que la bruja Starr, Velaska, había preparado para él, aprisionándolo dentro de su propio carruaje real. Por suerte, Caffia ideó un audaz plan para su escape: ella poseía un pergamino que le había sido dado por su tía Amina.

Bason reconoció el pergamino como un hechizo, similar a los que había visto en la Torre Celestial.

Caffia explicó que el hechizo crearía magia gravitacional, haciendo que todo a su alrededor comenzara a levitar en el aire, elevándose y descendiendo en un hipnótico vaivén. Aunque no estaban seguros de su efectividad, esperaban que distrajera la atención de Velaska.

Sorprendentemente, cuando Caffia activó el hechizo, el carruaje, junto con su contenido—cama, baúl, mesas—comenzó a flotar, y la puerta sellada se abrió inesperadamente, otorgándoles la libertad.

Actuando rápidamente, reunieron lo esencial y huyeron en busca de caballos. Mientras escapaban, Bason observó que no solo su carruaje había sido afectado por el hechizo; todo a su alrededor flotaba, sumiendo a los soldados en el caos mientras intentaban recuperar sus pertenencias. Aunque no se cruzaron con Velaska, dedujeron que estaba ocupada intentando disipar el hechizo gravitacional.

Encontraron caballos y partieron apresuradamente, dejando atrás la comitiva real y a su hermana menor, Beatrice.

Mientras se bañaba, su mente volvió al extraño sueño que había tenido antes. *¿Cómo me llamó esa mujer?* Se esforzó por recordar la palabra, pero le resultó esquiva.

Sintiendo su cuerpo renovado, salió del baño, donde Valecio lo ayudó a vestirse mientras Recaro atendía su cabello ondulado. Optó por ropa de lino negro en honor a su difunto abuelo, aunque no podía deshacerse de la extraña sensación de no haber tenido la oportunidad de despedirse de él adecuadamente.

"Es momento," resolvió Bason con determinación.

Bason se reunió con su tía Amina en el cementerio detrás del castillo de Barral. Valecio y Recaro lo acompañaban, caminando unos pasos detrás de él.

Allí encontró la tumba de su abuelo—una tallada y majestuosa lápida digna de un rey. Al examinarla de cerca, se dio cuenta de que no había inscripciones en la piedra.

"¿Por qué no hay grabados en la lápida?" preguntó Bason.

Su tía, arrodillada frente a la tumba con los ojos cerrados, probablemente en oración, respondió: "Esperaba que tú pudieras escribir algo para él. Creo que eso es lo que él hubiera querido."

Ayudándola a ponerse de pie, Bason preguntó: "¿Me estás diciendo que sabías que dejaría a Velaska y Beatrice en el camino y vendría aquí solo?"

Una sonrisa apareció en los labios de su tía.

"Camina conmigo," lo invitó, alejándose de la tumba.

Mientras regresaban al castillo, el brillante sol y el viento fresco creaban un ambiente cálido y revitalizante. Las nubes surcaban el cielo con rapidez, y en la distancia, algunos imponentes árboles se alzaban majestuosos, cerca al castillo los mismos árboles habían sido tallados.

"¿Conoces la historia de cómo la Nación Dorada tomó Echo?" preguntó su tía.

Bason recordó la historia que le habían enseñado desde niño.

"Hace muchos años, mi abuelo paterno, el Rey Roland Artois, buscó impedir que el clan Dragani trajera a su dios, Dragan, a las Tierras Bajas con la ayuda del rey de Echo de aquel entonces. Mi abuelo frustró sus planes, acabó con la mayoría de las Brujas Dragani y conquistó Echo con la ayuda de las Brujas Starr. Las Brujas Dragani sobrevivientes fueron prohibidas de usar magia, un decreto conocido como el Tercer Pecado Cardinal por el Gran Concilio de brujas."

Amina rodó los ojos.

"Mentiras. El clan Dragani nunca intentó traer a su dios a las Tierras Bajas. Esa parte de la historia no es más que una manipulación creada por las Brujas Starr y su líder, Velaska."

Bason había oído esas historias también—que el Rey Roland había fabricado una excusa para invadir Echo, un tema prohibido de discutir en la Nación Dorada.

"No nos desviemos," dijo Amina abruptamente. "Mencionaste algo interesante—'con la ayuda de las brujas Starr,'" musitó Amina. "Las brujas Starr han ejercido una influencia significativa sobre las decisiones de los reyes y reinas en la Nación Dorada, si lo piensas bien," añadió su tía, mirando a lo lejos en el panorama.

"Tía, basta de rodeos. ¿Qué intentas decirme?" dijo Bason con impaciencia.

Amina se detuvo en seco y se giró para enfrentarlo.

"Soy una bruja Dragani. Cuando el Rey Roland invadió Echo, casi aniquiló a mi clan bajo órdenes de Velaska. En el momento de la invasión, yo no estaba en Echo. Años antes, una bruja Dragani llegó a Barral y, por destino, fui elegida para convertirme en una bruja Dragani. Aprendí magia en el más absoluto secreto; solo mi padre y tu madre sabían de mis habilidades. Cuando mi maestra se enteró de la invasión en Echo, huyó, y nunca volví a verla. Después de eso, me enseñé magia a mí misma durante mis estancias aquí en Barral, ocultándola de las brujas Starr. Por eso nunca descubrieron mi verdadera naturaleza."

Sus revelaciones lo dejaron atónito. Nunca había imaginado que su tía fuera una bruja, mucho menos que hubiera logrado ocultar su secreto de todos en la Nación Dorada.

"Bueno, estoy seguro de que mi padre tendrá unas cuantas palabras que decir sobre tu brujería, tía. Pero, francamente, no me importa," dijo Bason, retomando la caminata mientras su tía lo seguía el paso. "Lo que más me interesa es saber qué estás planeando ahora."

Bason se detuvo abruptamente y la encaró.

"Por la carta que enviaste con Caffia, está claro que no confías en Velaska ni en mi padre. Crees que ambos están conspirando en algo. ¿Estoy en lo cierto?" presionó.

Amina colocó una mano tranquilizadora en su hombro, haciendo que ambos se detuvieran y se miraran a los ojos.

"Tan directo como siempre, nunca cambiarás. Así que déjame ser igual de directa," respondió con una sonrisa. "Creo que Velaska y tu padre están conspirando contra las brujas Shabrani. Sabes de sus acusaciones sobre las brujas Shabrani intentando resucitar a su dios. Pero creo que todo es un engaño. La ambición de Velaska es erradicar a su mayor amenaza, el clan Shabrani, así como ellas acabaron con el clan Dragani en el pasado. Y en cuanto a tu padre, busca conquistar el mundo entero, con el objetivo de convertirse en el único gobernante de las Tierras Bajas."

Bason quedó atónito ante las acusaciones contra su padre y el hecho de que Amina supiera sobre los planes de las brujas Shabrani para traer de vuelta a su deidad—un secreto que él creía estaba resguardado solo por el clan Starr.

"Esas son acusaciones graves, tía. Pero, ¿tienes pruebas?" inquirió, buscando evidencia que respaldara sus afirmaciones.

Amina asintió.

"He estado estudiando a las brujas Starr por años..."

"Quieres decir espiando," la interrumpió.

Amina dejó escapar una leve risa.

"Llámalo como quieras, sobrino. Pero créeme cuando te digo que Velaska ha manipulado a tu padre con promesas falsas y revelaciones usando el Ojo Encantado de Meteora. Las brujas Starr convencieron al rey de que se convertiría en el gobernante supremo, unificando todas las naciones de las Tierras Bajas, incluso Artoria y Celen, que han estado en guerra por años. Tu padre se ha tragado esas historias y finalmente ha decidido actuar. Enviar una comitiva tan grande a Borraral es una amenaza. Si Borraral desaprueba las intenciones de tu padre, Velaska ordenará a tu escolta real poner a Borraral a la espada. Sería otro territorio más conquistado por la Nación Dorada," explicó Amina.

Bason luchaba por asimilar las revelaciones de su tía, encontrándolas cada vez más plausibles, especialmente considerando su propia desconfianza hacia Velaska. Sus acciones, aprisionándolo dentro de su propio carruaje real, solo avivaban aún más sus dudas.

"Supongamos por un momento que te creo. Si Velaska realmente está planeando una guerra contra todas las Tierras Bajas, ¿qué curso de acción propones? Ten en cuenta que Beatrice está con ella en este momento; quizás mi hermana menor ya sea su prisionera," dijo Bason, sopesando las implicaciones.

Amina se giró para mirar hacia el horizonte, reflexionando sobre su situación.

"Beatrice ahora es una Bruja Starr; Velaska nunca pondría en peligro a una de las suyas. En cambio, lo más probable es que envenene su mente, tal como lo hizo con tu padre," dijo Amina, con la mirada fija en el lejano horizonte. "Primero, propongo proteger a los nuestros. Debemos evacuar esta ciudad. Pero no seré yo quien tome esa decisión. Esa responsabilidad recae sobre nuestro nuevo rey," concluyó, mirándolo directamente a los ojos.

Bason dio un paso atrás, rechazando la idea de inmediato.

"¿Yo? No puedo ser rey. Según la tradición, tú eres ahora la Reina de Borraral hasta que tengas un hijo. Entonces, él ascendería al trono," argumentó, intentando hacerle ver su perspectiva.

Su tía tomó sus manos con firmeza, causando en él una sensación de shock.

"Olvidas algo, sobrino," dijo con seriedad. "Soy una bruja. No puedo tener hijos. Según la tradición, si la reina no puede concebir, el reinado pasa al miembro de la familia real que ella considere más apto. Y te elijo a ti, sobrino mío, Bason. La sangre real de Borraral corre por tus venas," declaró Amina.

Bason soltó las manos de su tía; su mente estaba aturdida por las noticias recibidas.

"No, no, no. Esto es demasiado repentino. No puedo ser rey. Mi padre nunca lo aprobará," protestó Bason, aun luchando por aceptar la idea.

Amina sacó un pequeño pergamino de sus túnicas y lo desplegó, revelando un extraño glifo grabado en la superficie.

Brujería, pensó Bason.

"Sabía que no aceptarías la corona tan fácilmente. Por eso estoy preparada para revelarte un secreto que no me correspondía compartir hasta ahora," explicó Amina.

Presionando su pulgar contra el glifo, Amina dijo: "Este es un glifo de voz. Puede capturar cualquier discurso y grabarlo. Escucha."

Le entregó el pergamino a Bason.

Cuando la voz emergió del glifo, su corazón se encogió. Era una voz que conocía demasiado bien, una que despertaba emociones enterradas en lo más profundo de su ser. Sus ojos se llenaron de lágrimas al darse cuenta de que había escuchado esa voz antes—en su infancia.

"Mi querida hermana. Debes mantenerlo en secreto hasta que llegue el momento en que uno de mis hijos esté en posición de enfrentarse a Velaska. No reveles tu verdadera identidad; permanece en las sombras, busca ayuda cuando lo necesites, ya sabes dónde. Velaska está haciendo todo lo posible por manipular a Delray para que se enfrente a otras naciones. Puede tomar años, pero temo que el rey caerá bajo su influencia. Si esto ocurre, ya no será el rey que conocimos; será el peón de Velaska. Mis hijos necesitan esta información para enfrentarse a su propio padre. Si no actúan, temo que él sumirá las Tierras Bajas en la muerte y la desesperación. Velaska debe ser detenida," urgió la voz.

La voz de su madre resonó en el aire, golpeándolo con una fuerza indescriptible.

Aunque una tormenta de preguntas rugía en su mente, decidió dejarlas de lado por ahora.

Dirigiendo su atención a Recaro y Valecio, que caminaban a poca distancia, esbozó una leve sonrisa.

"Oigan ustedes dos, ¿qué les parece 'Rey Bason'? Tiene un buen tono, ¿verdad?" comentó.

HALLARD

Se despertó con el sonido de los animales galopando. Sin espacio disponible para él en el campamento de las brujas, le ofrecieron refugio en los establos para pasar la noche. Hallard, siendo un hombre de batalla, estaba acostumbrado al olor de los caballos y otros animales. Además, con la abundancia de heno en el establo, le resulto fácil fabricar una cama de heno sorprendentemente cómoda. Hallard, acostado sobre la cama de heno, recordó los eventos que ocurrieron la noche anterior.

Lenithia lo había presentado ante el Gran Consejo Shabrani. Ellos se reunieron en una sala dentro de una de las torres del Castillo Carmesí. Al entrar, el Gran Consejo Shabrani le dio la bienvenida y lo invitó a situarse en el centro de la sala para ser interrogado. Notó que la mayoría de los miembros del consejo vestían túnicas negras con capuchas, excepto por un par de ellas, una de las cuales era Lenithia. Se sintió menos nervioso al verla, sabiendo que Lenithia había ideado un plan para engañar al Gran Consejo y conseguir su ayuda contra las brujas de Balor. Antes de que comenzara el interrogatorio, Lenithia informó al consejo que las brujas de Balor lo habían capturado y obligado a ingerir un brebaje venenoso conocido como Veneno Fantasmagórico Cerebral.

Antes de la reunión del consejo, Lenithia le había explicado que los venenos fantasmagóricos cerebrales eran una especialidad de las brujas de Balor. Cuando se consumían, podían obligar a la víctima a hacer cualquier cosa que las brujas desearan.

Lenithia también fabricó otra mentira, explicando que, bajo la influencia del veneno, la misión de Hallard era infiltrarse en el clan Shabrani, fingiendo que traía un mensaje de Demoria para Mila. Una vez dentro, debía activar un arma especial oculta en una bolsa que le habían dado las brujas de Balor. Sin embargo, Mila descubrió que estaba bajo la influencia de la magia y lo ayudó a recuperar el control. Cuando volvió en sí, no recordaba lo que le había sucedido. Mila contactó a su maestra, Lenithia, quien luego presentó el asunto ante el Gran Consejo.

Era la mentira perfecta, con todas las piezas encajando perfectamente. Lenithia enfatizó que fabricar una mentira ayudaría a influenciar al Gran Consejo. Debido a su incomodidad con la mentira, un rasgo arraigado en él desde la infancia, intentó proponer planes alternativos. Sin embargo, cada sugerencia fue rechazada rápidamente por Lenithia y Mila. Finalmente, aceptó el plan de las brujas, comprendiendo que este asunto trascendía sus principios personales. La única falsedad que realmente le perturbaba era la que implicaba a su querida Demoria. Hicieron creer al consejo que ella podría haber sido asesinada por las brujas de Balor, una revelación que sorprendió enormemente a los miembros del consejo.

"Demoria es una de nuestras brujas más hábiles. Es difícil creer que haya sucumbido tan fácilmente. ¿Estás seguro de que no recuerdas qué le ocurrió?" preguntó una de las brujas del Gran Consejo.

Él se volvió hacia Lenithia, quien lo observaba con una expresión seria.

"Realmente no recuerdo nada después de que las brujas de Balor me capturaran. Todo lo que sé es que Demoria estaba con nosotros en el Cráneo Gris. Y luego, llegué aquí con este glifo inscrito con la sangre de Demoria," dijo, esforzándose por sonar convincente.

"Debemos aferrarnos a la creencia de que Demoria sigue con vida y continúa con su misión," afirmó Lenithia con firmeza. "Esperaremos más noticias sobre su paradero y su progreso".

El Gran Consejo también solicitó pruebas de que realmente Hallard había sido víctima del Veneno Fantasmagórico Cerebral. Afortunadamente, la suerte estaba de su lado, ya que había sido envenenado por las brujas de Balor durante su combate en las Montañas

Campanilla Azul. Lenithia explicó que, si bien Demoria había erradicado el veneno en el Cráneo Gris, aún podía detectar pequeños rastros residuales dentro de su cuerpo, aunque eran insignificantes y no representaban ninguna amenaza.

"Demoria no eliminó por completo el veneno de tu cuerpo porque sabía que hacerlo podría dañar órganos vitales. En cambio, lo erradicó hábilmente hasta un nivel que no representara peligro alguno para ti. Realmente es una bruja excepcional," dijo Lenithia, orgullosa de su discípula.

El Gran Consejo le pidió que se quitara la ropa y la armadura para ser examinado, una petición que no esperaba. Aunque no se sentía cómodo con la idea, no tenía otra opción más que cumplir. *Después de todo, estas son circunstancias extrañas*, pensó. Entonces, el Gran Consejo extendió sus manos hacia él. Al principio, no estaba seguro de cómo lo examinarían, pero tras unos instantes comenzó a sentir una cálida energía fluyendo por su cuerpo. Un leve cosquilleo recorrió su piel. No les tomó mucho tiempo concluir que había rastros residuales de magia vega en su organismo, lo que confirmaba la veracidad de los argumentos de Lenithia. Después de eso, le permitieron volver a vestirse con su ropa y armadura.

También le solicitaron que presentara el arma secreta que le habían dado las brujas de Balor. Él la mostró al Gran Consejo, dejando la bolsa que contenía a la criatura de Balor en el suelo. La examinaron durante un tiempo considerable. Los escuchó susurrar entre ellas, lo que le hizo pensar que aún estaban desconcertadas. Cuando terminaron la inspección, coincidieron en que llevaba la marca característica del trabajo de las brujas de Balor. Lenithia sugirió realizar un análisis más detallado, ofreciéndose voluntariamente para liderar el estudio. El consejo aceptó por unanimidad. Además, anunciaron que necesitarían un día más para deliberar y tomar una decisión final sobre si ayudar a Hallard contra las brujas de Balor o no intervenir.

"¡Neigh!" El sonido repentino de unos de los sleipnir interrumpió sus pensamientos sobre la noche anterior.

Alrededor del establo, algunos sleipnirs hacían ruidos, indicando su necesidad de alimento. Hallard ya había visto sleipnirs antes, a menudo traídos al Campo de Lagunas por comerciantes de diversas regiones. Se decía que la mejor raza podía encontrarse en el clan de las Brujas

Shabrani.

"¡Hallard! ¡Estás despierto, excelente!" exclamó una voz familiar. Era Mila, quien acababa de llegar al establo. Vestía una túnica carmesí con una cinta negra ceñida a la cintura y llevaba sandalias negras en los pies. Su corto cabello permanecía igual que el día anterior.

"Esperaba llegar antes que la encargada del establo. Ella no es muy amigable con las visitas," dijo Mila.

Ella llevaba un plato de comida y una jarra de leche, junto con algo de carne fría y papas, todo destinado a su desayuno. Hallard le agradeció por la comida y la devoró en poco tiempo; no se había dado cuenta hasta entonces de cuánta hambre tenía. Luego, se puso su armadura y se colgó su gran espada en la espalda. Listo para partir, salió del establo junto a Mila.

"Rápido, ponte esto. Evitemos llamar la atención frente a las otras brujas," instó Mila, entregándole una túnica grande. Se la colocó sobre la armadura, sintiéndose un poco ridículo, pero reconociendo la sabiduría de permanecer oculto entre la multitud.

Al salir, vio a la bruja encargada de los establos. Cruzaron miradas, y ella le devolvió una expresión poco amigable.

Alzando la vista al cielo, notó que estaba cubierto de nubes, ocultando la mayor parte de la luz del sol. No pudo evitar ver a lo lejos el imponente tamaño del volcán Dukkah. Mientras caminaban, pasaron junto a otras brujas que se dirigían en distintas direcciones, y también notó varias carpas nuevas que no estaban allí el día anterior. Mila le había explicado que las brujas Shabrani podían desmontar sus carpas fácilmente y partir en misiones, regresando para instalarse donde quisieran al volver. Sin embargo, ciertas áreas cercanas al Castillo Carmesí estaban reservadas para las brujas de rango tres y cuatro, las más hábiles dentro del clan Shabrani.

"¿A dónde nos dirigimos?" preguntó a Mila.

"Vamos a mi tienda. Mi maestra quiere hablar contigo," respondió Mila con una sonrisa dibujada en su rostro.

Mientras se acercaban al Castillo Carmesí, descubrió que, como bruja de rango tres, Mila tenía permitido residir cerca al castillo. No pudo evitar notar pequeños grupos de brujas susurrando entre ellas, con una actitud que sugería conversaciones secretas. *Algo no está bien*, pensó. Algunas de las brujas le dirigieron miradas desafiantes, lo que le hizo preguntarse si realmente estaban hablando de él.

"Algo ocurrió esta mañana que nos ha dejado a todas un poco inquietas. Te contaré los detalles cuando lleguemos a mi tienda," le explicó Mila mientras seguían caminando.

Al entrar en la tienda de Mila, fue recibido de inmediato por el aroma familiar de las velas aromáticas que ella prefería, impregnando el aire con su agradable fragancia.

"Bueno, parece que la túnica no está ayudando mucho a que pases desapercibido en el campamento," comentó Mila con una risita juguetona.

Hallard se quitó la túnica. "¿Todas saben por qué estoy en la ciudadela?" preguntó.

"Algunas podrían estar enteradas. Sin embargo, también podrían estar murmurando sobre algo completamente distinto," respondió Mila.

Otra bruja entró en la tienda, cubierta de pies a cabeza con túnicas negras. Al revelarse, vio que era Lenithia. Notó su cabello gris y negro ligeramente desarreglado, y su rostro mostraba el agotamiento de alguien que no había dormido en días.

"Oh, qué alivio que estés aquí. Primero que nada, Hallard, gracias por tu participación en la reunión del Gran Consejo de anoche," dijo Lenithia. "No son fáciles de convencer, pero creo que hemos presentado suficientes pruebas sobre la amenaza de las brujas de Balor".

Lenithia se acercó a una mesa junto a la cama de Mila, donde había una botella que parecía contener vino. Lenithia se sirvió una copa y bebió un sorbo.

"Discúlpame, pero el vino es lo único que me mantiene despierta," dijo Lenithia.

"Desafortunadamente, uno de los miembros del Gran Consejo fue asesinada anoche, poco después de que concluyéramos nuestra reunión contigo en el Castillo Carmesí," añadió, sirviéndose otra copa de vino.

Esta revelación lo tomó por sorpresa. Miró a Mila, quien permanecía impasible, lo que sugería que ya estaba al tanto de la noticia.

"Es la primera vez en mucho tiempo que ocurre una tragedia así dentro de nuestra ciudadela. Es una noticia devastadora para todo el clan," dijo Mila, con un matiz de tristeza en su voz.

Lenithia retomó la conversación. "A primera hora de la mañana, los miembros del consejo se reunieron para abordar esta tragedia. Se discutieron dos asuntos: la necesidad urgente de un reemplazo en el Gran Consejo y una acusación en nuestra contra. Nos señalaron a ti y a mí como cómplices en la muerte del miembro del Gran Consejo," explicó Lenithia.

Hallard no reaccionó de inmediato a las acusaciones ya que lo dejaron sin palabras. *Las acusaciones son infundadas y deberían ser fáciles de refutar*, meditó.

"Eso es absurdo. He estado en los establos desde anoche. ¿Qué pruebas tienen?" exigió.

Mila colocó una mano reconfortante sobre su hombro. "No tienen pruebas. Esto es un hecho sin precedentes en la historia de nuestro clan. Las brujas ancianas están en pánico y buscan culpar a alguien sin saber cómo manejar la situación. Por eso te acusan a ti, un visitante que llegó al Castillo Carmesí justo antes del incidente," dijo Mila, con un tono tranquilizador.

"No hay necesidad de preocuparse. Rebatí las acusaciones de inmediato y, por el momento, tú y yo hemos sido exonerados de la investigación," aseguró Lenithia.

Lenithia continuó hablando mientras caminaba por la tienda con una copa de vino en la mano. "Sin embargo, hay algo más," agregó con gravedad. "La bruja que fue asesinada estaba a favor de ayudarte, Hallard".

Se sorprendió al saber que una bruja ya lo apoyaba. Ahora que su única aliada, aparte de Lenithia, había sido asesinada, no pudo evitar pensar que alguien la había eliminado a propósito.

Lenithia lo miró con seriedad. "Espero que comprendas la gravedad de nuestra situación. Hay alguien dentro del Gran Consejo que hará todo lo posible por impedir que recibas ayuda. Han llegado al extremo de quitarle la vida a una de las nuestras. Temo que esto sea el inicio de una guerra civil dentro de nuestro clan".

Tiene razón, reflexionó Hallard en silencio. *Hasta anoche, solo nosotros y el Gran Consejo conocíamos nuestro plan para enfrentar a las brujas de Balor*, pensó profundamente. *El verdadero asesino debe estar entre los miembros del consejo.*

"Maestra, debemos descubrir quién es el verdadero responsable de la muerte de Melchora," dijo Mila con firmeza.

Era la primera vez que Hallard escuchaba ese nombre, lo que le hizo suponer que Melchora era la bruja del Gran Consejo que había sido asesinada.

"Estoy dispuesto a ayudar en lo que pueda. Pero, ¿qué hay de la bruja que nos acusó? ¿No podría ser ella la verdadera asesina?" preguntó él a Lenithia.

Lenithia terminó su quinta copa de vino y dejó la copa vacía sobre una pequeña mesa lateral.

"Es posible, pero parece demasiado conveniente. Dudo que el verdadero asesino se incriminara a sí mismo haciendo tales acusaciones. La bruja que nos señaló se llama Merma, y es la historiadora más respetada de nuestro clan," explicó Lenithia con los brazos cruzados, sumida en sus pensamientos.

"Maestra, el Gran Consejo volverá a reunirse esta noche. Si no descubrimos al asesino antes de la reunión, podrían votar en contra de la petición de Hallard," dijo Mila, mostrando gran preocupación.

Lenithia cerró los ojos brevemente. "Tienes razón. Si no atrapamos al culpable antes de esta noche, nuestros esfuerzos por oponernos a las brujas de Balor serán en vano".

Hallard sintió una oleada de desesperación apoderarse de él. *He llegado demasiado lejos como para regresar a Campo de Lagunas con las manos vacías*, pensó con angustia.

De repente, una voz poderosa resonó en toda la tienda.

"Mila, esta es tu nueva misión. Debes encontrar al asesino de Melchora antes de esta noche," ordenó la voz antes de desvanecerse en el silencio.

Notó que Lenithia sostenía un pequeño pergamino con un glifo rojo. Ella lo extendió hacia él para mostrárselo.

"Este es un glifo de voz," explicó Lenithia. "Esta mañana, la Llama de Eldoria te ha otorgado una nueva misión, Mila".

Luchó por ocultar su confusión al escuchar el nombre "Llama de Eldoria". *¿Llama de qué?* pensó para sí mismo. Nunca había oído hablar de eso.

Lenithia continuó explicando, dándose cuenta de su desconcierto. "La Llama de Eldoria es una reliquia poderosa dentro de nuestro clan. Tiene la capacidad de prever el futuro y otorgar misiones a las brujas Shabrani que podrían traer prosperidad a nuestro clan. Por suerte, fui la única testigo cuando la llama dio esta nueva misión. Logré capturar el mensaje en este pergamino. Hasta que resolvamos este asunto, prefiero no informar al consejo sobre esta nueva misión," dijo con firmeza.

No pudo evitar pensar que una reliquia tan poderosa podría beneficiar no solo al clan Shabrani, sino a todo el mundo. Sin embargo, optó por mantener sus pensamientos para sí mismo en estos tiempos tan peligrosos.

"No esperaba que la Llama emitiera órdenes tan rápido sobre este asunto," comentó Mila, sorprendida. "Aun así, cumpliré con esta nueva misión. Yo..." Fue interrumpida por su maestra.

"Ya he hecho los arreglos para capturar al asesino. Mila, ve inmediatamente a las catacumbas en el Castillo Carmesí. Raven y Tabitha te esperan allí. Ellas te proporcionarán más información sobre mi plan. Lleva a Hallard contigo; podría ser de ayuda," ordenó Lenithia con firmeza.

Hallard no pudo evitar preguntarse por qué Lenithia no podía revelar el plan completo en ese momento. Sin embargo, se contuvo de hacer más preguntas. Había aprendido que los planes de las brujas eran calculados y a menudo permanecían ocultos hasta el momento oportuno.

"Maestra, ¿qué hará usted?" preguntó Mila, reflejando los propios pensamientos de Hallard.

Lenithia se acercó a Mila, tomando sus manos en un gesto reconfortante, parecido al de una madre consolando a su hija.

"Tengo otros asuntos que atender. La acusación en el consejo podría resurgir, y es mejor que no intervenga directamente. Además…" dijo, lanzando una mirada hacia un rincón oscuro de la tienda, "a partir de ahora, estoy siendo vigilada."

La sonrisa de Mila se transformó en una expresión de júbilo. "Ha pasado demasiado tiempo desde la última vez que emprendimos una misión así. ¡No puedo esperar!" exclamó con entusiasmo.

No pudo evitar notar el repentino cambio de humor en Mila. Era casi como si estuviera disfrutando el momento.

"Tengo grandes expectativas de ti, mi antigua aprendiz," dijo Lenithia, con una confianza absoluta en su voz.

Cuando Lenithia se disponía a salir de la tienda, se volvió hacia él con un destello de diversión en sus ojos.

"Te espera un espectáculo, hombre del Lago. Serás testigo de la legendaria Mila de la Sonrisa Siniestra en acción," declaró antes de salir de la tienda.

No comprendió del todo las últimas palabras de Lenithia. Luego miró a Mila, quien aún sonreía, disfrutando claramente del momento. *Quizás*, pensó, *estoy empezando a comprender a estas brujas.*

"Hallard, debemos irnos de inmediato. Los planes de mi maestra siempre son, para decirlo de forma sencilla, meticulosos," instó Mila.

Juntos, salieron de la tienda. Esta vez, él no se cubrió con ninguna túnica grande. Mila explicó que el disfraz ya no era efectivo, pues Hallard se había vuelto bastante conocido dentro del clan Shabrani.

"Eres casi tan robusto y grande como una montaña. No tiene sentido tratar de ocultar una montaña, ¿verdad?" dijo Mila con sarcasmo.

Mientras avanzaban hacia el Castillo Carmesí, notó que cada vez más brujas susurraban entre ellas mientras le lanzaban miradas furtivas. *Nunca imaginé que me convertiría en el tema de conversación de este clan. Es un pensamiento perturbador*, reflexionó.

Al llegar a la entrada del castillo, las centinelas los detuvieron, exigiendo una explicación sobre su visita. En lugar de responder, Mila chasqueó los dedos.

De repente, unas cadenas de color carmesí se materializaron, envolviendo sus muñecas y tobillos. Confundido por lo que ocurría, intentó hablar, pero no logró emitir ningún sonido. Era como si algo le estuviera bloqueando la voz, una especie de mordaza mágica invisible.

"Estoy a cargo de él; tenemos asuntos en las catacumbas. No representa ningún peligro, como pueden ver, está debidamente aprisionado con estas cadenas. Si intenta escapar o comportarse de manera inapropiada, activaré las cadenas y se incinerará en cuestión de segundos," dijo Mila con confianza, esbozando una sonrisa para las centinelas.

Las centinelas entonces exigieron su espada larga, la cual Mila entregó de inmediato. Tras entregar el arma, les permitieron el paso. Mila le hizo un gesto para que la siguiera, y ambos ingresaron al castillo.

Una vez dentro, Hallard notó un cambio en la atmósfera del castillo en comparación con la noche anterior. El castillo parecía más concurrido, con una mayor presencia de brujas. Las conversaciones eran discretas, realizadas en susurros. Observó a varias de ellas sosteniendo pergaminos mientras se movían de un lado a otro del castillo, desapareciendo en corredores desconocidos.

Siguió a Mila mientras avanzaba por un corredor oscuro, desprovisto de ventanas. El pasaje los condujo a una estrecha escalera en espiral que descendía. Bajaron durante lo que pareció un tiempo considerable, con solo unas pocas velas parpadeantes iluminando su camino. Se cuidó de no tropezar en la oscuridad, aunque le resultaba difícil caminar con las cadenas en los tobillos.

"Solo un poco más," le dijo Mila.

Eventualmente, dejaron de descender y avanzaron por otro corredor iluminado por candelabros. Sintió ráfagas de aire caliente emanando del pasillo, lo que le hizo sospechar que estaban acercándose al centro del volcán Dukkah.

Mila se detuvo abruptamente, fijando la vista en algo más adelante. Hallard se esforzó por ver qué había captado su atención, pero no distinguió nada más que el pasillo y el intenso calor que emanaba de él.

Observó a Mila alzar la mano y comenzar a realizar intrincados gestos con los dedos, como si estuviera desbloqueando algo mediante el uso de magia. De repente, una barrera de color rojo oscuro se materializó frente a ellos y se disipó unos segundos después.

"He desbloqueado la barrera que oculta las catacumbas. Verás, este lugar es sagrado para nosotras. Si alguien más intentara entrar y descubrir nuestros secretos, perecería al instante al cruzar la barrera invisible," explicó Mila.

Hallard comprendió la situación. *¿Qué tipo de secretos esconden las brujas Shabrani aquí?* Su mente se agitaba con curiosidad e intriga.

Siguió a Mila a través del largo pasillo, notando que el intenso calor había desaparecido. *Parece que el calor provenía de la barrera*, reflexionó, observando su entorno con una nueva sensación de curiosidad.

Al salir del corredor, ingresaron a una vasta sala ovalada iluminada por numerosas chimeneas dispersas por el lugar. Hallard observó la antigüedad de la sala; sus muros eran grises y oxidados, marcados por el paso del tiempo. En el centro de la habitación, sillas, mesas y brujas se agrupaban, inmersas en discusiones.

A medida que exploraba con la vista, notó altos estantes de madera repletos de innumerables libros y objetos desconocidos. Mirando hacia arriba, al principio confundió las llamas titilantes con estrellas, solo para darse cuenta de que eran fuegos danzantes en el techo. Al observar más de cerca, vio que las llamas envolvían celdas metálicas colgantes.

Dentro, distinguió figuras humanas extrañas.

"Es mejor no pensar demasiado en ellas. Han recibido el castigo definitivo," dijo Mila con un tono severo.

Hallard decidió hacerle caso y se abstuvo de hacer preguntas.

"Estas son las catacumbas. Más allá de otros usos, aquí las brujas aprendemos a control el fuego mediante el uso de magia. Imagina esto como un campo de entrenamiento," explicó Mila. "Al final de esta gran sala, hay varios pasillos que conducen a distintas áreas. Ahora, debemos encontrar a esas dos," dijo Mila, estableciendo su objetivo.

Por esas dos, supuso que Mila se refería a las brujas que Lenithia les había pedido encontrar en las catacumbas.

Otra bruja se acercó rápidamente desde atrás y cubrió los ojos de Mila con sus manos. Parecía más joven que Demoria y Mila, vestía una túnica que combinaba tonos rojos y azules. Su cabello negro estaba atado en una coleta, y Hallard notó que sus ojos estaban completamente cubiertos por un trozo de tela o vendaje.

"En la oscuridad ella mora, mas visiones entreteje,
Sin vista alguna, mas secretos recoge.
No precisa ojos en su mundo ceñido,
¿Quién es ella, este enigma del olvido?"

Le pareció que la joven bruja le había planteado un acertijo a Mila para que lo resolviera. Mila meditó por un momento antes de responder:

"Hmm... una chica ciega... ¡eres Tabitha!" concluyó con certeza.

"Eres demasiado lista para mí," respondió la joven bruja con una voz suave e inocente, semejante a la de una niña.

"Tabitha, te he estado buscando, y..." Mila fue interrumpida por otra bruja que se acercó desde uno de los pasillos.

"¿Y a mí?" preguntó la recién llegada.

"¡Raven! ¡Excelente!" exclamó Mila, claramente complacida con la llegada de la bruja.

Raven también parecía joven. En comparación con las brujas que Hallard había encontrado hasta el momento, Raven vestía pantalones negros y una camiseta blanca con botones. Su cabello estaba atado en una coleta, adornada con largas trenzas. Al acercarse, Hallard notó algo inusual en su caminar; parecía que una pierna era más corta que la otra. Al observar más detenidamente, se dio cuenta de que, en lugar de su pierna izquierda, Raven tenía una prótesis de madera. Comprendió entonces que ella había perdido su pierna izquierda.

"Permíteme presentarles a Hallard. Es un hombre del Lago, pero es probable que ya hayas oído hablar de él. Los chismes en la ciudadela esta mañana han girado principalmente en torno a ti," dijo Mila, señalándolo.

"Al parecer, soy bastante popular hoy entre tu clan. Les saludo a ambas. Soy Hallard, hijo de Hollard Rikers, señor de Río Atronador," se presentó, dándose cuenta de que nuevamente podía hablar. Al parecer, la magia de Mila sobre él comenzaba a disiparse.

Tabitha permaneció con la boca abierta y las manos juntas como si estuviera en oración.

"Un verdadero miembro de una familia real. Nunca he conocido a nadie de la realeza. Algún día heredarás el castillo de Río Atronador, ¿verdad?" exclamó, con una expresión de felicidad que lo sorprendió.

Raven ni siquiera le dirigió una mirada, manteniendo su atención en Mila.

"Mila, tenemos órdenes de maestra Lenithia. Hablemos en una sala privada," dijo Raven.

Todos siguieron a Raven mientras avanzaba lentamente hacia uno de los pasillos en el extremo opuesto de la gran sala ovalada. Hallard no pudo evitar sentir compasión por ella, dándose cuenta de los desafíos que debía afrontar con una sola pierna funcional.

Tabitha caminaba a su lado, con la mirada fija en él con intensa curiosidad. Aunque no podía ver sus ojos, su interés en él era palpable mientras avanzaban por el pasillo.

"¿Quieres saber qué le pasó a la pierna de Raven? Bueno, tuvo un accidente, igual que yo," dijo Tabitha en voz baja, su tono suave como el canto de un pájaro.

"Disculpadme, jamás preguntaría sobre asuntos tan personales," respondió apresuradamente, pero ya era demasiado tarde. Tabitha retiró el trozo de tela que cubría sus ojos, revelando dos cicatrices en el lugar donde deberían estar sus ojos. Las marcas parecían antiguas.

"Está bien. No me molesta compartirlo," dijo Tabitha. "Esto me sucedió cuando era una niña curiosa, hace muchos años. Al principio, mi ceguera fue un gran desafío, pero con el tiempo aprendí a moverme con facilidad por la ciudadela. Sin embargo, temo que nunca podré salir de aquí, lo que significa que nunca tendré la oportunidad de conocer gente nueva o a la realeza, como tú," dijo, esbozando una sonrisa tierna.

Continuaron avanzando por el corredor, que se ramificaba en varios pasajes estrechos. Finalmente, giraron a la derecha, luego a la izquierda, hasta que llegaron a su destino. Frente a ellos se encontraba una puerta metálica oxidada, que a primera vista parecía fácil de abrir. Sin embargo, como había aprendido recientemente, en este lugar había barreras por todas partes.

Sus sospechas se confirmaron cuando vio a Raven realizar gestos con su mano derecha frente a la puerta, tal como Mila había hecho antes. Después de unos momentos, la puerta de metal oxidado se abrió por sí sola.

"No puedo imaginar qué tipo de trampa habrá colocado maestra Lenithia en esta puerta para aquellos que no conocen la contraseña. No puedo evitar sentir lástima por ellos," dijo Tabitha con una sonrisa irónica.

Al entrar en la habitación, se encontró en lo que parecía ser un laboratorio de brujas. Aunque nunca había estado en uno antes, coincidía con lo que había imaginado. Estanterías llenas de frascos vacíos y libros, junto a pociones que contenían líquidos de colores vibrantes como el verde y el rojo. Se percato también que habían varias mesas repartidas por la sala y una chimenea cercana.

"Este es el laboratorio de Lenithia," dijo Mila.

Al avanzar, Hallard detectó un aroma peculiar en el aire, un olor familiar que había encontrado en el campo de batalla: el olor a muerte. Parecía provenir del rincón más alejado del laboratorio, donde una cama permanecía cubierta por una larga manta.

"¿Qué demonios es ese olor? ¿Es un cadáver?" exclamó Mila en voz alta. Se acercó a la cama misteriosa y levantó la cubierta, revelando el cuerpo desnudo de una mujer muerta. El cadáver presentaba numerosas heridas, con perforaciones en el pecho y el estómago que parecían provocadas por puñaladas. Además, marcas de quemaduras desfiguraban su piel, esparcidas por todo su cuerpo.

Mila contuvo la respiración.

"Esta era Melchora," murmuró, luego dirigió su mirada hacia él.

"Pero, ¿por qué está aquí?" preguntó Mila.

Él se hacía la misma pregunta.

"El plan de nuestra maestra comienza aquí," dijo Tabitha.

La bruja ciega sacó un pequeño pergamino de uno de sus bolsillos y lo desplegó, revelando un glifo inscrito en él. Hallard reconoció que era un glifo de voz, probablemente conteniendo un mensaje. Tabitha presionó el glifo con firmeza usando su pulgar hasta que se tornó rojo, provocando que una voz emanara del pergamino.

"He pedido a Raven que robe el cuerpo de Melchora. Mila, eres la única con la habilidad suficiente para descifrar la identidad del verdadero asesino a través de su cadáver," declaró la voz de Lenithia antes de desvanecerse en el silencio.

Hallard estaba desconcertado, sin entender cómo Mila podría lograr tal hazaña.

"Mila, ¿de qué está hablando?" preguntó Hallard.

Ella no respondió su pregunta. En su lugar, ella se acercó al cuerpo inerte de Melchora.

"Es posible," dijo Mila con una sonrisa confiada.

Tabitha le tocó el brazo para captar su atención.

"Mi maestra se refiere al uso de hechizos prohibidos. La nigromancia ígnea puede reanimar temporalmente un cadáver, pero solo por unos instantes. Una vez reanimado, el muerto entra en un estado incontrolable de ira. Si logramos someterlo, podremos hacerle algunas preguntas, pero solo por unos momentos," su sonrisa amable se tornó en una expresión seria. "Hay otro detalle importante. Los historiadores y los textos antiguos mencionan que aquellos que utilizan este hechizo mueren inmediatamente debido a la inmensa cantidad de energía que consume. Ninguna bruja ordinaria posee tales reservas de energía".

Tabitha se giró luego hacia Mila.

"Pero ella no es una bruja ordinaria. Mila posee una cantidad de energía enorme. Mi maestra me dijo una vez que ella alberga la energía de fuego de diez brujas Shabrani dentro de sí".

Hallard comenzó a entender por qué Mila había sido asignada a esta misión.

Justo cuando estaba a punto de acercarse al cadáver, sintió una brisa helada detrás de él. Tabitha, quien aún sostenía su brazo, de repente lo soltó y lo empujó a un lado. En el instante en que fue apartado, alcanzó a ver una extraña sombra interponiéndose entre Tabitha y él. La sombra tenía la forma de una mujer con dos penetrantes ojos amarillos, envuelta en un humo rojo y empuñando dagas curvados en cada mano.

Hallard tropezó por el empujón de Tabitha, pero gracias a ello logró evadir el ataque de la figura sombría. De no haber sido por la intervención de Tabitha, habría sido herido por la atacante.

Entonces, la agresora se lanzó hacia él nuevamente con un grito desgarrador, mostrando largos colmillos blancos que se asemejaban a los de un lobo. Una oleada de pánico recorrió su cuerpo: aquella criatura lo estaba cazando.

Privado de su espada larga y aún encadenado por las ataduras de color carmesí en sus muñecas y tobillos, sus movimientos eran torpes y lentos. La criatura se abalanzó sobre él con una velocidad aterradora, y la punta de sus dagas rozó su armadura, dejando marcas sobre la superficie metálica.

Desesperado, intentó defenderse, pero la velocidad y agilidad de la criatura la convertían en un oponente formidable. En medio del caos, las cadenas carmesíes que lo aprisionaban inesperadamente se rompieron; sus fragmentos giraron alrededor y enredaron a la amenazante criatura, atrapándola por las muñecas y los tobillos. A pesar de que se debatía con fiereza, las ataduras la inmovilizaron hasta hacerla caer al suelo, incapaz de moverse.

Miró alrededor y notó que Mila había conjurado un hechizo sobre la criatura.

"Lo siento, Hallard. Me tomó por sorpresa; no pude reaccionar lo suficientemente rápido. ¿Estás herido?"

Hizo un gesto con la mano indicando que no.

"¡Tabitha!" escuchó gritar a Raven.

La bruja ciega estaba en el suelo, claramente adolorida, con sangre manchando su túnica alrededor del estómago. Era evidente que el enemigo la había herido justo antes de atacarlo a él.

A pesar de tener solo una pierna buena, Raven se movió con rapidez hacia Tabitha.

Él quería correr en su auxilio, especialmente porque ella había recibido el ataque que iba dirigido a él. Sin embargo, de repente, una ola de calor abrasador lo golpeó de lleno, obligándolo a desplomarse en el suelo.

El calor provenía de su enemigo, quien comenzaba a arder en llamas.

"¡Es un Espectro de Fuego! ¡Todos, busquen refugio ahora!" gritó Mila.

Hallard no estaba seguro de dónde refugiarse; no había objetos resistentes cerca que pudiera usar como escudo. Vio a Mila resguardándose detrás de una mesa metálica que había volteado de lado. Ella extendió una mano hacia él, invitándolo a unirse a ella.

Corrió hacia Mila tan rápido como pudo. Sin embargo, justo cuando estaba a punto de alcanzarla, una nueva oleada de calor lo golpeó por la espalda. Esta era diez veces más intensa que la anterior y lo empujó con tal fuerza que salió despedido por los aires, solo para ser atrapado por Mila, quien ahora lo mantenía flotando en el aire con su magia.

Mila lo soltó con suavidad, permitiéndole aterrizar sobre sus pies. Fue entonces cuando se dio cuenta de que tenía algunas quemaduras en las zonas donde su armadura no lo protegía.

"¡Auch!" exclamó, expresando su dolor.

"Tenemos problemas más grandes, Hallard," dijo Mila con una sonrisa tenebrosa. En ese momento, recordó el apodo de Mila: Sonrisa Siniestra. *Parece que realmente ella disfruta situaciones peligrosas como esta*, reflexionó.

La criatura se había transformado en un monstruo de fuego, extremadamente amenazante, su cuerpo compuesto enteramente de llamas que emitían un sonido crepitante y dispersaban brasas ardientes a su alrededor. *Espectros de Fuego*, recordó Hallard. Ya había visto a estas criaturas antes en el Cráneo Gris; sin embargo, en aquel entonces eran sus aliados. Ahora, tendría que enfrentarse a uno de ellos. Sabiendo lo formidables que eran, comprendió que no sería una batalla fácil.

El espectro cargó contra él. Hallard miró a su alrededor, pero no vio ninguna arma al alcance. El calor abrumador que desprendía la criatura lo dejó sin opciones claras sobre cómo combatirla con las manos desnudas sin salir gravemente herido. Su mirada se dirigió entonces a Tabitha y Raven, que estaban en la dirección opuesta.

Tabitha seguía en el suelo, presionando su herida en el estómago para intentar detener la hemorragia. Mientras tanto, Raven estaba detrás de ella, ayudándola a quitarse la venda de los ojos. Su curiosidad despertó; quiso preguntar qué estaba haciendo. Para su sorpresa, en lugar de los ojos ausentes de Tabitha, vio dos orbes de fuego que miraban directamente al Espectro de Fuego.

De repente, la criatura se detuvo en seco y, sorprendentemente, sus llamas parecieron silenciarse.

"Tabitha está usando su visión de fuego. Cuando perdió los ojos, adquirió la habilidad de proyectar visiones en otros seres vivos. Sin embargo, no podrá mantener la proyección por mucho tiempo," explicó Mila.

"¿Quieres decir que el espectro está... hipnotizado por Tabitha?" preguntó Hallard.

Mila asintió, confirmando su suposición.

"Me temo que no durará mucho. Tabitha está herida. Debo actuar rápido," dijo Mila con determinación.

Hallard se giró y vio a Mila avanzando hacia el cadáver de Melchora, que permanecía en un rincón alejado del laboratorio.

"¿Qué piensas hacer?" preguntó.

"Raven y yo podríamos derrotar al Espectro de Fuego, pero hay una opción menos peligrosa," explicó. "Podría usar nigromancia ígnea en el cadáver de Melchora. Una vez reanimado, estará tan lleno de ira que querrá atacarnos de inmediato. Nuestro objetivo será dirigir su agresión hacia el Espectro de Fuego. Con suerte, se eliminarán mutuamente. Si todo sale según lo planeado, no tendremos que enfrentarnos a ninguno de los dos en combate".

Mila cerró los ojos y comenzó a mover las manos de una manera peculiar, casi como si estuviera dibujando algo en el aire sobre el cadáver de Melchora. También la vio murmurando un cántico en un idioma que no pudo comprender.

Algo lo golpeó en el hombro izquierdo con una fuerza brutal, lanzándolo a un lado. Por un momento, creyó que su brazo se había roto. El Espectro de Fuego había sido el responsable del ataque. Se dio cuenta de que la criatura empezaba a comportarse de manera extraña.

"¡Mila, date prisa! ¡Tabitha no podrá sostenerlo por mucho más tiempo!" gritó Raven desde el otro lado de la sala.

Hallard notó que Tabitha estaba sangrando por sus ojos de fuego. Se dio cuenta que la pequeña bruja se estaba acercando a su límite. Esto explicaba el comportamiento errático del espectro; quien se agitaba frenéticamente, lanzando golpes al aire sin rumbo fijo. La criatura se acercaba cada vez más a Mila, quien seguía concentrada en su conjuro.

Debo actuar rápido, pensó Hallard.

Observó su entorno, notando los escombros esparcidos por la habitación debido a los muebles destruidos. Su brazo izquierdo, herido y sangrando, le impedía utilizarlo. Con la mano derecha, agarró un trozo de metal que se asemejaba a una espada corta, probablemente un fragmento de una silla metálica.

Corrió hacia el Espectro de Fuego y comenzó a golpearlo con el metal como si blandiera una espada.

"¡Vamos, bestia!" gritó, atrayendo la atención del monstruo hacia él.

Su plan funcionó; ahora la criatura estaba centrada en él. Intentó alejarla lo más posible de Mila.

Las llamas del Espectro de Fuego se intensificaron repentinamente, y la criatura le asestó otro golpe brutal en el pecho, enviándolo volando hacia atrás. El impacto fue fuerte, pero no le causó un daño grave; solo chamuscó su armadura de placas y probablemente le dejaría un hematoma debajo.

Otra explosión resonó desde donde Mila había estado conjurando su hechizo, dejando tras de sí una densa mezcla de humo verde y rojo.

De entre la niebla, Mila emergió corriendo hacia él.

"Está hecho. Ahora, dejemos que esos dos se destruyan entre sí," le dijo, tomándolo del brazo y arrastrándolo hacia donde yacían Tabitha y Raven en el suelo.

Desde el humo verde y rojo surgió una nueva criatura, flotando en el aire. Era el cadáver reanimado de Melchora, traído de vuelta por el hechizo de Mila.

Hallard observó que las heridas en su estómago y pecho estaban ahora llenas de llamas de fuego. A pesar de la situación extrema, no pudo evitar sentirse extrañamente agradecido de presenciar un acontecimiento tan extraordinario.

Los muertos regresando a la vida, pensó Hallard. La magia puede ser realmente útil.

El Espectro de Fuego y la bruja resucitada chocaron en combate. Mientras el espectro lanzaba golpes con sus ardientes puños, la bruja respondía con bolas de fuego desde la distancia, evitando deliberadamente sus ataques.

Sin embargo, la lucha fue breve.

El Espectro de Fuego atrapó a la bruja por la pierna y la envolvió en sus llamas, intentando consumirla por completo. Entonces, una explosión masiva estalló, cubriendo el laboratorio con humo una vez más.

Hallard comprendió que el Espectro de Fuego se había autodestruido.

La fuerza de la explosión destruyó lo que quedaba de los muebles. Afortunadamente, Raven y Mila reaccionaron con rapidez, arrancando la puerta metálica de la entrada y usándola como escudo, evitando que todos sufrieran daños graves.

De entre el humo y las cenizas emergió el cadáver carbonizado de Melchora.

Aún estaba de pie, a pesar de haber perdido el brazo izquierdo y la mano derecha. Su cuerpo estaba perforado con múltiples agujeros, y su cabeza estaba partida diagonalmente por la mitad.

"Es nuestro turno. Hagamos nuestra pregunta antes de que desaparezca por completo," dijo Tabitha con determinación, a pesar de estar herida.

Mila se acercó al cadáver de Melchora y preguntó:

"Melchora, ¿quién fue el responsable de tu muerte?"

Para su asombro, la cabeza mutilada de la bruja giró hacia Mila y emitió un escalofriante grito. Era un sonido como ningún otro que hubiera escuchado antes, tan perturbador que le hizo estremecerse, como si le atravesara los nervios.

Melchora entonces levantó su brazo derecho, ahora sin mano, como si señalara algo en el suelo.

Hallard se acercó al lugar indicado, donde yacía un montón de escombros: piedras, madera y metal. Comenzó a remover los restos, decidido a descubrir lo que la bruja trataba de mostrarles. En el fondo de la pila, encontró algo que le resultó familiar: la misma criatura que había visto antes en el Cráneo Gris, la criatura de Balor que había llevado en una bolsa.

"¿Es eso...?" Mila comenzó a hablar, pero su voz se apagó en la incredulidad.

Ella se puso de pie y respiró hondo.

"La criatura que nos atacó y que luego se transformó en el Espectro de Fuego," continuó Mila, hablando lentamente. "Era la criatura de Balor desde el principio".

Raven, quien había estado ayudando a Tabitha a reajustar su venda, se puso de pie y se acercó a donde estaba Hallard. Extendió la mano hacia la criatura, pero Mila la detuvo de inmediato.

"No la toques. Intentará robar tu energía," advirtió Mila con firmeza.

Luego sacó una pequeña bolsa de sus túnicas y comenzó a realizar encantamientos similares a los que Hallard había visto hacer a Demoria en el Cráneo Gris. Con un despliegue de magia de levitación, encerró a la criatura de Balor dentro de la bolsa.

"Hallard, tú trajiste esto hasta nosotras. Te lo devuelvo," dijo Mila, su voz aun reflejando la conmoción de la revelación.

¡Clack! ¡Clack! ¡Clack!

El sonido de aplausos resonó desde la entrada del laboratorio.

"He vivido mucho tiempo, pero nunca antes había presenciado una pelea como esta," comentó una bruja que entró al laboratorio, seguida por varias más.

Hallard contó cuatro o cinco, pero con el humo aún en el aire, podrían haber sido más.

"Calcia, ¿cuánto tiempo llevas observándonos?" preguntó Mila.

"El tiempo suficiente para identificar al verdadero asesino de Melchora. Escuchar sobre estos eventos es una cosa, pero presenciarlos con mis propios ojos es algo más allá de la creencia, más allá de la imaginación de cualquiera," respondió Calcia.

No podía distinguir bien su rostro; ella, al igual que las otras brujas que la acompañaban, llevaba una capucha que ocultaba sus facciones.

"No es suficiente," intervino otra bruja. "¿Cómo se transformó la criatura en una sombra y asesinó a Melchora? Tuvo que ser activada por alguien".

"Lenithia," dijo una voz.

"Fue ella quien nos dirigió aquí. Debe tener respuestas. Debemos interrogarla".

"Debemos actuar de inmediato. Puede que Lenithia esté implicada, pero las brujas de Balor se han convertido en nuestras enemigas."

"¿Y qué hay del hombre del Lago? Él nos trajo a la criatura. ¿Es culpable?"

"Lo vimos sacrificarse para proteger a una de las nuestras," intervino otra bruja.

"¿Está decidido, entonces?" preguntó Calcia.

"Sí, lo está," respondieron las demás al unísono.

Mientras las brujas hablaban por turnos, Hallard reconoció algunas de las voces: eran los mismos miembros del Gran Consejo Shabrani con los que se había reunido la noche anterior.

Tras su deliberación, el Gran Consejo abandonó el laboratorio.

"Mila, ¿qué está pasando?" preguntó Hallard, aún confundido por todo lo ocurrido.

Mila se sacudió el polvo de sus túnicas y se acercó a él, colocando una mano sobre su pecho.

Con la sonrisa más grande que le había visto hasta ahora, respondió: "Hemos ganado. El consejo ha tomado su decisión. Vamos a la guerra contra las brujas de Balor."

DEMORIA

Los tambores dejaron de sonar, señalando el fin del ataque. "Así que atacaron otra pequeña aldea, debe ser todo un logro para los de tu clase," dijo ella con sarcasmo a su captor.

El bárbaro permaneció en silencio.

El musculoso bárbaro hacía de centinela, armado con una lanza y vestido con una armadura de metal, aunque gran parte de su musculoso cuerpo quedaba al descubierto. Él había estado vigilando la entrada de su tienda desde que acamparon.

Demoria sentía una mezcla de emociones hacia los bárbaros que la habían capturado. Por un lado, habían atendido la herida en su costado, infligida por el hombre misterioso en el Bosque Crepuscular. Usando hierbas y especias desconocidas, los bárbaros habían limpiado y tratado su herida con esmero, por lo que estaba agradecida. Sin embargo, por otro lado, no podía evitar sentirse una prisionera. Cuando despertó después de desmayarse en el Bosque Crepuscular, se encontró rodeada de bárbaros. Sus pertenencias habían desaparecido, incluido el misterioso brazo que tanto le había costado obtener, el cual asumió que los bárbaros habían confiscado. Esto la dejó decepcionada, sabiendo que era una parte crucial de su misión.

Además, la mantenían separada del resto del clan bárbaro, acompañada solo por un bárbaro silencioso que la vigilaba. A pesar de sus intentos de conversación, él nunca respondía, lo que la llevaba a preguntarse si simplemente no entendía el idioma común.

Aunque su salud había mejorado considerablemente, Demoria seguía sin poder lanzar hechizos. Recordando la intensa batalla en el Bosque Crepuscular, reconoció que había llevado su cuerpo al límite. Sin embargo, con los días que habían pasado desde entonces, esperaba que sus habilidades mágicas regresaran. Después de todo, no era raro que una bruja perdiera temporalmente sus poderes después de un esfuerzo tan extenuante, pero la prolongada ausencia de su magia la desconcertaba. *Tan pronto como recupere mis habilidades,* escaparé, se dijo a sí misma, con una determinación inquebrantable.

Por otro lado, Demoria estaba feliz en el hecho de que le permitieran mantener a Lucy, su sleipnir. Aunque no estaba segura de por qué los bárbaros eran tan atentos con ella, una bruja Shabrani, apreciaba que le proporcionaran comida y cuidados. *Quizás pretenden usarme como carnada en el futuro,* especuló. *Solo el tiempo revelará sus verdaderas intenciones.*

Hacía aproximadamente un día, habían seguido de cerca al resto del clan bárbaro y llegado a un pequeño pueblo en el extremo occidental del Campo de Lagunas. Mientras los bárbaros levantaban rápidamente su campamento por la mañana, ella se maravilló de su eficiencia, una característica bien conocida por la mayoría. A pesar de la velocidad con la que se armó el campamento, notó que algunas tiendas quedaron a medio construir, sin estructuras sólidas. Ella montó su propia tienda con la ayuda de su guardia, en un lugar lo suficientemente cerca como para escuchar las voces de los bárbaros a lo lejos.

"Tengo que hacer pipí," le dijo a su guardia. Como el guardia no podía entenderla, recurrió a imitar la acción agachándose. Finalmente, su guardia comprendió y le permitió aliviarse en un arbusto cercano, aunque todavía con grilletes en las manos y bajo una estrecha vigilancia.

De regreso a su tienda, escuchó el repique de los tambores resonar en el aire, señalando el inicio de la invasión contra el pequeño pueblo. A lo lejos, notó que la mayoría de los bárbaros en el campamento tomaban sus hachas y espadas, y luego marchaban hacia el pueblo. Alcanzó a vislumbrar el grupo de bárbaros listo para la batalla: no era particularmente numeroso, pero estaba fuertemente armado. Después de eso, su guardia la confinó a su tienda, encerrándola dentro.

Más tarde esa noche, Demoria escuchó mucho ruido proveniente del campamento bárbaro, lo que la llevó a creer que la invasión había terminado y que los bárbaros habían regresado. Entre los sonidos, pudo distinguir llantos y lamentos, lo que sugería que los bárbaros habían tomado prisioneros durante su invasión.

En algún momento de la noche, una bárbara entró en su tienda. La recién llegada parecía tener alrededor de veinticinco o treinta años, estaba empapada de sangre de pies a cabeza y visiblemente agitada.

La bárbara habló en su lengua nativa: "¿Mayqen warmiqaq ch'inkanaq k'ankiypaq?"

"Kanmi rikurun," respondió el guardián de Demoria.

"Ñak'ariyki puntrawpi munani," dijo la bárbara.

El guardia asintió y salió de la tienda.

"Qué idioma tan interesante. Nunca lo había escuchado antes. ¿Viniste a enseñárselo a esta pobre bruja herida?" preguntó, con un tono que llevaba un dejo de provocación.

Ignorando su comentario, la bárbara tomó un frasco de agua del río que habían dejado para Demoria más temprano. Sin dudarlo, vació el contenido sobre sí misma, intentando limpiar la sangre de su cuerpo.

"Pareces estar más saludable. Debemos hablar," dijo la bárbara.

Demoria se sorprendió por la fluidez de su visitante en el idioma común. También detectó un ligero acento, uno que le resultaba familiar.

"Tu acento es del sur. ¿Creciste en la Nación Dorada?" preguntó.

La mirada de la bárbara se llenó de furia, y le propinó una fuerte bofetada en el rostro. La fuerza del golpe hizo que Demoria cayera al suelo, con sangre brotando de su boca.

Entonces, Demoria recordó algo—algo que había olvidado hasta ahora. Había conocido a la bárbara que estaba frente a ella una vez antes. Fue en el Bosque Crepuscular, después de su batalla con el hombre misterioso. Esta misma bárbara la había capturado cuando se desmayó. Demoria se abstuvo de mencionarlo, queriendo primero poner a prueba a su visitante.

"¿Acaso dije algo que te molestó? Bueno, más vale que me mates o me digas por qué me tomaste como prisionera," dijo con desafío.

La bárbara gritó furiosa, preparándose para atacar. Demoria escaneó su entorno frenéticamente, pero no encontró nada que pudiera usar como arma. Intentó invocar energía de fuego dentro de su cuerpo, pero fue en vano—seguía sin poder.

"¡Hatun!" exclamó un bárbaro anciano que acababa de entrar en la tienda.

La bárbara detuvo su ataque, dejando escapar un suspiro pesado y apartándose.

Para Demoria, el bárbaro anciano parecía tener alrededor de sesenta años, a juzgar por las arrugas en su rostro, su cabello corto y gris, y su larga y desordenada barba gris. Su atuendo consistía únicamente en prendas de cuero, lo que sugería que no era un guerrero.

"Ñuqanchik munanchiktaña, ñak'ariykiyqa mana ch'inkanaq k'ankiypi, imata willayku?" Le gritó el recién llegado a la bárbara, con un tono que parecía una reprimenda. "Diskulpa, nukanchik yanapanipi," añadió la bárbara.

"Disculpas por mi comportamiento anterior. Mi nombre es Jacqui. Soy la segunda al mando en el clan Runakuna," dijo la bárbara con tono de disculpa. Después de eso, Jacqui salió de la tienda.

"También quisiera expresar mis disculpas. Mi nombre es Amaru, soy un líder entre los clanes bárbaros," dijo con respeto. Señalando hacia la entrada por donde Jacqui acababa de salir, añadió: "Ella suele ser bastante educada. Debes haber dicho algo que no le gustó."

"Le pregunté si era de la Nación Dorada," Demoria dijo encogiéndose de hombros. "¿Por qué no me han matado todavía? ¿Planean venderme? No sirvo para nada. Solo soy una mujer," dijo.

Amaru le dio una sonrisa irónica. "Una bruja Shabrani no es una simple mujer," se rio. "Verás, algunos de nuestros exploradores te vieron luchar contra un hombre que podía conjurar magia con su brazo izquierdo. De hecho, uno de esos exploradores era Jacqui. Pensé que ustedes dos se llevarían bien, pero parece que me equivoqué," hizo una pausa, dándole una mirada de lástima. "Jacqui informó que saliste victoriosa usando magia de fuego. También te siguió hasta que te encontró al borde de la muerte cerca de la frontera entre el Bosque Crepuscular y el Campo de Lagunas. Ya sabes el resto—te recogió y te trajo con nosotros. Ah, y también aseguró tus pertenencias, incluido el brazo que le arrancaste a ese hombre. Está fuertemente custodiado dentro de nuestro clan."

La noticia la sorprendió. Se había estado preguntando qué había pasado con el brazo. Saber su ubicación le dio algo de tranquilidad. *Al menos todavía tengo la oportunidad de recuperarlo para el clan Shabrani si juego bien mis cartas*, pensó Demoria.

"Veo que la noticia sobre el brazo extraño te ha perturbado. No te preocupes; planeamos devolvértelo una vez que hayamos terminado de usarlo para nuestros propósitos," dijo, acercándose a ella y mirándola fijamente a los ojos. "Y aquí es donde tú nos ayudarás," añadió con firmeza.

Ahora, esto se pondrá interesante, pensó, sentándose en la cama que le habían asignado.

"¿Cómo puedo ayudar?" preguntó Demoria con cortesía. Aunque no tenía intención de cooperar, se dio cuenta de que, al fingir interés, podrían revelar sus planes. *Mientras sepa lo que están tramando, podré encontrar una manera de recuperar el brazo y escapar de este lugar*, reflexionó internamente.

Amaru le ofreció una sonrisa amistosa antes de comenzar a caminar lentamente alrededor de la tienda. "Primero, permíteme compartir una historia que escuché en mi juventud," dijo. "Es la historia del único hombre en las Tierras Bajas que puede usar magia."

¿Un hombre que puede usar magia? ¿Está hablando del hombre misterioso con el que luché en el Bosque Crepuscular? reflexionó. Demoria prestaba atención atentamente.

"Lo llamamos el Guerrero Maldito. Su presencia era conocida entre nuestra gente después de la Era de las Cenizas, que, como sabes, ocurrió hace más de quinientos años. Fue avistado por todas estas tierras—un día en la Corona de Hielo, al siguiente en Celen. Como sabes, viajar tan rápido es imposible sin una magia poderosa," narró Amaru.

Ella interrumpió: "Eso es imposible, incluso con nuestra magia. Nosotras, las brujas, solo podemos teletransportarnos distancias cortas, y requiere una gran cantidad de energía. Evitamos usar ese hechizo a menos que sea absolutamente necesario. Sin embargo, vi con mis propios ojos al Guerrero Maldito, como tú lo llamas, usando una magia diferente a cualquier cosa que hubiera visto antes." Decidió que era seguro compartir parte de la información que había aprendido de su última batalla para ganar la confianza de Amaru.

Amaru asintió en acuerdo. "Ciertamente. Nuestros informes también sugieren que este hombre ataca indiscriminadamente a individuos específicos sin una conexión aparente entre ellos. Parece ser una selección al azar o tiene algún motivo oscuro para los asesinatos." El hizo una pausa para tomar un trago de una botella que sacó de su bolso.

La historia la intrigó. Si lo que dice Amaru es cierto, podría haber estado en la lista de muertes del Guerrero Maldito. *Parecía tener conocimiento previo de mi llegada al Bosque Crepuscular. El poder del Guerrero Maldito podría rivalizar con el de la Llama de Eldoria*, reflexionó.

"¿Algo más que puedas contarme?" El rostro del anciano estaba incómodamente cerca del suyo.

No voy a divulgar más información valiosa a este hombre, pensó.

"Mencionaste que tus hombres me siguieron después de mi encuentro con el Guerrero Maldito. ¿Se quedaron para averiguar qué le pasó a él? Lo dejé con heridas significativas," preguntó Demoria.

"Hmm, haces buenas preguntas," dijo Amaru, tomando otro sorbo de su botella. Ella captó un olor rancio del líquido que emanaba de ella y tuvo que contener la respiración para evitar toser.

"Inicialmente, enviamos a cinco de nuestros exploradores para examinar el área. Uno te siguió, mientras que los otros cuatro se quedaron atrás. De los que se quedaron, solo uno regresó a nuestro clan. El sobreviviente informó que tus llamas azules finalmente consumieron al Guerrero Maldito, el cual luego de mucho tiempo dejó de gritar de dolor. Cuando los otros exploradores se acercaron, esperando capturarlo, asumieron que ya no podía moverse debido a las graves quemaduras que cubrían su cuerpo. Pero cuando estuvieron más cerca, el Guerrero Maldito todavía tenía suficiente fuerza para matar a tres de nuestros exploradores con su brazo derecho. Te ahorraré los detalles. Todo lo que necesitas saber es que solo un explorador regresó. Después, enviamos más exploradores para encontrar el paradero del Guerrero Maldito, pero había desaparecido. No pudimos localizarlo."

Los eventos la intrigaron. A pesar de soportar toda su furia y ser privado de su brazo izquierdo, el Guerrero Maldito seguía siendo notablemente poderoso. *Creo que tuve suerte de salir victoriosa de esa pelea*, pensó, mirando el collar adornado con la extraña hoja que Hallard le había dado.

"Todo esto es muy intrigante, pero aún no me has dicho cómo puedo ayudarte," señaló.

"Dicen que los de tu clase son muy directos. También se rumorea que no tienen miedo," dijo Amaru, observándola con atención.

Ella le sonrió con confianza, lista para enfrentar cualquier desafío que se presentara.

Amaru juntó sus manos detrás de su espalda. "El sobreviviente nos informó que después de que le arrancaste el brazo, el Guerrero Maldito ya no podía usar magia. Creemos que el brazo es la fuente de su poder," dijo Amaru.

Ella ya había deducido esos detalles. Durante su batalla con el Guerrero Maldito, sintió claramente que la energía mágica emanaba únicamente de su brazo izquierdo.

"¿Y quieren que use el brazo para qué? ¿Crear oro de la nada para ustedes? ¿Resucitar a los muertos?" preguntó con tono sarcástico.

"Jajaja, eres bastante divertida," Amaru se rio, soltando una carcajada. "Antes de revelar nuestro objetivo, respóndeme algo: ¿qué sabes sobre nuestra raza?"

Ella se puso de pie y comenzó a caminar alrededor de la tienda, rodeando a Amaru. Al asomarse afuera, encontró la entrada completamente bloqueada por su guardián. "Es de conocimiento común que los bárbaros no pueden ser erradicados por completo. Tu raza puede aparecer en cualquier lugar con poca advertencia. Además, todos ustedes adoran a diferentes dioses, deidades que no se alinean bien con las deidades habituales en las Tierras Bajas," explicó.

Aplausos resonaron en la habitación mientras Amaru aplaudía fervientemente. "Eres una bruja inteligente, muy inteligente," exclamó. "Aunque los bárbaros pertenecemos a la misma cultura fundamental, podemos ser muy diferentes. Nuestros métodos varían de clan a clan; además, hay clanes que ni siquiera sé que existen. Algunos de nosotros nos dedicamos a colaborar con otras naciones, mientras que otros actúan de manera independiente," explicó. Tomando un último sorbo de su botella, se dio cuenta de que estaba vacía y la arrojó al suelo con enojo. "Si el brazo izquierdo del Guerrero Maldito puede teletransportarnos instantáneamente a cualquier lugar de estas tierras, queremos usarlo para localizar cada clan y unirnos físicamente como uno solo. Será el ejército más grande jamás conocido," proclamó Amaru con orgullo.

"Podrían conquistar cualquier territorio con un ejército tan formidable," dijo Demoria.

Amaru asintió en acuerdo. "Una vez que terminemos de usar el brazo maldito, como deberíamos llamarlo de ahora en adelante, puedes llevártelo. No tendremos más uso para él," dijo.

Ella miró a su alrededor, considerando sus opciones. Aunque parecía un momento oportuno para intentar escapar, las condiciones estaban lejos de ser ideales. Su magia aún no había regresado, y no podía ver ningún arma que pudiera usar.

"¿Y si me niego?" preguntó con tono firme.

El viejo bárbaro se rio. "¿Por qué te negarías? ¿No te hemos tratado bien hasta ahora? Sabes que eso podría cambiar en cualquier momento," comentó él antes de darse la vuelta y dirigirse hacia la salida de la tienda. "Piénsalo esta noche. Hablaremos de nuevo por la mañana."

Antes de que Amaru saliera de la tienda, ella decidió confrontarlo sobre algo que había estado en su mente desde que conoció a Hallard y su grupo.

"¿Qué te dieron las brujas Balor a cambio de ayudarles con el ataque a los hombres de Lago en las Montañas Campanilla Azul?" preguntó Demoria de manera provocativa.

Amaru se volvió para mirarla, mostrando una sonrisa en sus labios. Sin decir una palabra, salió de la tienda.

Ella se recostó en su cama, sintiendo un ligero ardor en el vientre. Aunque su herida estaba sanando bien, sabía que necesitaba más descanso para que se recuperara por completo. Sus pensamientos volvieron a la conversación con Amaru. *No hay manera de que pueda ayudarlos a lograr lo que quieren—eso significaría traicionar a mi clan*, pensó. Pero otra idea se formó en su mente. *Sin embargo, si logro apoderarme del brazo maldito antes de que lo usen, podría aprovechar su magia para mis propios propósitos.*

Luego escuchó ruido afuera. Después de unos momentos, su guardia regresó con un tazón de metal lleno de comida para ella. Como era el caso todas las noches, le sirvieron trozos de carne quemada junto con pan duro y agua de río. Probó la carne, encontrándola insípida y dura. Al no poder discernir el tipo de animal, sospechó que era de caballo o cerdo.

"Si tan solo me permitieran salir de esta tienda y ayudar con la cocina, estarían disfrutando de comida deliciosa en lugar de esta asquerosa comida," le dijo a su guardia, quien permaneció en silencio.

Antes de que pudiera terminar su comida, recibió una visita—nada menos que Jacqui, la bárbara.

"Necesitamos tus servicios ahora," dijo Jacqui con un tono grosero.

Demoria se levantó de la cama donde estaba comiendo. "Ustedes creen que pueden usarme como les plazca. No les ayudaré," dijo con firmeza.

La bárbara gruñó. "Si nos ayudas, saldrás de esta tienda por un recorrido."

Demoria encontró la oferta intrigante. "¿Por qué no me dices qué es lo que necesitas de mí, y luego decidiré si puedo ayudarte o no?" preguntó con calma.

Jacqui suspiró. "Nuestros exploradores han descubierto un campamento inusual de brujas al sur de aquí, cerca de la frontera con el Bosque Crepuscular. Enviamos a cinco exploradores, pero solo dos regresaron. Los sobrevivientes, que volvieron con heridas extrañas, informaron que los demás murieron por una neblina pesada y venenosa que rodeaba el área—probablemente causada por magia," dijo Jacqui.

Demoria no estaba al tanto de ningún campamento de brujas en esta parte de las Tierras Bajas. Sin embargo, la descripción de la niebla pesada le hizo sospechar que podría ser el clan Balor. Aunque había estado preparada para negarse a ayudar a los bárbaros, esta podría ser la oportunidad que había estado esperando. Podría liberarse de la prisión en la que la habían puesto, apoderarse del brazo maldito y escapar. Tenía que intentarlo.

Se levantó y comenzó a caminar hacia la entrada. "¿Qué estás esperando? Vamos," Demoria instó a Jacqui, ansiosa por aprovechar la oportunidad.

La bárbara la tomó de las manos y le colocó grilletes alrededor de sus muñecas. Estos grilletes tenían una cadena larga unida a ellos, lo que permitía al captor mantener el control sobre la prisionera—en este caso, Demoria. "Por seguridad," gruñó Jacqui.

Cuando mi magia regrese, derretiré este metal en un abrir y cerrar de ojos, pensó Demoria para sí misma, encontrando un atisbo de diversión en la situación.

Fuera de la tienda, observó la agitación entre los bárbaros. Caballos, hombres y mujeres corrían en todas direcciones, sus movimientos eran frenéticos. Jacqui la guiaba hacia adelante, abriéndose paso entre el caos mientras de vez en cuando era arrastrada por la multitud apresurada.

"¡Hinata q'apaykuna! ¡Wañuchisqa, uqhañiykuna!" gritó Jacqui a la multitud.

"¿Qué está pasando?" preguntó Demoria a Jacqui, buscando una explicación en medio del caos.

Esperaba que Jacqui la ignorara, pero para su sorpresa, la bárbara fue más comunicativa.

"El resto del clan ya sabe sobre el campamento de brujas que encontraron nuestros exploradores. No son muy fanáticos de tu tipo. La idea de ser atacados por brujas los pone nerviosos," dijo Jacqui, con un tono lejos de ser amigable.

Demoria comprendió que Jacqui se refería al miedo que los bárbaros sentían por los poderes de las brujas, un detalle que podría usar a su favor en el futuro.

"Aún no te he agradecido por salvarme la vida cuando me encontraste en el Bosque Crepuscular," dijo Demoria, intentando iniciar una conversación con su captora. Aunque Jacqui no había sido la más amistosa, Demoria sintió que tal vez podría establecer algún tipo de vínculo con ella.

"Solo hacía mi trabajo," respondió Jacqui con sequedad. "Pero... sí, supongo que te agradezco por... agradecerme," añadió la bárbara de manera torpe.

Caminaron en silencio, pasando junto a más bárbaros y tiendas a medio construir. Notó que algunos ya estaban empacando sus pertenencias, quizá preparándose para moverse nuevamente. A lo lejos, divisó a un grupo de bárbaros reunidos. No podían ser más de cuarenta, pero parecían amenazantes mientras blandían pequeñas hachas en ambas manos. Entre ellos, reconoció a Amaru.

"Mi amiga, me alegra que hayas decidido unirte a nosotros," dijo Amaru con una sonrisa. Demoria no pudo evitar notar que Amaru cargaba algo envuelto en pieles de cuero. Sus ojos se fijaron en el objeto, ella sintió un débil rastro de magia emanando desde su interior.

"Ah, veo que has notado lo que llevo. Es más seguro conmigo aquí que con el resto de mi clan," dijo Amaru.

Jacqui tiró con fuerza de las cadenas atadas a los grilletes de sus muñecas, haciéndola casi perder el equilibrio.

"¿Estás seguro de que podemos llevarnos a esta bruja con nosotros? No confío en ella," dijo Jacqui a Amaru, señalándola con un dedo. "Podríamos irnos de aquí y olvidarnos del campamento de las brujas".

Amaru sacudió la cabeza, negando con el gesto.

"Eso no es posible. Nuestros informes indican que el ejército de los hombres de Lago no han detectado aún nuestra presencia en esta parte de su territorio. Esta es nuestra oportunidad para reclamar toda la región, lo que significa que también debemos encargarnos del campamento de las brujas".

Jacqui gruñó en respuesta.

Dos bárbaros se colocaron frente a Demoria, y ella notó que tenían vendajes en el rostro y en otras partes del cuerpo. Pudo sentir que emanaba magia de ellos.

"Estos dos son los sobrevivientes que mencioné antes. Recibieron estas extrañas heridas que parecían normales, pero ninguna de nuestras medicinas pudo sanarlas. Como ves, las heridas siguen abiertas," dijo Jacqui, señalando a los bárbaros afectados.

Se acercó a ellos y examinó sus heridas de cerca.

"Curioso," dijo Demoria con un tono intrigante. "Las heridas emanan magia, pero no puedo discernir el tipo. Esto no se parece a nada que haya encontrado antes".

Muy similar a la magia utilizada por el Guerrero Maldito, sintió una energía desconocida emanando de los bárbaros heridos. *Desde que dejé Gorgon, he encontrado dos nuevos tipos de magia,* pensó para sí misma. *¿Por qué siento que algo terrible está por suceder en las Tierras Bajas?* Se preguntó, sintiendo cómo un inquietante presentimiento se apoderaba de ella.

Jacqui y Amaru intercambiaron una mirada.

Un bárbaro con un hedor similar al excremento de caballo se acercó.

"Pasakuna riqsisqa," dijo.

Amaru tomó las cadenas de sus grilletes de la mano de Jacqui.

"Nos han informado que los caballos están listos. Por aquí," dijo, señalando el camino y tomando la delantera.

El grupo de bárbaros y Demoria caminaron hacia donde estaban los caballos, donde, tal como esperaban, algunos ya estaban ensillados y listos para partir. Entre ellos, su sleipnir, Lucy, se encontraba presente, y sintió alivio al verla bien alimentada y saludable. También encontró todas sus pertenencias sujetas a la montura de Lucy.

"Encontrarás todo allí, excepto este pergamino. ¿Te importaría decirme qué significa el glifo en él?" preguntó Amaru.

Demoria consideró decir la verdad, pero decidió en contra. Algo le decía que no era prudente revelar su significado todavía.

"Es un hechizo para matar bárbaros entrometidos," respondió con una sonrisa.

Amaru soltó una carcajada y colocó el pergamino junto al resto de sus pertenencias. Luego, ambos montaron a Lucy y emprendieron el viaje.

Mientras cabalgaban, contempló el paisaje iluminado por las antorchas que llevaban los bárbaros. El terreno parecía estar cubierto de hierba, y notó cómo algunos conejos y otros roedores huían aterrados por el ruido de los caballos galopando. Al mirar hacia el cielo, no pudo ver ni estrellas ni la luna.

Las nubes están demasiado densas, pensó para sí misma, notando la gruesa capa de nubarrones.

"Por cierto, nunca dijiste tu nombre," gritó Amaru por encima del sonido del galope de los caballos.

Ella sonrió en respuesta.

"No les debo tal privilegio, anciano," dijo Demoria. "Agradece que estoy dispuesta a ayudarles, considerando que aún no puedo usar mi magia. Pero eso ya lo sabías, ¿verdad?"

Amaru rio con fuerza.

"Por supuesto que lo sabíamos. De lo contrario, nos habrías rostizado en cuanto tuvieras la oportunidad," bromeó. Tomando una pierna de pollo de su bolso, empezó a masticarla.

"¿Cómo es que puedes percibir la magia si no puedes usarla?" preguntó Amaru mientras masticaba un pedazo de pollo.

Demoria decidió que era seguro compartir esa información, ya que le parecía irrelevante.

"En realidad, detectar magia es bastante fácil para mí. Solo se necesita acceder a una habilidad diferente. Se dice que incluso los hombres y mujeres comunes pueden lograrlo. Claro, eso excluye a los de tu clase, ya que están más cerca de los animales que de los humanos," agregó con burla.

Amaru rio.

"Jajaja, me agradas bruja. Para ser honesto, cuando te trajeron, mi gente quería dejarte morir. Yo me opuse," dijo entre bocados, escupiendo los huesos con indiferencia.

No le sorprendió su revelación. *Los bárbaros no son conocidos por su hospitalidad*, pensó.

"Te abrazaría en agradecimiento, pero tengo las manos atadas," dijo sarcásticamente, señalando los grilletes en sus muñecas.

Cabalgaron por un tiempo hasta que uno de los bárbaros que lideraba el grupo hizo una señal para detenerse. Todos se detuvieron y desmontaron. A ella le costó usar las manos correctamente debido a los grilletes, por lo que Amaru la ayudó a desmontar. Dos bárbaros se quedaron atrás para vigilar a los caballos, mientras que el resto continuó a pie hacia el sur. Los bárbaros aún llevaban sus antorchas, iluminando el camino por delante.

Notó que el suelo bajo sus pies se sentía más húmedo de lo normal y que el olor a árboles muertos contaminaba el aire. *Estamos cerca del Bosque Crepuscular*, pensó, mirando alrededor y reconociendo el entorno familiar.

"Kay llaqtapi chayqa ch'alla chiri p'itiqan qhawaykachkan churaykachkan," dijo uno de los bárbaros, a quien reconoció por los vendajes en su cuerpo. Era el mismo que había informado sobre el descubrimiento del campamento de brujas y había regresado herido.

Amaru se giró hacia ella.

"Dijeron que este es el lugar donde murieron los otros exploradores," explicó, mientras acariciaba pensativamente su barba gris. "Aunque, no veo ninguna neblina densa alrededor".

"¿Ima k'iraypi kananpi?" preguntó Amaru, mirando a su alrededor.

"Imaynataqqaqaqa, qhali," respondió el bárbaro herido.

Más tarde, Amaru le explicó que había preguntado por la neblina densa, a lo que el bárbaro juró que estaban en el lugar correcto.

Sintiendo el aire a su alrededor, Demoria percibió algo extraño.

"Siento algún tipo de hechizo por aquí, aunque es muy débil. Parece que fue disipado hace muy poco. En este momento, es inofensivo".

"Debemos seguir caminando," dijo Jacqui con impaciencia en su tono.

Todos continuaron avanzando hacia el sur por un breve momento hasta que escucharon una explosión cercana. Tras la explosión, una luz azul se hizo visible al sur de donde estaban. La luz azul creció más y más, tanto que Demoria pensó que la misma luna había descendido a la tierra. Entonces, notó que las nubes sobre ellos desaparecían, revelando la brillante luna.

De repente, algo extraño sucedió. Sintió un tipo desconocido de magia emanando del lugar donde brillaba la luz azul. Todo su cuerpo comenzó a temblar debido a la poderosa magia que percibía.

Este es el tercer tipo de magia que he encontrado recientemente y del que no conozco su origen. Algo definitivamente está cambiando en el mundo, pensó, con su mente llena de preguntas.

"¡Tukuy llank'aykunaqmi!" gritó Jacqui.

Vio que el grupo de bárbaros ya tenía sus armas listas para atacar.

El grupo de bárbaros se lanzó hacia la luz azul, corriendo a toda velocidad. Amaru y Demoria los siguieron de cerca.

Preocupada por su seguridad, le dijo a Amaru: "Debes decirles a tus hombres que no ataquen. Sea lo que sea esa luz azul, es peligrosa".

Amaru rio.

"Perdóname, pero no deberías subestimar la fuerza bruta de nosotros, los bárbaros," dijo el anciano con orgullo.

Mientras se acercaban a la luz azul, vio que de ella emanaba una pequeña figura que flotaba con gracia en el aire, con un largo y ondulante cabello azul. Al observarla más de cerca, se dio cuenta de que era una niña.

Bajo ella yacían varios cuerpos sin vida—quizás diez o quince en total. Parecían ser mujeres vestidas con túnicas negras. *Brujas*, pensó.

Cerca de la niña se encontraba un hombre que parecía mayor, vestido con túnicas oscuras y con grilletes en sus manos y pies.

Notó que la mirada de la niña estaba fija en algo al frente. Oculto por la oscuridad de la noche, no pudo discernir qué era. Ignorando la presencia del bárbaro cercano, la niña extendió la mano con un movimiento delicado, haciendo que el anciano levitara. Con un rápido movimiento, lo arrojó hacia adelante, como si lanzara una pequeña piedra a la distancia.

El anciano chocó contra algo y cayó al suelo inmóvil. El impacto dejó un rastro de sangre sobre la superficie de una estructura oculta en la noche. Sin embargo, esta se hizo más visible cuando comenzó a pulsar con un color carmesí.

Ahora más clara, la estructura reveló su verdadera forma: un gigantesco puño hecho de huesos que se elevaba hacia el cielo.

De repente, el suelo a su alrededor comenzó a temblar.

"¡Hatun!" gritó Jacqui a los bárbaros. Demoria recordó de su encuentro anterior con los bárbaros que hatun significaba "deténganse" en su lengua.

"¿Qué está pasando?" preguntó Amaru.

"No lo sé," respondió Demoria, "hay una magia extraña a nuestro alrededor. No es seguro".

Momentos después, la gigantesca mano comenzó a abrirse lentamente, provocando un terremoto aún mayor. Ella y Amaru tropezaron, cayendo al suelo. Notó que los otros bárbaros ya no prestaban atención a las órdenes de Jacqui; en cambio, la mayoría de ellos cargaban blandiendo sus armas hacia la niña que seguía levitando en el aire.

La niña giró para enfrentarlos, su cabello azul brillando aún más intensamente que antes. De repente, esferas azules se materializaron en el aire cerca de los bárbaros. Demoria sintió magia emanando de ellas.

Las esferas resultaron ser bombas mágicas, que detonaron con una fuerza devastadora y mataron instantáneamente a la mitad del grupo bárbaro.

Observó cómo los supervivientes restantes, consumidos por el pánico, intentaban huir de la escena. Sin embargo, sus esfuerzos fueron en vano, ya que fueron atrapados por extrañas cadenas que se aferraban a sus extremidades, incluyendo a Jacqui.

¿Cuándo los atrapó con esas cadenas?, se preguntó Demoria.

La realización la golpeó—las cadenas habían aparecido casi de la nada.

La niña es una bruja formidable, pensó.

Cuando los temblores cesaron, observó que la gigantesca mano se había abierto por completo, revelando su palma adornada con una luz roja parpadeante en forma de una gran cruz.

Sintió una corriente de aire saliendo de la cruz y abrió los ojos con asombro.

"No es solo una cruz," dijo Demoria, "es una entrada".

"¿Una entrada? ¿De qué estás hablando? ¿Quién es esa niña?" preguntó Amaru, quien parecía estar entrando en pánico.

"Ella es una bruja, eso está claro. Ha desbloqueado algo oculto aquí usando la sangre de ese anciano, quien..."

Miró a su alrededor buscando al anciano, solo para darse cuenta de que ya no estaba en ninguna parte.

Amaru tiró de su cadena con fuerza.

"¡Levántate! Tenemos que irnos. Esto es demasiado peligroso, y somos demasiado importantes. ¡Tenemos un papel más grande que desempeñar!" gritó Amaru.

Reuniendo toda su fuerza física, se incorporó, poniéndose de pie con desafío.

"El único papel que desempeñarás será el de liberarme, entregarme el brazo maldito y verme marcharme libremente," dijo Demoria.

Lucharon entre sí, empujándose y forcejeando. La herida en su vientre ardió, enviando oleadas de dolor a través de su cuerpo, pero se obligó a ignorarlo. A pesar de ser un anciano, Amaru aún poseía una fuerza formidable. Demoria luchó por someterlo.

"¡Ah! ¡Ah!"

Escuchó gritos consecutivos resonando a la distancia. Amaru y ella detuvieron su lucha, girando para ubicar la fuente de los gritos.

Eran los bárbaros restantes.

La niña los arrojaba uno por uno contra la gigantesca mano, que les impedía atravesar la entrada en forma de cruz en su palma. Antes de que pudieran avanzar, la mano los aplastaba, matándolos al instante.

Cuando finalmente pudo comprender lo que sucedía, todos los bárbaros yacían muertos, excepto Jacqui, quien estaba suspendida en el aire con cadenas alrededor de sus extremidades.

Sangre y partes de cuerpos cubrían el suelo alrededor de la gigantesca mano.

"¡Déjame! ¡Déjame ir!" gritó Jacqui, llorando en pánico.

La niña no prestó atención a sus súplicas. Parecía estar buscando algo… o a alguien.

"¿Dónde estáis, Sacerdote de Sangre?" llamó en voz alta.

Aun levitando, la niña flotó hacia ellos, con los ojos fijos en Amaru y Demoria, como si los examinara de cerca.

"¿Habéis visto a un anciano vestido con túnicas oscuras por esta zona?" preguntó la niña.

Demoria, al reconocer su situación actual, comprendió que no era rival para la niña ante ella. Decidió intentar forjar una alianza, al menos temporalmente.

"¿Era el que arrojaste contra la mano gigantesca? Ya no lo veo. Quizás pueda ayudarte a buscarlo… si rompes estos grilletes," sugirió.

Amaru miró a Demoria con una expresión de terror.

Los grilletes en las muñecas de Demoria se rompieron de repente.

Dirigiendo su mirada a Amaru, la niña hizo un gesto de desdén con la mano.

"No soy amiga de vuestra raza, y menos aún de aquellos que se aprovechan de mujeres vulnerables," dijo la niña con un tono amenazante.

"¡Ella no es vulnerable, es una bruja como tú!" exclamó Amaru con furia.

Con un rápido movimiento de su mano, la niña hizo que los brazos de Amaru se torcieran de forma antinatural, quebrando los huesos en su interior.

"¡Aargh!"

Amaru gritó de agonía, la sangre brotando de su boca mientras las lágrimas corrían por su rostro.

"Vuestra raza non es sino una imitación patética de los Primeros: embusteros, ladrones y violadores. Os haré llorar de dolor hasta que mueras," dijo la niña, mientras una luz azul dentro de ella brillaba con más intensidad.

La alforja de Amaru, pensó Demoria. *Debo tomarla… el brazo maldito está ahí.*

Otro temblor sacudió toda la zona. Miró a su alrededor, intentando localizar la fuente del sismo. De repente, una poderosa luz roja la cegó, superando incluso la intensa luz azul que emitía la niña. Se cubrió los ojos con la mano y trató de entrever a través del resplandor.

A medida que su visión se ajustaba, notó multitud de sombras moviéndose rápidamente a su alrededor.

"¡No!"

Escuchó a la niña gritar en medio del caos.

Luego, la luz roja comenzó a atenuarse gradualmente, transformándose en un resplandor cálido y brillante, parecido a la luz del sol. Aunque seguía siendo intensa, ya no la cegaba, permitiéndole abrir los ojos con cautela.

Al mirar a su alrededor, se dio cuenta de que estaba sola.

Frente a ella, la gigantesca mano hecha de huesos era ahora completamente visible. La cruz roja en su palma, que había supuesto que era algún tipo de entrada, aún palpitaba con un tenue brillo carmesí.

"Yo pienso que esto vos pertenece," dijo una voz desconocida, suave y tranquila.

Se giró para localizar la fuente de la voz.

Flotando en el aire frente a ella, había una mujer de piel clara y largo cabello azul, envuelta en finas túnicas blancas. Una corona negra descansaba sobre su cabeza, y sus ojos, tan oscuros como la noche, estaban fijos en ella.

Le pareció que la mujer era mucho más grande que ella—sus brazos eran más largos, su rostro más grande y su altura mucho mayor.

¿Una Primera?, se preguntó.

Entonces, notó que la mujer sostenía la alforja de Amaru en su mano. La mujer la extendió hacia ella.

Mientras lo hacía, un recuerdo destelló en la mente de Demoria—había visto a esta mujer brevemente cerca de un lago en el Bosque Crepuscular tiempo atrás.

"¿Quién eres?" preguntó Demoria, sintiendo una extraña calma apoderarse de ella en presencia de tal poder.

Magia, pensó Demoria.

La mujer, aun flotando en el aire, le tomó el mentón con delicadeza y dijo: "Yo soy como vos fuisteis en otro tiempo, una bruja. Pertenezco a un linaje de una era ya rendida. Mi cargo es buscar almas como la vuestra, pues sois un Apócrifo."

Le tomó un momento descifrar las palabras de la mujer, habladas de manera arcaica.

"¿Qué quieres decir con 'como vos fuiste'? Soy una bruja Shabrani," afirmó Demoria.

Entonces, la mujer tocó con suavidad el vientre de Demoria.

"Non, ya non lo sois. He aquí que lleváis un hijo en vuestras entrañas. La luna oscura tornó a aparecer en los cielos, oscureciendo la visión de la Diosa de la Luna Azul. Apócrifa ha arraigado en vos, contraviniendo el destino, forjando un prodigio que os ha de unir con el árbol de la vida e la muerte, abriendo un sendero hacia el Camino de las Brujas. Mas, como el fruto del árbol, aún non estáis del todo madura," explicó la mujer.

Luego, la misteriosa mujer comenzó a flotar hacia atrás, alejándose de Demoria y acercándose a la gigantesca mano hecha de huesos.

"Espera, eso no es posible. Las brujas no podemos procrear. ¿Qué quieres decir con 'Apócrifo'?" exclamó Demoria, conmocionada y confundida, pues nunca antes había escuchado esa palabra.

"La hora llegará cuando el fruto haya madurado, e hasta entonces, os ruego que non entreguéis vuestro espíritu a la muerte," concluyó la mujer.

Después, la mujer irradió una luz más brillante que el sol.

Demoria quedó cegada por unos momentos.

Cuando abrió los ojos, miró hacia el cielo.

Las nubes densas se habían dispersado, revelando la luna iluminando la noche.

Mientras la observaba, vio algo—una pequeña esfera oscura flotando frente a la luna.

¿Podría ser esa la luna oscura de la que hablaba la mujer?, se preguntó.

Escaneó su entorno en todas direcciones, pero solo encontró a Jacqui tendida en el suelo, inmóvil—quizás muerta.

Buscó a Amaru, pero no estaba en ningún lado.

La gigantesca mano y la niña también habían desaparecido.

Era como si nada hubiera ocurrido.

De repente, un ruido surgió del suelo a su lado.

El Sacerdote de Sangre emergió de entre la tierra y las piedras, cubierto de sangre y oliendo a excremento de caballo.

Demoria tuvo que cubrirse la boca para contener una arcada por el mal olor.

"¿Has visto a mi esposa y mi hijo?" preguntó el Sacerdote de Sangre.

Demoria no respondió.

En su lugar, cayó de rodillas, tocando su vientre con delicadeza mientras las lágrimas resbalaban por sus mejillas.

Por primera vez en mucho tiempo, se sintió vulnerable y débil.

ELLA

*R*euni*ó fuerzas para abrir los ojos una vez más, aunque* incluso ese simple acto parecía drenar la poca energía que le quedaba. Cuando sus párpados se abrieron, se dio cuenta de que su visión se había curado por completo, permitiéndole contemplar el cielo. La brillante luna y las estrellas resplandecían sobre ella, derramando su luz etérea.

Frente a la luna, notó una pequeña esfera oscura.

Tal vez lo estoy imaginando—quizás mi mente aún no se ha recuperado del todo, pensó.

Sus párpados se volvieron pesados y, antes de darse cuenta, se cerraron.

Tras varios días, Ella recuperó la consciencia por completo. Ahora podía abrir los ojos a voluntad, y la mayor parte de sus extremidades se habían regenerado. Sin embargo, sus piernas habían dejado de crecer por completo.

"Siempre creí que con suficiente agua y descanso, podríamos regenerar cualquier extremidad", comentó Fila mientras examinaba cuidadosamente el cuerpo de Ella. "Parece que hay algo diferente contigo. Tus piernas simplemente no crecen".

Las cuerdas vocales de Ella aún estaban sanando, por lo que decidió permanecer en silencio, una elección que Fila apoyó, mostrando por primera vez ser una bruja comprensiva.

Después del enfrentamiento en el Cráneo Gris, Fila reunió lo que quedaba de Ella y, juntas, emprendieron viaje hacia el suroeste. En el camino, encontraron a unos viajeros amistosos que generosamente les prestaron un caballo.

El agua escaseaba en el árido paisaje, dominado por arena y piedras. Por fortuna, ellas hallaron un oasis en medio del desierto, lo que les proporcionó suficiente agua para mantenerse durante días, un rasgo único de su especie.

Cuando Ella recuperó suficiente energía para mantenerse despierta todo el día, Fila le explicó su plan.

"No podemos regresar al clan Balor; fallamos en nuestra misión. Probablemente nos consideren experimentos fallidos y nos descarten. El único lugar al que puedo pensar en ir es Artoria, mi lugar de nacimiento. Antes de unirme al clan Balor, mis habilidades mágicas eran altamente valoradas y elogiadas por esos lugares", explicó Fila.

¿Fila era una adulta que usaba magia antes de unirse al clan Balor? Ella reflexionó.

La revelación sobre los orígenes de Fila la intrigó. La mayoría de las brujas que conocía habían encontrado su camino a un clan de brujas antes de siquiera darse cuenta de su capacidad para controlar magia, muchas veces por accidente o circunstancia, como si el destino las guiara. Nunca había sabido de mujeres que pudieran controlar magia libremente sin haber sido reclutadas en un clan de brujas.

"¿Todavía no puedes hablar?" preguntó Fila con calma. "No importa. Yo me encargaré de hablar. Ahora que lo pienso, nunca fuiste muy conversadora conmigo de todos modos".

Y así, Fila siguió hablando. Narró su historia de cómo terminó en el Bosque Oscuro. Desde su nacimiento, Fila mostró una notable destreza en la magia, en especial en la magia vega. A los dieciséis años, ya era muy conocida en Laminio, una de las tres ciudades más grandes de Artoria. Cuando la noticia de sus habilidades llegó a oídos del rey y la reina de Artoria, fue convocada para presentarse ante la familia real en Tartessos, la capital del reino.

Fila explicó que vio esto como la oportunidad que había estado esperando, ansiando reconocimiento a gran escala. Creía que la familia real la recibiría con los brazos abiertos y la convertiría en una valiosa miembro en la corte.

Sin embargo, sus esperanzas se desmoronaron cuando descubrió sus verdaderas intenciones: planeaban enviarla a la guerra contra Celen, usándola como un arma desechable. Fila se negó rotundamente a ser un simple peón en su juego. A pesar de los intentos de la familia real por forzar su obediencia, aprovechó la primera oportunidad para escapar de Artoria y huyó hacia el noreste.

"Así que viajé hasta el Bosque Oscuro", continuó Fila. "Estaba segura de que las Brujas Balor me acogerían en cuanto vieran mi poder. Y no me equivoqué. Me aceptaron, y en poco tiempo me invitaron a unirme a las Espinas Oscuras. El resto, como dicen, es historia".

Con el paso de unos días más, el paisaje comenzó a cambiar. Lo que quiso decir que se estaban acercando a la frontera con los Altiplanos de Rocassombra y el Crisol.

La hierba verde y el viento fresco pasaron a formar parte del nuevo entorno.

"Debemos estar cerca de el Crisol," dijo Fila. "El Crisol es una tierra traicionera, llena de montañas y cuevas. Algunos que escaparon de la guerra entre Artoria y Celen han buscado refugio allí, viviendo miserablemente en cavernas oscuras y alimentándose de lo que los leones dejan atrás."

Ella, quien había recuperado su capacidad de hablar, sintió inquietud por lo que Fila insinuaba.

"Deberíamos poder enfrentar cualquier ataque con facilidad. ¿Por qué te preocupas?" preguntó.

Fila señaló hacia el cielo, notando la intensa luminosidad del sol y la ausencia de lluvia durante varios días. También observó que su alforja, antes llena de agua, ahora estaba casi vacía.

"¿Lo entiendes ahora?" preguntó Fila, deteniendo el caballo y desmontando. "Cuanto más nos acercamos a el Crisol, más escasas se vuelven las fuentes de agua. Solo mira el pasto; ya se está secando."

Ella notó la hierba tornándose amarilla.

"Podríamos intentar acercarnos al océano para recoger algo de agua salada," sugirió Fila, caminando en círculos. "Pero eso nos desviaría de nuestro camino y, con esos acantilados tan empinados junto al mar, escalar sería imposible para ti."

"A menos que..."

Fila interrumpió su propio pensamiento, dirigiendo su mirada hacia el oeste.

"Ellos podrían ayudarnos proporcionándonos suficiente agua para atravesar el Crisol. Han pasado muchos años, pero no sé si siguen allí," dijo Fila con un tono enigmático.

Ella no entendía del todo a qué se refería Fila, pero quería ser útil.

"Vale la pena comprobarlo si no nos desviamos demasiado," respondió.

Fila asintió.

"Sí, no está lejos de aquí. Hay un pueblo al oeste. Su gente no pertenece a ninguna nación; se han reunido para ayudar a los menos afortunados, muchos de ellos esclavos que escaparon de la guerra en el sur. Creo que vale la pena intentarlo. Vamos."

Así emprendieron su viaje hacia el oeste.

El paisaje cambió drásticamente en el trayecto. En lugar de hierba seca, una vegetación exuberante con pequeñas flores amarillas crecía en el suelo.

Ella, utilizando su magia vega, sintió que la naturaleza era benevolente en esa zona. Incluso el sol parecía menos abrasador.

De repente, el caballo se detuvo en seco y tropezó ligeramente. Esto provocó que Ella perdiera el equilibrio y cayera al suelo. Vio a Fila, aún montada, sujetando firmemente las riendas para evitar caer.

Fila desmontó rápidamente y estabilizó al caballo antes de que este colapsara por completo.

"¿Estás bien? Esa caída fue repentina," preguntó Fila con preocupación.

Ella, aún sorprendida por la preocupación de Fila, respondió: "Sí, estoy bien. Aunque parece que nuestro caballo ya no puede más."

Fila se acercó al agotado animal, notando su respiración pesada.

"No ha comido en casi tres días," dijo Fila, colocando su mano sobre el vientre del caballo.

Las venas del animal se hincharon visiblemente en todo su cuerpo. El caballo intentó dar una patada y emitió sonidos de angustia mientras aún yacía en el suelo.

Ella se dio cuenta de que Fila estaba usando magia vega para drenar los últimos rastros de energía vital del caballo.

"He absorbido la humedad y el agua de su cuerpo," explicó Fila, quien luego se acercó a Ella, la levantó como si fuera una niña y la colocó suavemente junto al caballo agonizante.

"Ahora es tu turno. Debes hacer lo mismo que yo hice; de lo contrario, la próxima en morir serás tú."

Su hermana bruja Balor tenía razón. Ella miró sus propias manos y notó que estaban adquiriendo un color amarillo pálido, señal de deshidratación.

"Yo... nunca he hecho lo que tú acabas de hacer," dijo, extendiendo la mano para tocar el cuerpo del caballo.

Fila rodó los ojos.

"¿De verdad? Te he visto hacer cosas mucho más poderosas. Da igual. Escúchame bien," dijo Fila, con un tono de irritación en su voz.

Fila luego explicó que debía transferir magia vega al caballo para poder sentir los elementos de agua dentro de su cuerpo. Cada vez que detectara agua, debía absorberla con su magia.

Ella no comprendía del todo cómo percibir los elementos de agua; no era una habilidad común entre las brujas Balor. De hecho, ninguna bruja en las Tierras Bajas podía hacerlo.

"Ya sabes cómo se siente el agua; después de todo, es nuestra fuente principal de vida. No tienes que manipularla. Usa tu magia para atrapar el elemento de agua," explicó Fila con más detalle.

Mientras tocaba el cuerpo del caballo, que ya no tenía energía para moverse, hizo lo que le indicaron, transfiriendo magia vega dentro de él. Cerró los ojos, intentando visualizar el agua y recordar cómo se sentía dentro de su propio cuerpo.

"Concéntrate," instó Fila.

Tal como Fila había dicho, comenzó a comprender qué significaba sentir el agua. Podía percibir la misma sensación que experimentaba al beber agua—una sensación que había encontrado innumerables veces sin darse cuenta de que tenía una percepción distinta.

Abrió los ojos y observó el cuerpo del caballo, que comenzaba a encogerse hasta quedar en nada más que piel y huesos. Había logrado extraer el agua restante de él. Ella ya empezaba a sentirse mejor.

"Deliberadamente tomé más agua porque tendré que cargarte en mis hombros", dijo Fila, sacando algunas cuerdas de su alforja. Luego, las usó para atarlas de espaldas la una a la otra.

"Eres aún más liviana que antes", comentó Fila mientras comenzaba a caminar hacia su destino, con Ella bien sujeta a su espalda.

"Gracias", dijo Ella suavemente.

Fila permaneció en silencio.

Mientras continuaban su camino, notó que la mayor parte del sendero estaba cubierto de abundante hierba verde y de flores amarillas y blancas, evocando una energía alegre y una serenidad apacible.

Incluso las colinas distantes estaban envueltas en vibrantes tonos de verde.

Sintió como si hubiera entrado en un mundo completamente diferente.

"Ahí está", dijo Fila, girándose para permitirle ver.

A lo lejos, divisó un grupo de casas las cuales parecían construidas con pieles, madera y piedras.

Además, Ella pudo escuchar sonidos provenientes del pueblo, casi como si fueran música.

A medida que se acercaban, los sonidos se hicieron más nítidos, revelándose como las armoniosas voces de un coro cantando frente a la entrada del pueblo.

Esta música de alguna manera me hace sentir en paz, pensó.

La entrada era un gran arco adornado con flores amarillas y blancas, las mismas que habían visto en su trayecto.

Al observar a los miembros del coro, notó su diversidad de orígenes: personas de Celen, Artoria, la Nación Dorada y el Campo de Lagunas.

Era inusual encontrar tal mezcla de gente en un solo poblado. Todos vestían túnicas y vestidos en tonos blancos y amarillos, acompañados de sandalias en los pies.

A medida que se acercaban, pudo distinguir con más claridad la letra del canto:

En este mundo de rostros sin fin,
Extraños pasan en la noche,
Abracemos su gracia desconocida,
Y démosle la bienvenida a nuestra luz.

Prepararemos una mesa para el cansado,
Ofreciendo calidez y alegría,

En nuestros corazones hay lugar para todos,
No hay necesidad de duda ni temor.

Venid, reunámonos y partamos el pan,
En este lugar donde los corazones se unen,
Donde los extraños se vuelven amigos,
Bajo el resplandor de nuestra luz.

Con los brazos abiertos encontraremos conexión,
En las historias que cada uno trae,
Cada defecto, cada imperfección,
Añade un hilo al tapiz que creamos.

Construyamos un lazo inquebrantable,
A través de cada alegría y cada lágrima,
Como uno solo permaneceremos,
Nuestras diferencias tejidas en una comunidad fuerte y clara.

Venid, reunámonos y partamos el pan,
En este lugar donde los corazones se unen,
Donde los extraños se vuelven amigos,
Bajo el resplandor de nuestra luz.

De la mano, continuaremos el viaje,
A través de los altibajos de la vida,
Unidos por un sentido común,
Bañando la oscuridad con nuestra luz.

Venid, reunámonos y partamos el pan,
En este lugar donde los corazones se unen,
Donde los extraños se vuelven amigos,
Bajo el resplandor de nuestra luz.

Así que demos la bienvenida a los extraños en nuestra mesa,
Y dejemos que el amor sea nuestra guía,
Pues al abrazar cada historia,
Crearemos un mundo completo.

"¿Sabían que veníamos?" Ella giró la cabeza para preguntarle a Fila.

Fila parecía absorta escuchando el cantico, o al menos eso pensó Ella. *Quizás Fila conoce esta canción. Fila me dijo que había conocido a esta gente antes*, pensó.

Fila, que parecía estar en una especie de trance, salió de él de repente.

"Parece que de alguna manera sabían que veníamos; de lo contrario, ¿cómo habrían organizado una bienvenida como esta? Y antes de que preguntes, no, no reconozco estos canticos o a estas personas. Cuando vine aquí, este lugar era un refugio triste, lleno de enfermos y hambrientos pidiendo misericordia y ayuda. Estas personas frente a nosotras parecen bien alimentadas y felices," dijo Fila, sorprendida por cómo el pueblo que una vez conoció había cambiado.

"Bienvenidas, amigas. Las estábamos esperando," dijo un hombre con tono amigable.

Fila giró para que Ella pudiera verlo.

Uno de los miembros del coro se había acercado a ellas—un hombre maduro de cabello blanco y corto.

Ella notó un extraño glifo en el dorso de sus manos; no parecía pintura, sino más bien como si estuviera marcado en la piel.

Su hermana Balor, que nunca se andaba con rodeos, no dudó en preguntar, "¿Sabían que veníamos? ¿Tienen brujas en este pueblo que pueden ver el futuro?" preguntó Fila abruptamente.

"No una bruja, sino un profeta," respondió el hombre, luego extendió ambas manos en señal de bienvenida.

"Pero, por favor, podemos discutir los detalles más tarde. Deben estar cansadas de su viaje. Hemos preparado una de las cabañas para ustedes. Por favor, síganme," dijo cálidamente el hombre, con un tono muy acogedor.

Fila giró la cabeza hacia ella en busca de alguna respuesta a lo que estaba ocurriendo. Incapaz de pensar con claridad, Ella simplemente se encogió de hombros, insegura.

Fila entonces siguió al hombre.

Antes de entrar al pueblo, el coro extendió sus manos en señal de bienvenida. Ella notó que algunos tenían adornos hechos de flores en sus manos. El coro colocó flores y collares hechos de conchas sobre sus cabezas y hombros. Parecían objetos inofensivos, por lo que no rechazó los regalos.

Incluso Fila aceptó las peculiares ofrendas.

Dentro del pueblo, vio a muchos otros grupos de personas vestidas de blanco y amarillo realizando diversas actividades. Algunos bailaban, otros lavaban ropa y muchos simplemente caminaban. La mayoría de las personas con las que cruzó miradas le respondieron con una sonrisa en el rostro.

"Definitivamente este no es el lugar que conocí una vez," dijo Fila en voz alta.

"Oh, eres una visitante que regresa. Eso es extraño; rara vez encontramos a alguien que visite este pueblo dos veces. ¿Cuáles son sus nombres?" preguntó el hombre.

"Compartiremos nuestros nombres una vez que hayas respondido nuestras preguntas. Por ahora, solo debes saber que he estado aquí antes, aunque las cosas han cambiado considerablemente," respondió Fila.

"Oh, ya veo. Todos los cambios que notas son gracias al profeta," dijo el hombre.

El silencio se mantuvo hasta que todos entraron en una de las cabañas. El exterior de la cabaña era viejo, construido con piedra y madera. Adentro, ella observó un área de cocina encantadora, cajones de madera y dos camas. Fila la colocó con cuidado sobre una de las camas. Al mirar alrededor, vio una peculiar silla de madera con ruedas.

"Hemos hecho esto para ti; creemos que te será muy útil," dijo el hombre con una sonrisa.

Ella comprendió rápidamente lo que decía el hombre—un mecanismo peculiar que nunca había visto antes, pero uno que creía que podría ser efectivo, especialmente dado que no tenía piernas para caminar.

Antes de que pudiera expresar gratitud por el regalo, Fila intervino abruptamente. Dos enredaderas verdes con espinas emergieron de debajo de las ropas de Fila, sujetando al hombre por el cuello y causándole dolor.

"¡Detente!" le gritó a Fila.

Tan pronto como el grito escapó de su boca, una ola se materializó y golpeó a Fila, obligándola a soltar al hombre.

Fila se giró hacia ella, furiosa.

Ella se preguntó internamente si Fila se había detenido debido a su orden o no.

"Por favor, no peleen. La culpa es mía. Compartiré los detalles que esperaban. Entiendo que esta es una situación extraña para ustedes," dijo el hombre con tono de disculpa.

Ella vio que sangre goteaba del cuello del hombre, pero él parecía no preocuparse por ello. Ambas lo escucharon atentamente. El hombre sacó un pergamino de sus túnicas y lo desplegó con cuidado, revelando un dibujo peculiar dividido en cuatro secciones.

"La primera imagen representa a una hermosa mujer de cabello azul. Llegó a este pueblo hace muchos años, y su belleza y habilidades nos libraron de la enfermedad y el hambre. Como resultado, nos convertimos en un pueblo próspero. También predijo cómo se comportaría el clima, dándonos tiempo para prepararnos ante condiciones difíciles. Ella es nuestra profeta."

El hombre comenzó a toser, probablemente debido a la herida en su cuello, pero aun así persistió con la historia.

"La segunda imagen ilustra cómo nuestra profeta nos dejó. Se aseguró de que pudiéramos sostenernos de manera independiente, ayudándonos a establecer un sistema que se ajustara a nuestras necesidades. Se inscribieron glifos en las manos de todos; el mío significa que soy un sacerdote. Además, antes de su partida, nuestra profeta nos dejó tres mandamientos: ser siempre hospitalarios con los visitantes, abstenernos de involucrarnos en conflictos y esperar pacientemente a nuestra reina y obedecerla."

La última parte de la historia hizo que Fila y ella intercambiaran una mirada.

¿Esta profecía se refiere a alguna de nosotras?, pensó.

El hombre continuó hablando.

"La tercera imagen representa a nuestra reina. En su forma final, vendrá a nosotros en uno de los días más brillantes, después de la aparición de la luna oscura en el cielo. Nuestra reina llegará con las piernas heridas, necesitando el artefacto que hemos creado," dijo, señalando la silla con ruedas.

"Se quedará con nosotros, y la obedeceremos y serviremos."

El hombre la miró y sonrió.

"Eres nuestra reina," dijo el hombre.

Ella sintió una oleada de emociones encontradas recorriendo todo su cuerpo.

Insegura de cómo interpretar la noticia, sus instintos le susurraban que esta profecía no era más que una farsa. Aun así, el dibujo mostraba a una chica con sus mismas condiciones.

"¡Eres un fraude! Esa profeta de la que hablas es una farsante. ¡Te han engañado!" gritó Fila al hombre.

Ignorando las acusaciones de Fila, el hombre se acercó a Ella y la levantó en brazos, colocándola en el artefacto creado para ella.

"Todo lo que necesitas hacer es empujar las ruedas con las manos; la silla hará el resto. El pueblo ha sido preparado para ello, así que te resultará fácil moverte," dijo con suavidad.

De repente, Ella sintió energía vega envolviendo la habitación, emanando de Fila. Su hermana estaba preparando un ataque contra el hombre otra vez.

Antes de que Fila pudiera actuar, casi por reflejo, Ella extendió su brazo derecho. Sintió cómo su energía vega abandonaba su cuerpo con rapidez y se conectaba con el cuello de Fila.

De repente, el cuello de Fila pareció contraerse por los lados, hasta quebrarse.

Fila se desplomó en el suelo.

"¡No deben pelear! ¡Está prohibido!" gritó el hombre, con evidente preocupación tras presenciar lo sucedido.

Ella no prestó atención al hombre; su mirada estaba fija en su propio brazo derecho. Asombrada por el ataque que acababa de desatar, contempló el nuevo poder que recorría su cuerpo.

Si bien su magia solía invocar enredaderas, venenos y espinas desde el suelo, esta nueva habilidad superaba todo lo que había visto y aprendido entre las Brujas Balor y las Espinas Oscuras.

"Podía sentir los huesos de Fila... y doblarlos a voluntad," dijo en voz baja, mientras una sonrisa se dibujaba en su rostro.

Frente a ella, el cuerpo de Fila comenzó a moverse.

Su cabeza se retorció como si intentara reajustar los huesos de su cuello.

"¿De todas en las Espinas Oscuras, tenías que ser tú? La más débil y la más estúpida," dijo Fila, aún en el suelo.

Ignorando los insultos de su hermana, Ella preguntó: "¿Qué quieres decir?"

"Escuché a nuestra antigua líder, Ceca, decir algo interesante sobre los cuerpos de las Espinas Oscuras. Mencionó que nuestro estado actual no es nuestra forma final. Alguien en el pasado, que pasó por el mismo proceso que nosotras, logró elevar su poder a lo que ella llamaba Florecimiento. Desafortunadamente, esa bruja murió tras alcanzar esta forma final."

Fila se puso de pie y se giró para mirarla de frente.

"Ceca mencionó que dicha bruja también se transformó en un árbol gigante antes de desatar una explosión masiva de magia vega. Después de ese evento, murió. No encontraron ningún rastro de ella, excepto la hierba verde en la zona donde estalló. Presencié la misma escena en el Cráneo Gris contigo, Ella. La explosión destruyó a todos esos demonios de fuego, pero tú sobreviviste. Debería haberme deshecho de tus restos, pero pensé que, si era amable contigo y te curaba correctamente, podría usar tu poder para acabar con la guerra en el sur. Entonces, Artoria finalmente me daría lo que merezco," gritó Fila.

"Ya no tiene sentido ir al sur, ahora veo que debes ser eliminada. ¡Eres completamente inútil!" Fila la continuó insultando.

A pesar de que la historia de Fila era difícil de creer, una parte de ella confiaba en que fuera cierta. Parecía ofrecer una explicación para el nuevo poder que sentía dentro de sí. Además, no se sorprendió por las verdaderas intenciones de Fila; conocía su comportamiento y había estado esperando que revelara su verdadera naturaleza en cualquier momento.

Sintiendo el poder de sus nuevas habilidades, exhaló un aliento dirigido a Fila, impregnado de un veneno paralizante. El cuerpo de Fila se tensó de inmediato, dejándola inmóvil mientras volvía a desplomarse en el suelo.

Dirigiendo su atención al hombre que permanecía cerca, preguntó: "¿Cuál es tu nombre, noble sacerdote?"

El hombre, que estaba a punto de ayudar a Fila, fue detenido por Ella.

"No te preocupes por mi hermana. He paralizado la semilla Balor dentro de ella; no podrá moverse. Hablaré con ella cuando recupere la compostura. Pregunto de nuevo, ¿cuál es tu nombre?" insistió.

"Soy Gorm, Sacerdote del Pueblo Velo de Flores. Estoy a tu servicio. ¿Crees en lo que te he dicho, que eres nuestra reina?" preguntó Gorm, arrodillándose ante ella.

Ella asintió y le sonrió en respuesta.

"No creo haberme presentado adecuadamente. Mi nombre es Ella."

Apretó con firmeza las ruedas de su silla y se impulsó hacia la salida de la cabaña.

"Vamos, Gorm. Nos esperan," dijo con una dulce sonrisa.

A medida que avanzaba el día, los aldeanos se ocupaban en los preparativos para su coronación. Observó su diligencia y satisfacción mientras trabajaban sin descanso. Algunos construían estructuras de madera y piedra, mientras que otros recolectaban flores de los alrededores.

Al visitar la cocina, notó que los aldeanos encargados de la cocina tenían distintos glifos grabados en las manos.

Gorm luego le explicó que cada aldeano recibía una tarea al decidir quedarse en el pueblo, ya fuera recolectar flores, cocinar, lavar ropa, administrar la biblioteca, construir o realizar otras labores.

Cuando cayó la noche, todo estaba listo.

El pueblo entero se reunió en la plaza central.

Ella estaba vestida con un deslumbrante vestido hecho de flores y adornado con ornamentos de plata.

Ubicada en lo alto de una plataforma adornada con extraños tótems creados por los aldeanos, miró a la multitud vestida de blanco, todos con rostros llenos de alegría.

Hogueras esparcidas por el pueblo iluminaban el ambiente con un cálido resplandor.

Alzó la mirada al cielo, admirando la belleza de la luna y su radiante luz.

Sin embargo, notó un peculiar objeto oscuro frente a la luna.

Ahí estás, la profeta mencionó a la luna oscura, hermana de la luna llena. La vi la otra noche, pensé que lo había imaginado, pensó.

Luego se enfocó en la inminente celebración. Ella se sentía orgullosa junto a Gorm.

"Es hora de dar inicio a la ceremonia de coronación," anunció Gorm a la multitud reunida.

"¡Boom, boom!"

El sonido de un tambor retumbó en la plaza, tocado por alguien entre la multitud.

De inmediato, la gente formó círculos y comenzó a bailar y cantar.

En un jardín donde las flores bailan,
Nuestra reina florece esta noche.
Pétalos la coronan, radiante y pura,
Su reinado trae esperanza, aleja la penumbra.

Salve a la reina de los brotes divinos,
Vencerá la sombra, brillará su destino.
Con gracia y belleza, liderará la lucha,
Trayendo paz y alegría, alejando la angustia.

Desde cada esquina, sus fieles se alzan,
Con susurros fragantes en dulce alianza.
A través de espinas y zarzas marchará,
Con valentía floreciendo, el mal desterrará.

Salve a la reina de los brotes divinos,
Vencerá la sombra, brillará su destino.
Con gracia y belleza, liderará la lucha,
Trayendo paz y alegría, alejando la angustia.

Mientras los pétalos caen como lágrimas de gozo,
Reinará suprema, ningún enemigo podrá dañarla.
En su corte de colores, el amor florecerá,
Bajo su mando, todos renacerán.

Salve a la reina de los brotes divinos,
Vencerá la sombra, brillará su destino.
Con gracia y belleza, liderará la lucha,
Trayendo paz y alegría, alejando la angustia.

Así que cantemos, en jardines vastos,

A nuestra reina de flores, nuestro amor sincero.
Con cada brote, su gloria se alzará,
Un reino de belleza, en un mundo florecido.

Desde la multitud, dos niñas dieron un paso al frente, llevando lo que parecía ser una corona hecha de flores amarillas y blancas.

Mientras se acercaban al estrado principal, una sombra se materializó entre ellas.

Con una velocidad alarmante, la sombra agarró a una de las niñas por el cuello, blandiendo una daga amenazadoramente contra su garganta.

La sombra resultó ser Fila.

"¿Cómo es posible que puedas moverte?" preguntó Ella.

"Te lo dije antes, no todas dependemos de la semilla Balor. He encontrado una forma de redirigir la energía de la semilla Balor a todo mi cuerpo, hermana. ¿Tienes algún otro truco bajo la manga?" dijo Fila.

El resto de los aldeanos observaban los acontecimientos con una mezcla de conmoción y confusión.

Justo cuando Ella estaba a punto de intervenir, Fila la interrumpió con un tono amenazante: "No intentes nada, o este lindo pajarito conocerá su final."

Aunque temía que la niña pudiera salir herida, decidió que debía detener a Fila de una vez por todas.

"No te preocupes por la niña. Estamos a tu servicio; ella se sacrificaría gustosamente por ti," la tranquilizó Gorm con voz serena.

Ella notó que los otros aldeanos mostraban reticencia a intervenir.

Recordando su segundo mandamiento, comprendió que les estaba prohibido pelear.

Sin dudarlo, Ella ordenó a Fila: "¡Detente!"

Los ojos de Fila se abrieron de par en par, su cuerpo se paralizó como si se hubiera convertido en piedra.

"Niña, aléjate de ella. No podrá hacerte daño," Ella le dijo a la pequeña, que temblaba de miedo.

Siguiendo su indicación, la niña se alejó.

Ella vio cómo las lágrimas se acumulaban en los ojos de Fila.

"Quería probar algo similar a lo que hice sin querer en la cabaña. Dijiste que la energía de la semilla Balor ahora vive en todo tu cuerpo. Lo único que hice fue conectar con esa energía para controlar tu cuerpo en su lugar," explicó.

Las niñas corrieron hacia Ella y colocaron la corona sobre su cabeza, marcando el inicio de un nuevo reinado con ella como reina.

"Mis aldeanos, revoco el segundo mandamiento y establezco un nuevo decreto. Se les autoriza a luchar, pero solo bajo mi comando directo," anunció a la multitud reunida.

"¡Maten a la bruja!" gritó a la multitud.

Apenas pronunció esas palabras, los aldeanos tomaron cualquier objeto puntiagudo disponible, desde cuchillos hasta estacas, y avanzaron al unísono contra Fila.

La apuñalaron, cortaron y atravesaron su cuerpo.

A la distancia, Ella no pudo ver claramente, solo observó la sangre verde derramándose por el suelo.

En cuestión de momentos, asesinaron a Fila con rapidez, poniendo fin al enfrentamiento.

"Ahora, les ordeno tomar un pedazo de la carne de la bruja y comerlo," instruyó a la multitud con un propósito en mente.

Los aldeanos obedecieron sin dudar.

Incluso Gorm y las niñas siguieron sus instrucciones.

Aliviada de que Fila estuviera fuera del camino, se permitió sumergirse por completo en la ceremonia.

Los altos tótems fueron incendiados y los cánticos de celebración llenaron el aire.

Saboreó el momento, sintiendo una felicidad y satisfacción que nunca antes había experimentado.

De repente, Ella recordó algo que casi había olvidado.

Metiendo su mano derecha en sus túnicas, sacó algo—cenizas.

"Mi querida Matena, finalmente somos libres," susurró a las cenizas.

A la mañana siguiente, se levantó temprano, reuniendo fuerzas para pasar de la cama a su silla de ruedas.

Junto a su cama, encontró su nueva corona de flores, la cual colocó con cuidado sobre su cabeza.

Al salir, dos niñas la esperaban pacientemente con provisiones de comida y agua, junto con un vestido blanco impecable adornado con detalles en azul.

"Para usted, mi reina," dijo una de las niñas con voz reverente.

Ella permitió que las niñas la vistieran, agradeciendo su ayuda.

Aunque no necesitaba la comida, la probó de todos modos.

Sin embargo, cuando llegó el turno de tomar agua, bebió hasta la última gota, disfrutando su sabor refrescante y la vitalidad que le proporcionaba.

"¿Dónde está Gorm? Llévenme con él," ordenó con determinación.

Afuera, la escena parecía como si los eventos de la noche anterior hubieran sido borrados.

Cada rastro de la ceremonia había desaparecido: los restos

carbonizados de los tótems, las flores esparcidas e incluso las manchas de sangre verde de Fila ya no estaban.

Mientras las niñas la guiaban movilizándose entre un grupo de cabañas, no pudo evitar sentir una extraña aura proveniente de una de ellas.

"¿Qué hay dentro de esa cabaña? Me inquieta solo verla," preguntó.

"Un visitante llegó hace unos días. Estaba gravemente herido, con quemaduras por todo el cuerpo y sin su brazo izquierdo. Lo acogimos y cuidamos sus heridas. Ha estado dormido desde entonces; parece que no tiene fuerzas para moverse," explicó una de las niñas.

Ella tomó nota mental de investigar el asunto más tarde; había algo en esa historia que no le terminaba de cuadrar.

Continuando su camino hacia la cabaña de Gorm, encontraron a varios aldeanos en el trayecto, todos inclinándose con respeto a su paso.

Gorm la recibió en la puerta de su cabaña con una expresión de alegría.

"Mi Reina, justo me preparaba para ir a buscarla. ¿En qué puedo servirle?"

Al entrar a la cabaña de Gorm, echó un vistazo.

Era un espacio modesto y discreto, con una sola cama, algunas prendas de ropa dispersas y un escritorio con pergaminos y tinta.

"El pergamino con los dibujos que me mostraste ayer... Quiero verlo de nuevo," dijo.

Gorm tomó el pergamino de su escritorio y se lo entregó.

"Esto... la cuarta sección del dibujo... nunca terminaste de explicarla," señaló la parte específica del pergamino.

Gorm le sonrió con calidez.

"El cuarto dibujo representa un futuro lejano, mi reina. Rara vez hablamos de él, ya que nos cuesta comprender su significado. Esperábamos que usted pudiera iluminarnos al respecto. Por favor, llévese este dibujo con usted. Podemos profundizar en él más adelante," dijo cortésmente.

Examinando el pergamino de nuevo, se centró en el cuarto dibujo. Representaba un árbol peculiar de gran tamaño, con una de sus ramas sosteniendo un objeto redondeado en su punta—algo parecido a un fruto.

Al observarlo con más detenimiento, parecía que dentro del fruto había una figura humana. Sobre el árbol, un sendero carmesí se extendía como un camino. Junto al árbol, vio numerosas figuras humanas, todas vestidas de blanco, empuñando dagas y combatiendo lo que solo podían describirse como demonios.

Sobre la escena, una mujer con una corona de flores extendía los brazos, como si supervisara los eventos desde lo alto.

"La corona de flores en el dibujo, se parece exactamente a la mía," Ella dijo, esbozando una amplia sonrisa.

El EMPERADOR DE CELEN

*C*ada mañana, sin falta, el Emperador de Celen desayunaba bajo los Árboles de Sal junto a su consorte y sus hijos, después de orar a Amaterasu, la diosa del Sol, en agradecimiento por el regalo de un nuevo día. Esta tradición se mantenía firme, incluso en los tiempos más peligrosos de la guerra lo que confirmaba su compromiso de preservar un vínculo familiar fuerte. Sin embargo, esta rutina se detuvo abruptamente tras la llegada de una devastadora noticia.

Su hijo mayor, Riujin Saito, había sido capturado por las fuerzas de Artoria durante una batalla en la frontera entre las ciudades de Akiya y Arriaca. Riujin, quien debía actuar únicamente como observador, había desobedecido órdenes al involucrarse en el conflicto. Este evento sin precedentes marcó la primera muestra de debilidad de Celen en el conflicto de cien años contra Artoria.

Artoria exigió de inmediato la rendición de Celen a cambio de la liberación de Riujin. Mientras el emperador y su consejo deliberaban sus opciones, él encontró cierto consuelo en el encarcelamiento de su general y líder del ejército de Celen, Ryota Hoshikawa, a quien culpaba por el secuestro de su hijo.

"¡Has fallado al Imperio de Celen! ¡¿Cómo permitiste que esto ocurriera?! ¡Él es mi hijo! ¡Mi único heredero!" su voz resonó con furia y decepción.

"Guardias, lleven a este hombre a prisión. Que se pudra allí por el resto de sus días."

Ryota suplicó y lloró, pero la decisión del emperador era irrevocable.

Inmediatamente después de la condena de Ryota, él nombró a su hermano menor, Kaito Hoshikawa, como el nuevo general del ejército de Celen.

En respuesta a la crisis, el emperador canceló todos sus compromisos y reuniones sociales. En su lugar, convocó reuniones diarias con todo su consejo, dedicando horas a idear estrategias para rescatar al joven Riujin. Entre una avalancha de propuestas, Aiko Hagashi, la jefa de diplomacia de Celen, presentó una sugerencia arriesgada: contratar la ayuda de un grupo de rebeldes de Artoria de los que tenía conocimiento.

Estos rebeldes, al ser nativos de Artoria, poseían la capacidad de infiltrarse en el ejército artoriano y localizar el lugar donde Riujin estaba cautivo, permitiendo su rescate.

El emperador aprobó personalmente el plan y ordenó ejecutarlo sin demora.

"Paguen a los rebeldes artorianos la suma que exijan, Aiko," instruyó con firmeza. "Si pueden asegurar el regreso de mi hijo, ningún precio es demasiado alto."

Pasó una semana desde que se entregó el pago a los rebeldes de Artoria para la recuperación de Riujin, pero no había señales de avances.

Durante una reunión del consejo, el emperador se dirigió a Aiko con el ceño fruncido.

"¿Por qué no hemos recibido noticias sobre tus rebeldes, Aiko? ¿Nos han traicionado?"

Aiko le explicó que los rebeldes necesitaban más tiempo para infiltrarse en el ejército artoriano y ubicar a Riujin con seguridad. Ella le pidió paciencia y le aseguró que pronto vería los resultados de su esfuerzo.

A regañadientes, el emperador aceptó concederles unos días más, aunque enfatizó que su paciencia se agotaba.

Al prepararse para otro día con su consejo, el emperador se detuvo un instante frente al espejo. A sus sesenta y tres años, siempre se había enorgullecido de su apariencia juvenil. Sin embargo, en los últimos días, no pudo evitar notar el impacto que la situación de su hijo tenía sobre él. Las ojeras y las nuevas arrugas ahora empañaban su antes terso rostro.

Reconoció estos signos como el reflejo del estrés y la ansiedad que lo consumían.

Afuera de su dormitorio, cuatro guardias lo esperaban, listos para escoltarlo hasta la sala del consejo. Junto a ellos se encontraba su protectora personal, Rei Kazan, una joven y hábil guerrera bushi.

Los bushi eran entrenados separadamente del resto del ejército de Celen. Eran seleccionados por sus impresionantes habilidades con la katana y se les asignaban misiones especiales.

Mientras recorrían los pasillos del Palacio Imperial, el emperador vislumbró el cielo despejado a través de las ventanas. Los recuerdos lo invadieron—las mañanas bajo los Árboles de Sal, compartiendo exquisitas comidas con su amada familia.

Pero esos días ahora parecían un recuerdo lejano.

Con la guerra en su punto más álgido, sabía que debía dedicar cada fibra de su ser al rescate de su hijo.

Cuando las puertas de la sala del consejo se abrieron, lo recibió una gran mesa de madera adornada con seis sillas—una para cada miembro del consejo, junto con la suya. Notó que todos ya estaban sentados, pero se pusieron de pie respetuosamente en cuanto él ingresó.

"El Emperador de Celen, Kazuma Saito," anunció uno de los guardias, su voz resonando en la sala.

Los miembros del consejo inclinaron la cabeza en señal de reverencia, permaneciendo de pie hasta que el emperador tomó asiento.

A su lado, Rei se mantuvo firme en su vigilancia.

Una vez que todos se acomodaron, las puertas de la sala del consejo se abrieron de nuevo, dando paso a un grupo de cocineros que llevaban bandejas de comida. Sushi, sashimi, tempura, nabe, sukiyaki y sake decoraban la mesa ante ellos. Los cocineros dejaron los platillos y se retiraron en silencio.

Kazuma recorrió la mesa con la mirada, observando la abundancia de alimentos, pero sus pensamientos se dirigieron a su hijo. Se preguntó si Riujin estaría comiendo bien en su lugar de cautiverio.

El peso de esa idea lo abrumó.

"Mis consejeros más valiosos. ¿Qué noticias tenemos hoy?" preguntó, tomando un trozo de comida y un vaso lleno de sake.

Todos los demás esperaron a que él diera el primer bocado antes de comenzar a comer, como dictaba la costumbre.

Haruki Kurogawa, segundo al mando y Canciller de Celen, tomó la palabra. "Mi Emperador, hemos recibido noticias de distintos rincones de las Tierras Bajas. Dejo a Aiko Hayashi para que le brinde los detalles."

Kazuma dirigió su atención a Aiko, una mujer de mediana edad vestida con el atuendo tradicional de Celen, adornado con colores verdes y amarillos. Entre el pueblo, la llamaban la "Reina de los Chismes", pues se rumoreaba que tenía informantes en cada nación.

"Majestad, comenzaré con una carta que recibí desde el Crisol," dijo Aiko. "Según mis contactos, una joven llegó acompañada por un pequeño ejército de aldeanos vestidos con túnicas blancas y adornadas con flores amarillas. Llevaban abundantes provisiones de comida y agua, que distribuyeron entre los necesitados a cambio de lealtad. Además, hay informes que indican que este grupo ahora marcha hacia el sur, armados y entonando cánticos de júbilo," informó Aiko.

Un murmullo de escepticismo recorrió la sala, hasta que Yuto Tachibana, líder de comercio en Celen, expresó su incredulidad.

"Estás pintando una historia de locos, Aiko. Ropas blancas, flores amarillas, canciones… suena más a ficción que a realidad," comentó con una mueca de desaprobación.

Hana Arima, líder de comercio, intervino. "Las noticias que traes son extrañas, Aiko. El Crisol es conocido por atraer a personajes excéntricos, así que no deberíamos tomar esto a la ligera. Especialmente considerando la reciente desaparición del Gran Cónclave de Brujas, es posible que brujas renegadas ahora actúen por su cuenta. Las brujas tienden a manipular a las masas, y la descripción de la joven en tus noticias encaja perfectamente. Debemos estar atentos a cualquier amenaza que este supuesto ejército pueda representar para nuestras tierras."

Kazuma asintió, compartiendo la precaución de Hana.

"Enviemos una pequeña compañía al norte. Ordenen que observen, pero que no interactúen con este grupo inusual. Quiero confirmación de su existencia," ordenó.

"¿Alguna otra novedad?" preguntó, dirigiéndose nuevamente a Aiko.

Aiko desplegó una segunda carta, adoptando una expresión solemne. "Hemos recibido otro mensaje, esta vez desde Campo de Lagunas. Creo que esto nos interesa a todos," anunció. "El Rey Larus Rikers ha emitido una advertencia sobre la traición de su hermano y sobrino, Holland y Hallard Rikers. Alega que han cometido traición y podrían buscar apoyo en otras naciones para usurpar su trono."

El general Kaito Hoshikawa se burló.

"Los de Campo de Lagunas se están destruyendo entre ellos. ¿Por qué debería importarnos?" comentó con sorna.

"No debemos burlarnos de la desgracia ajena, Kaito," reprendió el Canciller Haruki Kurogawa.

"Debe haber sido difícil para el Rey Larus enviar tal mensaje. Imagina que tu propia familia conspirara contra ti, ¿cómo te sentirías?" Kaito desestimó las palabras de Haruki con un gesto de indiferencia.

Kazuma suspiró, agotado por la interminable ola de malas noticias provenientes de tierras extranjeras.

"Es una situación lamentable en Campo de Lagunas, pero no podemos hacer mucho en este momento. Si Holland o Hallard Rikers buscan nuestra ayuda, la rechazaremos," dijo con firmeza.

"¿Qué otros asuntos requieren nuestra atención?" preguntó, volviendo a mirar a Aiko.

Aiko sacó una tercera carta, esta con un sello real.

Kazuma reconoció de inmediato el emblema del Rey de la Nación Dorada.

"Hemos recibido un mensaje de la Nación Dorada. Como está sellado, emperador, le corresponde a usted abrirlo," dijo, entregándole la carta.

Kazuma rompió el sello y desplegó el pergamino, leyendo en voz alta para el consejo:

Emperador Kazuma,

Las Brujas Shabrani están intentando traer de vuelta a su dios a las Tierras Bajas.

El Ejército Dorado se está movilizando hacia Borraral para unir fuerzas y marchar hacia la Ciudadela Shabrani en Gorgon, con la intención de erradicar a las Brujas Shabrani por completo.

Le imploro que deje de lado su conflicto con Artoria y, en su lugar, apoye nuestra causa.

Envíe a todo su ejército a Gorgon sin demora.

Anticipamos su presencia en el campo de batalla.

Velaska ha enviado una delegación de brujas Starr para supervisar los preparativos. Se espera su llegada a Edo en un plazo de dos semanas.

Yuto Tachibana, líder de economía, golpeó la mesa con frustración. "¡Esto es inaceptable! El Rey Dorado no está pidiendo nuestra ayuda, la está exigiendo. Y enviar Brujas Starr a nuestro territorio después de años de ausencia—¡es un insulto!" La furia de Yuto era palpable.

Kazuma conocía el temperamento volátil de Yuto, aunque a menudo lo pasaba por alto. Silenciosamente, deseaba que mostrara más compostura, como el Canciller Haruki.

"La Nación Dorada nos ha asistido en el pasado, proporcionándonos recursos para sostener la guerra contra Artoria. Es natural que ahora busquen algo a cambio," comentó el Canciller Haruki con calma, intentando disipar la tensión.

Él suspiró pesadamente y se giró hacia Aiko con la esperanza de obtener una perspectiva alternativa sobre el asunto. "¿Tienes información de tus contactos en la Nación Dorada sobre este tema?" preguntó, ansioso por cualquier dato adicional.

Aiko, que parecía perpleja, negó con la cabeza. "No en este asunto, Emperador. Parece que la Nación Dorada ha mantenido sus planes en absoluto secreto. La única noticia que he recibido de esa región tiene que ver con el territorio de Echo—una bruja poderosa de origen desconocido está causando estragos y devastación, lo que ha resultado en la muerte de muchos guardias en el Castillo de los Susurros."

Él descartó la noticia como irrelevante en el contexto actual. "Dejemos de lado la Nación Dorada por ahora y reevaluemos su petición más adelante. ¿Hay algún otro asunto que requiera nuestra atención?" preguntó, dirigiéndose a todo el consejo.

El Canciller Haruki desenrolló con cuidado una serie de pergaminos, cada uno detallando observaciones del cielo. "Nuestros meteorólogos han hecho un descubrimiento intrigante sobre la luna," dijo, desplegando un pergamino adornado con diagramas y anotaciones numéricas que no comprendía del todo. Señalando un pequeño círculo cerca del retrato de la luna, Haruki explicó: "Esto representa un objeto situado frente a la luna. Al principio, era diminuto y apenas perceptible a simple vista, como se muestra en este pergamino de hace siete días."

Haruki continuó mostrando los pergaminos siguientes, cada uno documentando el progresivo crecimiento del objeto. "Durante los últimos días, este objeto ha crecido considerablemente, cubriendo ahora casi un diez por ciento de la superficie lunar—pareciendo una segunda luna, una luna oscura," detalló Haruki.

"Emperador, debemos investigar este fenómeno más a fondo," dijo Hana Arima, líder de comercio. "Es posible que en nuestros pergaminos más antiguos haya registros históricos de eventos similares ocurridos en el pasado."

Haruki asintió en acuerdo, presentando un pergamino desgastado que parecía antiguo. "De hecho, ya he indagado en nuestros archivos," dijo Haruki. "Este pergamino relata un fenómeno similar ocurrido hace muchos años, justo antes del comienzo de la Era de las Cenizas."

"¿Estás sugiriendo que estamos al borde de otra Era de las Cenizas, como afirma la Nación Dorada?" La urgencia en la voz del General Kaito Hoshikawa perforó la tensa atmósfera de la sala del consejo. "Si ese es el caso, las señales en el cielo podrían estar vinculadas a los intentos de las brujas Shabrani por resucitar a su dios. Emperador, no podemos ignorar esta advertencia. Debemos actuar," dijo Kaito con determinación.

La paciencia de Kazuma se agotó y se puso de pie, su voz resonando con frustración. "¡No me interesan estas especulaciones irrelevantes! ¡Mi única preocupación es el paradero de mi hijo! ¡¿Dónde está?!" Su demanda retumbó en la sala, cortando la tensión como una hoja afilada.

Aiko se levantó de su asiento y se acercó a él. "Perdonadme, Emperador," suplicó, arrodillándose ante él. "No ha habido actualizaciones de los rebeldes que reclutamos. Basándome en mi experiencia, creo que lo prudente sería esperar uno o dos días más." Su voz transmitía urgencia y sinceridad.

"¡Basta!" La voz del General Kaito Hoshikawa retumbó en la sala, sus ojos ardían con intensidad al fijarse en Kazuma. "¿Has perdido la razón? No hacer nada nos sumirá en una segunda Era de las Cenizas. Si los viejos pergaminos dicen la verdad, las Tierras Bajas se convertirán en un infierno desolado. La captura de tu hijo debe quedar en segundo plano por ahora," dijo Kaito con furia.

"Rei," dijo Kazuma con autoridad.

En un movimiento veloz, la guerrera bushi, Rei, desenvainó su katana con la fluidez de un felino al acecho. Con una agilidad impresionante, saltó sobre la mesa y se lanzó hacia el General Kaito con intención de asesinarlo. Anticipando el ataque de Rei, el general desenvainó su propia espada, preparándose para desviar el inminente ataque. El choque del metal resonó en el aire, dando momentáneamente la impresión de que Kaito había logrado bloquear el ataque. Sin embargo, su espada se hizo añicos al impactar contra la de Rei, dejándolo completamente indefenso. Con un único y preciso tajo, la katana de Rei atravesó metal y carne sin esfuerzo. Un torrente de sangre carmesí cubrió la sala del consejo. La habitación se llenó con la horrífica visión de la cabeza de Kaito rodando por el suelo tras el violento ataque.

Hana soltó un grito desgarrador, sus ojos desorbitados de horror al verse salpicada por la sangre de Kaito. Congelada por el impacto, observó con incredulidad la escena que se desplegaba ante ella. Sus manos temblaban incontrolablemente.

Con pasos deliberados, él se acercó al cuerpo sin vida de Kaito. Su expresión era pétrea mientras levantaba los restos rotos de la espada del general. Con determinación, él hundió la hoja fragmentada en el torso de Kaito, justo donde debería estar su cabeza, un silencioso pero escalofriante testamento de su autoridad.

"Voy a ser claro solo una vez," dijo, su voz llena de agresión mientras se dirigía al consejo. "No me importa si las Tierras Bajas arden en llamas. No me importa si sus seres queridos sufren destinos atroces. Mi hijo es, y siempre será, mi máxima prioridad. Si alguien se atreve a desafiar este decreto, correrá la misma suerte que este imbécil. ¿Entendido?" Sus palabras flotaron en el aire, imponiendo obediencia a través del miedo y la intimidación.

Todos asintieron, incluso Hana, quien aún parecía sumida en estado de shock.

"¡Boom! ¡Boom! ¡Boom!" La puerta de la sala del consejo retumbó como un trueno.

"¿Quién se atreve a interrumpir nuestra reunión del consejo?" exigió. Los guardias del Palacio Imperial sabían perfectamente que la reunión del consejo no debía ser interrumpida.

Las puertas de la sala del consejo se abrieron de par en par.

"Rei," ordenó, señalando a la guerrera bushi para que estuviera lista para atacar.

No era otra que su hija mayor, Sakura Saito.

"Padre, dile a Rei que deje de amenazarme con su katana. Todos deben escuchar lo que tengo que decir," dijo Sakura.

Él odiaba recibir órdenes, especialmente de su propia hija, a quien no consideraba una dama adecuada. Desde pequeña, Sakura mostró más interés por las espadas y el combate que por las muñecas y la danza. A pesar de sus constantes reprimendas, Sakura nunca cambió. A sus dieciocho años, sus habilidades en combate eran relativamente impresionantes, y hasta comandaba su propio grupo de guerreros conocidos como los Shinobi. Aunque no se les permitía participar en la guerra contra Artoria, dedicaban su tiempo a la protección de las ciudades de Celen.

"¡Padre!" exclamó Sakura en voz alta al ver el cadáver de Kaito. "Pobre alma, la familia Hoshikawa resultó ser una gran decepción. ¿Has considerado quién será el próximo General?" preguntó Sakura.

Sabía que su hija anhelaba el título de General del ejército de Celen, de ahí su repentino interés en el próximo nombramiento. Sin embargo, jamás permitiría que su propia hija pisara el campo de batalla.

"Ese no es un asunto que te concierna, Sakura. ¿Qué tienes que informar? Habla rápido antes de que olvide que eres mi hija," dijo con un tono amenazante.

Sakura caminó lentamente por la sala del consejo, recorriendo con la mirada a los demás miembros del consejo. "Padre, se han avistado varias embarcaciones en la distancia. Se dirigen hacia el puerto de Hakata. Podría tratarse de una invasión, aunque nuestros exploradores no logran identificar los modelos de los barcos ni sus estandartes. No parecen pertenecer a ninguna nación de estas tierras," informó Sakura.

"¿Podrían ser de la Nación Dorada?" preguntó Aiko, aludiendo a las brujas Starr, de quienes habían recibido noticias que llegarían a Edo.

Sakura miró a Aiko con desdén. "Como dije, los estandartes no pertenecen a ninguna nación. ¿Eres sorda?"

Aiko ignoró la provocación de Sakura y se dirigió directamente a él. "Quizás las brujas Starr podrían estar usando otro estandarte para pasar desapercibidas."

"¿Por qué harían eso?" replicó Sakura con sarcasmo. "Además, los exploradores informaron que los barcos son el doble de grandes que las embarcaciones normales. Si me preguntas, los Daidarabotchi están regresando a Edo. Deberíamos prepararnos para la batalla."

Los Daidarabotchi eran gigantes legendarios en cuentos transmitidos de generación en generación. Estas historias, contadas a menudo por ancianas a los niños, describían a estos seres como colosales entidades capaces de moldear el paisaje con su inmensa fuerza. A pesar de su tamaño monstruoso, se decía que eran benevolentes e incluso, en ocasiones, ayudaban a los humanos.

Sakura no puede estar tomándose esas historias en serio, pensó el emperador.

"¡Ja, ja!" Aiko se rio. "Sakura y su vívida imaginación están descontroladas hoy," se burló.

Sakura entonces desenvainó su katana, haciendo que Aiko se sobresaltara y diera un paso atrás.

Desde el otro lado de la mesa, Rei se acercó con su katana en mano, avanzando de manera amenazante hacia Sakura.

"¡Basta!" gritó él, sintiéndose agotado de la discusión sin sentido. "Esta reunión ha terminado. Iremos al puerto de Hakata y veremos de qué se trata todo este alboroto."

Todos asintieron, se pusieron de pie y se prepararon para partir.

"Guardias, limpien este desastre de inmediato," ordenó a los guardias fuera de la sala del consejo, señalando el cadáver de Kaito.

Cuando el emperador y los demás salieron del Palacio Imperial y abordaron distintos carruajes hacia el puerto, contempló la magnífica ciudad de Edo. Confinado con frecuencia dentro de los muros del palacio, a veces olvidaba la prosperidad que la rodeaba. Desde los encantadores árboles adornados con flores rosadas hasta los bulliciosos negocios y mercados establecidos por sus ciudadanos, Edo había florecido hasta convertirse en una de las ciudades más grandes en las Tierras Bajas.

A pesar de la guerra en curso, que había drenado recursos durante más de cien años, el emperador y otros líderes habían logrado mantener a la nación de Celen y a sus ciudadanos satisfechos. *El apoyo de la Nación Dorada también ha sido crucial para mantener el equilibrio en el conflicto con Artoria*, reflexionó él emperador. Sin embargo, en lo más profundo de su mente, no podía ignorar la inquietante pregunta: *¿Cuáles son las verdaderas intenciones de la Nación Dorada al enviar a las brujas Starr a Celen? No puede ser nada bueno.*

Sus pensamientos divagaron hacia la guerra con Artoria, un conflicto que su bisabuelo, Tokugawa Saito, había iniciado más de un siglo atrás. Se decía que la guerra comenzó cuando Artoria intentó conquistar tierras de Celen, específicamente la ciudad de Akiya. Sin embargo, también había escuchado la versión de los artorianos, quienes aseguraban que Celen intentó invadir Artoria al tomar la ciudad de Arriaca. Las creencias religiosas también habían alimentado el conflicto. Artoria fomentaba la devoción a Betatun, el dios de la Guerra, y Ataecina, la diosa del Inframundo, mientras que la religión de Celen los consideraba entidades malignas. En Celen, las deidades eran Tsukuyomi, el dios de la Luna, y Amaterasu, la diosa del Sol. En el pasado, su padre, Hideki Saito, intentó establecer acuerdos de paz con Artoria, pero no fueron bien recibidos. Incluso durante su propio reinado, él mismo había intentado pactar un acuerdo de paz con Artoria, sin éxito. *El derramamiento de sangre parece ser el único camino*, pensó.

El puerto de Edo, Hakata, estaba relativamente cerca del Palacio Imperial. Para cuando llegaron al puerto, el sol estaba en lo alto del cielo, comenzando su descenso. Cuando la puerta de su carruaje se abrió, el viento trajo consigo el inconfundible olor a pescado muerto y agua salada. Observó que solo un puñado de ciudadanos se había reunido para recibirlo, lo cual le pareció inusual. En el pasado, cientos de personas se congregaban para darle la bienvenida.

Rei y el resto de sus guardias caminaron a su lado. Detrás de él, su hija Sakura y el resto del consejo le seguían de cerca.

Notó que alguien se acercaba para caminar junto a él—Haruki Kurogawa, su consejero de confianza y canciller. Haruki era conocido por su diligencia, valorando su rol por encima de su propia vida, lo que Kazuma apreciaba enormemente.

"Emperador, perdón por la interrupción, pero debemos discutir el próximo candidato para General del Ejército de Celen," dijo Haruki con urgencia. "Los comandantes deberán reunirse con él cuanto antes, me temo. Hay muchas decisiones que deben tomarse."

Reconoció que debía elegir al próximo general, una responsabilidad que no necesitaba que le recordaran. Sin embargo, la urgencia de Haruki era comprensible; la guerra en curso con Artoria requería reuniones diarias y una toma de decisiones rápida. Siempre debía haber un general al mando.

"¿No hay un tercer hermano Hoshikawa? Habla con él de inmediato para que asuma el puesto de General," ordenó, consciente de la necesidad de una acción inmediata.

Haruki parecía seguir teniendo otras preocupaciones.

"¿Qué sucede?" preguntó el emperador, notando la persistente preocupación en el rostro del canciller.

"La cuestión de la muerte de Kaito, ¿qué debemos decir?" preguntó Haruki con nerviosismo.

Kazuma detuvo sus pasos para enfrentarlo directamente. Al hacerlo, el resto de la comitiva también se detuvo. "Murió por insubordinación. Eso es lo que debes decir," respondió con firmeza. Dicho esto, Haruki se retiró de su presencia.

Continuaron caminando hasta que vio a una multitud de cientos de personas bloqueando la entrada al puerto.

"¿Qué está pasando?" preguntó.

"Emperador, parece que los barcos no identificados han llegado a nuestras costas. Los ciudadanos de Edo se han reunido para presenciar su llegada," informó uno de los guardias.

El emperador se quedó atónito. "¿Cómo es posible? ¿Por qué nadie los interceptó antes de que llegaran a nuestras costas?" exclamó furioso al guardia.

"Yo fui quien ordenó que permitieran el paso de los barcos," dijo su hija, Sakura.

Él le lanzó una mirada llena de furia. "¡¿Hiciste qué?!" le gritó a su hija, perdiendo la paciencia.

"Si fueran nuestros enemigos, habrían atacado nuestros barcos pesqueros. Confía en mí, padre, quienquiera que esté a bordo, no son nuestros enemigos," Sakura intentó tranquilizarlo.

Impulsado por la ira y la impaciencia, alzó su mano, listo para abofetear a su hija, cuando de repente la multitud de Edo reunida en la costa comenzó a gritar: "¡Un monstruo! ¡No, una sirena! ¡Espera, es una mujer!"

Se giró hacia la multitud y notó que todos señalaban algo en la distancia.

Dejando de lado su enojo hacia su hija, comenzó a avanzar hacia la multitud, con su consejo y guardias siguiéndolo de cerca.

"¡Abran paso!" gritaron los guardias, empujando a la multitud para crear un camino por el que pudiera pasar sin obstáculos. Tomó un tiempo despejar la zona, pero eventualmente pudo abrirse camino, con su consejo siguiéndolo detrás. Cuando los ciudadanos notaron su presencia, comenzaron a darle la bienvenida. *Un poco tarde para eso*, él pensó. No obstante, les devolvió el gesto con una reverencia, mostrando la gracia que se esperaba de él.

Cuando la orilla quedó a la vista, los vio: diez colosales barcos de guerra de color azul. Estaban construidos de una manera peculiar, mostrando signos de batalla con daños evidentes. En lo alto de uno de los barcos, una figura se movía. Entrecerró los ojos para verla mejor. Poco a poco, la figura tomó forma y distinguió a una mujer vestida con una túnica. Su largo cabello azul ondeaba salvajemente con el fuerte viento.

"¿Quién es ella? ¿Alguien ha inspeccionado el interior de esas monstruosidades?" preguntó.

Sakura se acercó y se arrodilló ante él. "Padre, nadie ha abordado los barcos. Siguiendo mis instrucciones, ordené que al llegar a nuestras costas, esperáramos sus órdenes," dijo respetuosamente.

"Muy bien. Traigan los cañones al puerto de inmediato y destruyan esos barcos de guerra. No hay tiempo que perder en este asunto; debemos concentrarnos en asuntos más urgentes," ordenó, refiriéndose a la necesidad de rescatar a su hijo.

"Padre, debes estar bromeando. Deberíamos explorar esos barcos y descubrir quién es esa mujer. Podría haber maravillas esperándonos. Los Daidarabotchi..."

La interrumpió bruscamente. "Estoy cansado de tus cuentos, niña tonta," la reprendió.

"Emperador, no debemos actuar precipitadamente. Debemos asegurarnos de que estos barcos no estén relacionados con la Nación Dorada y las brujas Starr. La mujer misteriosa podría formar parte de la delegación del clan Starr," dijo Aiko, líder de diplomacia, con voz cautelosa.

Entonces, una brillante luz azul emanó de uno de los barcos de guerra, precisamente desde donde estaba la misteriosa mujer. Después de unos segundos, la luz se desvaneció, al igual que la mujer.

¿Qué fue eso? pensó.

"Sakura, toma a tus hombres y aborda esos barcos de guerra. Hazlo rápido," ordenó a su hija, quien corrió hacia la orilla con su grupo. Después de presenciar la brillante luz azul, decidió no destruir los barcos. Ahora estaba casi seguro de que la mujer misteriosa era una bruja.

Tomó tiempo para que Sakura abordara uno de los colosales barcos. Mientras tanto, ordenó a los guardias traer sillas y sombrillas para proporcionar sombra mientras esperaban. También trajeron comida y sake para mantener al consejo cómodo durante la espera.

"Discúlpeme, Emperador, pero me han llamado por una emergencia. Volveré pronto," dijo Aiko. Como líder de diplomacia en Celen, entendía que Aiko debía atender asuntos durante el día. No preguntó más y le permitió retirarse.

Después de unos momentos, uno de los hombres de Sakura regresó y se dirigió a él. "Emperador, su hija me envió. Solicita su presencia dentro de los barcos de guerra."

Qué tontería, el emperador pensó.

Luego, él se levantó y reprendió al mensajero. "Yo soy quien decidirá si va o no. Ahora dime, ¿qué has visto dentro del barco?" preguntó con firmeza.

"¡Gigantes, Emperador! Hay gigantes dormidos con armaduras azules, al menos cincuenta," informó el mensajero, visiblemente emocionado.

Se quedó atónito ante lo que escuchaba. Decidió que lo mejor sería verlos con sus propios ojos. Dejando al resto del consejo en la orilla, tomó a Rei y a algunos guardias con él. Mientras se dirigía al barco, preguntó al mensajero enviado por su hija: "¿Y la mujer misteriosa?"

"No pudimos encontrarla, Emperador," respondió el mensajero.

Él no preguntó más. *Hoy están ocurriendo cosas extrañas*, pensó.

Subió a un pequeño bote que lo llevó al costado del colosal barco de guerra, donde sus hombres ya habían preparado escaleras para que pudiera subir. A pesar de su edad, no tuvo problemas en ascender. En su juventud, había sido un guerrero activo, y aún hoy participaba ocasionalmente en clases de combate con sus subordinados. Recordó el consejo de su padre: *En tiempos de guerra, incluso el emperador debe estar preparado para la batalla. Mantente en forma; nunca sabes cuándo necesitarás blandir tu propia espada.*

Dentro del barco de guerra, pudo ver partes de la estructura dañada, con fragmentos de madera azul esparcidos por todas partes, evidencia de una batalla previa. Y entonces, vio la prueba que necesitaba para creer en la existencia de los gigantes: una silla tan grande como un hombre adulto.

"¡Imposible! Son reales," meditó, asombrado por la escena.

"Por aquí, Emperador," dijo el mensajero, guiándolo.

Recorrieron un largo pasillo y descendieron un tramo de escaleras. Estas eran el doble del tamaño normal, lo que le dificultó el descenso, necesitando asistencia. Entraron en una habitación tenue, iluminada solo por antorchas sostenidas por los hombres de Sakura. Él vio a su hija dentro de la cámara.

"Padre, mira allá," Sakura señaló al fondo de la habitación.

El espacio era más grande de lo que había imaginado. En la parte trasera de la sala, había tres niveles accesibles por escaleras. En cada nivel, vio a los colosales cuerpos de los gigantes. Tal como el mensajero había dicho, dormían unos junto a otros. Vestidos con armaduras y cascos azules, era imposible distinguir si eran hombres o mujeres.

"Increíble, son realmente Daidarabotchi de las leyendas," dijo, aún asombrado por el hallazgo.

"Padre, parece que no despertarán. Podrían estar bajo un hechizo," expresó Sakura con preocupación.

Mientras su hija parecía interesada en aprender más sobre los gigantes, él veía estos eventos como una oportunidad para cambiar el rumbo de la guerra con Artoria y recuperar a su hijo.

"Debemos encontrar la manera de despertarlos y aprovechar a estos gigantes para la guerra," declaró.

"¡Emperador Kazuma!" De repente, alguien gritó su nombre.

Notó que era un miembro del equipo de Haruki, identificable por su vestimenta.

"¿Qué ocurre?" preguntó el emperador, molesto por la interrupción.

"Maestro Haruki me envió. Es Renjiro, el menor de los hermanos Hoshikawa. Renjiro ha iniciado una revolución tras la muerte de su hermano mayor. Maestro Haruki dijo que Renjiro ha tomado el Palacio Imperial y ha reunido a todos los comandantes a su causa," informó el mensajero, jadeando.

A su lado, Rei desenvainó su katana.

Una guerra civil, pensó el emperador, su expresión reflejando ira y preocupación. Luego, él miró a su hija.

"¡Encuentra la forma de despertar a los gigantes, ahora!" ordenó con urgencia.

ELIOT

*T*res días habían pasado desde que Marli ingresó en una cueva oculta dentro de las ruinas de una antigua ciudad en la cima de la Corona de Hielo. Eliot había aprendido que ella debía someterse a algún tipo de prueba antes de conocer a los traductores que estaban buscando. Él no tuvo la oportunidad de despedirse de Marli, ya que había estado inconsciente por un buen tiempo. Cuando finalmente despertó, se sobresaltó al encontrar a dos hombres vestidos completamente con túnicas negras, dejando al descubierto solo sus rostros, marcados con extraños glifos blancos. Ellos le informaron sobre el paradero de Marli y le dijeron que esperarían su regreso desde la cueva, o hasta que fracasara en la prueba, lo que significaría la muerte de la bruja.

"¿Cómo sabrán si falla la prueba?" preguntó Eliot a sus acompañantes.

"Tu amiga lleva una antorcha con una llama azul especial," explicó uno de los hombres, señalando la fogata frente a ellos. "Esta fogata se alimenta con la misma madera especial usada para fabricar la antorcha, y sus llamas están conectadas. Si el fuego en esta fogata se apaga, significa que la antorcha que lleva tu amiga también se ha extinguido, lo que señalaría su muerte."

Eliot no pudo evitar preguntarse qué le sucedería a él si Marli moría dentro de la cueva. *¿Estos hombres me ayudarían a regresar a los Pueblos de Hielo Salvaje?* pensó Eliot.

Rápidamente se dio cuenta de que sus acompañantes no eran muy conversadores. Eliot era naturalmente curioso y hablador, pero a pesar de hacer muchas preguntas, sus acompañantes rara vez le respondían.

"¿Quiénes son ustedes? ¿Por qué tienen esos glifos en el rostro? ¿Son los traductores que Marli busca?" Hizo muchas preguntas, pero no obtuvo respuestas.

También notó que sus acompañantes no comían. Él salió de caza con su arco y flechas y se sorprendió al encontrar conejos y ciervos salvajes dispersos por la zona. Capturó algunos conejos y los cocinó sobre la fogata. Cuando intentó compartir la comida con sus compañeros, ellos la rechazaron.

"Nuestros cuerpos no deben alimentarse por otros siete días," dijo finalmente uno de ellos después de mucha insistencia.

Agua tampoco fue difícil de encontrar. Cerca de allí, Eliot descubrió un lago congelado. Habiendo nacido y crecido en una tierra de hielo y nieve, sabía exactamente cómo extraer agua de la superficie helada. Con su daga, cortó trozos de hielo del lago congelado y los llevó de vuelta a la fogata, donde los derritió hasta obtener agua que se pueda beber.

"Aquí, tomen un poco de agua," les ofreció a sus acompañantes después de verter el agua derretida en un pequeño odre que llevaba en el cinturón.

Sus acompañantes lo miraron con expresiones serias, por lo que Eliot pensó que volverían a rechazarlo. Para su sorpresa, ellos aceptaron el agua.

"Eres un buen muchacho, pero no deberías serlo. No somos tus guardianes, ni estamos aquí por ti. Nuestro único propósito es esperar el destino de tu amiga. Tú simplemente estabas aquí también. No nos debes nada," dijo uno de los hombres.

A pesar de las palabras frías, Eliot se alegró de que al fin le hablaran.

"Eso ya lo imaginaba. Compartir es parte de mi naturaleza. En mi pueblo, siempre intenté ayudar a todos, fueran amigos o enemigos. Algunos creen que soy una molestia, otros piensan que estoy marcando la diferencia en el mundo. Pero en realidad, solo sigo lo que mi cabeza y mi corazón me dicen que haga," Eliot respondió con una sonrisa.

Ambos hombres se miraron en silencio. Inmediatamente después, el aullido de lobos que se escuchaban cerca captaron la atención de sus acompañantes.

Eliot intentó recuperar su atención. "Mi nombre es Eliot Frig, por cierto. ¿Cuáles son sus nombres?" preguntó.

No hubo respuesta.

De repente, el fuego de la fogata comenzó a parpadear y danzar de manera anormal.

"¡Oh no, Marli! ¿Qué está pasando?" preguntó Eliot, su voz llena de preocupación por su amiga.

"Tu amiga está teniendo algún tipo de problema; tal vez la antorcha que lleva está a punto de extinguirse," dijo uno de sus acompañantes, sin mostrar emoción alguna.

Eliot apretó las manos con fuerza mientras observaba las llamas titilantes. Él quería creer que Marli lograría completar su misión. Recordó el día en que conoció a la bruja Dragani. Marli había sido amiga de su madre antes de su fallecimiento. Él la veía muchos días en su casa, disfrutando de una taza de té y conversando con su madre. A medida que creció, aprendió que Marli y otras dos brujas habían huido de Echo hacía mucho tiempo, después de que la Nación Dorada casi exterminara su clan. Habían encontrado un nuevo hogar en los Pueblos de Hielo Salvaje. Una de las brujas, conocida simplemente como La Señora, era muy anciana y sabia. Eliot no la apreciaba demasiado, pues siempre lo reprendía, pero aun así escuchaba con atención cuando relataba historias de su pasado.

Marli, en cambio, siempre lo trató bien. Incluso cuando él era testarudo con sus preguntas, ella sabía cómo ser amable con él. Después de que su madre muriera a causa de una misteriosa enfermedad, Marli se hizo cargo de él: le daba de comer, lo vestía y lo consolaba en sus noches de insomnio. Su presencia hizo que la pérdida de su madre fuera más llevadera, y siempre le estuvo agradecido por ello.

Con el tiempo, Eliot descubrió que las tres brujas Dragani no solo habían venido a los Pueblos de Hielo Salvaje para refugiarse, sino también para encontrar a unos traductores que se creía estaban escondidos en la Corona de Hielo. Una de las brujas había viajado a la Corona de Hielo, pero nunca regresó, lo que las llevó a creer que había muerto. Después de un tiempo, La Señora ordenó a Marli que siguiera el camino de la bruja desaparecida y encontrara a los traductores. Cuando Eliot escuchó esto, no dudó en ofrecerse para acompañarla. La Señora no se opuso; de hecho, apoyó su decisión, pensando que sería beneficioso para Marli tener un escudero. Aunque al principio Marli se resistió a viajar con él, Eliot tenía una forma especial de conseguir lo que quería.

El fuego continuó parpadeando y danzando por un rato, antes de empezar a menguar y extinguirse lentamente.

"¡No!" gritó él.

"Parece que tu amiga no lo logrará. Deberías empezar a pensar en tus próximos movimientos, muchacho," dijo uno de sus acompañantes.

Eliot no le prestó atención y se mantuvo enfocado en la fogata. Lágrimas comenzaron a correr por su rostro mientras veía cómo el fuego se desvanecía poco a poco.

"Eliot Frig, ¿verdad? Podrías unirte a nuestra orden; creo que serías una valiosa adición," dijo uno de sus acompañantes.

"¿Su orden?" preguntó él.

"Nuestra orden, conocida como La Orden de Eon, ha existido durante muchísimo tiempo. Nuestros ancestros la fundaron incluso antes de la Guerra de las Cenizas. Nuestra misión es eliminar a cualquiera o cualquier cosa que intente iniciar otra Guerra de las Cenizas sin nuestro permiso," explicó uno de ellos.

"Soy Barr, y él es Lumien. No usamos apellidos; los dejamos atrás cuando nos unimos a la orden. Por lo que veo, no tienes lugar en este mundo. Si intentas regresar a tu pueblo, solo te perderás en la tormenta de nieve y morirás. Entonces, ¿qué dices, Eliot? ¿Te unirás a nosotros?" preguntó Barr.

Eliot sintió curiosidad por su orden. *¿Cómo era posible que la vieja bruja nunca los hubiera mencionado en sus historias?* se preguntó.

"La Señora habló una vez del Gran Cónclave, un grupo de brujas que supervisaban los clanes para evitar otra Guerra de las Cenizas. ¿En qué se diferencia su orden de ellas?" preguntó Eliot.

"¡Ja, ja!" Lumien rio. "Los clanes de brujas no son de fiar. Son traicioneras y desleales. Nuestra orden es perfecta, y solo los hombres y mujeres de la más alta calidad pueden unirse, con la bendición de nuestro gran líder, quien nació incluso antes de la Guerra de las Cenizas. Además, el Gran Cónclave ya no existe; solo nosotros podemos evitar otra guerra," dijo Lumien.

La noticia de que el Gran Cónclave ya no existía lo tomó por sorpresa.

"La Guerra de las Cenizas terminó hace seiscientos años. Ningún hombre puede vivir tanto tiempo," dijo Eliot.

"Nuestro líder no es un hombre común; posee magia poderosa. Si vienes con nosotros y buscas unirte a la orden, tendrás la oportunidad de conocerlo," dijo Lumien.

De repente, el fuego en la fogata estalló, convirtiéndose en una enorme llama de color azul.

"Imposible," exclamó Barr.

"¿Qué está pasando?" preguntó Eliot, intrigado.

"Tu amiga ha hecho lo imposible, ha pasado la prueba," dijo Barr con seriedad.

Eliot gritó de alegría. Rápidamente tomó su bolsa de cuero con los manuscritos y sus pertenencias, mientras sus compañeros extinguían el fuego. Antes de partir, vio a unos lobos observándolos desde la distancia, casi como si estuvieran montando guardia.

"No les prestes atención; esos lobos no son peligrosos. Debes tener cuidado con los grandes, esos sí son un problema," dijo Lumien.

Eliot ignoró el comentario sobre los lobos; su emoción por el regreso de Marli era mucho mayor.

Todos descendieron por un estrecho sendero cubierto de nieve hasta llegar a las ruinas de una antigua ciudad abandonada. Las ruinas eran mucho más grandes de lo que Eliot había imaginado. Caminaron entre casas de piedra medio destruidas, enterradas bajo nieve y hielo. Notó que las casas eran inusualmente grandes. En el camino, avistó conejos salvajes, renos y búhos. A medida que se acercaban al otro lado de las ruinas, el viento se intensificaba. A pesar de sus ropas forradas con piel de lobo y oso, aún podía sentir el frío penetrando su piel.

"Sigue caminando, muchacho. Si vas a unirte a nosotros, tendrás que acostumbrarte al clima," dijo Barr.

Aún no he decidido unirme a ustedes, pensó Eliot. Aunque la idea de quedarse con Marli le resultaba atractiva, sabía que eventualmente tendría que seguir su propio camino. La idea de unirse a una orden con una misión tan importante resonaba con sus principios y su naturaleza. Pensó que convertirse en miembro de la orden de Eon podría ser su siguiente paso.

A lo lejos, Eliot vio una alta torre, arruinada por el clima extremo y cubierta de nieve. La torre se encontraba en la cima de una colina, y debajo de ella, una pequeña cueva era visible. La entrada de la cueva estaba parcialmente bloqueada por piedras y hielo, dejando solo una estrecha abertura por la cual se podía pasar. Esta abertura era tan pequeña y oscura que fácilmente pasaría desapercibida si no se miraba de cerca.

"Debemos esperar aquí," dijo Lumien.

Se detuvieron frente a la entrada de la cueva. Eliot observó las ruinas a su alrededor y apenas podía creer que alguna vez hubo gente viviendo en una ciudad en un clima tan hostil.

"Qué lugar más terrible para construir una ciudad," comentó él.

"Los habitantes de esta ciudad probablemente no tenían problemas con la nieve y el viento helado. Se dice que los Primeros podían soportar climas como este," dijo Barr.

Recordó las historias sobre los Primeros que le contaba La Señora.

La vieja bruja le había dicho que eran los ancestros de la humanidad, que desaparecieron completamente justo después de la Guerra de las Cenizas. Había poca información sobre su paradero actual, pero se decía que podían ser tan altos como los árboles de Borraral y poseer la fuerza de osos polares.

"¿Qué es esta cueva?" preguntó Eliot.

Barr y Lumien intercambiaron miradas y asintieron. Parecía que Eliot se había ganado su confianza.

"La llamamos la Caverna Skadi. Creemos que los Primeros solían practicar magia y rituales dentro de esta cueva. Aún hoy, la magia sigue impregnada en este frío lugar," explicó Lumien.

Eliot se sintió intrigado por la idea de los Primeros practicando magia. La vieja bruja nunca le había mencionado esto; siempre había creído que solo las brujas podían realizar tales prácticas.

"Los Primeros debieron de haber tenido mujeres. ¿Eran ellas las que practicaban la magia?" preguntó.

"Creemos que antes de la Guerra de las Cenizas, las brujas no eran las únicas que podían controlar magia. Los hombres también podían controlarla. Algo sucedió antes y durante la Guerra de las Cenizas que hizo que los hombres perdieran la capacidad de controlar magia," explicó Barr.

La información de Barr y Lumien captó por completo su atención.

Mientras contemplaba su siguiente pregunta, escuchó pasos provenientes del interior de la cueva. Una figura emergió de la oscuridad, completamente cubierta de pies a cabeza con una tela negra envejecida. Cuando la figura salió a la luz y retiró la tela, se sorprendió al ver el rostro familiar de Marli. Sin embargo, se veía mucho mayor, su cabello, antes negro, había cambiado a un gris claro.

"¡Agua!" murmuró Marli. Y luego, se desplomó en el suelo.

Eliot corrió hacia ella rápidamente, aferrando su bolsa de cuero llena de agua. Con cuidado, levantó la cabeza de Marli con su brazo y presionó el odre contra sus labios. Los ojos de Marli se abrieron de repente y comenzó a beber el agua con desesperación.

"Gracias," dijo Marli con una sonrisa, pero sus ojos estaban distantes, como si su mente estuviera atrapada en otro lugar.

"¡Marli! ¿Qué te ha pasado? Hemos estado esperando que salieras de la cueva," dijo Eliot.

Al escuchar la palabra cueva, los ojos de Marli se abrieron con terror. Ella miró hacia la entrada y comenzó a retroceder, su rostro marcado de miedo y horror. Eliot se dio cuenta de que lo que fuera que había enfrentado dentro de la cueva, la había afectado profundamente. *Tal vez sea mejor no mencionarlo de nuevo*, pensó él.

"Bruja Dragani, te felicitamos. Nadie ha salido con vida de la Caverna Skadi—hasta ahora," dijo Barr.

Marli le lanzó una mirada de pura ira.

"¡Mira lo que ese maldito lugar me ha hecho! Siento como si hubiera envejecido cien años," dijo la bruja, señalando su rostro y su cabello. Se podían ver arrugas alrededor de sus ojos y mejillas, signos de envejecimiento. Días atrás, había parecido una joven bruja de veintitantos años. Eliot estaba atónito al ver cuánto había cambiado en tan poco tiempo.

"No importa tu forma física; lo que importa es lo que has aprendido y soportado," dijo Lumien.

De repente, los ojos de Marli ardieron con furia. Levantó los brazos hacia Barr y Lumien, murmurando palabras que Eliot no entendía. Barr y Lumien fueron levantados del suelo, llevándose las manos a la garganta mientras luchaban por respirar. Eliot se dio cuenta de que Marli estaba lanzando un hechizo sobre ellos.

"¡Detente, Marli! ¡Para! No debes usar magia. El Gran Cónclave podría descubrirlo y cortarte la cabeza," suplicó Eliot, agarrándola de la cintura, intentando romper su concentración.

"En esa maldita caverna, aprendí cosas—sobre el pasado y el presente. Si lo que vi es cierto, los miembros del Gran Cónclave han sido asesinados por lobos con colmillos largos. No queda nadie que nos impida a las Brujas Dragani usar magia poderosa," dijo Marli, con una determinación que solo intensificó su hechizo.

Eliot luego recordó las palabras de Lumien: "El Gran Cónclave ya no existe".

"Ese no es el punto. Podrías matar a personas inocentes. Tu magia no es para eso," insistió Eliot, desesperado por hacerla entrar en razón.

De repente, Marli detuvo su hechizo. Barr y Lumien colapsaron de rodillas, jadeando y tosiendo.

"Lo siento. No he sido yo misma últimamente. No entiendes... He visto verdadero terror en estos días," dijo Marli, con la voz más suave y un atisbo de arrepentimiento.

"Estás disculpada," dijo Barr entre toses. "Solo estamos aquí para guiarte en este doloroso proceso. No te preocupes por nosotros— podemos ser reemplazados en cualquier momento."

Eliot se quedó asombrado por su devoción a la orden.

De repente, Marli se volvió hacia él. De hecho, era la primera vez que lo miraba directamente desde que salió de la Caverna Skadi. Su mirada era profunda, como si buscara algo en su propia alma.

"¿Quién eres tú, muchacho?" preguntó Marli.

Él sacudió la cabeza con incredulidad. *¿Cómo es posible que no me reconozca?* pensó.

"Soy yo, Eliot. ¿No me reconoces?" dijo con suavidad.

Sin previo aviso, Marli sacó una daga de su cinturón y cortó hacia su garganta. Si no hubiera sido por Barr, quien lo apartó, Marli le hubiera cortado la cabeza. Solo unas gotas de sangre cayeron de su cuello. Se dio cuenta de que el ataque apenas había rozado su piel.

"¡Marli, por qué!" gritó Eliot, con lágrimas deslizándose por su rostro.

"¡TÚ! ¡TÚ! Eres uno de ellos, uno de los Apócrifos. El Tercero habita dentro de tu alma, muchacho. ¿Nunca lo has notado? ¿Algo dentro de ti guiando cada uno de tus movimientos? Pero claro que no lo notarías, eres solo un mocoso inútil y estúpido. ¡Abre los ojos! El Tercero que vive dentro de ti está desafiando el destino mismo. Debes morir—tu existencia solo traerá calamidad a las Tierras Bajas," gritó Marli con agresividad.

Eliot luchó por aceptar lo que estaba ocurriendo. Su amiga más querida, la que más se preocupaba por él en todo el mundo, quería matarlo. Se negó a aceptar esta amarga realidad. Reuniendo todo su coraje, corrió hacia Marli, esperando abrazarla, esperando que olvidara su deseo de matarlo. Barr lo detuvo, sujetándolo del brazo.

"Si la bruja Dragani tiene razón, entonces debes morir," dijo Barr, sacando su propia daga.

Antes de que Eliot pudiera reaccionar, algo aterrizó entre él y Barr. Al principio, solo vio un destello de pelaje negro y blanco, luego se dio cuenta de que era un lobo colosal—su tamaño rivalizaba con el de un oso. Recordó que Lumien había mencionado algo sobre lobos grandes.

El lobo se giró para enfrentarlo, masticando el brazo de Barr—el mismo brazo que sostenía la daga con la cual Barr casi lo ataca. Los gritos de Barr resonaron en el aire, la sangre brotando del muñón donde antes estaba su brazo.

El lobo escupió el brazo de Barr al suelo y comenzó a vibrar de una manera peculiar. En cuestión de segundos, el lobo desapareció, transformándose en una mujer envuelta en una piel de lobo, con enormes colmillos atados a sus muñecas. Asumió que los colmillos eran sus armas.

"Corre hacia el norte, al bosque más cercano. Llévate esto," dijo la misteriosa mujer, entregándole la bolsa con los manuscritos que él y Marli habían llevado a la Corona de Hielo en busca de un traductor.

Quiso hacer preguntas, pero Marli comenzó a decir algo ininteligible. De repente, enormes bloques de hielo comenzaron a levitar, cambiando de forma y transformándose en flechas de hielo afiladas. *Magia gravitacional—la especialidad de las brujas Dragani*, recordó Eliot. La Señora le había dicho que las brujas Dragani podían manipular la gravedad a su alrededor y sobre los objetos, e incluso sobre personas.

Dos flechas de hielo volaron hacia la misteriosa mujer, atravesando su hombro derecho y su pierna izquierda.

"¡Argh!" gritó de dolor.

Eliot quiso ayudarla, pero ella lo empujó. "¡Debes irte ahora! Hay otros como yo en el bosque, ellos te protegerán. La Orden no debe apoderarse de estos manuscritos. ¡Guárdalos con tu vida!" le urgió.

La mujer comenzó a vibrar de nuevo, transformándose en un enorme lobo una vez más. Mientras Eliot corría hacia el norte, lo último que vio fue al lobo cargando contra Marli con un feroz gruñido.

La tormenta de nieve se intensificó y el bosque pronto desapareció de su vista. Caminar se volvió difícil, la nieve le llegaba hasta las rodillas, ralentizándolo. Avanzó a tientas por unos momentos, hasta que sintió el suelo ceder bajo sus pies—había resbalado por el borde de un acantilado. Eliot gritó mientras caía a un lago helado.

El frío del agua le atravesó hasta los huesos, pero sabía que debía nadar hacia la superficie rápidamente. Tras lo que pareció una eternidad, emergió, jadeando por aire.

"¡Una cueva!" exclamó.

Parecía haber entrado en una cueva. Miró hacia arriba, pero solo vio oscuridad.

Entonces recordó los manuscritos. Afortunadamente, la bolsa seguía atada a su cuerpo, aunque estaba empapada. Nadó hasta la orilla, asegurándose de que los manuscritos no se mojaran más. Los revisó, pero la tinta se desvanecía rápidamente.

"No, no, no..." murmuró con pánico.

Justo cuando estaba a punto de maldecir su destino, algo extraordinario sucedió: la tinta disuelta comenzó a moverse, reconfigurándose en letras otra vez.

"¡Magia!" dijo Eliot. *Los manuscritos deben estar encantados—tal vez por Marli, en caso de algún desastre.*

"Ahora solo necesito encontrar una salida de esta cueva," pensó.

De repente, escuchó un grito desde arriba. Algo cayó al lago con un chapoteo. Asustado, Eliot se escondió detrás de una gran roca cubierta de hielo. Observó cómo una figura emergía del agua—más pequeña que el enorme lobo que había visto antes, pero seguía siendo un lobo. La figura vibró y se transformó en una joven con pieles de lobo cubriéndole la espalda y colmillos atados a sus muñecas.

"Sal de ahí. Te vi caer en este lugar. Tienes algo importante, ¿no es así?" llamó la joven.

Por un momento, Eliot dudó—no estaba seguro de si podía confiar en ella. Pero algo dentro de él le instaba a hacerlo. *Tal vez sí hay algo dentro de mí, justo como dijo Marli*, pensó.

"Me llamo Eliot. ¿Y tú?" preguntó, saliendo de detrás de la roca.

La joven sonrió. "Ahí estás. Me llamo Arine. Estoy aquí para protegerte."

Eliot la observó. Era delgada, nada amenazante, excepto por los colmillos en sus muñecas. Parecía tener más o menos su edad. Se sintió un poco decepcionado por su protectora.

"Oh, no me mires así, muchacho. Soy tan peligrosa como cualquier lobo alfa. Ahora, ¡sígueme!" ordenó ella.

Y así lo hizo. ¿Qué otra opción tenía?

CIERRE DEL ACTO I

MAPAS: LAS TIERRAS BAJAS

Vea los mapas de Apócrifa en color completo y alta definición en
https://henrydoes.com/books/Apocrypha/maps

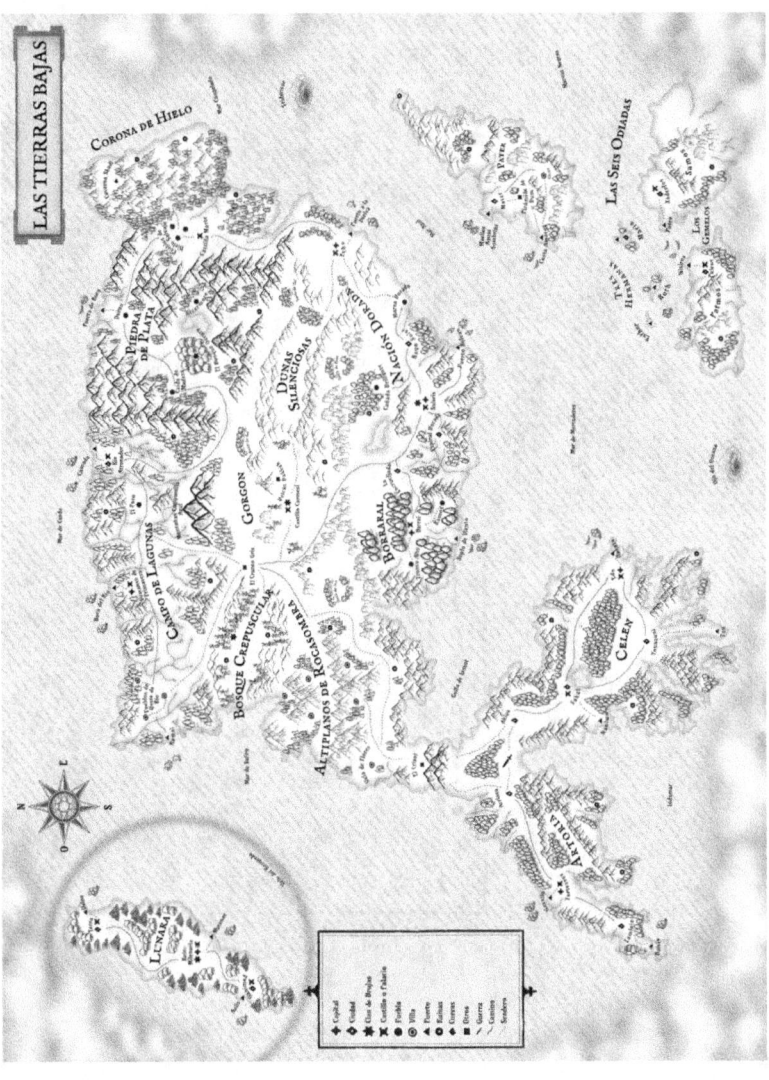

El Noreste

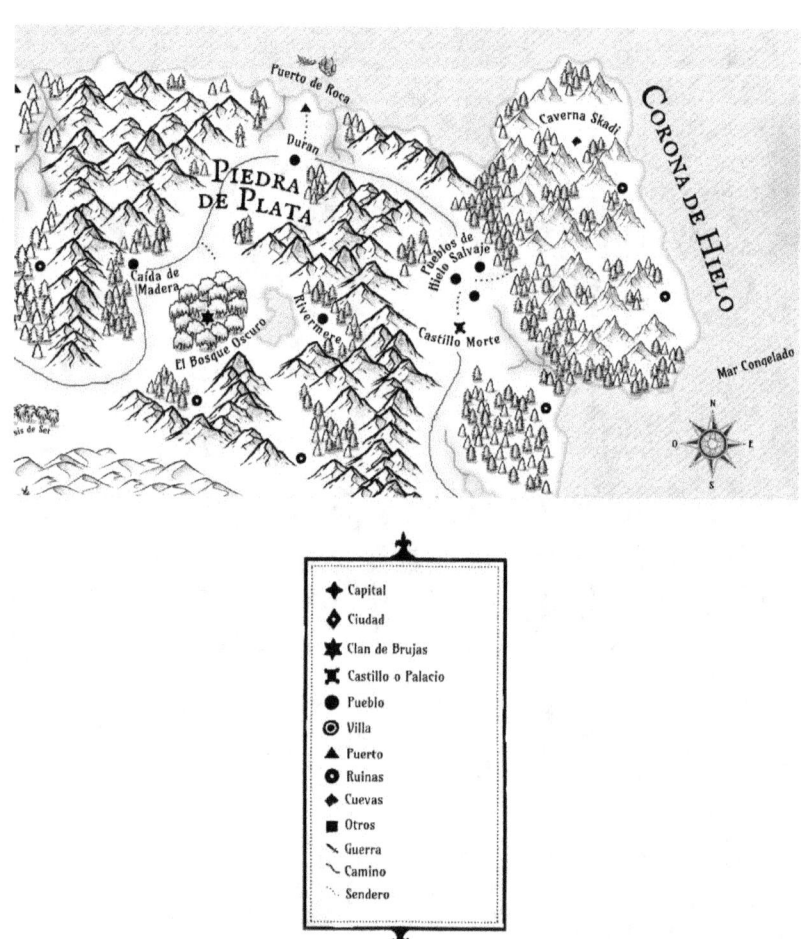

El Sureste

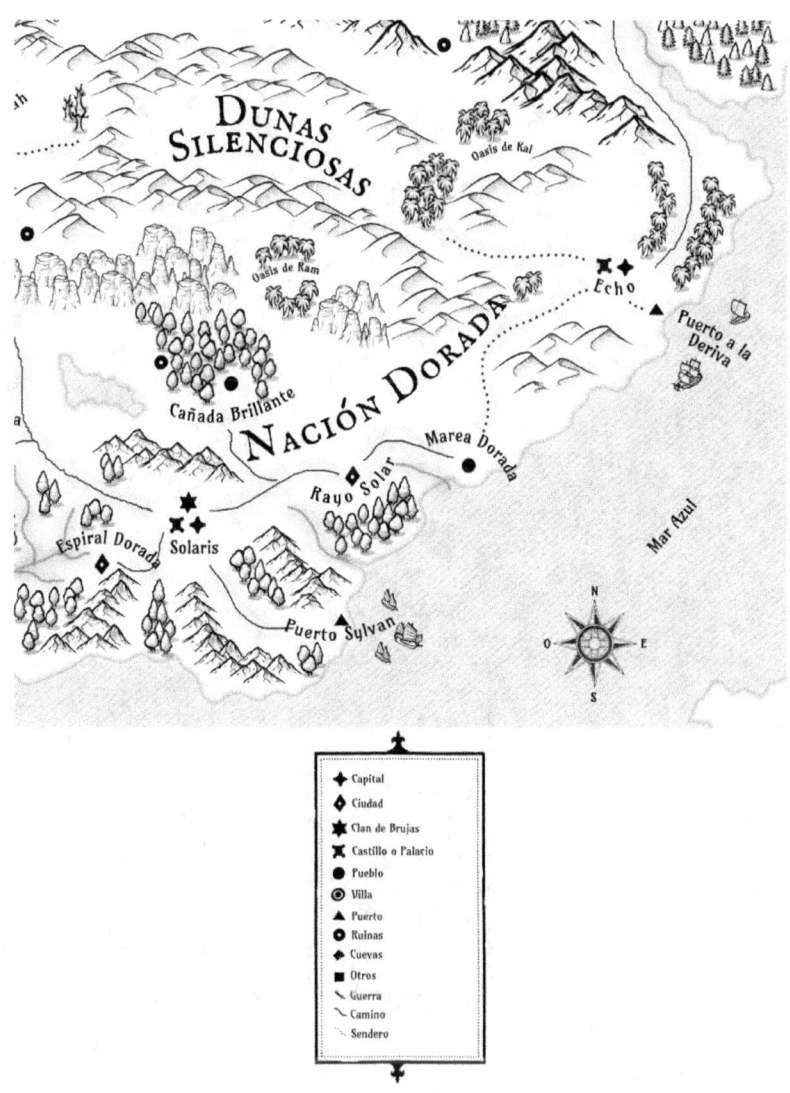

El Noroeste

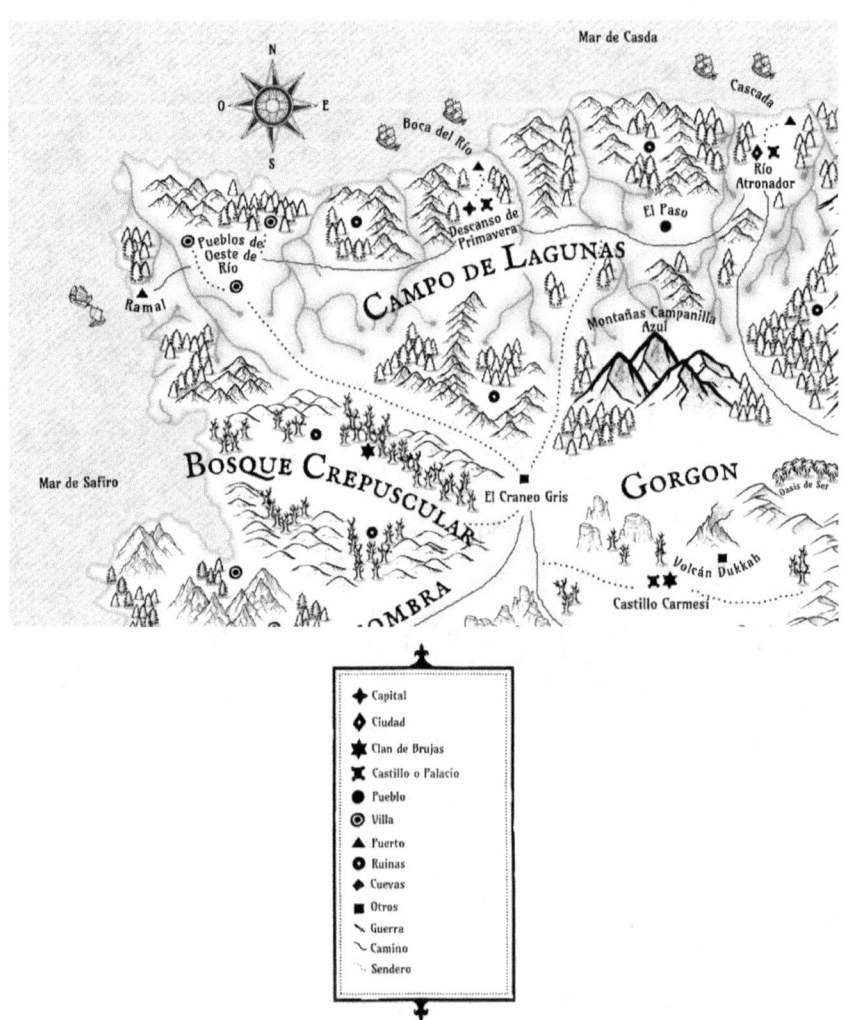

El Suroeste

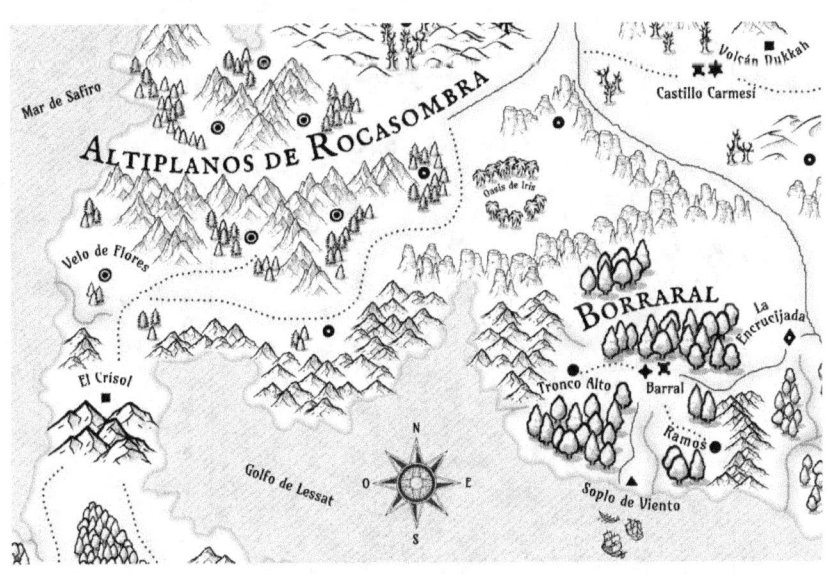

- ◆ Capital
- ◇ Ciudad
- ✹ Clan de Brujas
- ✗ Castillo o Palacio
- ● Pueblo
- ◉ Villa
- ▲ Puerto
- ○ Ruinas
- ◆ Cuevas
- ■ Otros
- ＼ Guerra
- ～ Camino
- ⋯ Sendero

Lunara

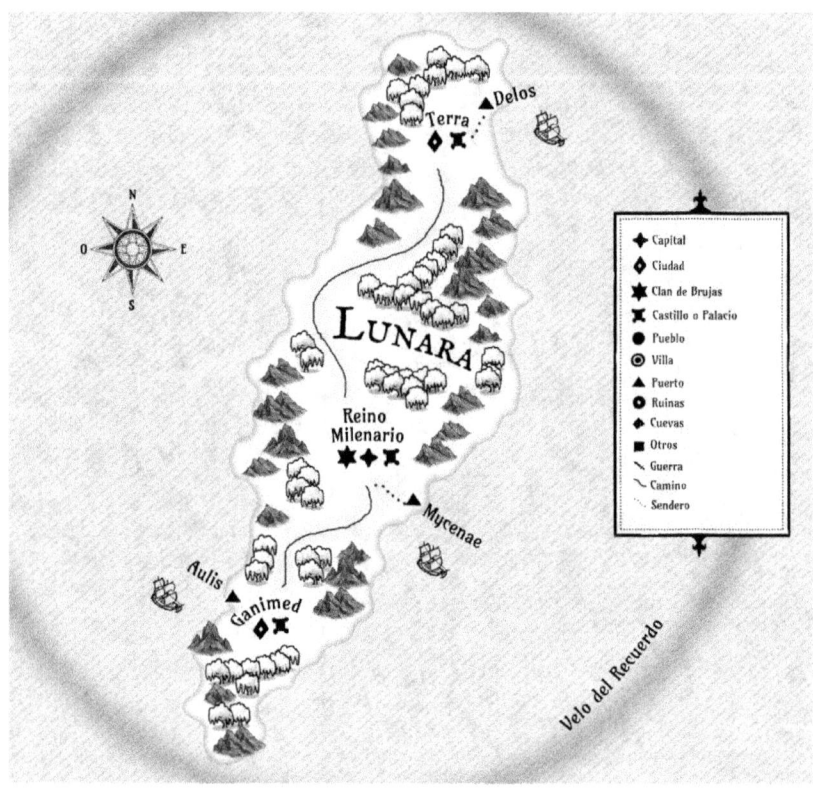

Artoria y Celen

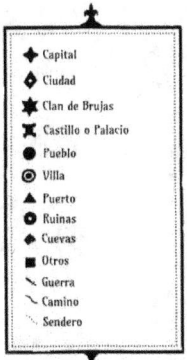

◆ Capital

◇ Ciudad

✦ Clan de Brujas

✕ Castillo o Palacio

● Pueblo

◎ Villa

▲ Puerto

● Ruinas

◆ Cuevas

■ Otros

⤬ Guerra

⟋ Camino

⋰ Sendero

Las Seis Odiadas

Sobre el Autor

Henry A. Salas, también conocido como "Henry Does," es un autor con una pasión por crear relatos de fantasía oscura y terror que exploran lo inquietante y lo desconocido. Inspirándose en la literatura clásica de terror, la mitología y los rincones más oscuros de la mente humana, Henry construye mundos ficticios llenos de maldiciones antiguas, magia prohibida y criaturas aterradoras.

Actualmente, ha publicado su novela debut, Apócrifa Acto I, con el objetivo de cautivar a los lectores con una narrativa envolvente que explora los temas del miedo, el poder y la delgada línea entre la realidad y la pesadilla.

Cuando no está escribiendo, Henry disfruta explorando lugares abandonados, leyendo ficción gótica y viendo una buena película de terror.

henrydoes.com
https://www.instagram.com/henrydoes_things